EL
MISTERIO
DE LA MÁSCARA

CHECKO E. MARTINEZ

EL MISTERIO DE LA MÁSCARA (SERIE EL CIRCULO PROTECTOR #2)
Copyright © 2017 Checko E. Martinez
ISBN-13: 978-1545012819
ISBN-10: 1545012814

EL MISTERIO DE LA MÁSCARA
Una Novela de "El Círculo Protector"

Los hermanos Goth se preparan para hacer frente a uno de los misterios más aterradores de todas sus vidas.

Después de descubrir que un villano enmascarado llamado Malice ha estado tras ellos durante meses y que fue el responsable de la muerte del padre de su amiga Juliet, Ryan y sus amigos deben aventurarse en una búsqueda de respuestas para descubrir la verdadera identidad de Malice y ponerle fin a todo un plan maligno que durante años lo ha tenido a él y su grupo cómo objetivo.

Las aventuras más sorprendentes toman lugar en Terrance Mullen cuando los Protectores se preparan para hacer justicia a la muerte del padre de Juliet, Miles Sullivan, y finalmente juntar las piezas del rompecabezas que podrían desatar un inminente apocalipsis.

Prólogo

Harry Goth y su familia se han mudado a la ciudad de Terrance Mullen después de que su socio mayoritario en la compañía que juntos fundaron años atrás falleciera de forma repentina. Sus hijos, Ryan, Warren y Tyler fueron criados en Filadelfia, Pensylvania, ciudad en la que la familia Goth vivió durante muchos años.

Ryan es el hermano menor responsable y Warren el hermano mayor independiente destacado por sus logros, mientras que Tyler, el hermano del medio, es el encargado de lidiar con los enfrentamientos entre ambos y harto de ellos manifiesta sus emociones a través de la irresponsabilidad.

Ahora que se han mudado a la misteriosa ciudad cada uno de los hermanos se prepara para su primer día de clases, Tyler y Ryan en la preparatoria y Warren en la Universidad.

Durante el primer día de clases, todo parecía ser muy nuevo para los hermanos sobre todo para Ryan, quien ha conocido a dos chicas fantásticas: Alison y Millie Pleasant.

Lo que Ryan no sabía es que estas chicas son dos brujas muy poderosas, quienes le conocían a él y sus hermanos desde tiempo atrás. La tarde en la que Ryan recibió la visita de un Guardián conocido cómo Hilarius para decirle que es el Elegido para combatir a las fuerzas del Mal, su vida cambió por completo. Ryan ahora formaba parte de un grupo de guerreros legendarios mejor conocidos cómo "El Círculo Protector". La razón era sencilla, el grupo anterior de Protectores, cómo también se les llamaba, habían muerto.

El reto para Ryan era descubrir que era lo que el mundo mágico tenía preparado para él y sobre todo prepararse para una gran batalla que está destinado a enfrentar. Monstruos, demonios, brujos, vampiros y demás fuerzas del Mal vendrán tras Los Protectores ahora sabiendo que un nuevo grupo se está formando en Terrance Mullen, siendo blanco también de uno de los seres malignos más poderosos que el mundo jamás haya conocido, Gorsukey, el asesino de Protectores.

Cuando Ryan encuentra a todos los Protectores restantes, juntos emprenden una de las aventuras más mágicas y misteriosas jamás imaginadas descubriendo grandes secretos relacionados con ellos mismos y sus familias hasta ser parte de uno de los eventos más poderosos de todos los tiempos.

Después que Ryan, Tyler y Warren comenzaran a sospechar que su padre podría haber sido parte de una gran conspiración, hicieron frente a las criaturas más poderosas que jamás hubiesen enfrentado hasta que un día emprendieron una misión relacionada con Harry, la cual terminó en un terrible incendio del que fueron testigos además de haber descubierto que el padre de Juliet y amigo de Harry fue asesinado por un temible enmascarado de nombre Malice, que los ha estado asechando durante mucho tiempo.

Atrévete a entrar en el mundo mágico de los Protectores y vive junto a ellos sus batallas, los secretos y misterios que están por resolver.

¿Estás listo?

La Aventura continúa AHORA.

CAPITULO 12: Cada Respiro Es Una Bomba

Pasaron sólo dos horas después del incendio ocurrido en las cabañas Stain en el interior del bosque Nightwood. El Hospital Memorial de Terrance Mullen, único en la ciudad, que contaba con un edificio de especialidades y otro de urgencias fue testigo de las consecuencias de aquel lamentable siniestro. Aquella noche, la sala de espera del edificio lucía casi vacía. No había muchos accidentes en la ciudad, salvo enfermedades que evolucionaban a sus estados terminales. Phil Grimson yacía recostado en una camilla mientras era atendido por dos enfermeras que usaban una camisa y pantalón azul. Había sufrido algunas quemaduras de primer grado. Estaba tranquilo y sentía un gran alivio por haber sobrevivido. Sus ojos giraban de un lado a otro observando a las dos enfermeras curar las quemaduras que tenía en su abdomen. No había dolor por la anestesia aplicada. Sus amigas Charlotte, Debbie y Teresa le aguardaban con paciencia en la sala de espera. Querían recibir buenas noticias sobre el estado de salud de su amigo. Después de lo ocurrido, era justo y necesario. Harry observaba su teléfono móvil a unos metros de sus amigas. Charlotte y Teresa conversaron sobre los chicos de negro que se aparecieron de la nada para salvarlos. Debbie estaba sentada y tenía sus piernas encima de un asiento mientras con su mirada distraída trataba de asimilar los hechos ocurridos.

Escucharon el caminar de una persona saliendo de una habitación. Harry Goth giró su mirada y observó a aquel hombre que vestía una bata blanca encima de un pantalón y camisa purpura. Llevaba una credencial del hospital saliendo de su bolsillo derecho y unas grandes gafas redondas que denotaban un aspecto muy peculiar. Se trataba del doctor encargado de darles las noticias sobre Phil.

Ellos habían esperado durante una hora aguardando a que los doctores les dieran respuestas sobre el estado de salud de su amigo. Phil estaba con bien, sólo haría uso de unas cuantas vendas durante algunas semanas. Charlotte, Teresa y Debbie lucieron aliviadas mientras el sentimiento de culpa invadió a Harry. Aquella noche pudo haber sido la última para todos. Pudieron haber perdido la vida en aquel incendio debido a las insistencias de Harry, hecho por el cual Teresa no había entablado conversación alguna con el señor Goth desde que salieron de las cabañas.

La presencia de Harry, Charlotte, Debbie y Teresa calmó a Phil durante los siguientes minutos. El grupo había pedido ver a su amigo después de enterarse que estaba bien y que las cosas no habían pasado a mayores. Con agrado en su rostro, Phil afirmaba sentirse bien, sin embargo, su actitud hacia Harry no fue la más adecuada.

—Los doctores te dejarán un día más en observación para que puedas descansar —Teresa tocó el rostro de su amigo con alivio mientras le contemplaba sonriendo.

—Estuvo cerca —Phil miró a sus amigas y después tocó lento las vendas blancas que cubrían su abdomen y su brazo derecho— quien quiera que haya sido estuvo a punto de asesinarnos.

—Todavía sospecho de esos chicos que aparecieron de la nada para salvarnos. Es cómo si ellos supieran lo que realmente iba a pasar —dijo Harry abrumado.

Teresa giró su vista y mantuvo su atención clavada en el hombre. Harry sentía algo de culpa, pero no dejaba que esto nublara su juicio.

—Eres increíble —dijo Teresa anchando sus ojos.

Harry se tocó el pecho y con su mirada caída observó a Teresa.

—Por favor, Teresa.

—Estuvimos a punto de morir por tu culpa y ¿todavía piensas en esos chicos y los Cazadores? Estoy harta de ti Harry, de tus miedos y de tus decisiones —Teresa le dejó claro su enojo.

—Teresa, no te pongas así —Charlotte le agarró su hombro.

—¿Y tú todavía lo apoyas? —Teresa miró con aversión a Charlotte—. De acuerdo, me quedaré aquí por Phil, pero no quiero volver a saber de ese estúpido hechizo.

—Teresa, el incendio no fue culpa de Harry, nadie lo vio venir

—Debbie se le acercó— de no ser por esos chicos, estaríamos muertos. Nos salvaron y es todo lo que debería importarnos por ahora, además de que no volveremos a hacerlo.

—Alguien trató de asesinarnos porque sabía que haríamos ese hechizo. Ese alguien debe estar tras nosotros. Yo fui cuidadosa al decirle a Harry que no lo hiciéramos —Teresa jadeó y movió su cabeza en negación— y aún así el insistió.

Phil distrajo su mirada observando de nuevos sus vendajes. Se sentía intranquilo pero sabía que la culpa no había sido del todo de Harry. Suficiente había para que su amigo se sintiera culpable.

—Harry no quiero que te sientas culpable. Mira si me sentía molesto pero creo que eso no nos llevará a nada. Lo único que sabemos es que ese chico y su grupo nos salvaron.

—Doyle Rogers —Harry se acercó a la cama de su amigo— creo que tenemos que averiguar quien es ese joven en realidad y cuáles son sus intenciones.

—No volveré a intentar ese hechizo. Requirió mucho de mi magia y la de mis ancestros. Aún me siento débil para volver a intentarlo.

Teresa tomó asiento en una de las sillas potradas dentro de la habitación dónde Phil se encontraba internado. Su enojo era todavía notable. Llevaba la contraria hacia Harry. No podía verlo ni en pintura y por su mente circulaba la idea de dejar aquella habitación y olvidarse de ese grupo que le había metido en tantos problemas con la magia.

—Necesitamos un nuevo plan —Harry levantó las cejas.

—Alguien tiene que quedarse con Phil, somos cuatro en esta habitación —propuso Debbie.

—Yo lo haré —Teresa se puso de pie— lo menos que quiero ahora es seguir involucrada en el plan de Harry.

Harry miró a Teresa con indiferencia. Sabía que su molestia no era tanto contra él, sin embargo, siguió fiel a sus instintos y salió junto a Debbie y Charlotte de la habitación.

El COP lucía desordenado aquella noche. Había libros abiertos con algunas páginas rayadas con marcador fosforescente encima de la mesa de trabajo. Bajando los escalones que conducían al gran centro de investigaciones se encontraba Ryan vistiendo todavía la ropa oscura que había usado para salvar a su padre y sus amigos. Tyler entró corriendo disparado cómo un rayo, siguiendo a su hermano con la cabeza descubierta. Se habían quitado las capuchas apenas salieron del bosque. Eran alrededor de las 12:00 A.M. aquel 4 de diciembre de 2011 y Ryan no dejaba de pensar sobre lo que había ocurrido. Con cautela, procedió a sentarse en un sofá colocando sus brazos sobre sus piernas.

Tyler se acercó sentándose a un lado de su hermano y le miró por un momento. No había nada en su distraído semblante. Parecía disperso en su imaginación pensando en lo que podría haber ocurrido si no hubiesen llegado a tiempo aquella noche.

—¿Estás bien? —preguntó Tyler.

—¿Crees que le haya mentido a mamá también?

—No lo dudaría. Pero no tenemos tiempo para eso ahora —Tyler tocó su hombro— tenemos que levantarnos y seguir caminando.

Tyler intentó animar a su hermano quien estaba más confundido que nunca. No sabía que pensar sobre su padre. Tenía una opción aquella noche y era seguir el curso de la investigación y llegar hasta el fondo del asunto.

La situación comenzó a palpitar cuando Ryan recibió una llamada de Doyle, quien se encontraba esa noche en el hospital vigilando a Harry y sus amigos. Ryan se enteró por Doyle que el amigo de su padre había sufrido quemaduras y estaba hospitalizado. Pero al no sentirse con más ánimos de seguir con la misión, se fastidió y le pasó el teléfono a Tyler quien tomó la llamada. Tyler le pidió a Doyle que le mantuviera informado sobre lo que sucediera aquella noche y que de ser posible estarían con él en las próximas horas. Al colgar, los hermanos no estuvieron solos mucho tiempo y esto inquietó a Ryan. Las hermanas y Juliet, vistiendo las ropas oscuras, hicieron su llegada. Alison les contó a todos que habían estado buscando a

Juliet durante horas. Juliet se había separado del grupo durante el momento del incendio, pero lo que había descubierto era sorprendente. Alison y Millie ya sabían lo que la chica estaba a punto de revelar a los hermanos.

—¿Dónde está Warren? —preguntó Juliet tocando su mentón.

—Está con Doyle en el hospital. Anya y Dorothy abortaron la misión.

Juliet se acercó a los hermanos disculpándose por haberse alejado horas antes. Ella tenía algo que revelarles aquella noche, algo que había descubierto y que cambiaría el rumbo de la investigación. Tyler y Ryan prestaron toda su atención a la chica. Las cosas que Juliet reveló dejaron boquiabiertos a los hermanos. Descubrieron que Jantana había encomendado una misión a Kali que consistía en matar a Harry y sus amigos para recuperar su lealtad hacia Gorsukey. Según Juliet, aparentemente Kali estaba con Gorsukey por conveniencia.

—Pero eso no fue todo —dijo sorprendida— después de que las cosas no salieran cómo planearon, Jantana le reprimió a Kali por haber fallado. Entonces Malice apareció de la nada y mató a Jantana.

Ryan escuchó todo a detalle y la expresión de su rostro dijo todo sobre su percepción.

—¡Malice y Kali trabajan juntos! —gritó Juliet.

Ryan y Tyler se pararon de golpe sorprendidos por la revelación que Juliet acababa de hacerles. Alison y Millie estaban serias, sin decir palabra alguna. Tan sorprendidas cómo los hermanos. Ellas creían que las piezas del rompecabezas comenzaban a encajar de nuevo y que ahora todo tenía sentido. Aunque había algunas cosas que no tenían relación aún cómo las amenazas de Kali para alejar a Doyle y sus amigas y Kali siendo una infiltrada en la organización de Gorsukey. El común denominador era la malvada bruja de nuevo.

—Pero, ¿quién es Malice? —preguntó Ryan.

—No lo sé, pero Kali le dijo a Jantana que no iba a dejar que se interpusiera en sus planes.

—¿Estás segura? —preguntó Tyler.

—Tyler, estoy segura de lo que vi y escuché. Parece que Kali ha estado detrás de todo esto y Malice es su aliado. Además, Jantana descubrió parte de sus verdaderos planes y por eso la mataron.

—No puedo creer que Kali y Malice estén conectados —Ryan comenzó a sentir una resaca emocional —todo este tiempo detrás de nosotros, ¿cómo no nos dimos cuenta?

—Porqué Kali trató de evitarlo a toda costa —Tyler fue concluyente.

—Chicos, tenemos que hacer algo. Hoy mi madre y su padre estuvieron a punto de morir por culpa de Kali, quien dejó que nosotros los salváramos —Alison frunció el ceño— lo cual no encaja mucho para mí, hay algo que no estamos viendo.

—Estoy de acuerdo, ¿creen que Kali sea la bruja de la profecía que Doyle hablaba? —preguntó Millie.

—Es posible —asintió Juliet.

—Tyler, ¿te diste cuenta que mamá tampoco está en casa?

—Sí, no estaba en su habitación.

—¿Crees que mamá sepa todo lo que papá ha estado haciendo o simplemente se haya hecho de la vista gorda?

—No creo que mamá sepa lo que papá está haciendo.

—Recuerda el día cuando nos dieron la noticia de la mudanza, lucían contentos, después de que Warren y yo discutiéramos.

—Tengo una idea —Tyler tomó su teléfono móvil y sin pensarlo llamó a su padre.

Harry le respondió la llamada al tercer timbrazo. Parecía tranquilo. Su conversación no duró mucho al Tyler confirmar lo que estaba buscando. Instantes después colgó la llamada. Con sarcasmo se acercó a Ryan diciéndole que no podía creer lo que su padre le había dicho.

—Mintió. Dice que está con unos amigos suyos pero no en el hospital —Tyler se mofó de nuevo.

—Al menos no sospecha que estuvimos ahí —dijo Alison.

—Pues avisemos a Doyle y los demás que iremos hacia el hospital —Ryan tomó su chaqueta y se la puso encima de la ropa oscura que vestía, después sacó un pantalón de una mochila tumbada cerca. Tyler también se cambió la ropa para evitar levantar sospechas por parte de su padre, mientras las chicas se rociaban encima de su piel la fragancia de un delicioso perfume y gel para lavar sus manos y desaparecer el olor a humo originado por el incendio. Ellas aprovecharon para cambiarse las ropas y usar las que llevaban guardadas en sus bolsas. Las ropas oscuras expiraban el olor a carbón quemado. Una vez listos, salieron del centro de investigaciones.

Con paso lento Ryan, Tyler, las hermanas y Juliet se reunieron con Warren y Doyle afuera del hospital minutos más tarde. Hacía frío y los alrededores lucían abandonados. Doyle se sentía un poco apenado por haber tomado la delantera aquella noche al revelarse cómo el líder de un equipo ficticio. Aunque eso no molestó a los hermanos ya que creían que la decisión de Doyle fue demasiado acertada y les permitía averiguar más cosas.

—Papá mintió sobre lo que había pasado cuando le marqué —dijo Tyler.

—Que curioso, ¿no te preguntó porqué lo llamabas a esa hora? —preguntó Warren con las manos metidas en sus bolsillos.

—Le dije que estaba preocupado porque no había llegado a casa.

—Es claro que mintió para proteger sus secretos —afirmó Ryan convencido.

—Chicos, puedo quedarme en el hospital y averiguar cómo siguen las cosas con su padre. El no sabe que ustedes están aquí y eso es suficiente.

—No sé si sea buena idea que Doyle visite el COP ahora que nuestro padre sabe de su existencia —Tyler jadeó levantando su cabeza— eso podría levantar sospechas.

Doyle caminó en círculos y Millie observó cada movimiento que hacía.

—No creo que sea necesario. Tengo un plan para eso —les dijo Doyle sonriendo.

—¿Que estás tramando Doyle Rogers? —preguntó Tyler.

—Te lo haré saber en cuanto ponga en marcha mi plan.

Sophie Barnes entró a su departamento aquella noche seguida de Carol Goth después de su épica reunión horas antes en las colinas del bosque Nightwood. Tenían la mirada sospechosa, cómo si hubiesen estado tramando algo durante mucho tiempo. Sophie dejó las llaves de su auto encima de la mesa mientras Carol se aseguró de que nadie les haya visto llegar juntas. Las luces estaban apagadas. Sophie tomó un vaso con agua y se lo ofreció a la madre de los hermanos. Carol se veía muy segura de lo que estaba haciendo. Hacía cosas a espaldas de su esposo lo cual no dejaba una imagen muy buena sobre ella. Sea lo que fuera que hubiese estado buscando durante los últimos meses, Carol entendía que lo único que importaba era lograr su plan maestro.

—No quise encender las luces del departamento, pensé...

—Está bien —Carol bebió un poco de agua— es un departamento muy lindo, con una sola habitación y pequeño, es perfecto para ti.

—Gracias.

—Veo que has hecho buen uso del dinero que te he estado dando los últimos meses.

—Así es, pero sabes que no sólo lo he hecho por ello. Quiero una forma de vida.

La revelación sobre Sophie trabajando para Carol Goth era impactante. La madre de los hermanos era capaz de muchas cosas pero llegar a ser la persona que contrató a Sophie y haber estado moviendo los hilos durante mucho tiempo había superado todos los límites. El teléfono móvil de Sophie comenzó a sonar sin parar hasta que Carol le miró de forma extraña.

—¿Vas a responder?

—No —Sophie apagó el teléfono móvil— es solo que hacía mucho tiempo que no nos reuníamos.

—Estoy preocupada. Harry y sus amigos intentaron algo estúpido esta noche en las cabañas Stain.

—Carol, toma asiento por favor.

—Gracias.

—Supe algo por Ryan, al menos es lo que escuché. ¿Sabes qué

estaban planeando?

—Lo único que sé es que Harry y sus amigos están intentando repeler a un grupo de seres malvados conocidos cómo Los Cazadores. Lo hicieron hace veinticuatro años cuando invocaron a las fuerzas más poderosas. Fue cuando todo empezó, al menos es lo que sé. Ahora que los Protectores fueron elegidos, ese hechizo que mantenía a Harry y sus amigos invisibles ante los Cazadores se rompió y sólo es cuestión de tiempo para que encuentren a mi esposo y lo asesinen.

—¿No te preocupa?

—No es eso. Es el hecho de que los miedos superaron el juicio de Harry para tomar decisiones. El piensa que están muy cerca y eso es algo que no sé con exactitud.

—Tu me enviaste a Japón por más de un año y no logré averiguar mucho. Sin embargo, supimos que ellos no eran los Elegidos, sino tus hijos. Es por eso que pienso que no puedes deshacer lo que ya está hecho, va contra las reglas.

—No estés tan segura de eso, Sophie. Voy a encontrar la forma de lograrlo y cuando lo sepa, tu me ayudarás. No voy a permitir que mis hijos sean parte de esto. Lo que Harry hizo es una locura.

Sophie asintió con una mirada agridulce en su rostro. Estaba convencida de que Carol no estaba jugando. Momentos después, Carol abandonó el departamento agradeciendo el vaso con agua que le había dado. Sophie encendió de nuevo su teléfono móvil cuando Carol arrancaba el motor de su coche. Fue hasta su habitación y regresó la llamada a la persona que había intentado contactarle.

Los días pasaron volando en Terrance Mullen y el 12 de diciembre llegó en un abrir y cerrar de ojos. Era el mes de muchos festejos en la ciudad, sobre todo cuando se trataba de los eventos escolares en la preparatoria Mullen. Las clases transcurrían normalmente y la navidad estaba cerca. Las decoraciones navideñas iluminaron los pasillos, aulas, escalones y gran parte de los jardines del recinto escolar. Alison y Millie habían sido elegidas junto a Lilah para conmemorar una ceremonia anual llevada a cabo el diciembre de cada año en la preparatoria llamada "Las Maravillas del Invierno" que consistía en un baile anual para despedir el año en curso antes de ir a las vacaciones de invierno. Lilah había trabajado junto a las hermanas meses antes en la organización del baile de bienvenida, lo que les daba a las tres amplia experiencia cómo para haber sido elegidas de nuevo. Lilah era la chica más pro activa en las festividades escolares debido a la gran influencia que tenía sobre el periódico escolar, lo que denotaba mucho su reputación cómo estudiante y organizadora. Siempre estaba un paso más adelante que los demás estudiantes.

—Agradezco toda la ayuda que me han brindado no sé que haría sin ustedes chicas —agradeció Lilah sutilmente a Alison y Millie mientras caminaban por el pasillo principal de la escuela con cajas en sus manos hacia el salón de eventos.

—Creo que es una forma de distraernos de algunas cosas que mi hermana y yo hemos pasado. Además, me encantan las festividades escolares —sostuvo Alison.

—¡Alison! —reclamó Millie.

—¿Qué cosas? —preguntó Lilah.

—Cuidar de la abuela, cosas del hogar —respondió Alison.

—Creí que tu abuela había fallecido hace muchos años —Lilah sonó confundida.

—La mamá de mi papá, tu sabes... eso... —Alison se colocó un antifaz sobre sus ojos que había sacado de una de las cajas.

Millie no pudo quitarle la mirada de enojo a su hermana. Ella se dio cuenta. Era la mirada clave para que dejara de hablar. Había una delgada línea cuando Alison hablaba y cuando metía la pata. La diferencia era marcada por las personas con las que mantenían sus conversaciones.

Esa noche, Teresa invitó a sus hijas a cenar en casa. Millie no estaba nada contenta cuando estuvieron compartiendo la cena en la mesa. Ella había estado pasando el tenedor alrededor de la pasta que su madre había cocinado. Teresa estaba nerviosa, más de lo normal algo que Alison pudo notar. Ella y Millie se miraron la una a la otra. Teresa sospechó un poco al notar su actitud. Las hermanas querían cuestionar a su madre sobre lo que había sucedido días antes, aunque en el fondo, comprendieran la situación en la que estaban. No dijeron ni media palabra.

—¿Te apetece más pollo, Alison? —preguntó Teresa sosteniendo en sus manos una bandeja plateada con varias piezas de pollo asadas.

—Estoy bien mamá, creo que tengo suficiente con lo que comí.

—¿Y tú Millie?

—He comido demasiado.

—Me impresiona que no quieran más pollo —Teresa descendió la bandeja sobre la mesa— es su platillo favorito.

—Es que hemos tenido un día agitado por la organización del baile.

—¿Ya escogieron a sus parejas?

—Pensaba pedírselo a Ryan.

—¿Bromeas? —preguntó Millie sorprendida.

—No. Digo, somos amigos y creo que nos vendría bien compartir esa experiencia.

—En mi caso tendría que comentarlo con Preston. No sé si le gusten mucho los bailes de este tipo.

—Umm... —Teresa se quedó pensando— puedes traer a Preston a cenar las veces que quieras a casa. Me gustaría conocerlo.

—Claro mamá.

—Y tú Alison, puedes traer a Ryan.

—Si mamá, pero no somos pareja.

—¿Qué importa? Son amigos, ¿no es así?

—Claro —Alison sonrió.

Millie no pudo aguantarse la risa con la boca cerrada.

—¿Pasa algo que yo no sepa?

—A Alison le gusta Ryan y a Ryan le gusta Alison.

—No sabemos eso Millie.

—¡Oh por Dios! Alison... el chico se muere por ti. ¡Lo veo en sus ojos!

CHECKO E. MARTINEZ

—Eso no es posible.

—¿Porqué no hija?

—Porqué no sé si Ryan sienta lo mismo que yo.

—Ahora veo —Teresa se puso de pie y comenzó a recoger los platos de sus hijas.

Millie y Alison se quedaron solas por un momento mientras su madre dirigió su paso cargando la vajilla hacia la cocina.

—¿Notaste su actitud? Es su forma de actuar cuando está escondiendo algo. Cómo cuando nos ocultó la muerte de papá para no hacernos daño —dijo Alison.

—Eso es verdad —murmuró Millie— creo que mamá quiere evitar ese tema. Bueno, sabe que no lo sabemos lo cual es un acierto para nosotros. Alison, creo que deberíamos investigar más tarde sobre lo que ella hace. Ella hizo el hechizo lo que significa que mamá es una bruja muy poderosa.

—Es una Pleasant. Y si realizó ese hechizo pudo haber desencadenado algo poderoso —Alison murmuró moviendo sus ojos hacia la cocina— mi punto es que ella es la causante de que yo sea una Protectora. No sé si ella lo sabe, pero lo que hizo hace veinticuatro años pudo haber tenido serias consecuencias.

—Toda magia viene con un precio.

Los últimos días fueron claves para el constante trabajo que tenían ahora sobre Malice. Preston y Juliet se habían reunido cada tercer día. Ella ahora confiaba plenamente en su nuevo amigo y las circunstancias los habían hecho más cercanos que nunca.

—Todavía me cuesta digerir todo lo que viste —dijo Preston con su computadora portátil en sus piernas.

Estaba en su habitación acompañado de Juliet, quien estaba más ansiosa por descubrir lo que Kali estaba planeando.

—Los chicos y yo también hemos estado tratando de digerir toda esta información desde hace algunos días, pero aún no logro comprender muchas cosas.

—Juliet, todo lo que me has dicho me lleva a Kali. Ella es el común denominador.

—Debiste verla junto a Malice. Parecía que tenían una conexión muy especial. Cómo si compartieran algo juntos.

—¿Te refieres a un vínculo amoroso?

—No lo sé... pero parece que se conocen desde hace mucho. No hizo ni un intento por detenerle cuando mató a Jantana.

—Eso es algo impresionante, considerando que Jantana era la vidente principal de Gorsukey, ¿no es así?

—Así es.

Preston se puso de pie y colocó su laptop en su escritorio. Sacó algunos apuntes y un cuaderno dónde había anotado varios garabatos. El y Juliet llevaban semanas trabajando en averiguar la verdadera identidad de Malice. ¿Quién era este malvado enmascarado? ¿Que quería de los Protectores?

Juliet se sentía muy cómoda de tener otro amigo que la comprendiera. Sabía que sus amigos tal vez no la apoyaran cómo Preston hacía.

—Mira Juliet, te llamaré si averiguo algo. Creo que tengo que ver toda esta información y juntar las piezas del rompecabezas.

—Creo que podríamos seguir a los amigos del papá de Ryan. Puede que sepan más de lo que ellos pretenden hacernos pensar.

Juliet se reunió con Ryan y Tyler en la cafetería de la preparatoria la mañana siguiente. Acababa de presentar un examen para el que había estudiado dos días aunque tuviera la cabeza en otro lado. Ryan sentía que cada vez estaban más cerca de descubrir el plan malvado que Kali tramaba mientras que Tyler pensaba que debían rastrear a la bruja con un hechizo. Juliet sacó el tema de una cena próxima con su hermano Mark en dos días y que su madre estaría de vuelta para entonces.

—¿Has hablado con tu madre sobre lo que descubriste en tu visita al pasado? —preguntó Ryan tomando un sorbo de agua del bote que sostenía con sus manos encima del comedor.

—No hasta ahora. Ha estado inmersa en la compañía haciendo planes junto a Mark, pero si la he notado distante. Cómo si supiera algo y no me lo dijera.

—Sólo actúa normal y si algo sucede, sabes que puedes contar con nosotros —Tyler le tomó la mano.

—¿Han visto a Alison? —preguntó Ryan frunciendo el ceño.

—Alison y Millie están organizando el baile de las Maravillas del Invierno.

—Sí, justo por eso. Alison pidió que fuera su pareja —Ryan les mostró sonriente su teléfono móvil con un mensaje que Alison le había enviado.

—¿Es en serio? —preguntó Juliet.

—No sé que hacer.

—Acepta. No tienes nada que perder.

—Creo que le responderé con un sí —Ryan comenzó a teclear en el teléfono móvil.

—Tyler, ¿ has pensado en alguna pareja para el baile? —preguntó Juliet.

—No hasta ahora —Tyler se puso contento— pero podríamos ir juntos si tu quieres.

—Me encantaría —Juliet sonrió— Millie irá con Preston y todos podremos estar juntos.

—¿Qué hay de Warren? —preguntó Ryan.

—Warren vendrá pero sólo para hacer acto de presencia —Tyler comprimió los labios.

La ceremonia de "Las Maravillas del Invierno" estaba a una hora de celebrarse y los integrantes del Clan se reunieron en el recinto antes de que el evento comenzara. Doyle vestía un traje color blanco que iba acorde a los zapatos negros que usaba aquella noche. Las reglas del evento consistían en que los asistentes debían usar vestimenta blanca para poder asistir. Dorothy llevaba un vestido largo de tirantes blancos mientras Anya prefirió llevar un vestido blanco con falda corta. Los estragos del incendio continuaban para Doyle quien sentía una gran responsabilidad cayendo sobre sus hombros.

—Si Kali realmente dejó que salváramos a Harry y sus amigos es porqué está tramando algo —insistió Anya.

—Sí, pero ¿qué cambió? —preguntó Dorohty— ¿porqué ahora descubrimos que es aliada de Malice? ¿Significa que llevan mucho tiempo trabajando juntos?

—Según Juliet si. Lo más interesante de todo esto es que sabemos que Malice mató a su padre y Kali fingió trabajar para Gorsukey. Estuvo todo este tiempo evitando que descubriéramos algo más. Si ella y Malice realmente mataron a Jantana tal y cómo Juliet contó, creo que Malice y Kali deben estar planeando algo grande —dijo Doyle.

—Juliet dijo que Malice mató a su padre porqué sabía su verdadera identidad —dijo Anya.

—¿Qué tal si Malice es alguien cercano a nosotros o los Protectores? —preguntó Doyle observando el pasillo de la preparatoria dónde varios estudiantes llegaban al evento.

—No había pensado en esa opción. ¿cómo conectamos a Sophie con todo esto? —preguntó Anya.

—Sabemos que Sophie llegó de Tokio lo cual es muy sospechoso, ¿que tal si Sophie sabía quien era Ryan y los demás desde tiempo atrás? —Doyle quiso atar cabos— ella no llegó a la ciudad por casualidad sin olvidar el hecho de que es idéntica a Claire Deveraux.

—Honestamente no creo que Sophie tenga que ver con Kali y Malice. Todo eso indica que Kali está bloqueando que veamos algo más. Ella nos quería alejados de los Protectores. En cambio jamás le hicimos caso, al contrario, creamos una alianza.

—Bien chicas, vamos a dejar esto por hoy. Vamos a reunirnos mañana en mi casa y plasmar todo lo que tenemos en una pizarra. Aunque debo contarle a Ryan mi plan lo más pronto posible.

—Hazlo —Anya le tocó la mano.

Doyle sabía que algo faltaba. Tenían mucha información pero que había algo que estaban omitiendo. Parecía que Kali quería algo de los Protectores considerando el hecho de haber dejado que ellos salvaran a Harry y los demás.

Esa noche, la preparatoria Mullen fue testigo de la presencia de decenas de personas usando vestimentas blancas elegantes listas para recibir el festival de las Maravillas del Invierno. Era la mayor fiesta navideña en toda la ciudad y muchos padres de familia acostumbraban a colarse en el evento para disfrutar del bello baile. Había algunos espectáculos ofrecidos cómo actuaciones de comedia, danza y un poco de teatro dramático.

El salón de eventos estaba abarrotado con decoraciones navideñas por todos lados. Lilah y las chicas habían hecho un gran trabajo. Alison llegó acompañada de Ryan, Warren, Tyler y Juliet. Preston recogió a Millie y ambos llegaron juntos. Cuando Doyle avistó la presencia de Ryan en el evento, se le acercó para finalmente contarle su plan. Ryan parecía sorprendido ahora que Doyle estaba un paso más adelante que ellos. Su conversación no era nada segura ya que Malice podría estar en cualquier lado. Warren, Tyler, Alison y Juliet les acompañaron para escuchar lo que el joven brujo quería decirles.

—Le diré a tu padre que soy un brujo en busca de los Cazadores por venganza y que Anya y Dorothy son parte de mi equipo. Creo que es la mejor forma de evitar que se levanten sospechas y que descubran que ustedes están involucrados conmigo.

—¿Qué? —preguntó Warren sorprendido—. ¿Te has vuelto loco? ¿piensas que te creerá?

—Estoy seguro de que lo hará. Después de hablar con las chicas, fue lo mejor que se me ocurrió. Lo que quiero es acercarme a su padre y descubrir todo lo que él y su equipo han estado ocultando durante mucho tiempo —respondió Doyle— tenemos muchas preguntas y creo que sólo ellos pueden responderlas.

—No podría estar más de acuerdo con Doyle, Warren. Está yendo directo al grano, pero Doyle, ¿cómo vas a justificarte ante mi padre? —preguntó Ryan.

—¿Lo dices por el hecho de que sospeche sobre los Protectores?

—Sí.

—Ryan, vamos a la misma preparatoria. Eso no significa que seamos amigos. Simplemente soy un brujo que tiene un grupo de brujas y está tratando de averiguar dónde están los Cazadores que masacraron a mis antepasados y es mi misión encontrarlos para matarlos.

—Suena convincente. No sé porqué no lo entendí de esa forma —dijo Warren.

—Gracias Doyle —Ryan le extendió su mano.

—Esta noche buscaré a su padre y le contaré lo que acordamos, así ustedes no tendrán que preocuparse más y nosotros haremos nuestra parte. Ryan, además, mis amigas y yo tenemos una misión. Déjanos hacer esto por nosotros y por ustedes.

—Adelante Doyle —Warren aceptó.

—Así podríamos nosotros concentrarnos en buscar a Malice y Kali —Tyler chocó su puño derecho con su palma izquierda.

—Exacto —Doyle levantó sus cejas.

Minutos más tarde, Alison, Millie y Juliet aguardaron en la entrada del salón de eventos de la preparatoria junto a Lilah quien se encargaba de coordinar el sonido y la iluminación del evento. El baile había comenzado y la gente seguía llegando en manadas. Todos de blanco y muy elegantes. Las chicas del instituto parecían princesas aquella noche.

Ryan se mantuvo ocupado junto a sus hermanos. Disfrutaron de una bebida de ponche en grupo mientras mantenían un ojo sobre Doyle quien circulaba los alrededores buscando al padre de los hermanos. Ellos sabían que algunos padres de familia habían sido invitados al evento para presenciar varios de los espectáculos que estaban preparados para aquella noche. Teresa también estaba ahí, usando un vestido blanco y un suéter del mismo color encima. Tenía el cabello recogido y pasaba saludando a muchos estudiantes. No por algo era la consejera del instituto. Los chicos la querían mucho por estar siempre ahí para ellos. Harry hizo su llegada al baile acompañado de su esposa Carol quien se acercó a Teresa para saludarla. Ellas se llevaban bien después de todo aunque no hubiesen convivido mucho. No tenían esa fricción que existía entre Carol y Charlotte. Tyler esperaba tener un momento privado con Juliet ya que desde hacía tiempo sentía una tremenda atracción hacia ella. Cuando Harry se quedó a solas por unos minutos después de que Teresa invitara a Carol a dar un paseo por el salón de eventos, Doyle finalmente se le acercó y lo saludó. Harry se enmudeció al ver al chico ahí. Sorprendido, le estrechó su mano.

—No esperaba verte aquí —dijo Doyle sonriendo.

—¿Estudias en esta preparatoria?

—Así es señor Goth. Tengo diecisiete años aunque jamás esperaba verle por aquí. Y siendo así no quise perder la oportunidad.

—¿A qué te refieres?

—Recuerda cuando mi equipo y yo le salvamos hace unos días en aquel bosque después del incendio?

—Sí.

—Quiero ser honesto y claro en algo. Tengo una misión y fue la razón por la que estuve ahí esa noche.

—¿Qué es lo que quieres?

—Llevo un tiempo buscando a los Cazadores. Creo que ellos fueron quienes causaron el incendio. Mi equipo y yo estamos decididos a acabar con ellos de una vez por todas. Esa es la razón por la que nosotros le salvamos. Esa noche realizamos un rastreo de los Cazadores y terminamos en las cabañas Stain y fue cuando nos percatamos del incendio. Así es cómo logramos salvarlos. Estoy aquí por justicia y por mi gente. Quiero que ese grupo sea erradicado. Sé que tus hijos son los Protectores y creemos que ellos pueden ayudarnos.

Harry quedó estupefacto con las declaraciones de Doyle. No supo que decir. Era obvio que Doyle estaba mintiendo aunque Harry no podía notarlo. Su intención era obtener la mayor cantidad de información posible por parte del padre de los hermanos. Doyle quería sentirse cómo un salvador y mantener su coartada en cuanto a los Protectores.

—Así es, pero ellos no saben que yo sé que son los Protectores —murmuró Harry a su oído observando a sus hijos a lo lejos.

—Descuida, sólo quiero llegar a ellos para que nos ayuden. Sé de lo que son capaces, los he visto en acción y tienen un poder impresionante.

Harry se burló.

—No estaría muy seguro de eso. No son tan poderosos. La razón por la que nos reunimos esa noche en las cabañas fue para hacer un hechizo de protección contra los Cazadores tal y cómo hicimos hace veinticuatro años. Pensamos que los Protectores no estaban preparados para la batalla y creo que los Cazadores predijeron lo que haríamos e intentaron matarnos esa noche.

—¿Estás protegiendo a tus hijos?

—No le digas a Ryan lo que sabes, si es que tendrás contacto con él y los demás. No me involucres, hay mucho que ellos no saben y que tú tampoco sabes, esta no es su guerra, sin embargo, por el hechizo que hicimos hace muchos años ellos fueron llamados.

Doyle estaba sin habla y tenía los ojos muy abiertos. Sigiloso, fue muy observador en los movimientos y las expresiones de Harry. La seriedad en el señor Goth se transformó en una sonrisa forzada al ver a una persona que se encontraba a espaldas del chico. Doyle giró su vista y vio a la madre de los hermanos acercándose hacia ellos.

—Me tengo que ir Doyle, pero seguiremos en contacto.

—Gracias —Doyle asintió con la cabeza.

El festival continuó y Juliet pasó tiempo con Tyler. Estaban sentados alrededor de una mesa compartida para seis personas. Había otras cuatro sillas desocupadas. Millie y Preston bailaban en la pista mientras que Ryan y Alison conversaban cerca del escenario dónde un comediante se preparaba para dar un gran espectáculo.

Juliet estaba muy cómoda con Tyler. El tenía su mirada puesta en ella, moviendo sus ojos para observar sus labios. Su atracción hacia la joven lo tenía inquieto. Escuchó con atención cada palabra de la joven. Ella, moviendo su cabello, hablaba sobre Malice. A Tyler le importaba un bledo su tema de conversación, lo único que deseaba era estar a su lado. Sin embargo, el sonar de un móvil distrajo a Juliet. Ella se percató del mensaje que aparecía en su pantalla y la expresión de su rostro cambió por completo.

—Me vas a disculpar pero debo ir a casa —Juliet sonó apenada.

—¿Está todo bien?

—Mi madre quiere conversar conmigo.

—Adelante —Tyler le extendió su mano— la pasé increíble contigo hoy.

—Lo sé.

—¿Podríamos repetirlo?

—No lo sé Tyler —Juliet rió nerviosa.

Tyler se le acercó y le plantó un beso en los labios. Juliet cerró los ojos. Besó los labios del joven tocando su mejilla y después abrió los ojos.

—Tyler, lo siento. No puedo hacerlo. Tengo muchas cosas en la cabeza.

Con su mirada cabizbaja, Tyler aceptó la respuesta de la chica. Juliet le dejó esa noche, con un inmenso vacío. Tyler sentía algo muy especial por ella y quería conectar de buena manera. Aunque el beso fue bien recibido por Juliet, ella no se encontraba lista para dar un siguiente paso.

Juliet llegó a su casa pensando en lo que había sucedido en el baile. Tyler le había besado sin siquiera pedírselo. Estacionó su auto en la pequeña rotonda encontrada frente a la entrada principal de la mansión. El mayordomo salió y se ofreció a acomodar su auto en el estacionamiento más grande. Juliet aceptó y le dio las llaves. Ella atravesó el gran pasillo principal acercándose hasta el estudio dónde su madre Margaret conversaba con Mark y Sandra. Margaret había permanecido ausente durante las últimas semanas debido a la gran cantidad de compromisos que debía atender cómo empresaria y ahora propietaria de las otras compañías que pertenecían a su esposo. Mark aprovechó la ocasión para hacer un anuncio inesperado. Reveló a su madre y hermana que se mudaría con Sandra a la casa que su padre había comprado en los Hamptons una vez que él y Sandra regresaran de su luna de miel. Estaba más **X** enamorado que nunca y decidido a compartir el resto de su vida con su prometida.

—¿Que pasará con la compañía? —preguntó Juliet.

—Es algo que voy a conversar con Harry cuando llegue la fecha.

—¿No te parece muy precipitado tomar esa decisión?

—Lo que Mark desea es tener una vida normal al lado de Sandra y disfrutar un poco de libertad.

—Bueno, estoy segura que mamá puede hacer algo al respecto.

—¿Lo dices por la compañía?

—Si.

—¿Desde cuando te preocupa lo que suceda en la compañía?

—Me preocupo por el legado que papá construyó antes de morir.

Aún así, Margaret felicitó a la pareja por la valiente decisión que habían tomado. Sandra se veía contenta y no dejaba de sonreír a Juliet.

—Sólo desearía que papá estuviera aquí para que disfrutara estos momentos contigo Mark.

—Sé que lo está, en nuestros corazones —dijo Margaret.

—No ha sido fácil mamá. Hemos continuado con nuestras vida. Las cosas van bien en la empresa y has estado haciendo un estupendo papel tomando responsabilidad de los negocios. Esto es mucho más grato, es tu forma de honrar a nuestro padre — Mark le tomó la mano.

—Sandra, ¿cómo te has sentido en nuestra casa? —Juliet se acomodó en un sofá.

—Ha sido genial pero me ha costado trabajo acostumbrarme. Me mudé después de la cena de acción de gracias y he tratado de adaptarme. Al menos puedo ir y venir las veces que quiero a casa.

—Sobre todo cuando estás comprometida —Juliet extendió su sonrisa.

—Sobre todo cuando hay muchas cosas que hacer afuera. Tu sabes, uno se plantea metas, objetivos y a veces hay que hacer el trabajo sucio.

—No entiendo —Juliet se confundió.

—Hablo de los preparativos de la boda. Ha sido complicado pero he tratado de calmarme mentalizándome de que estaré en casa pronto junto al hombre que amo y voilá, la magia sucede.

—Ahora entiendo —Juliet volvió a sonreir— pues felicidades.

Juliet extendió sus manos para felicitar a su hermano y Sandra. Estaba contenta de que Mark encontrara a una gran mujer.

—Estoy aquí en lo que pueda apoyarlos chicos, en verdad —Margaret ofreció su apoyo observando a la bella pareja.

Mark y Sandra se pusieron de pie y con cansancio en sus miradas partieron a sus habitaciones listos para dormir. Margaret se despidió de ellos mientras Juliet se acercaba a su madre.

—Mamá, me pediste que volviera a casa porqué tenías algo que conversar conmigo. ¿Sobre qué es?

Margaret tomó una postura seria y acomodó sus palmas en las rodillas.

—He esperado esto desde hace tiempo y no sabía cómo acercarme a ti.

—¿Qué sucede?

—Hace unos meses, antes de que tu papá falleciera, el me llamó a casa argumentando que habías estado con él minutos antes actuando de manera extraña. Cuando yo comprobé, te vi junto a tu hermano Mark viendo películas. Me dije a mi misma que Miles debía estar bromeando, ¿cómo podía mi hija estar en dos lugares a la vez?

Juliet se puso nerviosa y movió sus ojos en círculos.

—Y cuando pensé que algo no andaba bien decidí ir a ver a tu padre y lo encontré muerto.

—Mamá, eso no puede ser posible.

—Lo sé y quiero que me lo expliques. Juliet, yo sabía que tu padre tenía habilidades especiales que hacía muchos años no utilizaba. Sabía muchos de sus secretos y había otros que jamás compartió conmigo. Sólo quiero preguntarte —Margaret jadeó— ¿tienes poderes sobrenaturales?

Juliet enmudeció. No supo cómo responder a la pregunta de su madre. Había alterado la línea del tiempo sin querer y ahora su madre estaba a punto de averiguar algo grande.

—Por favor quiero que confíes en mi —Margaret tomó sus manos— nada saldrá de esta habitación.

—De acuerdo... tengo poderes sobrenaturales. Soy una de las guerreras del Círculo Protector.

Margaret inhaló y exhaló con alivio. Tenía demasiadas sospechas desde hacía tiempo. Se puso de pie y comenzó a encajar muchas piezas del rompecabezas.

—Tu padre te convirtió en eso.

—No mamá, el y Harry hicieron un hechizo hace mucho tiempo.

—¿Cuánto tiempo llevas con esos poderes?

—Un par de meses. Ryan, Tyler, Warren y Alison son parte de mi equipo. Fuimos elegidos para combatir las fuerzas del mal. Papá tenía razón.

—¿En cuanto a qué?

—Estuve en dos lugares a la vez aquella noche. Estuve en casa y también con él. Te digo esto porqué viajé al pasado para descubrir la verdadera razón por la que había muerto.

—Juliet, ¿de qué estás hablando?

—Papá fue asesinado mamá —Juliet sollozó— no murió de un infarto cómo la policía nos informó.

Sin palabras, Margaret tomó asiento de nuevo. Juliet acababa de lanzar una bomba que cambiaba todo. Ahora ella sabía que su esposo no había muerto por causas naturales.

Harry Goth llegó a su casa acompañado de su mujer. Iban tomados de la mano y el señor Goth se veía cansado. Había bailado mucho en las Maravillas del Invierno. Jamás se acercó a sus hijos. Dejó que ellos disfrutaran del evento por si mismos. Al entrar al vestíbulo, Carol se quitó las zapatillas que llevaba puestas. Se sentía muy cansada argumentando que debían ir a la cama de inmediato. Esos días Carol tenía mucho trabajo en la tienda. Los coleccionistas estaban al ataque para adquirir antigüedades por la época navideña. Ahora ella tenía una cartera de clientes que iba en ascenso. Clientes que gustaban de regalarse reliquias a si mismos.

Carol subió escaleras arriba dirigiéndose a su habitación. Llevaba las zapatillas que calzaba en una de sus manos. Harry decidió quedarse en su oficina por un rato. El olor a madera pura le agradaba mucho a su olfato. Amaba pasar horas metido en ese lugar. Tenía un mini bar al fondo de su oficina con cuatro botellas del whisky más fino y delicioso. Su favorito era el Jameson. Tomó un vaso de cristal y cogió un poco. No tardó más de dos minutos en bebérselo por completo, aunque algo distrajo su atención de manera inesperada. Había un sobre encima de su escritorio dirigido a él.

—¿Qué es esto? —se preguntó.

Cogió el sobre y lo abrió con cautela. No era una carta ni tampoco una solicitud o formato que debía llenar. Eran unas fotografías de una joven de unos veintitrés años embarazada. La joven era idéntica a Charlotte Deveraux.

Harry vio cada una de las fotos. Eran antiguas, cómo de los años noventa. No entendía porqué habían sido dejadas en su escritorio, ni tampoco quien las había enviado. Se sirvió un poco más de whisky y de nuevo observó cada foto. Charlotte se veía contenta en ellas. Perdió su vista por un instante ante el descubrimiento del embarazo de Charlotte. Si había estado embarazada, ¿dónde se encontraba aquel bebé?

Guardó las fotos en uno de los cajones bajo llave. Apagó las luces y salió de su oficina a toda prisa.

La mañana siguiente transcurrió en paz y tranquilidad para los habitantes de Terrance Mullen. La ciudad acarreaba el espíritu navideño. Había adornos por todas partes. La nieve había hecho presencia y el frío alcanzó los menos 5 grados centígrados.

En la estación de policía de la ciudad trabajaba un hombre llamado Billy Conrad. Era uno de los mejores detectives de Terrance Mullen. Tenía treinta años. Era delgado, tenía el cabello rubio y unos ojos azules muy grandes. Su piel era pálida y llevaba una gran sonrisa a todos lados. Esa mañana recibió la visita de una mujer muy peculiar. Conrad trabajaba en su escritorio con una libreta en una mano y un lapiz en la otra. Mientras hacía anotaciones, el detective observaba quieto a su visita. Era una mujer de unos veinticinco años que tenía el cabello ondulado y negro, ojos azules muy hermosos y la piel morena.

—De acuerdo Tangela, ¿cierto?

—Si.

—Ahora sabemos que estuviste presente cuando se suscitó ese incendio y que esa cabaña ahora es un desastre.

—Es correcto.

—¿Estás segura de lo que viste? —preguntó Billy recargándose en su asiento.

—Definitivamente. Cuando me encontraba conduciendo por la zona, vi esa cabaña en llamas. No quise detenerme, sólo observé a unas personas rescatar a los que se encontraban dentro.

—¿Viste a quién los rescataba?

—Llevaban máscaras y vestían de negro. Todos.

—Ese tipo de incidentes deben ser notificados a la policía ya que esas personas pudieron haber muerto y nosotros no estábamos enterados de nada.

—Es una ciudad pequeña.

—Mayor razón para enterarnos.

—Detective, acudí a usted porqué toda esa situación me pareció de lo más extraña. Lo más curioso fue que reconocí a uno de los hombres que fue rescatado.

—¿Cómo es posible eso?

—Era el socio de mi ex jefe —lamentó Tangela— mi ex jefe falleció hace unos meses, se llamaba Miles Sullivan. Pero al que vi fue a Harry Goth. Sé que era él.

—Harry Goth, el dueño de ¿Goth & Sullivan?

—Es ahí dónde trabajé.

—¿Me puedes repetir que hacías ahí?

—Sólo conducía. Había regresado de San Francisco y vi humo en el bosque, fue la razón por la que me acerqué.

—Vamos a investigar al respecto. Tendremos que buscar a ese Harry Goth ya que tendrá algunas preguntas que responder. Mientras tanto, me gustaría visitar el lugar del incendio. ¿Tienes tiempo para ir ahora?

—Sí.

Tan pronto cómo Tangela se quedó callada, el detective se puso de pie. Llevaba un traje negro con una camisa blanca debajo puesto. Sabía que había algo muy extraño en las declaraciones que Tangela había hecho. ¿Cómo era posible que los Protectores y el Clan no se diesen cuenta que habían sido vistos el día del incendio?—Y la tradición sigue. Muere un equipo de Protectores y otro es llamado. Así que ahora residen en Terrance Mullen.

—No sabemos si sea un Protector, pero su habilidad era cómo la de uno de los cinco guerreros.

—Vamos a descubrirlo y los mataremos hasta que encontremos la forma de que ya no existan más.

CAPITULO 13: Los Crímenes de Mullen

Los días del año 2011 habían llegado a su fin en Terrance Mullen y con ello las fiestas navideñas y de Año Nuevo se habían ido.

Ryan, Tyler y Warren pasaron las vacaciones con sus padres en Filadelfia visitando algunos familiares dónde recibieron cálidamente el año nuevo. Luego de regresar a Terrance Mullen, los hermanos se reincorporaron de inmediato a sus actividades cómo Protectores. La noche del 4 de Enero de 2012, Ryan llamó a Alison y Millie tratando de averiguar si las hermanas habían dado con el paradero de Kali. Las chicas no encontraron mucho en realidad. Era cómo si los demonios o brujos se hubieran tomado un descanso navideño lo cual era ridículo para ellos. Nada había sucedido desde la noche del incendio, salvo la rápida recuperación de Phil Grimson quien ahora estaba en su casa disfrutando de su libertad.

Juliet pasó las vacaciones con su madre y Mark en Italia, regresando los primeros días de Enero a la ciudad. La relación entre los tres era estupenda ahora al estar más unidos que nunca. Aunque las tensiones eran altas entre Juliet y Margaret, Juliet sospechaba que su madre sabía más de lo que decía. Sin embargo, no fue tan insistente al tratar de averiguarlo. Por respeto a Mark, ambas decidieron mantener la verdad sobre la muerte de Miles en secreto. Madre e hija se reunían cuando podían y conversaban sobre lo que harían al respecto. Juliet le prometió a su madre una vez que regresaran a Terrance Mullen, buscaría a Preston Wells para seguir con la investigación.

Preston, por su parte, había estado usando sus poderes al máximo para aventurarse en sus viajes en el tiempo bajo su alter ego "El Caballero Enmascarado". Su relación con Millie estaba distante por lo que ambos acordaron reunirse la tarde siguiente para discutir el rumbo de su relación y los planes futuros.

Los hermanos Goth aún estaban sorprendidos por lo que Doyle había descubierto sobre su padre semanas atrás. Ahora todo era más claro. Esa misma noche, Warren, Tyler y Ryan conversaron con Doyle en el COP sobre este último descubrimiento. Habían estado fuera más de dos semanas y según ellos nada había cambiado sobre su padre, al menos no había signo que les pareciera sospechoso que descubriera sus verdaderos planes ante ellos.

—¿Creen que sea bueno permitir que Doyle trabaje con nosotros estando en contacto con él? —preguntó Ryan.

—¿Confías en papá después de todo lo que nos ha mentido? —preguntó Tyler.

—Sólo decía —respondió Ryan— a veces me siento extraño cuando estoy a solas con él. Quiero hacerle tantas preguntas y forzarlo a que me diga la verdad.

—Lo que tenemos que hacer es actuar normal, seguir con el plan que hicimos con Doyle —dijo Warren tocando el hombro de Doyle— y las chicas antes de irnos de vacaciones.

—No olvidemos que ahora Margaret sabe sobre nosotros. Gran movimiento de Juliet que no esperábamos —Ryan bajó la vista con las manos sobre el respaldo de una silla.

—¿Crees que tenía otra opción? —preguntó Tyler.

—Pudo haber mentido.

—Creo que Juliet está harta de las mentiras. No hubiese sido sano para ella. Su madre sabía sobre los poderes de su padre y algunas cosas relacionadas. No la culpo de haberle contado la verdad a su madre —Warren se puso de pie del sofá dónde estaba sentado y caminó hasta los estantes de libros— creo que tenemos mayores problemas ahora.

Warren tomó un libro de brujería y lo llevó hasta dónde Tyler, Ryan y Doyle seguían sentados.

—¿Has seguido a nuestro padre? —preguntó Tyler.

—Phil está fuera del hospital y no he podido rastrearle en su departamento. Hace unos días lo vi salir a toda prisa, es cómo si estuviera trabajando sólo —respondió Doyle.

—¿Sólo? ¿Phil Grimson? —Warren se acercó al joven.

—Teresa se retiró de la operación, Charlotte y Debbie siguen apoyando a Harry aunque es Phil quien ahora busca venganza propia y decidió hacerlo solo. No le he visto junto a los demás.

—Tal vez ahora esté por su cuenta —dijo Ryan.

—No es todo. Debbie es tía de la chica que Sophie conoció en Sacret Fire, según Anya.

—De acuerdo. Doyle, mañana es el cumpleaños de papá y nuestra mamá dijo que su fiesta sería en la casa. Ella invitó a algunos de sus amigos —Warren movió sus manos explicando.

—¿Me estás invitando?

—¿Que te parece si vienes cómo nuestro amigo? Tenemos una coartada y papá jamás se enterará de lo que sabemos.

—¿No es muy arriesgado? —preguntó Doyle—. Considerando el hecho de que tendríamos poco de conocernos.

—No sospechará nada. Te lo prometo.

Ryan y Tyler escucharon la sugerencia de su hermano mayor y sin preámbulos no creyeron que fuese adecuada.

—Warren, ¿estás seguro? —preguntó Ryan.

—Totalmente. Chicos, creo que papá aún esconde cosas. La presencia de Doyle lo alertaría. Todos sabemos que los Cazadores no están realmente a su alrededor, aunque papá así lo cree. ¿Recuerdan que fue Malice quien mató a Miles?

—No entiendo —Doyle se confundió.

—Creo que Malice es uno de los Cazadores y también aliado de Kali. Es probable que sea alguien del pasado de papá y sus amigos queriendo ahora matarles.

—Y es en el cumpleaños de papá cuando todos estarían reunidos y Malice podría aparecer —Ryan dedujo frunciendo el ceño.

—Exacto. Ese es mi punto —Warren levantó las manos.

La mañana siguiente, Alison y Millie compartieron el desayuno junto a Juliet en la cafetería de la preparatoria. Era la hora de ponerse al día sobre lo que había pasado en las vacaciones navideñas. Aunque un tema que no pudieron dejar de pasar fue el rumbo de la relación entre Millie y Preston. Juliet se sentía culpable. Sabía que Preston pasaba más tiempo con ella que con Millie debido a la incesante búsqueda de respuestas que hacían juntos sobre Malice. La joven fue salvada por la campana cuando Millie le preguntó sobre su madre. Antes de ir a las vacaciones, Juliet se reunió con sus amigos para despedirse e ir a Italia. Ella confesó que había tenido que revelar a su madre acerca de sus poderes al no tener otra opción. Tenía cintas grabadas de la compañía dónde aparecía el día que viajó con el Caballero al pasado.

—Tu madre fue muy astuta —admiró Alison.

—Ella dice que comenzó a sospechar desde hace mucho. Es una locura que viajé hace dos meses y ella tenga esos recuerdos desde mucho tiempo atrás.

—Creo que creaste una nueva línea del tiempo después de ese viaje. Hay que ser cuidadosos.

Juliet tomó la mano de Millie.

—¿Está todo bien con Preston? ¿Hay algo en lo que pueda ayudar?

—Juliet, Preston ha estado distante. Cómo si estuviera haciendo algo más y no me lo dijera. Antes de que comenzaran las vacaciones lo llamé varias veces pero sólo me respondió una vez y nos vimos sólo en una ocasión durante las vacaciones.

Alison intervino.

—¿Crees que te está ocultando algo?

—No lo sé. Es por eso que hoy hablaremos.

—Me alegra hermana, de verdad.

Millie dirigió su atención a Juliet.

—¿Te ha dicho algo a ti, Juliet? ¿Hay algo que deba saber?

Juliet tomó un sorbo de su botella de agua y despúes habló.

—No, la verdad no. Es muy raro que hablemos.

—Porqué Warren dijo que los vio juntos en el cumpleaños de Ryan y que lo estabas abrazando. Quise darle el beneficio de la duda, hasta ahora.

—Sólo lo felicité por los resultados de sus exámenes. Además resultó que conocía a Zack.

—¿El chico que trabaja cómo barman en el Hutren? —preguntó Alison abriendo sus ojos con una sonrisa.

—Si. Salí con el hace dos años.

—Oh, no lo sabía —Alison puso cara de tristeza.

—Bien, entonces hablaré con Preston tal y cómo lo planeamos. No pensé que nuestra relación se volviera tan agria. En fin, que este sea el mejor año de nuestras vidas.

—Y tus últimos meses en la preparatoria serán los mejores —Juliet levantó su botella de agua.

—Las voy a extrañar.

—La universidad está a sólo unas cuadras. Podremos vernos en los desayunos —dijo Alison.

—No lo sabemos —Millie distrajo su mirada— no estoy segura de que sucederá en los próximos meses. Mi sueño de ir a Yale se ha ido apagando.

El detective Billy Conrad abrió el cajón de una gaveta aquella mañana en su oficina. Había algunos documentos dentro que sacó para revisar. Ahora investigaba algunas desapariciones recientes en la ciudad, aunque todavía yacía sobre su escritorio un expediente llamado "El incendio". Había citado a Tangela Greenberg aquella mañana. En realidad no había mucho que decir, las pistas eran suficientes y el material para trabajar era poco. Aunque la testigo aseguraba que había mucho por hacer. Billy no sabía si dedicar tiempo a investigar las inquietudes de esa mujer. ¿Era posible que estuviera detrás de Harry por alguna venganza? Era difícil de saber dado que Tangela había sido la fotógrafa el día de la inauguración de "La Bala Mágica".

Cuando Tangela llegó a la oficina de Billy Conrad él la recibió con gusto. Tangela aseguraba que tenía información sobre Harry Goth que podría servirle para comenzar a investigar. El día que fueron a las cabañas Stain, no encontraron mucho, sólo una capucha que fue dejada en aquel lugar. Tangela decía que era una capucha usada por los salvadores.

—Señorita Greenberg, necesito una prueba más confiable para dar seguimiento a este caso o de lo contrario tendré que detener la investigación —Conrad fue claro.

—Detective lo vi con mis ojos. Además estuvimos ahí.

—Pero no encontramos nada y esa capucha no es suficiente.

—Harry Goth tiene tres hijos llamados Warren, Tyler y Ryan y su esposa se llama Carol.

—Señorita, conozco a la familia Goth. Son una de las familias más adineradas de esta ciudad.

—Los he investigado y se mudaron después de que mi ex jefe muriera.

—Sé que son originarios de Filadelfia, Pensylvania.

—Harry no, el nació aquí.

—Señorita Greenberg, ¿hay algo que tenga en contra del señor Goth?

—No, sólo digo lo que vi. Lo reconocí porqué lo vi en el incendio.

—Voy a concentrarme en la gente relacionada con Harry. Sé que Miles Sullivan falleció de un infarto. Fue una noticia devastadora cuando lo supe, el me ayudó a conseguir este trabajo.

—Si, sufrió un infarto fulminante.

—¿Cuando dejaste esa compañía?

—Por el mes de abril. Encontré este trabajo en el periódico local. Cuando era la asistente de Miles Sullivan sólo practicaba la fotografía cómo una amateur.

—¿Sólo eras la asistente de Miles?

—Lo dice cómo si tuviera algo más profundo con él. Era sólo mi jefe.

—Lo pregunto porqué quieres que continúe con esta investigación y me estás dando un caso. Cómo detective, tengo derecho a hacer las preguntas necesarias.

—Está bien.

—No te prometo mucho, pero trataré de seguir. Voy a estar al pendiente de Harry Goth y sus relacionados. Pero, si no hubo víctimas en ese incendio, no hay caso que seguir. Pero si alguien quiso matar al señor Goth, entonces si hay un caso que seguir.

—Tengo esta foto, que tomé con mi teléfono esa noche —Tangela le mostró su teléfono móvil a Conrad— no es muy clara, es algo borrosa pero creo que podría servir.

—Puedes enviarla a mi correo —Conrad le dio una tarjeta de

presentación.

Una visita inesperada afuera de la oficina del detective distrajo la atención de Billy. No lo podía creer. Era una vieja amiga que hacía mucho tiempo no veía. Tan pronto cómo Billy despidió a Tangela, hizo pasar con gusto a aquella mujer.

—Sophie Barnes —Billy sonrió— hacía tanto tiempo que quería verte. Estás tan guapa cómo siempre. Toma asiento por favor.

—Billy Conrad — dijo Sophie— siento no haberme reportado desde aquella vez que te llamé cuando estaba en el aeropuerto.

—Después de un año estás aquí, viva y de regreso en Terrance Mullen.

—¿Por qué lo dices?

—Porqué viajaste más de trece horas en avión, ¿no es una locura?

—El viaje fue grato y la experiencia buena.

—¿Cuanto tiempo estuviste en Japón?

—Un año y fue una locura. La ciudad de Tokio es preciosa.

—¿Tienes tiempo para comer? Yo invito.

—Tengo todo el tiempo del mundo.

—Bueno, vayamos a la cocina Pleasant que muero por un asado.

Sophie se levantó de su asiento y fue seguida por su amigo Billy quien le encaminó hasta la salida de la estación de policía. Billy y Sophie eran amigos desde hacía más de diez años. La abuela de Sophie era amiga de la madre de Billy y ambos convivieron durante muchos años. La diferencia de edades entre ambos era corta, aunque nunca fue impedimento para que se llevaran tan bien cómo hasta ahora.

Carol Goth hizo un poco de limpieza aquella tarde en "La Bala Mágica". Alison estaba al frente de la caja revisando uno de los diarios dónde registraban las ventas. Había una joven sentada enfrente de ella con un bolso en sus manos. Carol se acercó a la joven que yacía sentada y la condujo hasta Alison para presentarla. Era la nueva ayudante en la tienda de antiguedades. Carol había decidido tener a dos empleadas de medio tiempo. La nueva chica acababa de terminar sus estudios universitarios pero carecía de un empleo de tiempo completo ante las dificultades que todo universitario enfrenta cuando se gradúa. La recomendación le había llegado gracias a una amiga que Carol tenía en común con ella.

—Ella sólo estará un tiempo con nosotras hasta que encuentre un empleo de tiempo completo. Decidí apoyarla hasta que lo lograra y bueno un poco de ayuda extra te vendrá excelente debido a las jornadas largas que has hecho.

—Creo que es estupendo. Hola, soy Alison —saludó dando su mano.

—Hola, mi nombre es Kimberly —la joven se presentó sonriendo.

Kimberly era una chica negra con unos labios y ojos enormes. Su cabello afroamericano le hacía portar una personalidad simpática. Era delgada. Usaba unos pantalones azules, una blusa verde y unas zapatillas rojas de tacón enorme. Sin duda una estupenda mentora de universidades para Alison.

—Le voy a mostrar la tienda, ¿puedes hacerte cargo de la caja si llega algún cliente? —preguntó Carol frunciendo el ceño.

—Claro... oye Carol —Alison se le acercó— quiero mostrarte algo pero puedo hacerlo cuando termines con Kimberly.

—Por supuesto.

En cinco minutos Carol le mostró la tienda a Kimberly quien se veía contenta de trabajar con ella. La joven apenas tenía veintidos años y recién se había graduado de la Universidad de Terrance Mullen con honores. Había pasado un verano en Amsterdam haciendo unas clases en aquella ciudad. Su profesión era la Licenciatura en Relaciones Públicas.

Carol regresó hacia Alison quien lucía feliz aquel día.

—Espero que hayas tenido muchas ventas Alison —Carol sonrió.

—Estuvo bien después de todo. Pero sobre lo que te quería hablar. Creo que te encantará la idea. Pensé en un sitio web para la tienda, algo sofisticado que te permita estar presente en todas partes. De esa forma podrás darte a conocer con muchas personas, lo cual también nos ayudaría a Juliet y a mi con un proyecto escolar, siempre y cuando tu estés de acuerdo, por supuesto —Alison comprimió sus labios contenta.

—¿Tu puedes hacerlo? —preguntó Carol—. He invertido demasiado en este negocio que la idea del sitio web estaba dejándola para después ya que creí que era muy precipitado.

—Podemos ir trabajando en la estructura, contenido y galerías de fotos en la página, mostrarte una propuesta y en base a eso darte un presupuesto aproximado —propuso.

Carol se quedó pensando durante varios segundos. Movió en círculos sus ojos. Finalmente le dio una respuesta.

—Tienes mi aprobación —le resolvió— ¿cuanto tiempo te llevará?

—Dame dos semanas.

—No sabía que fueras buena con las computadoras.

—Digamos que es un don. Quiero decirte que la inversión será muy baja con resultados estupendos.

—No se diga más.

El timbre de un teléfono móvil interrumpió su entretenida conversación. Carol parecía irritada y pensó hasta el cuarto timbrazo en coger la llamada.

—Alison, disculpame, debo responder esta llamada.

Carol respondió la llamada mientras que Alison continuó limpiando algunos estantes dónde había unas antiguedades muy exóticas montadas. Ahí estaba Kimberly, apreciando cada una.

—Kimberly, ¿emocionada? —Alison sostuvo un plumero sonriendo.

—La señora Carol tiene un gusto fenomenal.

—¿Lo dices por las antiguedades?

—Claro, Alison creo que nos llevaremos muy bien. Estoy encantada de trabajar en este lugar.

—Gracias —Alison agradeció el gesto sonriendo.

Kimberly sonrió mostrando sus dientes.

—Me gusta tu collar, es bonito —elogió Kimberly.

—Perteneció a mi abuela, falleció hace mucho tiempo.
—Lo siento.
—Descuida, no lo sabías.
—Bueno, ¿podrías mostrarme la tienda desde tu perspectiva?
Gustosa, Alison condujo a Kimberly por cada uno de los estantes mientras la chica disfrutaba con placer observando cada uno de los objetos exóticos que se exhibían en venta en aquel lugar. Desde la entrada, eran observadas por Carol quien sostenía el teléfono móvil a su oído. Escuchando cada una de las palabras de la persona al otro lado de la llamada, Carol bajaba y subía su vista de sobremanera. La llamada que atendía era de Sophie.
—Trataré de acercarme a tus hijos de nuevo.
—Te has tardado en hacer eso.
—Lo sé Carol. Siento no haberlo hecho antes.
—Descuida, ¿dónde estás ahora?
—Comiendo con un amigo, acaba de ir al baño.
—Creo que todos tenemos derecho a disimular nuestros objetivos.
—Carol, he decidido rehacer mi vida en esta ciudad y hay oportunidades que estoy dispuesta a tomar.
Carol se dio la vuelta dando la espalda a las chicas.
—Eso no fue lo que acordamos. Decidimos que estarías cerca de ellos, necesito saber lo que traman y lograr mi objetivo. No puedes estar ocupada en otras cosas que no te haya pedido. Necesito que te hagas amiga de ellos tal y cómo lo hiciste con Akari.
—Lo haré.
—Mantenme al tanto.
Carol colgó la llamada. Con seriedad en su rostro, dirigió su mirada hacia Kimberly y Alison quienes conversaban observando un ataúd recién llegado.

Phil Grimson había conocido a Harry en su adolescencia junto a sus otros amigos. Compartieron muchas experiencias cómo grandes amigos desde la preparatoria. Se conocieron gracias a Charlotte quien había estado buscando nuevos Neoneros cuando se enteró que había otras personas cómo ellos en el mundo. Phil fue un chico tímido en aquella época, algo que prevaleció hasta la actualidad. Tenía más de cuarenta y cuatro años y se había mudado desde Sacret Fire.

Las últimas semanas habían sido de mucho trabajo para él ya que había estado investigando todo lo relacionado con el incendio de las cabañas Stain. Creía en la teoría de Harry, pero no había vuelto a buscarle más. Llevaba semanas sin hablar con él, desde que el señor Goth se fue con sus hijos a Filadelfia para pasar las fiestas navideñas. Phil aún tenía las cicatrices del incendio muy notables. Le provocaban una tremenda comezón debido a la cicatrización. Ahora, el Neonero estaba más decidido que nunca a llegar al fondo de la situación, esta vez sin sus amigos.

Cuando Phil abandonó el hospital, Harry intentó hablar con él pero Phil jamás respondió a sus llamadas. Los estragos emocionales del incendio continuaban presentes y lo único que quería era encerrarse a descansar en casa. La única persona en la que confiaba era Teresa, su aliada en todo momento. Ni Debbie ni Charlotte tenían el privilegio de estar cerca de él. Phil convenció a Teresa días más tarde de abandonar por completo la misión de Harry. Las cosas esta vez iban en serio ya que tenía un plan bajo la manga. Fue cauteloso al lograr que Teresa restaurara sus poderes asegurándole que era lo mejor ahora que estaban al descubierto.

No obstante, Phil recopiló información gracias a Teresa. Eran cosas que Miles Sullivan le había entregado a la mujer antes de morir, entre ellas, algunas fotos que Teresa robó de unas cajas que Charlotte le dio a guardar y cuadernos con anotaciones que ella y Miles compartieron cuando fueron novios. El accidente en las cabañas hervía la sangre de Phil. Quería vengarse de los responsables del incidente. Las cosas no se quedarían tal y cómo estaban hasta ahora.

La noche antes de que Harry regresara a Terrance Mullen, Phil había logrado notables avances en sus averiguaciones. Estableció teorías en las que descartaba por completo a algún enemigo ajeno a los Cazadores. Había algo que todavía no lograba averiguar y era lo que Miles descubrió: la verdadera identidad de Malice. Pero, ¿cómo era que ahora Phil sabía sobre Malice?

Antes de que Miles muriera, Phil se mantuvo en contacto con él. Dos semanas antes de ser asesinado por Malice, él y Miles se vieron en una cafetería cercana de Goth & Sullivan después de que el occiso dejara a su hija con algunas amigas en el centro comercial Cosmic. Le contó sobre la existencia de aquel enmascarado que le acosaba día y noche y que en dos ocasiones había querido matarle. Miles temía por su vida antes de ser asesinado y se lo había contado a Phil, quien era su más viejo amigo en la ciudad. Miles tenía miedo y lo peor era que temía por la vida de sus hijos y Margaret.

Las teorías de Miles sostenían que Malice era uno de los Cazadores. No había ninguna duda al respecto y era lo que más defendía. Así que el nombre de Malice quedó grabado en la mente de Phil desde aquel entonces.

Esa mañana, revisó varios papeles en su desordenado escritorio y con una venda en su mano. Anotó algunos datos en un gastado cuaderno. Hizo un diagrama con esa información creyendo que podían llevarlo a otra dirección de la investigación. ¿Una ruta mala? Tal vez. Pero, el sentía que iba en el camino adecuado. La foto de su amigo Miles estaba en su escritorio, una ultima foto que se habían tomado juntos antes de que falleciera. La oficina de Phil estaba dentro de su departamento ubicado en un complejo dentro del centro de la ciudad. Las paredes eran de madera pintadas de color café con el suelo hecho de duela que tenía el estruendo de un caballo corriendo por un bosque.

Ryan y Doyle caminaron alrededor de la playa cerca del muelle 78. Ryan tenía las manos metidas en sus bolsillos y conducía su descalzo caminar sobre la arena. Doyle llevaba sus botas negras y el saco azul oscuro que tanto le gustaba. Se habían reunido una hora antes esperando conversar sobre la invitación a la fiesta de Harry en la cual Ryan le daría instrucciones claras. Doyle aún dudaba en asistir a la fiesta de Harry razón por la que había llamado a Ryan al no saber si era una buena idea. Ryan estaba de acuerdo en que asistiera para estar al pendiente de algún evento inesperado. Doyle también le contó a Ryan que la comunicación entre Harry y sus amigos había cesado. Hacía días que no se reunía con ellos o se mantenían en contacto.

—Además, escuché que mamá pidió a todos los invitados que usaran antifaces.

—¿Es verdad?

—Si, de esa forma podrás colarte con más facilidad. Nadie sabrá que estás ahí.

—A veces pienso que todo es una locura. Creo que los he metido en un gran lío.

—Doyle, ayudame a descubrir que está tramando mi papá y averiguar quien está tras ellos. Sabemos que quien trató de matarlos fue Kali bajo las órdenes de Jantana pero Warren cree que Malice es uno de los Cazadores.

—Todo eso es convincente.

—Nosotros te ayudaremos a descifrar los misterios del gran acuerdo, empezando por la relación entre Sophie Barnes y Claire Deveraux.

Doyle se detuvo y observó a Ryan a los ojos. Estrechó su mano para enlazar el acuerdo con su nuevo amigo.

—Es un hecho.

Parecía que ambos guerreros se preparaban para una gran batalla, aunque esa noche no ocurriera. Esa noche habría una gran fiesta y las posibilidades de que muchas cosas sucedieran eran altas. Distraídos, Albert se les apareció en una ráfaga de luces. Estaba ahí para informarles sobre la desaparición de algunas personas en la ciudad.

—¿Nueva misión? —preguntó Ryan.

—Así es, aunque necesitamos a tus demás compañeros. Fuiste el primero que pude localizar.

—Bien, parece que tienen misiones todo el tiempo —rió Doyle.

—No fue así hasta que nos encontramos con el gran acuerdo,

Sophie, Malice y Kali.

—Tienes razón, iré a la fiesta Ryan. Sólo me aseguraré de echar un ojo a tu padre y ustedes pueden investigar esas desapariciones.

—¿Estás seguro? —Ryan frunció el ceño cruzando sus brazos.

—No tengo otra opción. Además, Anya está averiguando cosas y juntando todo lo que tenemos. Si los Cazadores andan tras tu padre bajo el disfraz de Malice, pronto lo sabremos y más si es alguien cercano a ustedes.

—Bien, Albert. ¿Puedes transportarme a casa?

—Toma mis manos —dijo el guardián sonriendo.

Después de la partida del Guardián y el Protector, Doyle miró las olas del mar que a gran velocidad se agitaban. Sonrió e hizo un ruido con su labios rozando sus dientes. Lo relajado que le pareció aquel momento le convenció de quitarse las botas y descalzar sus pies en la arena. Con agrado sintió la cálida humedad de la arena recorrer sus plantas y dedos de sus pies. Condujo su caminata hasta el estacionamiento del muelle, dónde maravillado gozó una última vez los movimientos de las olas. ✗

Millie miró a Preston con sus manos puestas en una taza de café. Llevaban cerca de quince minutos reunidos en la Manzana de Cristal. Preston permaneció intacto, contemplando la hermosa mirada que su novia le plantaba. Millie observó su taza. El café estaba a medias y después volvió a mirar a Preston comprimiendo sus labios.

—Así que, ¿eso sucedió? —preguntó ella.

—Quise decírtelo pero no encontraba la manera de hacerlo.

—Preston, no puedo creer lo que estás diciéndome.

—Millie, te juro que siempre fue así. El que me haya ido sin decir nada no significa que no te ame. Simplemente las cosas se complicaron en casa y tuvimos que marcharnos de forma inesperada.

—Ahora resulta...

—Te pido una disculpa por mi ausencia. No pensé dañar

nuestra relación de tal manera.

—A veces siento que eres otra persona, sobre todo cuando te vuelvo a ver. ¿Crees que eso es justo para mi?

—Por supuesto que no. Te amo, en verdad. Eres una persona increíble con la que quiero estar siempre y quiero que me des una nueva oportunidad. Has dicho que estás dispuesta y de verdad quiero que esto funcione.

—Yo también quiero que funcione. Es por eso que te pido tu apoyo y tu presencia. Sólo quiero que seas franco conmigo y respondas con toda sinceridad a lo que te voy a preguntar. ¿Puedes hacerlo?

—De acuerdo, dímelo.

—¿Hay algo que no me estás contando? ¿Algo que no me hayas dicho? ¿Algo que no sepa sobre ti?

Los nervios se apoderaron de Preston quien de inmediato tomó una postura seria. Tragó un poco de saliva. Respiró profundo y observó los ojos de su hermosa novia tomando sus manos para finalizar.

—No —respondió Preston con alivio.

—Es grandioso para mi escuchar eso porqué siento que puedo volver a confiar en ti. Estoy enamorada de ti, Preston. Cada vez que pienso en ti me vuelvo loca y mi piel se eriza cuando escucho tu nombre.

Preston tomó la mano de Millie y la apretó. Con su sonrisa y una mirada llena de compasión acompañó el sentimiento de la joven.

—Sólo quiero estar segura de que no hay secretos entre nosotros. De que lo que había que aclarar ahora está aclarado y que las cosas de hoy en adelante funcionarán porqué nosotros haremos que funcionen.

Millie se puso de pie y Preston le acompañó. Ella lo abrazó muy fuerte y sin soltarlo. Preston la besó y dieron por renovados los votos de su noviazgo. Sin embargo, la mirada confusa de Preston apuntaba al exterior del lugar. Estaba mintiendo de nuevo sobre sus secretos. Estaba fallándole a Millie al no contarle sobre sus habilidades especiales. Algo le detenía y el no sabía lo que era. Sentía un miedo al rechazo por su novia y que eso provocara que la perdiera para siempre.

Carol llegó a su casa alrededor de las 3 de la tarde después de dejar a Alison entrenando a Kimberly. Le había ordenado que cerrara la tienda a las 5 de la tarde. Había algunas personas esperándole en el vestíbulo a su llegada. Harry les había recibido. Esas personas habían sido contratadas para la organización de la fiesta de su esposo. La tarea era el acomodo de las mesas y la preparación de la comida así cómo las bebidas incluso. Era el cumpleaños número cuarenta y cinco de Harry y todo parecía ir bien, al menos en el mundo normal. Se trataba de una fiesta elegante que comenzaría alrededor de las 8 de la noche en la cual Harry había solicitado el uso de antifaces. Harry tenía una misteriosa obsesión por las fiestas de antifaces. Carol quería que fuera una noche perfecta y que las cosas salieran mejor de lo que esperaba. Durante un buen rato coordinó a algunos de los cocineros para que terminaran de preparar la comida que faltaba. Había unas bandejas enormes con comida recién colocadas en la cocina que Carol había enviado a hacer días antes. Tyler y Warren llegaron temprano a casa. Warren suspendió las dos últimas de sus clases para ayudar a su madre con la organización del evento y Tyler había estado libre desde temprano. Cinco personas colocaban adornos alrededor de toda la casa desde el vestíbulo, paredes, pasamanos de las escaleras e incluso algunos muros. Dos personas más se encargaban de colocar mesas y taburetes blancos en el patio trasero de la casa. Carol iba en serio cuando decía que la fiesta de su esposo sería en grande.

Cuando dieron las 7:30 de la noche, la fiesta estaba por comenzar y algunos invitados habían llegado. Vestían elegantes trajes y vestidos cubriendo parte de su rostro con el antifaz requerido. Entre ellos, Charlotte, Teresa y Debbie se acercaron a la entrada de la casa de los Goth. Al ingresar, fueron conducidas por un hombre que les dirigió hasta el jardín trasero de la casa. Ellas quedaron impresionadas por la decoración del lugar.

Pensaban que estaban en la fiesta de un adolescente adulto. Carol les observaba mientras bebía una copa de champán. Su mirada hacia ellas era escéptica. Soportaba a Teresa pero no a Charlotte y con Debbie no tenía mucha comunicación. Esa noche, Carol hizo las pases consigo misma y caminó hasta el grupo de cuarentonas para saludar.

—Hola. No pensé que serían las primeras en llegar.

—Hola Carol —saludó Teresa.

—Muchas gracias por invitarnos —agradeció Debbie.

—De nada. Las amigas de mi esposo siempre están invitadas a este tipo de eventos.

—Hola Carol —saludó Charlotte.

—Charlotte... espero que disfruten la cena.

—Por supuesto que así será —sonrió Teresa.

—Quisiera quedarme a platicar con ustedes pero debo echar un ojo a los cocineros y ver que es lo que falta para que la fiesta comience —Carol bebió de su champán.

—Sí, seguro que también querrás cuidar a Harry después de lo que sucedió —Charlotte sonó incómoda.

—Charlotte —Teresa intentó calmar a su amiga.

—No te preocupes Teresa, entiendo el mensaje de tu amiga. Pero lo que no entiendo es que hacen ustedes dos con ella —Carol miró con desagrado a Charlotte y se alejó del grupo.

En su camino al interior de la casa, se encontró a Warren y Ryan con unas bocinas cargando en sus manos. No parecían exhaustos por la sobre fuerza que formaba parte de ellos. Aunque el cansancio fue interpretado por disimulo.

—Mamá, ¿dónde colocamos estas bocinas? —preguntó Warren.

—Justo cerca de esas mujeres —Charlotte señaló a Teresa y las demás.

—¿No les molestará el ruido? —preguntó Ryan.

—No lo creo. Además la música es clásica, así lo decidió tu padre —Carol se despidió de los hermanos dejándoles con las bocinas cargando en sus manos.

Ambos caminaron y colocaron los cuatro aparatos a dos metros del trío de mujeres que todavía conversaba. Ryan observó a Charlotte con seriedad sin quitarle los ojos de encima. Tenía un interés profundo por saber que hacía aquella mujer esa noche en su casa. Se veía muy diferente a la ultima vez que la vio aunque no pudo evitar acercarse más.

—Ryan...

—¿Qué?

—¿Quieres dejar de verla? Sospechará algo.

—No puedo creer que tuve razón en seguir mi corazonada meses atrás.

—¿Quieres calmarte? Doyle se encargará del resto y en cuanto Albert averigüe sobre las desapariciones nos pondremos en una nueva misión.

—Es lo que más quiero en estos momentos.

—¿La nueva misión?

—Si, ¿tú no?

—No, me da igual.

—Estoy harto de lo mismo y no averiguar mucho.

—Tranquilo. Dejemos esto y vayamos adentro.

Phil siguió con sus averiguaciones aquella tarde en casa de los Sullivan. Había encontrado una pista que le guió hasta aquel lugar. Hacía mucho tiempo que no visitaba la mansión desde antes de que Miles muriera. Recordaba con alegría los momentos que pasó al lado de su amigo que era cómo su hermano. Phil tenía un gran aprecio por él y desde hacía meses quería vengar su muerte. Escondido detrás de unos arbustos vio con cuidado la partida de Margaret, Mark y Sandra hacia la fiesta de Harry. Phil había sido invitado también aunque en aquel momento su vestimenta no era la adecuada para la fiesta. Llevaba una gorra negra, unos pantalones negros y una chaqueta azul oscuro. La curiosidad lo llevó a entrar por una de las puertas traseras de la mansión llegando a un área dónde los artículos de limpieza eran almacenados. Había cámaras por todas partes. Phil era inteligente y llevaba un arma con silenciador en su bolsillo. Destrozó dos cámaras de vigilancia con un disparo y pasó una puerta que lo llevó hasta un pasillo dónde estaban las habitaciones de los empleados de la casa. Phil caminó con el arma en mano. Su mirada era seria mientras apretaba los labios. Tan pronto se acercó a la puerta ubicada al final del pasillo pudo ver que no había moros en la costa. La casa lucía sola. Las empleadas de limpieza estaban en la cocina y el mayordomo comía mientras hablaba con ellas. Phil observó una cámara de vigilancia más en el vestíbulo. Caminó hasta ella y con cuidado la destruyó con un disparo. Subió los escalones construidos en espiral llegando hasta la planta alta dónde avistó las habitaciones que pertenecían a la familia. Caminó con paso lento cuidando sus espaldas. La caminata lo llevó hasta la oficina de su amigo Miles dónde había un retrato grande del occiso. El lugar parecía un santuario. Phil fue cuidadoso al llegar hasta la puerta pero al darse cuenta que tenía llave, usó el arma para destruir la cerradura y entró a la fuerza. Comenzó a revisar las cosas de Miles guardadas en los cajones del escritorio. Cuando creyó encontrar algo que tranquilizó sus curiosas manos, el teléfono móvil le vibró en el bolsillo. Tenía varias llamadas perdidas de sus amigas y una de Harry. La búsqueda de respuestas llevó a Phil a registrar cada una de las habitaciones sin descubrir algo relevante. Incluso fue cuidadoso al revisar la habitación en la que Mark dormía.

Phil creyó haber descubierto algo que conectaba toda su investigación y de inmediato salió de la mansión. Tan pronto llegó a su coche aparcado a sólo una cuadra, llamó a Harry con los nervios de punta.

—Tenemos que reunirnos ahora. Creo que he encontrado pruebas de quien asesinó a Miles. Voy camino a tu casa —Phil colgó la llamada y subió a su auto. Malice le vio alejarse escondido detrás de un callejón cercano a la mansión. El malvado villano tocó su máscara e hizo un movimiento en negación con su cabeza. Llevaba unos guantes blancos y el mismo atuendo de siempre.

La fiesta de Harry comenzó a las 8 en punto de la noche. Los invitados seguían llegando. Harry había invitado a pocos de los empleados de su compañía y a un nuevo prospecto para ser sustituto de Mark cuando este se casara. Algunos invitados tenían antifaces puestos y otros usaban máscaras. Era el lugar perfecto para que Malice atacara sin lugar a dudas. Ryan y sus hermanos permanecieron en la entrada, usando antifaces también. Estaban esperando a Albert quien les había llamado hacía unos minutos. Cuando el guardián se presentó usando una máscara, les dijo a los hermanos que los responsables de las desapariciones eran las Bestias Hanaku y que debían tomar cartas en el asunto de inmediato.

—Vamos Albert, ¿no puede esperar una noche?

—Sólo unas horas y comenzaremos de lleno con esa misión.

—Ryan, ¿sabes si Doyle ha llegado? —preguntó Tyler.

—No debe tardar —Ryan ajustó su corbata— comienzo a odiar las fiestas en esta ciudad.

—¿Lo dices por el traje? —preguntó Warren.

—Aparte, no me gustan las corbatas.

—¡Ahí está Doyle! —señaló Tyler—. ¡Oye Doyle!

Doyle se acercó a los hermanos usando un antifaz y un exótico traje negro. Tenía una corbata de rayas negras con grises y una camisa blanca debajo.

—Creímos que no vendrías —dijo Ryan.

—Demoré un poco pero aquí estoy.

—¿Quieres algo de tomar? Hay soda y limonada —propuso Warren.

—¿Bromeas? Quiero una cerveza.

—Doyle es que tenemos menos de veintiún años y no podemos beber alcohol aquí.

—Dame un respiro, tenemos antifaces.

Doyle se acercó a un mesero que pasaba frente a ellos. Pidió una cerveza e hizo que los hermanos se calmaran.

—Allá está tu padre, creo que iré a saludarlo —dijo Doyle.

—Sólo averigua que trama —pidió Warren.

Doyle caminó hacia Harry. El padre de los hermanos conversaba con un amigo suyo. Con su mano, Doyle tocó el hombro de

Harry y después se quitó el antifaz.

—Hola Harry, ¿me esperabas?

—Disculpa un momento —dijo Harry a su amigo con el que hablaba y dirigió su atención hacia Doyle.

Harry no tenía la remota idea de lo que Doyle hacía aquella noche en su fiesta y trató de averiguarlo.

—¿Qué haces aquí?

—Tus hijos me invitaron, me he acercado a ellos.

—¿Qué? ¿Saben sobre mí y mis amigos?

—Descuida Harry, ellos no saben nada. Sin embargo, creo que los has subestimado mucho.

—¿De qué hablas?

—Son más inteligentes y poderosos de lo que creías.

La revelación de Doyle lo dejó inquieto. Harry sabía que pudo haber cometido un grave error. Tomó un poco de la bebida que sostenía en su mano derecha. Doyle se alejó y el saludó a otros invitados hasta que a lo lejos pudo ver a Charlotte con sus dos amigas. Harry se acercó hasta ella y con respeto le pidió unos minutos para hablar. Charlotte accedió y ambos caminaron hasta un lugar libre de ruido y personas.

—Gracias por estar aquí —dijo Harry.

—A ti por invitarme.

—No sé cómo decirte eso pero quiero que me escuches.

—¿De que se trata?

—¿Estuviste embarazada?

Charlotte se rió y tomó un poco de su champán.

—Es una locura, ¿quién te lo dijo?

—Alguien dejó unas fotos en mi casa. Eras tu Charlotte. Las fotos son de la época en la que tu y yo estuvimos juntos.

—De acuerdo, es cierto.

—¿Qué?

—¿Esperabas que mintiera?

—Conociéndote creí que lo harías.

Harry se quedó mudo pensando en que el bebé que Charlotte había llevado en su vientre podría haber sido suyo.

—Lo perdí. Tuve una amenaza de aborto y ese niño nunca

nació.

—Charlotte, ¿yo te embaracé?

—Harry no seas ridículo, por supuesto que no. Después de que tu y yo rompiéramos salí con otros chicos. Mis relaciones fueron cortas hasta el día en que resulté embarazada. Tenía veinticuatro años y estaba sola y desempleada. Acababa de terminar la universidad, mi vida era un desastre pero supe que quería tener a ese bebé.

—Pudiste haberme llamado o a las chicas.

—Teresa y Debbie jamás supieron de ello. Harry quise tener a ese bebé pero lo perdí, fue todo.

—Lo siento mucho.

—No lo sabías y pues la verdad tu y yo perdimos el contacto. Ahora estás casado con Carol y creo que deberías cuidar de sus espaldas.

—No estamos hablando de Carol aquí, ella es mi esposa y la amo.

—Lo sé y ahora tus hijos son los Protectores.

—Sobre eso —Harry hizo una seña a Debbie y Teresa para que se acercaran— quiero hablarte de algo que hice.

—Harry, ¿qué sucede? —Teresa se acercó.

—Miren sé que es una locura y sé que Teresa no quiere saber nada sobre esto al igual que Phil, quien está por llegar, pero hay algo que debo decirles.

—Harry no me importa. No estoy dentro de tus planes —afirmó Teresa.

—Bueno, Doyle y yo hicimos una alianza. El está tras los Cazadores.

—¿Qué? ¿Estás bromeando? —Charlotte sonó impresionada.

—Fue lo mejor después de que nos salvara aquella noche.

—¿Cómo sabes que no es el enemigo tomando ventaja? —preguntó Teresa.

—Porqué sabe cosas sobre mis hijos. Se está acercando a ellos para averiguar el paradero de los Cazadores.

—No puedo creerlo —Teresa levantó sus manos moviendo su cabeza en forma negativa.

Se alejó del grupo caminando hacia otra área del patio dónde diez invitados conversaban entre ellos y la música sonaba a un volumen moderado.

—Estoy haciendo esto para protegernos. Doyle me dijo que los Protectores son muy poderosos y que todo este tiempo estuvimos subestimándolos.

—Ese fuiste tu Harry. Sientes que porqué son tus hijos no son capaces de protegerte y estás mal. Tienes que dejar eso por la paz y que ellos hagan su tarea —Charlotte le aplacó.

De manera inesperada, Harry se empujó sin querer hacia Charlotte haciendo que derramara su bebida en el vestido de la mujer. Había tropezado gracias a alguien que no pudo ver. Para colmo, el vaso que cargaba en su mano había quedado tirado en el suelo. Debbie le pasó un papel a Charlotte para que se limpiara el champán derramado mientras Harry buscaba a la persona que le había empujado y hecho tropezar. Charlotte estaba seria y molesta aunque fue comprensiva con Harry. Harry apretó los labios y observó a las dos mujeres.

—Phil ha tardado en llegar, voy a llamarlo —dijo Harry.

—¿Está todo bien? —preguntó Debbie.

—Vamos a conversar sobre algo que descubrió —Harry revisó los bolsillos de su pantalón buscando su teléfono móvil— oh por Dios, no tengo mi teléfono.

—Harry lo tenías en tu mano y lo guardaste no hace más de cinco minutos.

—¡No lo tengo! —exclamó— revisaré dentro de casa y llamaré a Phil.

Los invitados cenaron minutos más tarde disfrutando de unos deliciosos bocadillos. El deleite de Harry por la comida italiana era notable. La pasta fue servida en platillos blancos con una bola de puré de papa por un lado y grandes piezas de pollo. Carol lució contenta mientras observaba a los veinticinco invitados. Harry estaba al centro de la mesa sonriendo y viendo a cada uno de los presentes. El vino era exquisito y la música animó el ambiente. Después de la cena, tres invitados más llegaron a la fiesta. La puerta del recibidor estaba abierta sin que alguien estuviera al tanto de recibir a los invitados. Uno de los recién llegados fue Phil. El teléfono móvil le vibró y vio un mensaje de texto con las palabras:

"Buscame en la oficina de la planta alta, Harry".

Phil se dirigió por su propia cuenta a las escaleras que llevaban a la planta alta separándose de los invitados que llegaron junto a él. Subió los escalones y a paso lento caminó hasta la oficina de Harry. Una vez que llegó, abrió la puerta.

—¿Harry? ¿Estás aquí? —preguntó—. Recibí tu mensaje, llegué y decidí venir directo contigo antes de ir con los demás. Es verdad amigo, necesito contarte esto antes de contárselo a las demás.

Phil se sentía convencido sobre algunas cosas y creí qué las insistencias de Harry la noche del incendio estaban justificadas. Sonriente, buscó a su amigo por cada rincón de la oficina. Nadie respondió. La oficina estaba sola y el olor a guardado era intenso. Se confundió y pensó que tal vez Harry no había llegado o que alguien le había entretenido antes de subir.

Pero, una serie de aplausos acallaron sus dudas aquel momento seguidos del rechinido de una puerta.

—¿Harry? —preguntó Phil.

El hombre giró su vista para ver quien había entrado. No era Harry, sino Malice, mostrándole el teléfono móvil de Harry.

—No irás a ninguna parte —dijo el enmascarado con una voz distorsionada.

—Malice... sé que mataste a Miles —Phil le señaló— ¿qué quieres de nosotros?

—Miles murió porqué metió sus narices dónde no debía y nadie puede saber quien soy.

Phil no se quedó con los brazos cruzados e hizo uso de su poder lanzándole rayos de luz con sus ojos.

—Teresa me ayudó a recuperar mis poderes y ahora puedo enfrentarte. Voy a vengar la muerte de Miles.

Malice esquivó los rayos moviendo su torso a los lados. Los rayos impactaron en un librero de madera destruyéndole por completo. Malice usó sus piernas para patear a Phil y con una mano lo golpeó en el rostro. Phil cayó al suelo pero no se dio por vencido y se volvió a levantar. Malice sacó una daga de su vaina y la sostuvo con su mano izquierda. Phil le observó temeroso y consciente de que Malice estaba ahí para matarlo.

—Sé quien eres —dijo Phil— y todos lo sabrán ahora.

Phil salió corriendo de la oficina moviendo sus manos para balancearse pero fue derribado por el temible enmascarado quien logró alcanzarlo. Lo tumbó con un golpe en la espalda y finalmente lo atrapó. El hombre comenzó a gritar para que la gente lo escuchara. Abajo, la muchedumbre escuchó los gritos y curiosos por saber lo que ocurría se acercaron al balcón observando desde abajo. Harry entró con una bebida en su mano riendo y miró directo al balcón. Algo no andaba bien. Los invitados continuaban usando sus antifaces y celebrando el cumpleaños de Harry aún curiosos por saber lo que ocurría. Malice y Phil forcejearon sin parar. Phil intentó quitarle la máscara, sin embargo, el enmascarado fue más rápido y le clavó la daga en el abdomen tapándole la boca con su mano. Caminando, lo empujó llevándolo hasta el balcón dónde arrojó al pobre Phil. Cayó sobre una mesa de madera que quebró en el acto ante la atónita mirada de Harry y sus invitados. La caída había sido demasiado fuerte y le había dejado sin posibilidad de levantarse.

Alison, que se encontraba cerca, gritó al ver a Phil tirado en el suelo sobre la mesa rota. Harry tiró su bebida y corrió hacia Phil mientras los invitados observaban horrorizados. La música paró y todo el mundo se acercó a ver a Phil moribundo en el suelo. Tenía la cabeza empapada de sangre y la daga seguía clavada en su abdomen. Phil volteó su rostro poco a poco y observó a Harry a medida que la sangre comenzaba a salir de su boca. Harry tenía el ceño fruncido y su corazón estaba agitado. No sabía que hacer hasta que le gritó a Carol pidiéndole que llamara a una ambulancia.

—Ella es una... perra... Malice —dijo Phil mientras tosía con gran dificultad para hablar.

—Phil —dijo Harry agitado sin querer tocarle— ¿de qué estás

hablando? ¿quién es Malice?

Phil dejó de respirar. Su cabeza cayó de lado con los ojos abiertos. Había muerto. Harry tenía los ojos ensanchados sin poder creer lo que había sucedido. Su cumpleaños se había transformado en una completa masacre.

—¡La ambulancia! ¡Por favor! —gritó Harry desesperado mientras tocaba el cuerpo de su amigo. Sus manos estaban cubiertas de sangre y su estado era de completo estupefacto.

Los invitados miraron consternados. Alguien había matado a Phil Grimson aquella noche. Harry abrazó a Phil con la muchedumbre observándole. Estaba en shock asimilando lo sucedido. Ryan y sus hermanos llegaron corriendo. Warren subió las escaleras dirigiéndose hacia el balcón dónde pudo ver a Malice en el pasillo, con la máscara puesta. El villano desapareció en un abrir y cerrar de ojos ante la mirada del chico metálico quien de inmediato bajó de nuevo los escalones para buscar a sus hermanos.

Charlotte, Teresa y Debbie llegaron instantes después y quedaron impactadas al ver a Harry abrazando a su amigo muerto en el suelo. Las lágrimas escurrieron de sus ojos cómo una cascada y la primera en acercarse fue Teresa.

—Warren, ¿qué diablos sucedió? —Ryan se acercó a su hermano.

Warren tenía la mirada cabizbaja.

—Fue Malice —murmuró al oído de su hermano— mató a Phil.

Warren volteó y observó a su padre con las ropas llenas de sangre. Tyler entonces se acercó a Harry mientras Debbie y Charlotte lloraban sin piedad la muerte de su amigo.

La policía y los forenses hicieron su presencia minutos más tarde. El cuerpo de Phil fue puesto dentro de una bolsa encima de una camilla. Una persona se encargó de llevarlo hasta una ambulancia que con las puertas abiertas disponía su espacio para albergar el cadáver del difunto. La fiesta había sido cancelada y la mayoría de los invitados se habían ido después de haber sido interrogados por la policía acerca de lo sucedido.

Dos médicos forenses analizaban la escena del crimen dónde Phil había caído y perecido.

Ryan y sus amigos conversaron en el patio sobre el siniestro. Cerca de ellos, Sandra abrazaba a un inquieto Mark mientras escuchaban las quejas de Margaret sobre la inseguridad en la ciudad. Sandra parecía fastidiada y lo único que quería era irse de aquel lugar.

—No puedo creer lo que pasó. Malice mató a Phil. Debió haber algún motivo para que lo hiciera aquí y ahora —Ryan estaba en shock.

—¿Crees que sabía algo sobre Malice? —preguntó Tyler.

—No lo sé, pero han ido cayendo uno a uno. Primero Julianne, después Miles y ahora Phil. ¿Quién sigue? ¿Papá? —dijo Warren desesperado— no podemos simplemente no saber. Ese demonio está matando al grupo de nuestro padre, debemos hacer algo antes de que continúe. La vida de la madre de Alison y Millie podría estar en peligro y es posible que nuestro padre sea su objetivo ahora. No podemos quedarnos sin hacer nada.

Harry aún estaba pasmado por la muerte de su amigo. Su corazón no había dejado de palpitar de sobremanera desde que los forenses le apartaron del cuerpo de Phil. Se sentía responsable por su muerte. Creyó que el haber sido tan insistente condujo a su amigo a la muerte. Carol se le acercó y lo abrazó tratando de consolarlo ante la irreparable pérdida de su gran amigo Phillip Grimson, el último amigo hombre de la adolescencia que le quedaba. El ambiente que se percibía esa noche en casa de los Goth era de pánico y frustración. Los estragos causados por la muerte de Phil habían obligado a los invitados a abandonar el lugar, mientras que los curiosos se aseguraron de que Harry se encontrara con bien. De un momento a otro, la presencia del detective Billy Conrad en la escena del crimen no se hizo esperar.

El detective bajó de su automóvil y se introdujo en la residencia de los Goth mientras los forenses inspeccionaban aún la escena del crimen.

—Tiene que ser una broma —dijo Billy al ver a Harry Goth

entre las personas presentes en el lugar de la escena del crimen. Billy se acercó a los forenses para conocer de fondo el siniestro. Ahora sabía que el caso que Tangela le había pedido investigar podría tener relación con lo sucedido en casa de los Goth. Algunos policías se acercaron a Billy y le informaron sobre lo sucedido. Para aclarar un poco más su panorama, Billy se acercó a Harry para presentarse.

—¿Harry Goth?

—¿Sí? —respondió abrazado de su esposa Carol.

—Soy el detective Billy Conrad. Lamento mucho la pérdida de su amigo. Los forenses y algunos policías me informaron sobre lo sucedido. Yo estaré llevando el caso de este asesinato. Le prometo que atraparemos al monstruo que hizo esto aunque me temo que tendrá muchas preguntas por responder así que estaremos muy en contacto.

Harry suspiró por un momento. Apartó su vista del detective y volvió a mirarle.

—Entiendo. Gracias detective.

Conrad le observó cabizbajo.

—Lamento que su fiesta de cumpleaños terminara de forma abrupta. Y también sé que Phil Grimson estuvo hospitalizado hace unas semanas por unas quemaduras que sufrió en un incendio.

—¿Incendio? —Harry se puso nervioso.

—Usted dígamelo. ¿Cabañas Stain? ¿Le recuerda algo?

Carol puso su mano sobre la espalda de su esposo y con el ceño fruncido observó al detective.

—¿De que habla el detective cariño?

—Lo llamaré señor Goth —Conrad le sonrió y se alejó.

—Carol, ese detective sabe lo del incendio en las cabañas y que Phil estuvo hospitalizado. ¿Cómo es posible eso?

—Dijiste que sólo estuviste tú y las personas que te rescataron.

—Tengo la impresión de que ese detective no se irá pronto.

Habían pasado tantas cosas aquella noche. Era duro para todos asimilar la partida de un ser querido y más cuando se trataba de un asesinato a sangre fría. Era uno de los crímenes más atroces en la ciudad en plena fiesta.

Kali estaba sentada sobre la mesa de concreto dentro del mausoleo ubicado en el cementerio de Sacret Fire. Con sus manos controlaba una esfera de fuego. Sus ojos estaban ensanchados a medida que observaba las flamas ir de un extremo a otro dentro de la cúpula. Su cabello rubio estaba lacio. Había decidido adoptar una nueva imagen ahora que era prófuga de la justicia demoniaca.

La esfera se evaporó cuando escuchó la voz de la pequeña Andrea.

—Malice lo ha matado —informó la niña caminando por el cerrado lugar.

—Uno menos.

—Ese hombre había descubierto su verdadera identidad. No podemos arriesgarnos a que alguien lo haga. Nuestros planes se vendrían abajo. Ahora debemos enfocarnos en Sophie.

—Eso pensaba —Kali bajó de la mesa de un salto— mira por lo que escuché los Protectores piensan que Malice es uno de los Cazadores y mientras sigan creyéndolo es mejor para nosotras. Eso lo cambia todo. Ahora debemos trabajar en Sophie si queremos lograr lo que hemos estado buscando durante todos estos años.

—Más de noventa años.

—Bueno, tu lo has dicho.

—¿Crees que Sophie sepa algo sobre lo que nosotras sabemos?

—No creo que Sophie Barnes haya descubierto que es la misma reencarnación de Claire Deveraux. Si lo descubrió, comenzará a hacerse muchas preguntas.

—Nuestro objetivo es proteger la identidad de Malice y nuestra operación. Aunque debemos darnos prisa para que Sophie descubra su verdadero destino. Si las cosas salen cómo las planeamos desde un principio estaremos más cerca de lograr lo que queremos, aunque nos tardemos un poco más.

—Recuerda que muchos hilos los movemos nosotras. Esas familias están bajo nuestro control.

—Lo sé. Es emocionante.

—Sé que Gorsukey me quiere muerta. Debimos prever eso.

—Eso será problema tuyo. Matar a Jantana firmó tu sentencia de muerte.

—Ella pudo haber arruinado todo. Tenía que morir. Además, yo no la maté. Fue Malice.

—Es cuestión de tiempo para que Gorsukey te encuentre así que ve ideando un plan para evitar que eso suceda o no lograremos lo que queremos. ¿Recuerdas que aún trabajas para mí?

—No tienes porqué recordármelo. Lo sé de antemano.

—Bien, porqué es hora de enfocarnos en Sophie Barnes. Llevo años esperando para que nuestros planes se cumplan, no podemos perder más tiempo del que ya perdimos. Pronto las cosas cambiarán y yo volveré.

—Manos a la obra —Kali sonrió.

CAPITULO 14: Retrato Familiar

El sonido de una campana se escuchó por todo el centro de la ciudad. Habían dado las 12 del medio día aquel 10 de enero de 2012. En días normales, la iglesia católica tocaba la campana cada cuatro horas durante el día, empezando a las 8 de la mañana y terminando a las 12 de la noche. Hacía mucho frío y había nieve por todas partes. Los ciudadanos salían a limpiar la nieve acumulada al frente de sus casas. En el centro se habían formado montañas de nieve que dificultaban el paso de los vehículos a medida que transitaban por las calles.

Warren, Tyler y Ryan caminaron alrededor de la plaza principal de la ciudad. Habían asistido al funeral de Phil Grimson horas atrás. Hacerse a la idea de que la muerte rondaba por sus vidas no era nada agradable y más cuando el asesino aún estaba al asecho. Desconocían las razones por las cuales Phil estaba muerto. Aunque en todo momento, conectaban su muerte con la de Miles. ¿Era posible que Phil supiera quien era Malice? Por supuesto, por eso murió aunque los chicos no lo sabían.

El mayor de los hermanos aseguró aquella tarde mientras caminaba al lado de Ryan y Tyler que Malice había asesinado a Phil ya que logró verlo antes de que desapareciera en un abrir y cerrar de ojos. Los chicos habían estado tan concentrados en ayudar a su padre a sobrellevar la muerte de su amigo en pleno cumpleaños y también habían dejado la investigación de lado mientras los días de luto terminaban.

Continuaron la caminata hasta la Bala Mágica a dónde llegaron cerca de las 3 de la tarde. Alison estaba en la recepción de la tienda con su vista al frente de la computadora. Tenía un vestido negro puesto. Había prometido a Carol tener el sitio web listo para los próximos días. A su lado, tenía una cámara digital encima del mostrador que había usado para tomar fotografías de todas las antigüedades que tenían en existencia para colocarlas en el sitio web. Alison se sentía muy contenta. La idea de construir un sitio web para un negocio representaba mucho para ella. Ryan, que traía una bufanda tapando su cuello y una chamarra gruesa de lana se acercó a su amiga para saludarla mientras Tyler y Warren permanecieron en el recibidor sosteniendo una entretenida conversación.

—Llegaste antes que nosotros.

—Bueno, entré a las 3 de la tarde hoy —Alison miraba a Ryan de reojo— y tengo bastante trabajo con el sitio que estoy construyendo para tu madre. ¿Estarán toda la tarde por acá?

—Tyler y Warren están algo consternados. Veremos a Albert por la tarde para retomar la misión de encontrar a las Bestias Hanaku. Según Albert, los Reyes Mágicos están seguros de que son los responsables de las desapariciones.

—Entonces te buscaré después de salir.

—¿Cómo te va con la chica nueva?

—¿Te refieres a Kimberly?

—Si.

—Ella es genial. Le encanta hablarme sobre la historia del mundo. Aunque según tu madre estará poco por aquí.

—Sí supe que la oferta de trabajo que le hicieron al salir de la universidad fue cancelada.

—Debió ser frustrante para ella.

—Ya lo creo. No me imagino luchar durante cuatro años para que una oportunidad de tal magnitud se esfume así.

—Ryan, has luchado contra demonios durante más de cuatro meses. Seguro que podemos con ello.

Los estudiantes caminaron por los alrededores de la preparatoria Mullen. Juliet acababa de regresar del funeral de Phil Grimson. Ella cerró su casillero y acomodó su cabello detrás de su espalda. Tenía aquella mirada triste y desorientada. Comenzó a caminar por el pasillo para dirigirse a su automóvil aparcado en el estacionamiento. Ya nadie le miraba, había dejado de ser el tabloide de los medios. Ya no era más el tema de conversación en la preparatoria, aunque muchos chicos estaban impresionados de que ahora se juntara con los nuevos compañeros de Filadelfia y las hermanas Pleasant.

—¿Juliet? —dijo una voz a unos metros de la chica.

Ella se detuvo y giró su vista. Era un chico que le conocía de tiempo atrás. Zack Miller.

—Zack —Juliet se le acercó y le dio un abrazo— discúlpame no te vi.

—¿Estás bien?

—Eso trato. Esta mañana fui al funeral de uno de los amigos de mi padre y regresé a la escuela a recoger un libro de mi casillero.

—Lo siento mucho.

—Está bien. Aunque aun me cuesta creer que primero mi papá falleciera y ahora su amigo.

—Te entiendo.

—Las cosas suceden por una razón. Oye, te vi en el Hutren conversando con Preston, ¿son amigos?

—Desde hace un tiempo, nos conocimos en el primer día de clases y desde entonces nos hablamos.

—Sí, porqué Preston tiene poco en la ciudad.

—¿De dónde se conocen?

—Es novio de una de mis mejores amigas.

—Cierto, Millie Plasant.

—Exacto.

Juliet observó su reloj y se dio cuenta de la hora. Era algo tarde y Albert quería que se reunieran en el COP.

—Zack, debo irme pero fue increíble verte de nuevo.

—Lo mismo digo. Espero que las cosas mejoren.

—Gracias —Juliet le despidió con un beso en la mejilla.

Zack alejó su caminar de la chica. El joven había sido su novio dos años atrás. La relación que tuvieron fue cosa de niños. Eran tan sólo dos pequeños de catorce años queriendo explorar el mundo. Sin embargo, Juliet encontró algo en él que la hacía muy feliz. Aunque hasta la fecha, no había nada más que sólo amistad.

Ella entró a su auto con la mirada distraída. Vio su teléfono móvil y llamó a Warren.

—Voy en camino —dijo con pesadez.

Colgó la llamada y guardó el teléfono en su bolso. Encendió su auto, se echó en reversa y salió disparada cómo un rayo de la preparatoria.

Hacía un frío impresionante aquella tarde a pesar de la nieve acumulada en la carretera. El viento soplaba fuerte y los árboles estaban muertos. En el suelo había nieve sucia que hacía resbaloso el pavimento. Con su vista hacia el camino, Sophie conducía con el cabello suelto y una mirada de júbilo en su rostro. Pero no iba sola. En el asiento del acompañante iba un hombre de estatura media, barba, cabello castaño y ojos marrones. Se le veía de unos treinta años y tenía la mirada distraída en su teléfono móvil que no soltaba en ningún momento. Llevaba un suéter oscuro de mangas largas. Sophie no decía ni una palabra. Tenía la vista puesta en la carretera. Le daba miedo conducir cuando había caído nieve. El hombre entonces comenzó a hablar. Tenía la voz ronca, propia de su personalidad.

—Admiro que después de todo fue fácil persuadirte. Eres una chica testaruda pero viendo todo lo que has logrado hasta ahora me da una sensación de confianza enorme.

—¿Y porqué no habría de hacerlo?

—Sophie eres una mente maestra. A pesar de que no me agrada en lo que te has metido.

—Kirk, basta. Te dije que sólo lo haría porqué yo también creo que hay algo que Carol está ocultando y no quiere decirme. ¿Recuerdas que me envió a esa escalofriante ciudad y no me dio una razón específica?

—Eso es algo con lo que podemos comenzar a trabajar —Kirk se acomodó— tengo la impresión de que ella ha estado detrás de muchas cosas.

—No me siento cómoda con tu propuesta de atrapar a Carol, pero quiero averiguar si ella tiene algo que ver en todo esto.

—¿Y es por eso que me pediste que te acompañara?

—Apenas te conozco, pero creo que dadas las circunstancias es lo menos que puedes hacer. He estado en esta ciudad al menos dos veces y no quería regresar sola. No has visto lo que yo he visto.

—¿Qué has visto?

—Una niña fantasma me llevó a un cementerio en dónde descubrí la tumba de una mujer que resultó ser una bruja muy poderosa que es idéntica a mí. Esa niña dice que yo no soy quien creo que soy, lo que me ha llevado a pensar que soy una reencarnación de Claire.

—No lo dudaría.

—Kirk, es una locura. Esa niña nos atacó a Sage y a mi cuando estuvimos en el mausoleo de Claire. Es cómo si no quisiera que Sage estuviera conmigo.

—Pero Sage te dijo que ha descubierto la casa que perteneció a Claire Deveraux ayer, ¿no es así?

—Si, y es por eso que vamos hacia allá. Dormiremos en un hotel y al amanecer saldremos a reunirnos con Sage.

—Toda esta historia es muy confusa, ¿crees que tiene que ver con Carol?

—Sólo quiero averiguar que conexión tiene ella con todo esto y es por eso que acepté trabajar para ti. No quiero tu dinero, quiero respuestas. Siento que estoy a punto de descubrir algo que está por cambiar mi vida por completo.

—Estoy de acuerdo.

—Kirk, ¿qué eres?

—Digamos que soy una especie de ángel guardián.

—No bromees.

—Sólo estoy tras Carol Goth porqué quiero respuestas sobre lo que está haciendo. No es una persona de fiar.

—Pero, ¿qué tiene que ver ella con todo lo que estás diciendo? ¿en verdad es así de malvada?

—No me refiero a ello. Sólo que es una persona que no es de fiar y voy a estar ahí para atraparla y hacerla que confiese las cosas que ha hecho.

Sophie mantuvo sus ojos en la carretera observando una ciudad a lo lejos. La carretera iba en descenso y Sacret Fire podía ser vista. Kirk quedó impresionado con la belleza de aquella ciudad, a pesar de la arquitectura gótica que poseía.

—Es muy bella —dijo Kirk sorprendido.

—Bella y terrorífica.

El camino comenzaba a ponerse tranquilo. Aunque, hubo algunas complicaciones antes de entrar a la ciudad debido a varias reparaciones iniciadas por el gobierno. Sophie siguió conduciendo hasta que lograron entrar. Kirk no dejaba de observar los alrededores a medida que atravesaban el centro. Sophie dio vuelta en una esquina para conducir camino a la casa de Sage.

—¿A dónde vamos?

—A casa de Sage, sólo para avisarle que estamos en la ciudad.

Minutos más tarde llegaron a casa de los Walker. Descendieron del auto y caminaron hasta la entrada de la casa. Tocaron y fueron recibidos por una mujer de unos treinta años. Era la tía de Sage, Alanna Walker.

—Hola. Sophie, ¿cierto?

—Si, ¿se encuentra Sage?

—Voy a llamarla.

—Encantada de verla de nuevo, señora.

—Oh por favor, dime Alanna. Tengo apenas treinta y dos — dijo sonriendo.

Sophie sonrió también y Kirk permaneció a su lado con la sonrisa extendida. Había algo en él que no era muy claro. A pesar de las circunstancias, Sophie podía confiar en ese tipo pero no del todo.

Cuando Sage les recibió Sophie le dio un abrazo. La joven los hizo pasar a la sala de estar en dónde tuvieron una conversación por más de media hora.

Dentro de la conversación, planearon visitar la casa de Claire Deveraux y buscar las respuestas que Sophie quería. Sin embargo, cuando salieron de la casa de Sage después de hacer los planes, Kirk y Sophie notaron la presencia de la pequeña Andrea cerca. Kirk estaba sorprendido de verle. Sage creyó entonces conveniente ir en ese momento a la casa de Claire. Sophie opuso resistencia. El hecho de visitar la casa de su vida pasada le resultaba aterrador. Finalmente, terminaron haciéndolo.

Sophie condujo hasta la salida de Sacret Fire. Era una parte de la ciudad que nadie visitaba y dónde había algunas casas abandonadas. El césped abundaba y una de las casas era enorme. Era dónde Claire Deveraux vivió antes de morir. Era una casa con un estilo victoriano y un montón de árboles por detrás. Parecía que a Claire le gustaba la paz y tranquilidad al vivir lejos del centro de la ciudad. Sophie, Sage y Kirk bajaron del auto, cada uno cargando una lámpara en su mano. Subieron las escaleras que conducían a la entrada de la casa. En el jardín, les sorprendió ver un espantapájaros aterrador que parecía llevar muchos años ahí. Sage aprovechó para contarles que la casa era muy antigua y que llevaba más de diez años abandonada.

—¿Había gente viviendo aquí? —preguntó Sophie.

—Hasta dónde supe si. La casa lleva tiempo abandonada porque está embrujada. Eso se dice.

—Estás bromeando, ¿cierto? —Sophie se detuvo.

—No Sophie. Bueno, en realidad no lo he comprobado.

—De acuerdo —Sophie comenzó a caminar de nuevo.

Entraron a la casa de Claire Deveraux a través de una puerta de madera blanca muy bien conservada. El recibidor estaba ya muy viejo y había algunos muebles acomodados en forma una "L". Encima de los muebles colgaban retratos de personas que parecían ser la familia de Claire y una foto de ella, pendiendo en medio.

—En verdad eres tú —dijo Kirk sorprendido.

—Esa es Claire Deveraux. No yo. Sage, ¿cómo encontraste esta casa?

—Investigué en los archivos de las bibliotecas cercanas dónde había unos documentos que hablaban sobre los eventos de 1914 hasta que vi a Andrea. La seguí y vi esta casa. Después supe que estaba en lo cierto, era la casa de Claire Deveraux.

—Así que Andrea, ¿te dirigió?

—Justo cómo lo acaba de hacer.

—Debiste habérmelo dicho cuando me llamaste. Es peligrosa.

—Lo sé. Lo siento.

Kirk subió a través de unas escaleras construídas al lado de una pared justo dónde había otro retrato de Claire Deveraux. Las escaleras conducían a un extenso pasillo rodeado de muchas puertas. Eran cinco en total, lo que significaba que tal vez a Claire le gustaban las visitas. Kirk abrió cada una confirmando que se trataba de tres habitaciones y dos sanitarios. En la planta baja, Sophie inspeccionaba cada rincón de la sala y el comedor. Revisó la cocina dónde habían cosas que pertenecían a la familia anterior. Sin embargo, los retratos nunca fueron quitados. Regresó a la sala y se acercó a un viejo sillón que rechinaba al moverse sólo. Cerca, pudo avistar una fotografía encima de una mesa a un costado de un sofá. La fotografía, tomada en 1913 mostraba a Claire Deveraux y una familia, entre los cuales pudo observar a una pequeña niña. Sus rasgos eran idénticos a los de Andrea.

—¡Oh por Dios! —exclamó con asombro.

—¿Qué sucede? —Sage se acercó.

—Andrea está en esa foto —señaló.

—Déjame ver.

Sage tomó la foto y observó el reverso. Tenía una inscripción: "Familia Deveraux, 1913".

—Sage, esa niña era parte de la familia de Claire. Tal vez por ello nunca confirmaste los datos que decías.

—No me lo creo.

—¡No hay más!

—Oye, ¿dónde está Kirk?

Las dos jóvenes caminaron buscando al misterioso hombre quien no se encontraba en la planta baja. Subieron las escaleras y encontraron a Kirk dentro de una de las habitaciones, observando su reflejo en un espejo.

—¿Kirk? —preguntó Sophie.

—Esta casa está embrujada. Acabo de ver a una mujer vestida de negro que desapareció en un par de segundos. Ella estaba sentada en esta cama —Kirk volteó a verlas— después vi su reflejo en este espejo y de pronto se esfumó.

—Kirk encontramos esta foto de 1913 —Sophie le acercó la foto.

—¿Qué significa esto?

—No sólo Claire está en la foto, sino también Andrea. ¿Recuerdas a la niña que vimos cuando salimos de casa de Sage? Es ella —señaló.

Sage, abrumada, se tocó los brazos al sentir un fuerte escalofrío. El miedo se apoderó de ella a medida que Sophie hacía conclusiones inmediatas.

El golpe de una puerta los distrajo. Bajaron de inmediato a la sala dónde notaron que varias cosas habían sido movidas. Sophie entonces tomó algunos papeles que había encontrado en un librero y le pidió a Kirk que le ayudara a inspeccionar la habitación de Claire Deveraux. Lo hicieron y cogieron un montón de evidencia que tal vez respondería a todas las preguntas que tenía en aquel momento.

Sage salió de la casa tocándose los brazos y observó la fachada. Había algo que no le agradaba nada. La energía era muy fuerte y las emociones que sentía le causaron mucha pesadez.

—¿Sage? —Sophie le miró.

—Es esa casa. Hay algo que hizo sentirme mal. Cómo si hubiera sentido una especie de odio y dolor a la vez.

—Espera, ¿cómo es posible?

—No lo sé, pero no quiero volver a entrar ahí.

—Bien, pues tenemos mucha información por analizar.

—Sophie, creo que Andrea te ha estado guiando a todo esto desde un inicio. Es una de las casas más embrujadas de Sacret Fire. Escuché que familias enteras huyeron. No duraron ni un mes cuando vivieron aquí. Hay algo que no las deja estar mucho tiempo y creo tiene una conexión especial con lo que hemos venido descubriendo.

—Parece una locura.

—Mira mi tía Alanna saldrá de viaje y mi tío Ben está trabajando en su laboratorio. Creo que podemos trabajar desde mi habitación. Tu puedes quedarte pero no creo que él pueda —Sage señaló a Kirk.

—Sage no te preocupes. Nos quedaremos en un hotel.

—De acuerdo, pues vámonos de aquí.

Mientras la noche comenzaba a caer, Sage permaneció en su habitación junto a Sophie y Kirk. La presencia del chico fue extraña para Sage, algo que Sophie notó en varias ocasiones. Pasaron cerca de dos horas revisando toda la información que habían obtenido aquella tarde en casa de Claire Deveraux. Sophie sentía que estaba a punto de descubrir algo que la llevaría a descifrar muchos misterios. Aunque, por otro lado, le inquietaba el hecho de que fue Andrea quien le mostró a Sage la ubicación de la casa de Claire.

—Cómo tu eras la persona con la que yo tenía contacto en Sacret Fire, fue fácil para Andrea averiguar que podía mostrarte a ti esa casa y así tú pudieras buscarme.

—Tal vez.

—Esa niña no puede salir de Sacret Fire o hay algo que la mantiene atada a ese lugar.

—¿Por qué lo dices?

—Es lo que presiento.

—Andrea sólo te ha dado señales relacionadas con Claire.

—Comienzo a creer que tienes razón.

Kirk observó todo lo que las chicas hacían. Parecía interesado en lo que conversaban. Los tres estaban sentados en el suelo algo que era muy cómodo para Sage.

—Oh por dios —Sage observó el contenido de una carta— ¡Andrea era tu hermana!

—¿Qué? —Sophie tomó la carta—. Esta carta va dirigida a una mujer llamada Eva, dice: "Eva las cosas se han complicado. Después de que mi hermanita Andrea falleciera meses atrás, mi esposo y yo tenemos mucho miedo. Siento que hay un traidor en nuestro grupo que comenzó toda esta guerra y que los Cazadores tenían razón. Tengo un mal presentimiento".

—¿Los Cazadores? —preguntó Kirk.

Sophie se puso de pie.

—Eran hermanas —dijo sorprendida.

—Y es por eso que llegó a ti. Andrea siempre lo supo, sólo te llevaba al lugar al cual pertenecías.

—A ver si lo entiendo —Kirk se puso de pie también— esa niña que vimos hoy que fue la razón por la que visitamos esa casa y que después descubrimos en esa foto familiar, ¿es tu hermana?

—De Claire, o de mi vida pasada.

Sophie se sentó de nuevo en el suelo y siguió revisando. Hasta que encontró otra carta, cuyo contenido la inquietó.

—Hay más —dijo Sophie— Claire estaba pensando suicidarse para proteger su magia del traidor del que hablaba en la otra carta.

—Pero ella fue asesinada, ¿no?

—Es posible que los Cazadores se adelantaran.

Sophie en un momento pensó que las cosas parecían volverse más complicadas de lo que ya eran, sin embargo, estaba más cerca del verdadero objetivo. Esa información era útil para acercarse más a Ryan tal y cómo Carol quería, además de que Doyle y sus amigas podrían saber algo al respecto.

—Sage, creo que Kirk y yo debemos irnos. ¿Todo esto te sirve para documentar tus investigaciones? Siento que he abusado de tu confianza.

—Descuida. Es un placer para mi. Sólo me asusté un poco hoy por la tarde pero todo está bien. Estaré muy al pendiente.

—Tengo algo que decirte —Sophie se le acercó y le susurró al oído— pero necesito que Kirk no esté presente.

—Entiendo.

Kirk y Sophie salieron de casa de los Walker cerca de las 8 de la noche. En el auto de la joven se dirigieron a un hotel cercano y se hospedaron en una habitación compartida. El hotel se situaba en el centro de Sacret Fire y desde el lugar se podía ver gran parte de la ciudad. Con una mirada no muy agradable, Kirk contempló a Sophie mientras ella dormía en la cama. El se acomodó en un sofá cercano cuando dieron las 9 revisando su teléfono móvil y mirando de sobremanera a la joven que dormía profundamente. El día había sido agotador para ella.

Eran las 9 de la noche en Terrance Mullen y el frío había tocado los menos quince grados. En los exteriores, el hielo y la nieve seguían. Había calles cubiertas de nieve mientras la gente se paseaba por ellas, con chaquetas y ropa exclusivas para el extremo frío. Para su suerte, el COP tenía dos calentadores ahora dispuestos para ayudar a mitigar el helado clima. Ryan y Tyler los habían conseguido en una oferta muy buena en Ebay después de que el frío invadiera la ciudad. Albert no se explicaba cómo era que una ciudad tan calurosa en el verano tuviera un frío tan extremo cómo el que vivían en aquellos días.

—Algún día tienes que ir a Filadelfia —Warren le dijo a Albert sonriendo.

—Considerando que está cerca de Nueva York y de Canadá, es muy extremo. Peor que aquí —Ryan se le acercó.

—No me lo creo —Albert parecía sorprendido.

Juliet tenía una chaqueta puesta y un gorro. Con sus bellos ojos observaba a Warren quien parecía tenerla atontada. Algo había sucedido recientemente entre ellos, tanto que no dejaban de mirarse. Tyler observó este comportamiento en todo momento y se preguntaba que había en Warren que lo hiciera tan especial. A decir verdad, Warren era honesto, bondadoso, trabajador y muy apegado a la misión. Tyler pasaba mucho tiempo comparándose con Warren para ser mejor que él, aunque, Juliet parecía ahora más interesada en el mayor de los Goth.

—Tyler, ¿estás bien? —preguntó Ryan preocupado.

—¿Qué? —Tyler le observó.

Ryan le hizo señas con sus cejas moviendo su atención hacia Warren y Juliet.

—Ryan todo está bien.

—Te la pasas viendo a Warren y Juliet —murmuró.

—Ryan, cállate la boca —susurró.

—Bien, no diré nada —Ryan levantó las palmas de sus manos— no me metan en sus cosas.

Alison llegó al lugar cargando unas bolsas de papel con comida. Las dejó en la barra para comer y se acercó al grupo reunido en la sala, frente a los calentadores para apaciguar el frío.

—Salí de mi turno en la tienda algo tarde y fui directo a comprar la cena —Alison se quitó los guantes— supuse que no han cenado.

—¿No tienes frío? —preguntó Juliet.

—Me quité los guantes para acercarme al calentador, además estoy acostumbrada al frío de Terrance Mullen. He vivido aquí toda mi vida.

—¿Qué trajiste de comer? —preguntó Tyler.

—Comida china.

—¡Sí! —exclamó Juliet parándose de inmediato muy contenta.

—Alison gracias por la comida. En media hora saldremos al bosque Nightwood —informó Albert.

—Albert está helando afuera, pero quiero escuchar lo que encontraron.

—Temen al fuego y son duras de localizar. Tienen forma de hombres lobos y les gusta estar en los bosques —Warren se puso de pie para acompañar a Juliet quien inspeccionaba las bolsas de papel con comida.

—¿Por eso decidieron que fuéramos al bosque Nigthwood?

—Es correcto —afirmó Juliet.

—Bien, yo tengo hambre así que... —dijo Millie antes de desplomarse en el suelo.

La chica no tuvo ni oportunidad para terminar de hablar. El desmayo parecía haber sido provocado por sus visiones.

Alison la ayudó a levantarse cuando comenzó a reaccionar. Milie despertó en los brazos de su hermana y se puso de pie con su ayuda. Observó a cada uno de sus amigos y les habló sobre lo que había visto.

—Vi a una chica, estaba corriendo y gritando. Era el bosque Nightwood, lo reconocí por su cercanía al lado Woodlake. Creo que es una de las próximas víctimas de las bestias.

—Debe ser uno de los excursionistas desaparecidos —afirmó Alison.

—Hay que cenar y vayamos de inmediato al bosque —ordenó Warren.

El frío siguió haciendo de las suyas esa noche. Warren se había puesto doble chamarra mientras sus amigos optaron por usar ropa térmica debajo de sus abrigos. Dieron las 10 de la noche aquel día. El camino hacia el bosque Nightwood les sirvió para saciar su apetito. El auto estaba lleno de platos de comida vacíos. No se esperaron a comer en casa pensando que la mejor opción era hacerlo camino al bosque.

Albert les había dejado claro que las Bestias Hanaku eran una especie de hombres lobos que percibían a sus víctimas a través del miedo, lo que hacía fácil la caza de aquellos que se perdían. El sendero por el que caminaron estaba despejado y a pesar de lo enorme que era el bosque, los chicos parecían conocer gran parte del territorio.

—¿Enserio Warren? —preguntó Tyler al ver a Warren con las dos chamarras puestas.

—¿Qué?

—¿Tienes tanto frío?

—Sabes que siempre he sido friolento.

—Tal vez Ryan te pueda ayudar con un poco de calor.

—Oh no Tyler, ni lo pienses. La caminata nos ayudará con el frío.

—Albert —Juliet tosió— entonces esos excursionistas desaparecidos, ¿fueron atrapados por esas bestias?

—Es lo que los Reyes Mágicos afirman.

Un grito de auxilio se escuchó a lo lejos distrayendo la atención de todos. Era de una mujer. El grupo detuvo su caminata. Se separaron para inspeccionar las áreas más cercanas tratando de encontrar la procedencia de aquellos gritos de miedo. Fue cuando Millie logró ver a lo lejos a la chica.

—Es ella, en mi visión tenia el cabello chino y negro y su piel era blanca. Tenía unos jeans azules y una chaqueta amarilla.

El grupo comenzó a correr hacia la chica que a gritos suplicaba ayuda. Estaba corriendo, con la cara sucia cómo si hubiera caído en un lodazal. Tenía algunos arañazos en sus brazos y estaba horrendamente asustada. Tyler se acercó a ella cuando la chica los alcanzó. Alguien la estaba persiguiendo y se trataba de las Bestias Hanaku. Aquella noche, los chicos finalmente las conocieron. Su aspecto realmente era similar al de un hombre lobo tal y cómo Albert las había descrito. Pudieron seguir a la chica gracias al miedo que sentía en todo momento. Alison, Juliet y Millie agarraron a la joven y la cubrieron con una chamarra extra que traían mientras que Ryan, Tyler y Warren se aproximaron a las bestias.

El pelaje que tenían sobre toda la piel abundaba. Tenían los dientes muy filosos y sus garras eran enormes. Hubo una pelea entre los hermanos y las bestias. Se puso violenta a medida que cada uno daba sus mejores golpes para apañárselas y evitar que se acercaran a la chica. Ryan intentó librarse de una de las bestias al notar el tamaño de sus garras. El Hanaku terminó rasgando su camisa y lastimando su abdómen. Entonces, el Protector usó sus poderes y creó una esfera de fuego. Lastimó a la bestia y con el fuego emanando de sus manos logró repeler a las otras.

—Albert tenía razón. Temen al fuego —dijo Warren aliviado.

De vuelta en casa, los Protectores pusieron a salvo a la chica que habían rescatado. Se llamaba Kirsten y aún estaba muy asustada. Jamás le cuestionaron durante el trayecto. Decidieron esperar hasta que llegaran a casa para calmar un poco las cosas. Warren cuidó a la joven en todo momento. Pudo sentir el miedo en ella mientras que Tyler parecía también interesado en la chica. Le ofreció un vaso con agua en cuanto llegaron. Kirsten aceptó el agua y agradeció a los chicos el rescate.

—¿Hiciste algo para que te atacaran? —preguntó Alison.

—He ido a ese lugar desde hace unos días, desde que mi novio desapareció. He estado buscándolo pero todo ha sido en vano.

—¿Así que tu novio era uno de los excursionistas desaparecidos? —preguntó Ryan.

—Sí, fue hasta hoy cuando estas bestias aparecieron y me persiguieron. En un momento me alcanzaron pero pude escapar. Creo que ellas lo asesinaron ya que la policía sólo encontró su gorra y un zapato.

—Debe haber sido una de las víctimas sobre la que los Reyes Mágicos me alertaron.

—Leí que sólo dejaban la osamenta de sus víctimas —dijo Alison— lo siento, no quiero asustarte.

—Está bien, yo sólo quería respuestas sobre la muerte de Taylor. Ha sido muy difícil para mí después de que celebráramos nuestro primer aniversario cómo novios.

—Lo lamento mucho en verdad —Alison le tomó una mano intentando consolarla.

—Sólo tienes que prometernos que no dirás nada sobre lo que viste esta noche. Nosotros nos encargaremos desde ahora y vamos a vengar la muerte de tu novio —aseguró Ryan.

—¿Cómo supieron que esas bestias estaban ahí? ¿Sabían de mi?

—Temo decirte que estábamos ahí para rescatarte. Protegemos a los inocentes —sonrió Tyler.

—Su secreto está a salvo conmigo —prometió Kirsten aliviada.

Tyler se puso de pie y se acercó a Kirsten. Después se movió observando a todos.

—Llevaré a Kirsten a su casa. Creo que está muy asustada para conducir —señaló Tyler.

—Haz que llegue con bien —sugirió Warren.

Tyler y Kirsten subieron las escaleras para salir del granero mientras los demás seguían sentados en la sala de estar. Juliet leía entretenida las páginas del Círculo Mágico buscando información que les fuese útil en aquel momento.

—Lo encontré —gritó de alegría hojeando el libro.

—¿Qué encontraste? —Ryan se acercó.

—El hechizo para invocar el Shizu. Está en el libro.

—Quiero ver eso —Alison se acercó sorprendida.

Juliet leyó el contenido sobre el hechizo mientras observaba a todos.

—Parece que tendremos que leer ciertas palabras en voz alta mientras tocamos el bastón de Ataneta —Alison no podía creerlo.

—Espera, ¿un hechizo dictado por nosotros? Pero si no somos brujos —dijo Ryan confundido.

Warren llamó a Tyler y le dio las buenas noticias. Tan pronto cómo estuvieron fuera de casa se apresuraron a llegar al bosque

Nightwood de nuevo. El frío había cesado pero el viento prevalecía. Tyler se encontró con ellos más tarde para comenzar de nuevo la caminata.

—¿Cómo vamos a atraerlos? —preguntó Ryan sobando sus manos para mitigar el frío.

—Creo que una llamada de auxilio vendría bien si una de las chicas se aleja un poco sin perderse de nuestra vista para que podamos escucharla —sugirió Albert caminando un paso por delante de los chicos.

—De acuerdo, yo lo haré —Millie se adelantó.

—¿Estás loca? —preguntó Alison.

—Alison, ustedes son los Protectores. Creo que puedo ser una buena carnada en esta misión.

—De acuerdo Millie, nos esconderemos y estaremos al pendiente. Por favor, grita tan fuerte para que se escuche cómo si estuvieras perdida —pidió Albert.

—Lo haré.

Los Protectores y Albert confiaron en la vidente de su grupo y se apresuraron para esconderse mientras Millie, con una sonrisa, les daba el voto de confianza. Confiada observó las estrellas postradas en el cielo y los árboles alrededor del bosque. Mientras caminaba hacia los arbustos observó a sus amigos de lejos. Millie hizo una excelente actuación esa noche. Comenzó a gritar pidiendo auxilio con la mirada afligida. Tenía las manos tocando sus hombros al cruce con su pecho. Se trataba de un miedo fingido que sin duda comenzó a dar resultados. Los gruñidos de un par de bestias se escucharon a lo lejos. Millie volteó y notó que las dos bestias se acercaban a ella. Su temor aumentó a medida que avanzaban.

—¡Auxilio! —gritó ella.

Juliet, Alison, Warren, Tyler y Ryan salieron de su escondite en el último minuto confirmando que las bestias venían hacia Millie casi corriendo. Millie intentó crear hechizos de protección con sus palabras pero las bestias eran demasiado rápidas. Ryan, Tyler y Warren se lanzaron al rescate y tomaron a la joven. Ryan chocó sus manos y creó dos esferas de fuego con sus poderes manteniendo a las bestias alejadas. No hubo duda de que el verdadero temor de las bestias era el fuego, aunque, en esta ocasión no huyeron.

Alison y Juliet se acercaron con el bastón de Ataneta llamando la atención de Warren y Tyler. Ryan entretuvo a las bestias ahuyentándolas. Albert llevó a Millie a un lugar seguro mientras los demás se hacían cargo de las bestias.

—Vamos a distraerlos tu y yo para que puedan invocar el Shizu —dijo Albert a Millie.

—¿Estás loco?

—Ya estoy muerto, pero colocate detrás de mí.

Alison y Juliet comenzaron a recitar las palabras a medida que tocaron el bastón. Tyler y Warren se unieron a su hermano caminando hacia las bestias. Así que Ryan chocó sus manos deshaciendo las esferas de fuego dejando en libertad a las bestias para lograr que Albert les distrajera mientras él y sus hermanos aprovechaban para sostener el bastón de Ataneta. Una ola de voces se escuchó cuando el grupo de Protectores recitaba las palabras contenidas en el libro que habían memorizado a medida que una especie de energía se creaba en la gema del bastón. Eran los rayos de luz más impresionantes que giraban en forma de círculo alrededor de la gema. Entre más repetían el conjuro más potencia tomaba la energía creada.

Fue así cómo los chicos dirigieron la potente energía hacia las dos bestias logrando inmovilizarlas y atraparlas en una repentina descarga eléctrica. Tyler dio un grito inesperado de emoción. La magia de los cinco Protectores se había combinado por primera vez. Era algo que jamás habían visto en sus vidas. Las bestias gritaron abriendo sus bocas mientras su cuerpo comenzaba a quemarse. De repente, se convirtieron en cenizas y nada quedó de ellas.

El Shizu se desvaneció y los chicos soltaron el bastón de golpe dejándolo caer al suelo. Ryan retrocedió observando sus manos. Warren miró a Ryan sorprendido mientras tenía su mano tocando la espalda de Tyler. La cantidad de poder que habían sentido era impresionante. No tenían idea de lo que eso pudiera significar para ellos.

—¡Cuanto poder! —Ryan miró a sus hermanos.

—¿Sintieron eso? —Alison tenía la boca abierta.

—Era la luz más pura y poderosa que jamás haya sentido en mi vida —aseguró Juliet.

—Sentí que éramos invencibles —afirmó Warren.

—Es la experiencia más increíble que he vivido en toda mi vida —Tyler estaba contento.

—¿El Shizu es la única técnica que existe? —Warren cuestionó a Albert sosteniendo el bastón de Ataneta.

Albert y Millie se acercaron a ellos felicitándoles con gusto. Albert estaba contento del triunfo alcanzado aquella noche.

—Hay muchas Warren, pero requieren de mucho más poder y para ello necesitan práctica, constancia, determinación y mucho enfoque —respondió Albert cruzando sus brazos— pero lo lograrán.

La mañana siguiente Billy Conrad disfrutó de un delicioso café en la Manzana de Cristal observando los alrededores del restaurante. Estaba encantado ya que era uno de sus lugares favoritos. Alguien se aproximó a su mesa mientras el observaba el menú que la mesera le trajo cuando llegó a aquel lugar. Observó la hora. Eran las 8:45 de la mañana.

—Disculpe la tardanza, detective —lamentó Tangela sentándose frente a él.

—Está bien. Me pareció mejor que nos viéramos en este lugar para no involucrarte mucho en la investigación.

—¿Recibiste las fotos?

—Sí, aunque son un poco borrosas pero puedo apreciar el rostro de uno de los salvadores claramente.

—Genial.

Conrad le dio un menú a la joven mujer. Ella lo tomó y comenzó a ver con apetito las comidas ofrecidas. La mesera se acercó de nuevo y fue amable al solicitar la orden. Tangela pidió un café mientras acomodaba su bolso en el respaldo de la silla.

—Lo siento detective, ha sido una mañana agitada. Debo

entregar unas fotografías en dos horas y fue una noche muy larga.

—¿Dormiste?

—Sólo una hora. Las fechas de entrega son agobiantes.

—Entiendo.

—Estoy escuchando detective.

La mesera se acercó con una taza de café. La puso frente a Tangela quien con un gesto amistoso le dio las gracias.

—Esa foto que me enviaste ha despertado mucho mi interés. Y bueno, hay cosas que causaron que abriera de nuevo esa investigación sobre el incendio. Hubo heridos esa noche, uno de ellos se llamaba Phil Grimson.

—¿Se llamaba?

—Phil Grimson falleció hace unos días. Alguien lo mató en la fiesta de cumpleaños de Harry Goth.

—¿En su fiesta? —Tangela se acomodó nerviosa.

—Si, fue una noticia muy sonada en los medios. ¿No sabías nada al respecto?

—Estuve fuera de la ciudad y no he visto las noticias.

—Señorita Greenberg abrí esa investigación porque creo que alguien ha estado detrás del señor Goth. Alguien quiere matarlo o al menos eso es lo que estoy creyendo. Quiero saber si hay algo más que no me haya dicho.

—No sé de que está hablando detective —Tangela tomó un sorbo del café.

—Hay algunas averiguaciones que he hecho y según mis fuentes le han comprometido de forma nada favorable.

—No entiendo —Tangela sonrió nerviosa.

—Usted no sólo trabajó para Miles Sullivan y Harry Goth, sino que también fue despedida de la compañía. Quiero asegurarme de que usted no tiene nada que ver con esto.

—Yo renuncie detective —Tangela insistió.

—No es lo que mis fuentes me dijeron. Usted fue despedida. Pude comprobarlo con Mark Sullivan.

Tangela molesta desvió su mirada.

—¿Qué quiere detective?

—No se trata de eso. Quiero que sepa que usted vino hacia mi para hablar sobre este tema para que yo abriera una investigación. Sólo quiero estar seguro de que no estamos detrás de una posible venganza por despecho.

—No es así —Tangela dijo abrumada.

—Supe que estuvo trabajando también cómo fotógrafa en la inauguración de la tienda de la señora Carol Goth.

—¡El periódico para el que trabajo hizo una nota y yo soy su fotógrafa!

—¿Coincidencia? —Conrad tomó de su café— no lo creo.

Tangela miró al detective cómo si fuera una niña regañada. Tenía sus labios contraídos y sus ojos clavados en él.

—¿Soy una persona de interés?

—No, señorita. Es una testigo en un intento de genocidio. Usted estuvo ahí. Días después, uno de los heridos de ese incendio fallece. ¿No le parece coincidencia?

—Entonces, ¿qué quiere?

—No me ando con juegos, señorita —Conrad ensanchó sus ojos mirándole con seriedad y con los brazos recargados en la mesa se le acercó— me tomo la ley muy enserio. Sólo quiero que sepa que no cerraré esta investigación hasta averiguar lo que realmente sucedió y voy a necesitar su ayuda.

Tangela mostró una sonrisa fingida. El hecho de haber acudido al detective ya no le estaba gustando mucho. Sabía que las probabilidades de haber cometido un error eran enormes. Sin embargo, decidió quedarse para terminar el café con el detective quién mantuvo la misma postura desde un inicio. Sin embargo, estaba incómoda.

Preston permaneció parado sobre una de las áreas verdes de la preparatoria Mullen. Eran las diez de la mañana. No había mucha gente alrededor, sin embargo, el esperó ahí a que llegara la persona con la que había quedado. Se sentó en una banca mientras miraba su teléfono celular comprobando algunos mensajes de texto que tenía de Millie. La joven estaba muy enamorada de él. Preston sonreía con cada mensaje que veía.

Su felicidad se notaba radiante en su rostro. Pronto, escuchó la voz de Juliet a lo lejos que murmuraba una disculpa por la tardanza.

—Juliet —Preston se puso de pie para saludar a su amiga.

—Preston, lo siento. Tuve dificultades para salir de clase.

—Descuida —Preston tomó su mano— me agrada que al menos te hayas presentado.

Juliet se sentó a un lado mientras el chico notaba un cambio de humor en ella.

—¿Todo bien?

—Mi mamá sabe que soy una de las Protectoras y eso me ha traído de cabeza. Tengo muchas cosas que explicarle y te juro que no encuentro que palabras usar.

—Entiendo.

—Y tú has sido un verdadero amigo para mi Preston. Hay cosas que a mis amigos no he podido contarles pero tú me has dado esa confianza que necesitaba en momentos muy duros.

—Bueno, sabes mi secreto, Juliet. Aún no estoy listo para contarle la verdad a Millie.

—Tendrás que hacerlo tarde o temprano. Somos expertos en descubrir secretos y misterios y lo más probable es que sea cuestión de tiempo para que todo salga a la luz. Sólo quiero decirte que yo no diré nada ya que esa es cuestión tuya.

—Lo sé, ¿alguna señal sobre Malice?

—Hemos estado locos con las Bestias Hanaku.

—¿Cómo fue eso?

—Las derrotamos, aunque, debiste ver la cantidad de energía que liberamos para aniquilarlas. Fue impresionante.

—Eres una Protectora después de todo.

El teléfono de Juliet comenzó a sonar y Preston se separó un poco de la joven. Juliet respondió haciéndole señas a Preston para que le permitiera atender esa llamada.

—Hola, me preguntaba si estabas en la preparatoria. Tengo una hora libre y quería desayunar contigo —preguntó Alison al otro lado de la llamada.

—Ali, estoy algo ocupada con un amigo ahora, ¿puedo llamarte más tarde?

—¿Qué amigo?

—¿Recuerdas a Zack?

—Ahora veo. No te preocupes. Llámame cuando te desocupe.

—Adiós.

Juliet colgó y Preston le sonrió. No se dieron cuenta de que Alison venía caminando hacia el área dónde ambos se habían reunido aquella mañana. Era cómo si las fuerzas del universo hubieran conspirado para que se encontraran. En el momento en que Alison guardó su teléfono móvil en su bolso, puso su vista al frente y vio a Juliet sentada junto a Preston. Se detuvo con una mirada agridulce mientras observaba a Juliet platicando de manera abierta con el chico. No podía escuchar lo que hablaban por lo lejos que estaba, sin embargo, pudo presenciar el abrazo que Preston le dio a su amiga. La mirada de Alison mostraba confusión y enojo a la vez al desconocer la razón por las cuales Juliet y Preston se habían reunido aquel día mostrando tal acercamiento. Su amiga le había mentido acerca de la persona con la que estaba. Indignada, Alison caminó de nuevo hacia el pasillo principal sin saber qué hacer. Fue al sanitario y observó su reflejo tratando de entender lo que había visto.

Sophie condujo de regreso a Terrance Mullen con Kirk por un lado. Habían dejado el hotel en el que se hospedaron la noche anterior y las andadas sobre la carretera habían regresado. Sophie se veía tranquila, después de lo descubierto. Tenía la sensación de que muchas de sus dudas estaban finalmente aclaradas. Todo ahora iba sobre Claire Deveraux. Le había prometido a Sage averiguar sobre la magia de Claire. Kirk parecía entretenido con todo lo que Sophie ahora sabía. Su objetivo seguía siendo atrapar a Carol en la movida. ¿Sus motivos? Nadie los sabía. Aún quedaban muchas preguntas por resolver pero la cantidad de incógnitas se hacía cada vez más pequeña. Antes de entrar a la ciudad, Sophie estacionó el coche en la gasolinera de siempre. Mandó a Kirk por unas sodas mientras llenaba el tanque del auto con gasolina. Cuando terminó, subió al auto e hizo una llamada.

—Soy yo.

—¿Dónde has estado? Te he buscado pero no he tenido respuesta.

—Estaba fuera de la ciudad haciendo mis propias averiguaciones.

—¿Quieres platicarme?

—Eso es asunto mío Carol. Aunque lo que ahora sé, no te gustará.

—Dime.

—Tengo suficiente información para acercarme a tus hijos y sus amigos.

—¿Sobre qué?

—Tus hijos han estado sobre los Cazadores o al menos es lo que me contaron.

—Así es.

—Razón por la que ahora te estoy hablando.

—Estoy escuchando.

—He averiguado cosas que aclaran muchas de las incógnitas y dudas que ellos tienen y créeme que no puedo esperar a contarles todo lo que sé.

—Mientras no me involucres a mi.

—Nunca dije eso.

—Sabes que debiste hacer eso desde hace mucho. No sé que estabas esperando.

Sophie le hizo señas a Kirk para que subiera al auto mientras ella hablaba al teléfono. Kirk subió cargando una bolsa de papel con comida chatarra dentro. Cerró la puerta de golpe y le sonrió a Sophie.

—Bien, entonces me pondré en contacto contigo en cuanto llegue a la ciudad.

—Eso espero Sophie.

Sophie colgó enfadada.

—Hay veces en que se pone muy pesada.

—¿Cómo en esta ocasión?

—Algo así, pero ha sido buena persona.

—No lo es, Sophie.

—Bien, Kirk. Ahora Carol ha creído lo que le conté por teléfono. Estamos a punto de entrar a la ciudad. Voy a dejarte en un hotel e iré directo a mi departamento.

—¿Y que harás?

—Cómo le dije a Carol. Es hora de que me vuelva a reunir con los Protectores y esta vez es para quedarme.

Sophie confiaba en que Carol había creído todo lo dicho. Todo lo que había descubierto en Sacret Fire eran respuestas tanto para Doyle cómo para Warren y sus amigos. Kirk abrió una soda en lata y comenzó a beber. Sophie tomó una y le dio las gracias. Puso algo de música y sonrió al ver la ciudad de Terrance Mullen vislumbrando ante sus ojos.

CAPITULO 15: Jugando con Fuego

El 19 de Enero de 2012, Harry Goth salió de viaje a los Ángeles para reunirse con algunas personas que estaban interesadas en invertir en su compañía. Los últimos meses fueron complicados y los empleados habían trabajado bastante duro para sacar adelante a la empresa. Los resultados se veían y la cantidad de proyectos que la compañía de Harry tenía en puerta eran inmensos. El rumbo iba bien a pesar de los eventos recientes. Harry nunca dejó que eso fuera un impedimento para enfocarse en su trabajo. Ryan le había ido a dejar al aeropuerto de la ciudad después de que Harry se lo pidiera. Ryan regresó a casa dudando acerca del viaje de su padre. Cada vez que fijaba su atención en el camino, algo le decía que tal vez Harry había mentido acerca de su viaje. Al llegar a casa aparcó el coche al borde de la calle. El vecindario estaba muy tranquilo y la nieve se derretía lentamente. Eran las 4 de la tarde y hacía rato que sus clases habían terminado. Puso la alarma del coche y se dirigió con el teléfono en la mano al interior de su casa. Mientras abría la puerta llamó a su hermano Warren.

—¿Warren?

—Ryan, ¿dónde estás?

—En casa, ¿están en el COP?

—No, sigo en la universidad. Tyler tiene mi coche, le dije que pasara por mí más tarde.

—Papá se ha ido. Le dejé en el aeropuerto.

—¿Cómo lo has visto?

—Pues ya son dos semanas desde que Phil murió y creo que está mejor.

—Bien, creo que no debemos perder eso de vista.

—De acuerdo, ahora estoy listo para hacer lo que acordamos.

—Mira, papá instaló cámaras de vigilancia cuando nos mudamos a la casa. La grabadora está detrás de uno de los libreros, escondida. Busca en su escritorio y asegurate de borrar toda evidencia dónde salgas tú.

—Tendré que buscar las grabaciones de los días que he

entrado.

—Deben estar guardados por día. Sólo ten cuidado, Ryan. Sabemos que papá tal vez no se enojaría, pero es mejor que no sepa lo que nosotros sabemos.

Ryan colgó y fue directo a la oficina de su padre en la planta baja. Con paso lento, atravesó el vestíbulo asegurándose de que su madre no estuviera. Abrió las puertas y entró. Girando su vista hacia la parte superior observó la cámara de vigilancia colocada. Estaba encendida y grabando. Caminó hasta el librero del que Warren le había hablado. Estaba lleno de libros gruesos y muy viejos, así que movió las cosas hasta encontrar la grabadora. Desconectó el cable de alimentación y el cable de la cámara. Comenzó a revisar los cajones del escritorio hasta que vio una carta encima. Volteó su vista hacia el pasillo que se veía desde el escritorio asegurándose de que nadie viniera. Estaba solo, así que abrió la carta con cautela y leyó el contenido: "Faltan cuatro". Ryan hizo conjeturas sobre aquel mensaje. Las suposiciones acerca de la carta teniendo que ver con Harry y sus amigos se dispararon. Era muy clara, hablaba de Harry, Charlotte, Debbie y Teresa. De inmediato llamó a Tyler, de quien no obtuvo respuesta alguna.

Tomó una foto de la carta antes de volver a guardarla en el sobre. Encendió la computadora de su padre y trató de ingresar. Sin embargo, no tenía la contraseña requerida. Después de varios intentos, ingresó la fecha del cumpleaños de Warren y los accesos fueron concedidos. Abrió el programa del que Warren hablaba dónde estaban guardadas todas las grabaciones de la casa acomodadas en carpetas. Ryan conectó una memoria USB y comenzó a copiar toda la información. Fue muy astuto. Borró todos los días exactos en los que había entrado a la oficina. Cuando la información terminó de transferirse, guardó la memoria en el bolsillo de su chaqueta. Cerró todo lo que había abierto en la computadora y la dejó justo cómo la encontró encima del escritorio. Acomodó lo que había movido y salió cauteloso.

De nuevo, llamó a Warren quien sorprendido por lo rápido que había sido le respondió.

—¿Qué encontraste?

—No vas a creerme. Había una nota encima del escritorio de papá. Dice que faltan cuatro.

—¿Cuatro?

—¿Recuerdas que Julianne, Miles y Phil están muertos? Bueno pues faltan cuatro: Charlotte, Debbie, Teresa y papá.

—Te veo en el COP.

—Date prisa.

Juliet y su madre revisaron también las cámaras de seguridad a través de una computadora portátil que pertenecía a Miles Sullivan. La idea de revisar los sistemas de seguridad había sido de Warren. Margaret había decidido hacer algo al respecto para ayudar a su hija con la investigación de la muerte de su esposo. Ahora sabía que era muy posible que alguien estuviera matando a todos los integrantes del grupo de Miles. Margaret estaba sentada, tenía puesto un traje azul y su cabello peinado hacia los lados. Juliet estaba parada por un lado de su mamá con los brazos cruzados. Recientemente, una de las sirvientas les había revelado que habían visto a un hombre brincar por la barda principal hace algunas semanas lo que significaba que alguien podría haber desactivado varias alarmas de seguridad de la casa. No fue todo, el mayordomo había descubierto las cámaras de seguridad que fueron destruidas, hecho que despertó la curiosidad de Margaret.

Juliet había contactado a la compañía de seguridad por recomendación de su madre. Tenían la idea de que alguien había entrado tal y cómo la empleada había recordado.

—Es que no entiendo. Ella me dijo que la descripción encajaba con el hombre que asesinaron en casa de Harry.

—Estamos hablando de Phil, ¿cierto mamá?

—Así es —Margaret observó cada carpeta con los vídeos grabados.

—Aquí hay uno —señaló Juliet.

—Dura casi las 24 horas del día.

—Tenemos tiempo, además ellos dividen los contenidos en 4 partes.

—Si salimos de casa debió haber sido a las 7 de la noche.

—Abre ese.

Margaret se recostó en el respaldo del asiento cruzando sus brazos mientras observaban el vídeo. Pasaron diez minutos.

—Juliet, esto llevará mucho tiempo. Podemos contratar a alguien.

—Mamá, no podemos decirle a todo mundo lo que estamos haciendo.

—Espera —Margaret se acercó a la computadora.

En el vídeo pudieron apreciar claramente a Phil Grimson entrando a su casa alrededor de las 7:15 de la noche. Margaret y Juliet quedaron asombradas. Comenzaron a observar cada una de las grabaciones de las otras cámaras que tenían registros sobre la misma hora. Descubrieron cómo Phil había entrado a cada una de las habitaciones.

—¿Qué hacía este hombre en nuestra casa? —Margaret observó con miedo.

—Mamá, espera. Está buscando algo.

—¿La habitación de Sandra tiene cámara?

—No que yo sepa.

—Menos mal.

—¡Mamá!

—Ahora recuerdo que Sandra nos pidió un poco de privacidad y fue por ello que la compañía retiró las cámaras de su habitación.

—Bien, mira —Juliet señaló a Phil caminando— está saliendo de la casa corriendo.

Juliet miró cómo su madre se abrumaba al ver al amigo de su padre. Margaret parecía fuera de sus cabales. Se puso de pie y con sus brazos cruzados decía no entender lo que habían visto en los videos.

—No tiene sentido. ¿Vino por nada?

—Tiene sentido. Vino por algo, entonces vio algo y salió corriendo.

—¿Que fue lo que vio?

—¡Oh por Dios! —exclamó Juliet señalando el vídeo.

—¿Que sucede? —preguntó Margaret regresando al asiento.

—Es Malice —Juliet observó a su madre.

El villano enmascarado había sido grabado rondando por los alrededores de la mansión Sullivan.

—¿Es el que mató a tu padre?

—El mismo —respondió nerviosa.

Margaret se quedó sin habla y apagó la computadora manteniendo presionado el botón de encendido. Guardó el equipo en un cajón y después miró con preocupación a su hija. Ahora sabían que Malice había estado en su casa momentos después de que Phil abandonara el lugar. Aunque, el espectáculo fue interrumpido por la imprudente entrada de Sandra a la oficina.

—Lo siento, no pensé que estuvieran aquí.

—Sandra —Margaret se puso de pie frunciendo el ceño— ¿qué haces aquí?

—Vine porqué Mark me envió por un libro que necesita.

Margaret no supo que hacer. Estaba nerviosa y las imprudencias de su nuera la pusieron más nerviosa. Juliet tomó la iniciativa y le dijo a su madre y su cuñada que iría a su habitación.

—Nadie puede entrar a la oficina de mi esposo, Sandra — Margaret se acercó enfadada.

—Pero yo no sabía. Más bien, Mark nunca me lo dijo —Sandra pensó que había cometido un error.

—Mark sabe exactamente mis instrucciones.

Desde afuera de la oficina, Juliet escuchó las cosas que su madre le decía a Sandra.

—Lo siento, Margaret. No fue mi intención.

—Por favor no vuelvas a entrar a la oficina de mi esposo de esa manera. No está permitido a menos que yo lo sepa.

—Está bien —Sandra sonó apenada.

La pobre e ilusa joven se dio la vuelta y caminó hasta la sala. Margaret salió de su oficina y cerró con llave. Al girar a su izquierda observó a su hija parada.

—Creí que estabas en tu habitación.

—Voy a ir a ver a mis amigos.

—De acuerdo, mantenme informada por favor.

—Está bien mamá, pero creo que fuiste muy dura con Sandra. Sólo déjalos fuera de todo esto.

—Por esa justa razón lo hice.

—De acuerdo.

—Voy a ir a la constructora, Harry está viendo a unos posibles inversionistas así que tengo que hacerme cargo de algunas cosas.

Margaret caminó hasta el recibidor cargando su bolso en un hombro. Antes de salir dirigió su vista hacia Mark y Sandra quienes descansaban en la sala. Mark tenía su mirada puesta en su teléfono móvil mientras Sandra le abrazaba.

—Nos vemos en la cena —dijo Margaret antes de salir de la casa.

Juliet caminó hasta la sala para saludar a su hermano y Sandra.

—Juliet, ¿sucede algo? —preguntó Sandra preocupada.

—Mamá ha estado estresada con el trabajo de la compañía. Es todo.

—Juliet, me preguntaba si querías salir de compras —Sandra se levantó y caminó hacia ella mientras Mark observaba contento— me gustaría conocerte más y convivir contigo.

—Sandra es un poco complicado hoy —Juliet lamentó.

—¿Mañana?

—Perfecto. Saldré de casa así que nos vemos en la cena.

Sandra le sonrió y con alegría regresó a los brazos de su prometido quien feliz seguía perdido en su teléfono móvil cómo zombie. Sandra fue amorosa y besó los labios de su novio sin cesar.

Esa tarde Warren se encontraba en el COP junto a Ryan observando la fotografía que había tomado de la carta encontrada en la oficina de su padre. Había un cuaderno frente a ellos dónde anotaron los nombres de los tres amigos de Harry y este último. Ryan tenía su mochila a un lado. Con cuidado, sacó su computadora portátil. Su hermano observó todo lo que hacía. Estaba abrumado por el descubrimiento que había hecho. Ryan colocó la memoria USB en una entrada de la computadora y abrió los archivos. Se movió para acercar la computadora a Warren quien no había dicho palabra alguna durante los últimos minutos.

—Tengo todos los videos de vigilancia en esta memoria. Son más de 40 gigabytes.

—Ryan, ¿robaste todo eso?

—No podía arriesgarme a que papá descubriera que estuve en su oficina así que robé todo y borré lo que pude.

—Bien.

—Por fortuna no había revisado nada.

—Entonces ahora sólo hay que revisar esos vídeos.

—Si.

Ryan miró cada archivo y encontró un vídeo que llamó su atención. Tenía por nombre la fecha del 04 de enero del 2012. Miró a Warren y entonces decidió abrirlo.

—Es el día en que murió Phil.

—Sí pero se supone que estos son los vídeos de la planta baja.

—Ryan, esa grabadora es la única que existe en este lugar, por lo tanto almacena todas las grabaciones de la casa.

Ryan se sorprendió con el comentario de Warren y esto le hizo abrir cada uno de los archivos. Con su dedo índice derecho adelantaba los vídeos tratando de encontrar algo rescatable.

—Espera, detente ahí —dijo Warren.

—Es Phil —dijo Ryan con sus ojos ensanchados.

Phil entró a la oficina de la planta alta buscando algo.

—Tiene su teléfono en mano. Cómo si alguien le hubiera dicho que entrara ahí.

—Tal vez papá.

—Papá dijo que perdió su teléfono ese día después de que alguien tropezara con él.

Phil volteó al notar que alguien había entrado a la oficina. Retrocedió algunos pasos y los hermanos notaron la escena de pelea entre Malice y Phil, hasta el momento en el que salió corriendo de la oficina. Ryan detuvo el vídeo.

—Ya no hay duda de que Malice mató a Phil.

Warren reprodujo el vídeo de nuevo y notó algunas cosas inusuales, cómo el hecho de que Malice sostuviera un teléfono. Warren maximizó a pantalla para ver con más claridad la imagen.

—No puede ser.

—Es el teléfono de papá —dijo Ryan sorprendido.

Juliet llegó al COP acompañada de Tyler compartiendo unas donas que habían comprado en el camino mientras se sonreían el uno al otro. Warren y Ryan se pusieron de pie observándoles. Ellos se detuvieron.

—Conozco esas caras —dijo Tyler— ¿qué sucede?

—Acabamos de encontrar grabaciones de la noche en la que Phil falleció.

—Mi madre y yo también lo hicimos.

—Entonces nuestro plan funcionó Juliet —dijo Warren.

—Phil estuvo en nuestra casa antes de morir. Parece que estuvo revisando todas las habitaciones. Encontró algo que le hizo huir de casa. Aunque también vimos a Malice —Juliet se acercó a ellos con una dona en su mano.

—Ryan y yo revisamos las grabaciones de nuestra casa. Malice mató a Phil lo que quiere decir que le siguió hasta nuestra casa. Pero por la cara que Phil tenía parecía que había sido citado en la oficina de papá. Ese día, papá perdió el teléfono cuando alguien chocó contra él. Malice tenía un teléfono en su mano cuando entró a la oficina.

—Eso quiere decir que Malice robó ese teléfono.

Ryan asintió con la cabeza.

—Lo que significa que Malice le envió ese mensaje a Phil desde el teléfono de papá —concluyó Tyler.

—Y por lo que Doyle nos contó, Phil llamó a papá ese día para contarle lo que había averiguado. Juliet, ¿tienes idea de lo que Phil haya averiguado cuando salió de tu casa?

—Estuvo en la oficina de mi padre y en las habitaciones pero no tengo idea de lo que haya descubierto.

—La verdadera identidad de Malice. Tal vez tu papá tenía algo en su oficina —Tyler estaba tan sorprendido cómo sus hermanos.

—Y no sólo eso —Ryan le mostró su teléfono a Tyler y Juliet— encontré esta carta en la oficina de papá. Alguien la dejó ahí.

—¿A qué se refiere? —preguntó Juliet.

—Charlotte, Debbie, Teresa y Harry.

—Están en peligro.

—Así es.

—De acuerdo, iré por mi teléfono y llamaré a Alison y Millie para que tengan cuiado con su mamá —dijo Ryan caminando hacia las escaleras.

—Oye Ryan —Juliet le siguió.

—¿Sí?

—¿Sabes si algo le sucede a Alison?

—Que yo sepa no.

—La he estado llamando por días pero no me ha devuelto las llamadas y las veces que nos hemos visto ha sido cortante. Sólo quiero saber si todo está bien entre ustedes o si soy responsable de algo que haya sucedido entre ustedes.

—Juliet, seguro no es nada. Tal vez sólo está ocupada.

—Alison no es así.

—Entonces cuando hable con ella le diré que te llame.

—Gracias.

Alison y Millie caminaron con las manos dentro de sus bolsillos aquella tarde alrededor de uno de los parques más visitados de la ciudad. El frío había cesado pero el viento era muy fuerte y se mantenía a flote. Era el momento ideal para que los pequeños salieran a jugar con la nieve. Alison llevaba un abrigo rojo y su hermana uno café. Las dos tenían bufandas puestas sobre sus cuellos para cuidarse del frío. Millie le contó a su hermana sobre las aplicaciones que había llenado para las universidades y el cómo ser parte del equipo de Protectores hacía de eso una decisión difícil de tomar.

Millie quería ir a Yale para estudiar diseño. Quería convertirse en una gran diseñadora de modas debido a su intenso gusto por la moda. Alison creía que su hermana estaba exagerando la situación afirmándole que la responsabilidad caía totalmente en los Protectores y no en ella.

—Pero tú eres una de ellos. No sé cómo me sentiría si te dejara.

—Millie —Alison le detuvo— estaré bien. Tengo a Ryan y sus hermanos.

—Y Juliet.

—También —Alison sonó escéptica.

—Es sólo que con todo lo que ha sucedido cancelé mis aplicaciones para Yale y las otras opciones que había visto. Nunca me imaginé sentirme así.

—Entiendo.

Siguieron caminando y cruzaron una calle con un montón de gente por detrás con las manos resguardadas.

—Con todo lo que ha sucedido no me siento tranquila. Hay un asesino ahí afuera haciendo de las suyas y tú y mamá están indefensas.

—Sé de lo que hablas.

El sonido de un teléfono móvil les distrajo. Era el de Alison. Había recibido un mensaje de Ryan.

—Millie...

—Pero entonces mamá podría volverse loca aunque cómo dijo Doyle...

—Millie...

—Ella ya no está junto a Harry haciendo esas cosas...

—¡Millie!

—¿Qué?

—Ryan acaba de mandarme ese mensaje —Alison le mostró el teléfono con el mensaje en pantalla.

Aquel mensaje les hizo regresar unas calles hasta el lugar dónde habían aparcado su auto. Alison encendió el coche y emprendieron marcha. Se dirigieron a casa de los Goth con terror en sus rostros. Al llegar, estacionaron el coche afuera y entraron directo al COP dónde Juliet y los hermanos les esperaban. Para su sorpresa, tenían una visita que no habían esperado aquel día. Se trataba de Sophie Barnes.

—De acuerdo Ryan, ¿quieres explicarnos todo? —insistió Millie.

—Tenemos nueva información y Sophie se ha unido a la reunión.

—Vimos la foto y el mensaje.

—Faltan cuatro. Se refiere a nuestros padres. Debemos hacer algo —afirmó Warren.

—¿Qué estás sugiriendo?

—Hemos encontrado un vídeo en el que vimos claramente a Phil en la oficina de papá. Alguien le envió ahí y después vimos a Malice sosteniendo el teléfono de papá y atacar a Phil.

Alison compartió una mirada extraña con su hermana.

—Queremos ver ese vídeo —dijo Millie.

—Y hay más —Juliet intervino— mi madre y yo encontramos un vídeo en casa. Phil estuvo en nuestra casa y Malice también estuvo ahí.

Alison observó a Juliet. Tenía una mirada agridulce que la otra no supo interpretar.

—¿Pasa algo, Alison? —preguntó Juliet.

—Quisiera hablar contigo —Alison se le acercó— en privado, cuando terminemos aquí.

—Bien.

Sophie continuó siendo el foco de conversación aquella tarde. Lamentaba haberse presentado de forma inesperada pero no podía esperar más tiempo para contarles lo que había descubierto.

—Voy a ponerlo de esta manera para no andar con rodeos. Andrea, la niña que me mostró a Claire es su hermana fallecida. Claire estaba planeando suicidarse porqué había un traidor en su grupo que quería robar su magia y preparó un refugio para su gente antes de morir.

—Entonces, esta niña... ¿es tu hermana? —Millie cruzó sus brazos.

—No lo sé. Doyle afirma que no parecía un fantasma cuando me espió, que era otra cosa.

—¿Estás segura? —preguntó Alison.

—Por completo.

—Sophie —Millie se metió las manos a los bolsillos de su abrigo— hay entes que habitan otros planos de existencia que pueden manifestarse en este mundo. Tratan de comunicarse por periodos determinados. No pueden permanecer mucho tiempo aquí ya que necesitan un vehículo que les de una permanencia.

—¿Vehículo? —preguntó Ryan asombrado.

—Una especie de energía humana. Cómo la esencia de un nuevo nacimiento.

—¿Cómo una reencarnación? —Warren tocó su mentón.

—Algo similar. Muchas veces son seres malignos queriendo regresar a este mundo para resolver asuntos pendientes.

—Pero, ¿porqué tiene la forma de Andrea? ¿Es ella?

—Pienso más bien que está usando la imagen de Andrea. Estos entes pueden usar la imagen de un difunto.

—Y Andrea sería excelente para guiar a Sophie hacia lo que quieren que vea —dedujo Ryan.

—Es posible, y muy probablemente para recordarle cosas de su vida pasada —afirmó Millie.

—¿Cómo sabes todo eso? —Alison no podía con el conocimiento de su hermana.

—Lo leí en los nuevos libros de brujería que Albert dejó en los estantes.

Sophie tomó asiento en uno de los sofás tratando de digerir lo que acababa de escuchar de boca de Millie. Le hacía pensar que quien estuvo tras Claire años atrás, ahora estaba tras ella.

Alison le hizo señas a Juliet para que la acompañara afuera del granero. Así que caminaron escaleras arriba y salieron del lugar. Fue el momento justo para que Juliet cuestionara a su amiga sobre su comportamiento reciente.

—Alison, ¿qué sucede contigo?

—Juliet, no puedo creer que todavía me preguntes eso. ¡Sé de lo tuyo con Preston!

—¿Qué? —preguntó Juliet horrorizada.

—Sé que estás teniendo algo con él. Los vi muy abrazados la última vez que hablamos por teléfono. Me mentiste acerca de dónde estabas.

Juliet comenzó a reír sin creer lo que su amiga había concluido.

—No puedo creer que un simple abrazo te haya hecho creer todas esas cosas.

—Sé lo que vi.

—Alison —Juliet se cercioró de que nadie les viera— Preston es el Caballero.

—Espera... el Caballero... ¿Qué?

—Es el Caballero del Tiempo o el Caballero Enmascarado. Lo que sea.

Alison se quedó perpleja y sin habla. No supo que decir. Sabía que se sobresaltó al creer otra cosa sobre el misterioso encuentro entre su amiga y Preston.

—No entiendo, ¿cómo qué es el Caballero?

—El día que viajamos en el tiempo, unas horas antes le vi un anillo a Preston. Cuando viajé con el Caballero, le vi el mismo anillo. Durante la fiesta de cumpleaños de Ryan confronté a Preston diciéndole que sabía su secreto y el lo aceptó.

—No lo puedo creer —Alison estaba asombrada— ¿Preston sabe todo sobre nosotras?

—No sólo eso. Me ha estado ayudando con una investigación que inicie por mi cuenta sobre Malice.

—Espera, ¿qué? —Alison movió su cabeza impresionada.

Juliet parecía aliviada después de contarle a su amiga la verdad. Alison caminó en círculos con sus ojos ensanchados.

—No puedo creer que se haya hecho pasar por el Caballero para acercarse a nosotras.

—Está enamorado de tu hermana.

—Entonces, todo este tiempo que estuvo ausente, ¿era por eso?

—Algo así.

—Y tú lo sabías.

—Alison, no me correspondía a mí decírtelo, o a Millie. Estaba tan agradecida con Preston por ese viaje al pasado. Quizá eso nubló mi juicio.

—Aún así eso no te daba el derecho de ocultarlo.

—Lo sé.

—Tengo que contarle a Millie.

—Alison, no. No compliques las cosas más. Dame oportunidad y lo hablaré con Preston.

—No, yo lo haré. Y creeme que me escuchará.

Las dos amigas dejaron de hablar al escuchar los pasos de sus amigos acercándose. Las puertas del granero se abrieron y presenciaron la salida de Millie, sospechando que ambas tramaban algo.

—¿Está todo bien?

—Si, Juliet y yo necesitábamos hablar sobre algo.

—Bien —Millie bajó su mirada confusa— Ryan, Tyler y Warren se reunirán con Albert en el Coliseo para practicar. Tal vez quieran acompañarlos.

—No, yo creo que iré a casa —negó Alison.

—¿Y tú Juliet?

—Yo me quedaré —Juliet miró a Alison.

Las hermanas salieron del lugar caminando yendo hacia el auto que habían dejado aparcado en la entrada. Juliet regresó al interior del granero, aliviada de haberle contado a Alison la verdad sobre Preston, aunque esto representara meterse en un gran lío. Fue hacia una de las habitaciones dónde se recostó en una de las literas. El colchón estaba cómodo y nuevo. Mantuvo su mirada fija en la base de la cama superior mientras trataba de entender lo que había pasado entre ella y Alison.

Las hermanas condujeron hasta la cocina Pleasant dónde aprovecharon para tomarse un café. A Millie se le había ocurrido la idea del café antes de volver a casa. Alison estaba abrumada y en todo momento mantuvo la vista en su café. Millie pudo notar lo rara que su hermana estaba y cuando tomó su mano tuvo un mareo imprevisto que la llevó directo al suelo cayendo por la silla.

—¡Millie! —gritó Alison agachándose para socorrer a su hermana.

Millie regresó en sí segundos más tarde después de que Alison intentara reanimarla.

—¿Estás bien?

—Fue una visión.

La gente presente en la cafetería observó con morbo aquella extraña situación.

—¿Qué viste?

Millie se quedó callada por varios segundos. No pudo decir ni media palabra hasta que estuvo sentada de nuevo. Entonces, decidió hacerlo.

—¿Recuerdas la noche en la que te convertiste en Protectora?

—Si, en el bosque Nightwood.

—Entonces recuerdas que alguien nos espiaba, ¿cierto?

—Si, vi las placas del auto pero no las recuerdo.

—Perfecto.

—Recuerdo que fue algo que nunca resolvimos.

—Pues acabo de hacerlo. Gracias a mi visión —Millie levantó las cejas.

—¿Quién era?

—Tu jefa, Carol Goth. Ella estaba espiándonos esa noche con un arma a la mano.

—Espera —Alison quedó boquiabierta— ¿qué?

—Creo que fue por la relación que mantienes con ella la causa de mi visión.

Alison frunció su ceño moviendo su cabeza a los lados mientras miraba su café.

La mañana siguiente en la preparatoria los jóvenes estudiantes caminaban de un lado a otro cómo cualquier día normal en el recinto. Había una persona tocando música italiana en la entrada dónde varios alumnos le miraban entretenidos. Eran las 8 de la mañana cuando Preston Wells se apresuró para entrar por el pasillo principal con una mirada seria. Saludó a varios de sus compañeros al llegar y cuando fue hasta su casillero agarró su mochila. Puso la combinación y abrió la puerta. Metió dos cuadernos y sacó otro que estaba dentro. En el momento en que cerró la puerta, vio a Alison parada frente a él.

—¡Alison! ¡No te había visto!

—Hola Preston.

—¿Cómo estás?

—Bien, pero te vi y no pude aguantar para saludarte —sonrió la joven.

—¿Has visto a Millie?

—Está en sus clases.

—Bien, ¿nos vemos en el desayuno?

—Sí, pero antes quería preguntarte algo.

—¿Sobre qué?

—Sobre tus viajes en el tiempo. Apuesto a que te dejan muy cansado, ¿no es así?

Preston quedó boquiabierto. No supo que decir, sólo observó la mirada que Alison tenía. Estaba molesta y muy seria.

—Puedo explicarlo.

—No, no puedes. Estuviste detrás de nosotras varias semanas para que te ayudáramos a sanar tus poderes.

—No tuve opción.

—Claro que la tuviste. Pudiste haber sido honesto con nosotras. No te hubiéramos juzgado.

—Es complicado.

—¿Es complicado? —Alison se le acercó con un tono molesto— fue complicado para nosotras hacernos a la idea de que lidiábamos con un desconocido. Y de pronto, el Caballero Enmascarado desapareció de nuestras vistas sin un adiós o un hasta luego. Estuviste ausente durante las vacaciones sin llamar a mi hermana e incluso reanudaste tu relación con ella.

—Eso es entre yo y Millie —Preston cruzó sus brazos.

—Siempre tuviste el poder de elegir, Preston. Y no puedo creer que nos hayas ocultado eso durante meses y sobre todo que hayas arrastrado a Juliet.

—Juliet lo averiguó después del viaje.

—Bueno —Alison movió su cabeza sonriendo— ¿qué te parece si lo dejamos claro? Tienes dos semanas para contárselo a Millie.

—Eso no es justo. Nadie te da el derecho de decidir.

—¿Y tú crees que es justo para ella no saber que su novio es un Neonero con poderes mágicos después de que te le acercaste por conveniencia?

—Alison...

—Y no sólo a ella, sino a mi también.

—De acuerdo, lo haré. Se lo voy a contar.

—Si no lo haces —Alison le apuntó con el dedo— lo haré yo misma.

Alison comenzó a caminar con enojo en su rostro, mientras Preston se quedó ahí viendo cómo se alejaba. Cuando Alison entró aun salón de clases volteó hacia él y le restregó la mirada desde lo lejos. Preston, abrumado, golpeó furioso la puerta de su casillero sorprendiendo a otros estudiantes.

—¿Estás bien, hermano? —preguntó uno de ellos.

—Qué te importa.

Preston, molesto, caminó hacia su salón de clases.

Ryan estaba en la misma clase que Alison aquella mañana. El profesor había comenzado a hablar y aburrir a todos los alumnos. Alison tenía la mirada distraída y sin sentido. Ryan pudo notar esto al estar sentado detrás de ella. Se le acercó por la espalda con un movimiento lento.

—Alison, ¿sucede algo?

—¿Qué?

—Tienes esa mirada.

—No es nada.

—Puedo notar que te pasa algo.

—Ryan no es nada —murmuró.

Cuando la clase terminó, los dos amigos salieron del salón juntos. Caminaron hasta una máquina de sodas antes de dirigirse hacia la cafetería.

—Alison, ¿que te sucedió en la clase?

—De acuerdo. Preston es el Caballero. Juliet me lo contó ayer y hoy confronté a Preston.

—¿Qué?

—Cómo lo escuchas. Preston Wells es el Caballero Enmascarado.

—¿El novio de tu hermana?

—Si, Ryan. El mismo.

—No lo puedo creer —dijo asombrado— ¿que harás?

—Le di un ultimátum.

—Pero creo que eso parece más algo entre tu hermana y él.

—Lo que sea —Alison se enfadó— ¿cómo estuvo la práctica de ayer?

—Lo usual. Parece que los poderes de Tyler han aumentado.

—Es increíble. ¿Se reunirán hoy?

—Por la tarde. ¿Vienes?

—Yo sí, pero creo que Juliet no. Estará con su cuñada.

Ryan y Alison caminaron hasta la cafetería dónde Tyler y Millie conversaban juntos. Juliet también entró aquella mañana algo agitada y con el cabello mojado. Parecía que había llegado tarde a clases. Al ver a Alison sentándose en la mesa dónde Tyler y Millie estaban decidió salir mejor e ir directo hasta el pasillo principal dónde se encontró con Preston, sentado en una banca leyendo un libro.

—Tenías razón, estaban en la cafetería.

—Lo sabía —Preston cerró el libro.

—Pues Alison lo sabe, así que no creo que pueda estar con ella y su hermana al mismo tiempo.

—¿Qué vas a hacer? —Juliet se sentó a su lado.

—Juliet, ¿cómo se enteró?

—Ella nos vió aquel día que nos reunimos. Tuve que decirle la verdad. Lo siento mucho.

—Está bien. Creo que debí ser honesto con ellas desde un inicio.

—Entonces, ¿le contarás la verdad a Millie?

—Tengo que hacerlo, sólo tengo que encontrar el momento indicado.

Preston sabía que decirle la verdad a Millie sobre sus poderes y sobre lo que había hecho podía dejarle en desventaja. Su relación con ella podría verse afectada, aunque después de haber ayudado a Juliet, podría tener puntos a su favor. El joven quiso ver las posibilidades de que su relación siguiera funcionando, aunque las desventajas fueran altas.

Juliet llegó a su casa horas más tarde. Su cabello se había secado y estaba de un humor que no se aguantaba ni ella misma. Tenía aquella mirada de confusión y frustración a la vez. Ahora su mejor amiga sabía la verdad sobre Preston e incluso el joven sabía que estaba a punto de ser desenmascarado ante su propia novia. Juliet le envió algunos mensajes de texto al joven. Realmente lo apreciaba bastante. Antes de despedirse aquella mañana, le entregó algunos de los vídeos que encontró en la computadora de su padre un día atrás. Estos vídeos eran sobre Phil y Malice. Era tan raro que un hombre cómo Phil muriera de un día para otro. Aunque Juliet mantuvo la frente en alto pensando que tal vez estaban omitiendo algo desde meses atrás. Tal vez Phil llevaba más tiempo del que pensaban metido en eso. Juliet atravesó el pasillo de su casa para dirigirse hacia la sala dónde Sandra, vistiendo unos jeans y una blusa blanca le esperaba. Habían quedado de salir juntas a hacer algunas compras, cómo si fuesen las mejores amigas.

La realidad era que Sandra ansiaba con ganas pasar tiempo junto a Juliet. Sabía que si pasaría el resto de su vida al lado de Mark debía ganarse la confianza de su cuñada. Entre ambas, la relación había sido agridulce ya que no se conocían mucho. El distanciamiento era ocasionado por la incesante y enfermiza compañía de Mark todo el tiempo. Margaret decía que eran "uña y mugre" puesto que ni para ir al baño se separaban. Incluso, a Juliet le parecía una locura y hasta la fecha no creía que Sandra fuera la mujer adecuada para su hermano.

—¿Estás lista? —preguntó Sandra con emoción.

—Sandra —Juliet jadeó— lo olvidé por completo. No estoy de humor ahora, ¿podemos posponerlo?

—Juliet —Sandra se acercó—lo prometiste.

—Lo sé —Juliet se acercó cercando sus ojos para calmar su estrés.

—Dime, ¿que sucede? ¿está todo bien?

Juliet tomó asiento en uno de los sofás. Observó todo a su alrededor. La sala estaba abarrotada de retratos de la familia y otras pinturas muy costosas. Su cabello se había ondulado por la loca mañana que había vivido, cómo si un ventarrón le hubiese pasado por encima.

—Juliet, puedes confiar en mi —Sandra le dio su voto de confianza.

—Mira, la cosa está así. Tengo un amigo de quien descubrí algo hace unos meses. Resulta que mi amigo se lo ha ocultado a mi mejor amiga que es su novia...

—¿La engaña?

—Sobre algunas cosas, pero no con otra chica. Entonces, la hermana de su novia que también es mi amiga me vio hablando con él. Yo lo deduje en su momento y se lo revelé a mi amigo.

—Y la hermana de tu amiga pensó que se trataba de un... ¿romance entre ustedes?

—Sí, y después hablamos y traté de ser clara. Que nada pasaba entre nosotros.

—¿Le contaste la verdad sobre tu amigo?

—Tuve que hacerlo. Pero ella me dijo que hablaría con él para que no le siguiera ocultando eso a Millie, mi otra amiga.

—¿Qué es lo que le está ocultando?

—Digamos que en su momento, mi amigo se hizo pasar por un desconocido para acercarse a ella y nunca se lo dijo. Yo lo descubrí y no tuve opción cuando se lo dije a Alison.

—Ahora entiendo —Sandra sonrió.

—¿Debería sentirme mal al respecto? ¿Debería habérselo dicho?

—Creo que hiciste bien en no decírselo a tu amiga. Cualquiera que fuera el problema eso no te corresponde a ti. ¿Tuviste algún problema con la hermana de tu amiga?

—¿Alison? No, ella ya habló con él.

Sandra tomó las manos de Juliet dándole confianza y asegurándole que podía contar con ella. Juliet soltó algunas lágrimas pensando que las cosas pudieron haber sido distintas y peores.

—Tengo la receta perfecta para esto que te está pasando.

—¿Si?

—¿Quieres acompañar a tu próxima cuñada a hacer unas compras? ¿Tarde de chicas? Juliet, será genial.

Juliet le regaló una sonrisa mientras se secaba las lágrimas de sus ojos e hizo un movimiento en cabeza de negación manteniendo la sonrisa.

—No sé porqué te prejuzgué. Eres mejor de lo que esperaba.

—Bueno dicen que las personas estamos llenas de secretos. Llevamos un disfraz encima que parece decir lo que somos cuando en realidad no lo somos.

—Entiendo tu punto.

—¿Entonces?

—Acepto.

Sandra sonrió. Salieron de casa aquella tarde en el auto de Juliet. Pasearon por la ciudad cerca de una hora. Juliet trataba de olvidarse de lo sucedido con su amiga después de que la revelación de Preston se le fuera de sus manos. No era su culpa. Simplemente de Preston, por no haber sido honesto. Ella se sentía tranquila y con bien de saber que eso podría ser bueno para el equipo. Al menos ahora podrían hacer una alianza no con el Caballero, sino con Preston Wells.

Juliet y Sandra visitaron el centro comercial Cosmic dónde comieron en un restaurante de comida rápida. Sandra era algo indisciplinada con la alimentación, aunque según ella, salir de casa le permitía mantenerse en movimiento. Juliet quería saber más sobre la chica así que apenas terminaron de comer comenzó a hacerle algunas preguntas en aquel restaurante, mismo que visitó Sophie después de llegar de Sacret Fire.

—¿Vendrá tu familia a la boda? —preguntó Juliet tomando de su soda.

—¿Por qué lo preguntas?

—No conocemos a tu familia. Al menos no yo. ¿Mark los conoce?

—Mis padres murieron cuando yo era muy pequeña.

—Lo siento —Juliet se puso seria.

—Descuida, fue hace más de veinte años.

—¿Estás bien?

—Si, bueno por el hecho de que viví en orfanatos todo el tiempo y fui adoptada por dos familias. Las cosas no funcionaron y empecé a ver por mi cuenta cuando entré a la preparatoria.

—Debió haber sido difícil.

—Al principio. Pagar tus propias cuentas lo es y más cuando estudias y trabajas al mismo tiempo.

—Tengo dos amigos que trabajan y estudian. Alison, ¿la chica de la que te hablé? Bueno, ella trabaja con la mamá de un amigo y tengo otro amigo que trabaja como barman en un club nocturno.

—Fue complicado en un inicio pero cuando entré a la universidad tenía un objetivo.

—¿Mark?

—Si, Mark. Para enamorarlo y casarme con él.

Juliet sonrió.

—Bromeo. Mark y yo nos conocimos el ultimo año y fue maravilloso. Pero yo sabía que quería terminar mi carrera profesional y encontrar un buen trabajo. Salimos de la clase y el estaba sentado en aquella banca cuando pasé a saludarlo.

—Suena a un acoso.

—Le dije que me agradaba lo interesado que estaba en los temas de psicología. Uno de nuestros profesores le prestó un libro.

—¿Y fue cuando la magia sucedió?

—Así es. Ya sabes lo demás.

—Estoy muy contenta de que mi hermano tenga a una novia tan noble cómo tu. Quiero decir —Juliet tomó otro sorbo de su soda— hay muchas chicas ahi afuera que tal vez no sepan valorarlo o verlo cómo realmente es. Tuvo muchas novias antes que a mamá y a mi no nos agradaron.

—Los celos de madre e hija. Juliet quiero preguntarte algo y quisiera que me contestaras con toda honestidad. ¿Le agrado a tu mamá?

—¿Por qué dices eso?

—Por el incidente de ayer, cuando entré sin querer a la oficina de tu padre.

Juliet se puso nerviosa y tomó otro sorbo. Cuando vio que no le quedaba nada de refresco, observó sonriente a Sandra quien seguía esperando una respuesta suya. Juliet le dejó claro que su madre aún estaba dañada por la muerte de su padre y que tal vez la invasión a un espacio que era muy sagrado para ella le resultaba incómodo y abrumador. Sandra entendía los cambios de humor en la madre, pero no sabía que Margaret no había superado la muerte de su esposo.

Ryan y Warren pasaron parte de su día en el Coliseo. Llevaban varios días practicando sus magias. Una habilidad muy avanzada que Warren había desarrollado era la generación de calor a través de sus manos. Aunque Ryan se sentía inquieto por este hecho. Tenía miedo de encontrar a su hermano con las manos quemadas algún día. Warren le decía a Ryan que no tenía de que preocuparse. Sus poderes habían comenzado a evolucionar después que usaran el bastón de Ataneta. Una recompensa muy justa.

Warren mantuvo una posición de defensa durante varios segundos dando saltos pausados esperando que Ryan le propinara un golpe. Tan pronto cómo Ryan se preparó para el ataque, lanzó un puñetazo a su hermano que el otro logró esquivar. Warren entonces tomó la delantera y agarró la pierna de su hermano tumbándolo al suelo. Después, simplemente le sonrió.

—Parece que algunas cosas no cambian. Soy más rápido que tú.

Ryan le extendió la mano.

—Dame una mano —dijo frunciendo el ceño.

La sonrisa de Warren lo dijo todo. Le agradaba tener ventaja sobre su hermano.

—Ryan, aún no entiendo porqué papá nos la jugó de esa manera.

—¿A que te refieres? —preguntó Ryan haciendo estiramientos con sus brazos colocados detrás de su espalda.

—Es una locura lo que hizo años atrás. Pudo alterar las leyes o designios del universo —Warren observó los límites del Coliseo.

Ryan le siguió con su vista. La cúpula del coliseo vibraba formando gotas alrededor. Warren regresó su atención a su hermano.

—Warren, si no lo hubiera hecho tal vez no estaríamos aquí. A lo mejor fue necesario, además, Doyle ha hablado sobre la profecía que lo cambiará todo.

—Me pregunto que podríamos cambiar porqué es una locura que ahora estamos aquí entrenando y mejorando nuestras habilidades, pero ¿dónde están las chicas? Creo que deberíamos estar todos aquí.

—Juliet está con su cuñada pasando tiempo. Ya sabes, así son las chicas. Además, creo que Alison necesita tiempo para procesar ciertas cosas.

—¿Qué cosas?

—Preston es el Caballero del Tiempo.

—¿Qué?

—Tal cómo lo escuchas y Juliet lo sabía, aunque la verdad no la juzgo, después de haberla ayudado y también a nosotros.

—Así que es por eso que el día de tu cumpleaños estaban muy juntos. Tal vez fue el día en que lo descubrió.

—Ahora entiendo.

Warren se sentó en el suelo. El césped se sentía mojado aunque no titubeo en proseguir con su actividad física.

—¿Quieres ayudarme poniendo presión sobre mis pies?

—Claro.

Ryan colocó sus manos sobre los pies de Warren quien echó su espalda contra el suelo quedando con las rodillas dobladas y los glúteos tocando el suelo. Tenía unos guantes puestos. Ryan le sostuvo los pies mientras Warren hacía abdominales llevando su pecho hasta el doblez de sus rodillas.

—Uno... dos... tres...

—Cuatro...

—Veinte...

—Cuarenta...

—Sesenta...

Warren se detuvo y se recostó en el suelo mientras Ryan le

miraba sonriendo.

—¿Cansado? —preguntó Ryan sonriendo.

—Un poco. Sugiero que paremos hoy.

—Warren sólo hemos entrenado una hora.

—Es suficiente, ¿necesitas entrenar más?

—Pues yo creo que muchas horas de entrenamiento pudieran servirnos.

—Ryan, ¿recuerdas ese libro que habla acerca de que si queremos lograr algo debemos hacer esas pequeñas acciones diarias aunque parezcan insignificantes?

—No.

—Bueno, creo que hemos hecho esa pequeña acción hoy. Creo que si seguimos cómo hoy cada día podremos ver muy buenos resultados en poco tiempo. Lo sabremos también cuando una batalla se aproxime.

—Y que lo digas —Ryan se sentó en el suelo y le dio una palmada en el abdomen riendo— estoy tan cansado de Kali, Malice y Sophie. Hace semanas que no sabemos nada de Kali y lo único que quiero es desenmascarar a Malice para partirle la cara.

—Me uno al movimiento.

—Y ¿sabes que es lo que pienso?

—¿Qué?

—Qué todo ha sido una pantalla de humo. Creo que hay algo más, algo que no estamos viendo. Algo que me ha hecho ruido y que descubrimos en el pasado. Necesitamos no ir tan a fondo, sino, juntar cada pieza del rompecabezas con cuidado y hacernos esas preguntas en base a cada cabo suelto.

Ryan se quedó pensando por un minuto. Abrazó sus rodillas con sus brazos mientras tenía la mirada en el aire. Perplejo le dijo a Warren que fueran de inmediato al COP.

Una hora más tarde, él y Warren estaban en el COP con las ropas de entrenamiento. Tenían un pizarrón enorme sobre la mesa de trabajo. Utilizaron algunas notas post-it para anotar cada pista que tenían. Tyler se les unió más tarde averiguando lo que estaban haciendo ahora. Observó lo que sus hermanos hacían y vio que iban muy enserio. Cabizbajos, Ryan y Warren vieron cada nota que era una pista y entre ellas había un cabo suelto. Tyler estaba perplejo. Creía que el demonio del espionaje había poseído a sus hermanos. Se sintió inútil así que les preparó un poco de café caliente para templar sus cuerpos. El loco de Warren había estado entrenando con una playera sin mangas.

—Hay algo que aquí no me queda claro y es lo que resalté mientras entrenaba con Warren.

—¿Sí?

—¿Recuerdan que Albert mencionó que conocía a Kali del pasado?

—Es verdad.

—Creo que llegó la hora de preguntarle a Albert que es lo que sabe sobre Kali.

—Sería una gran ventaja.

Con una postura seria, los hermanos hicieron que Albert se apareciera aquella tarde por el COP. El Guardián había estado trabajando en la evaluación de algunos exámenes que se habían aplicado esa semana en el recinto escolar. La incertidumbre le invadió cuando vió el gran pizarrón encima de la mesa de trabajo e interrogó a los hermanos sobre ello.

—Hemos determinado que hay algunas cosas que no sabemos —Warren señaló el pizarrón.

—Y es lo que queremos hablar contigo. Ahora mismo —dijo Ryan.

Tyler caminó hacia sus hermanos sosteniendo tres tazas de café con sus manos.

—Albert, ¿cuál es tu conexión con Kali? —Warren se le acercó con los brazos cruzados.

—¿A qué te refieres?

—Me refiero a que Kali afirmó conocerte del pasado. Con todo lo que ha pasado, estamos hartos de las mentiras y queremos saber que hay detrás de todo esto —Warren se le acercó un poco más esta vez con paso lento— quiero que nos digas en este momento que hubo entre tú y Kali en el pasado y porqué se conocen.

—Y no irás a ninguna parte —Tyler se acercó por detrás.

Los tres hermanos rodearon al Guardián impidiéndole avanzar o moverse. Era hora para que Albert finalmente respondiera a una de las incógnitas que había estado faltando desde hacía mucho tiempo.

CAPITULO 16: El Silencio de Phil Grimson

La conversación inició minutos después de arribar al Coliseo. Albert se sintió acorralado y no tenía claridad sobre lo que quería decir. Pero algo era claro para los hermanos aquel día, querían escuchar las respuestas que Albert tenía que dar. El Guardián se sentó sobre el césped del bosque con la mirada puesta en los arbustos más cercanos mientras Ryan, Tyler y Warren esperaban con aguardo su respuesta.

—Entiendo que te estamos poniendo en una situación muy incómoda pero hace tiempo nos dijiste que era una larga historia. Ahora estamos listos para escuchar esa larga historia —mantuvo Warren cruzando sus brazos mientras le observaba.

Albert sabía que aquella historia le había roto el corazón. El pensar y remontarse al pasado le dolía tanto que no quería recordar, aunque, era muy probable que la revelación les diera las respuestas que ellos necesitaban.

La historia que Albert tenía con Kali era muy compleja. Muchos años atrás el Guardián vivió en Sacret Fire, ciudad que conocí a la perfección. Fue en los años 50 cuando el Guardián trabajó cómo bibliotecario en la preparatoria North Park. En aquella ocasión, los Reyes Mágicos le asignaron tal posición al sentir que cómo bibliotecario podía pasar desapercibido. Sin embargo, cuando las cosas comenzaron a ponerse tranquilas, hubo una mujer de la que Albert se enamoró. Se llamaba Josselyn Kim. Tenía veintiocho años, era de tez blanca y su cabello rubio con unos ojos muy bellos. Albert la conoció cuando ella se acercó a la biblioteca durante el verano de 1954. Desde aquel día, Albert quedó clavado con la chica. Los Guardianes tenían prohibido enamorarse o tener citas en el mundo real en aquella época. Los Reyes Mágicos creían que si los Guardianes salían con personas del sexo opuesto, el entrenamiento de los Protectores podría verse afectado. Aunque en aquella ocasión, las cosas para Albert fueron distintas. Decidió violar las reglas al sentirse profundamente atraído por Josselyn. La primera vez que salieron fue a un parque de la ciudad con la vista más hermosa y placentera. Los alrededores cubiertos de césped cortado y una flora muy hermosa hacía que la pareja se sintiera sana y libre en aquel lugar. Durante varios meses fueron felices y compartieron muchas citas en distintos lugares. Albert se había enamorado de Josselyn hasta que sucedió algo que le hizo cambiar el rumbo de la relación. La noche en la que uno de los Protectores acudió a su casa para contarle algunas cosas sobre la mujer enmascarada que les asechaba, supo que Josselyn estaba relacionada con algunos eventos. Albert no sabía cómo sentirse así que propuso a sus pupilos espiar a su actual novia. El grupo de Protectores se preocupo por el Guardián al enterarse de su relación, tanto que decidieron averiguar cual era la historia de aquella misteriosa mujer. Nada había sobre Josselyn, era cómo si una actual desconocida estuviera rondando en sus vidas. Albert no sabía mucho sobre ella así que con la ayuda de su equipo descubrió lo peor, se trataba de una malvada bruja que estaba acercándose a Albert sólo para tener contacto con los Protectores.

—Y entonces sucedió —Albert bajó su mirada.

—¿Qué sucedió? —Ryan se metió las manos en los bolsillos.

—Descubrí que todo era una farsa, que Josselyn no era su verdadero nombre —Albert dirigió su vista hacia ellos —era Kali.

Albert nunca supo cuales eran las razones por las que Kali se le había acercado a él y a sus Protectores, aunque lograron darle una batalla muy merecida. El día que descubrieron la verdad sobre Josselyn, Albert y su equipo de Protectores se enfrentaron a ella. Querían saber porqué estaba tras ellos. Kali hablaba mucho sobre poder y reencarnación. Descubrieron entonces que tenía su escondite en una cueva localizada en las colinas del Ravenswood Hills. Caminaron durante varias horas buscando a Kali el día que descubrieron toda la verdad.

—Pero no dijo nada. Ni cuales eran sus intenciones ni lo que iba a hacer. Sólo quería estar ahí para averiguar si ellos eran los Protectores definitivos. Y cuando mató a uno de ellos, descubrió que no lo eran. Fue entonces cuando la Protectora del Agua usó sus poderes para congelar a Kali y encerrarla en una prisión de hielo dónde la dejamos encerrada por mucho tiempo.

—¿Todo era por eso? ¿Porqué Kali te traicionó? —preguntó Ryan.

—Cuando las traiciones vienen de alguien que amas son muy dolorosas. Permanecí meses envuelto en la bebida. Me refugié en el alcohol sin pensar las graves consecuencias que eso podría traerme hasta que recibí una advertencia de los Reyes Mágicos.

—¿Sabes cómo escapó Kali? —preguntó Tyler.

—Es algo que nunca supe hasta hace algunos meses cuando la vi en su casa. Sabía ahora que ustedes habían sido elegidos y con todos los misterios desencadenados, Kali estaba aquí por algo. Por las mismas razones por las que estuvo muchos años atrás en Sacret Fire.

Ryan jadeó por un momento y miró a sus hermanos.

—¿Porqué nunca nos contaste nada? —preguntó Warren.

—Es una herida emocional que me negaba a tocar, además de que era probable que ustedes perdieran la confianza en mi por enamorarme de una bruja malvada.

—Pero ella te engañó —afirmó Ryan.

Tyler frunció su ceño mientras digería lo que Albert les había revelado. Warren y Tyler notaron que algo pasaba con el chico.

—¿Qué tal si le decimos a Millie que vayamos a Sacret Fire? Tal vez una de sus visiones nos pueda dar las respuestas sobre quien liberó a Kali.

—Tyler, ¿estás seguro? —preguntó Warren.

—Creo que es buena idea —Ryan parecía convencido.

—Yo puedo transportarla, será una forma de remediar lo que pasó hace años.

—No, Albert. Iremos todos. No puedes transportarnos a todos pero creo que esto es algo que debemos resolver en grupo —asintió Warren.

Cuatro días más tarde, Carol pasó la mañana revisando los números de ventas de la tienda. Alison le había entregado la página web antes de tiempo y resultaba que la gente había comenzado a usar la plataforma para comprar artículos en línea desde otras ciudades. Este era un gran logro para Carol ya que su tienda pasó de ser una simple idea a un proyecto culminado en todo su esplendor. Para Carol, tener a Alison era una enorme bendición. Siempre estaba ahí para apoyarla en lo que necesitaba. Aunque las intenciones de Alison fueran otras cuando aceptó el trabajo, el ambiente ahora era más favorable. Ese día Kimberly llegó al turno de la mañana mientras Carol acomodaba algunas cosas contentas y le contaba a la joven lo bien que estaba yendo la página web.

El logo de la tienda era algo que le emocionaba. Kimberly creía que si la página iba tan bien era hora de que fuera pensando en abrir otra sucursal. Carol no tenía planes de más tiendas ese año. Pensaba que hacerlo sólo le implicaría tener menos tiempo. Era el negocio de su vida, algo que realmente le apasionaba. Así que continuó limpiando mientras Kimberly recibía a los clientes que llegaban temprano a la tienda. Con una sonrisa, la joven atendió a cada persona. Carol le observó contenta, el entrenamiento que Alison le dio había funcionado. En realidad el trabajo no era mucho, aunque cuando los clientes no se sentían seguros alguien tenía que ejecutar la labor de ventas. Kimberly encaminó a dos clientes muy interesados en adquirir dos retratos especiales que Carol había adquirido en una casa de subastas en Sacret Fire. Apasionada, Kimberly mostró los retratos a los interesados. Explicó cada pincelada y porqué debían comprarlos. Carol caminó hacia la oficina que tenía dentro de la tienda para pasar un rato en la computadora. Encendió el ordenador pero primero abrió la correspondencia que fue dejada esa mañana en su mesa. Revisó cada sobre. Había algunos pagos que debían hacerse mientras que por otro lado hubo una carta que estaba sellada. No tenía remitente. Era un sobre en blanco. Inquieta, Carol comenzó a abrirlo y notó una hoja doblada en el interior con una nota escrita.

"Sé todos tus sucios secretos. Ding dong perra"

Carol dejó caer la nota y se levantó del asiento asombrada. Estaba perpleja y sin habla. Desde su oficina observó a Kimberly.

Carol salió y comenzó a buscar al posible responsable de la nota en su tienda cuidadosamente. No había nadie sospechoso. Era probable que la nota fuera dejada en su correspondencia días atrás. Pero, ¿quien lo había hecho? Era la primera vez que alguien molestaba a la señora Goth de esa manera. Así que regresó con paso apresurado hasta su oficina y tomó la nota. Con cuidado observó las letras. Estaban escritas con un labial. Su percepción sobre las ultimas palabras le dieron a entender que se trataba de una cuenta regresiva. Hizo bola la hoja y la arrojó en el cesto de basura más cercano. Recargo sus brazos en su escritorio y se tapó la cara con sus palmas.

La mañana había ido bien para los hermanos. Warren conducía con sus ojos al frente enfocado en el camino. Ryan iba a su lado conversando con Tyler quien permaneció en el asiento trasero. Warren no estaba seguro si la dirección que tenían era la correcta. Habían visitado tres vecindarios y ninguno era el indicado. Ryan le aseguró que la dirección era la que su padre tenía en una agenda. Warren no sabía que pensar. Creía que la dirección era falsa. Tan falsa cómo su padre. Los esfuerzos de los hermanos por registrar el departamento de Phil Grimson aquel día iban en serio. Cuando Ryan creyó que habían dado con el lugar indicado hizo que Warren detuviera el auto. Descendieron con paso lento tratando de no parecer sospechosos. Los hermanos observaron el edificio en el que se encontraban. Era de tres pisos con doble ventanal y su composición era de ladrillo. Eran los departamentos más caros de la ciudad dónde el alquiler ascendía a los mil quinientos dólares por mes. Warren fue el primero en avanzar hasta la puerta principal del conjunto de departamentos seguido de sus hermanos. Ryan revisó el buzón pero no había nada. El nombre de Phil estaba escrito en un papel pegado con cinta encima de un buzón. Eso les hizo averiguar que Phil vivía en el segundo piso.

—Tal vez debería quitar esto —dijo Ryan.

—No Ryan, déjalo. No nos corresponde a nosotros —dijo

Warren— creo que deberíamos preguntarle al guardia.

—No hay guardia, estos edificios son administrados por una persona. Al menos eso creo. Bueno en Filadelfia había departamentos en los que en el complejo todos los inquilinos se hacían responsable de sus cosas. Así que ahora lo que creo es que seguro Phil tenía una llave extra, sólo debemos buscarla.

—Vayamos al segundo piso —dijo Tyler.

Durante varios minutos revisaron cada rincón del segundo piso en busca de una llave. Ryan logró encontrarla debajo de la alfombra que daba a la puerta de Phil. Era el departamento 2C. Al usarla, confirmaron que era la llave que buscaban.

Cuando estuvieron dentro del departamento, Warren cerró con cuidado la puerta. Tuvieron una vista general del lugar cuando ingresaron, cosas por doquier y muy desordenado. Había una caja con pizza echada a perder muy cerca que hacía el hedor general muy desagradable. Tyler se tapó la nariz.

Dentro había una sala contemporánea color negra, una cocineta con un comedor pequeño enfrente y un estudio. A un lado del estudio estaba una oficina y la habitación dónde Phil dormía en vida. Revisaron cada rincón del departamento por separado para encontrar evidencias que les acercaran a lo que querían descubrir. Warren comenzó con la cocineta. La estufa estaba impregnada de grasa y el fregadero estaba repleto de platos sucios. Era cómo si los últimos días de Phil hubieran sido un completo desastre.

Tyler revisó la sala y el estudio mientras que Ryan decidió buscar pistas en la oficina.

—Hay algo muy raro aquí —dijo Warren.

—¿Cómo qué? —Tyler se agachó revisando los muebles de la sala.

—Es cómo si alguien hubiera estado aquí. Estos platos están húmedos y fueron puestos fuera del fregadero —Warren sostuvo un plato— siento que alguien se nos adelantó.

—¡Oigan! —Ryan gritó.

Warren y Tyler dejaron de hacer lo que hacían y corrieron directo a la oficina. Ahí estaba Ryan, sentado en la silla frente al escritorio revisando otra carta que recién había encontrado.

—¿Ryan? —preguntó Tyler.

—Alguien tomó la laptop de Phil. Sólo está la base que Phil usaba para evitar que su equipo se calentara. Busqué en toda la oficina y sólo encontré un maletín, sin laptop.

—¿Que hay de su habitación? —preguntó Warren.

—Nada. Pero encontré esta carta: "Estoy convencido de que Malice es una mujer. He llevado mi investigación a situaciones extremas. Sé que ha estado aquí y que estuvo cerca de Miles. Nos ha espiado a todos y creo que los Cazadores ni siquiera están involucrados. Espero que recibas esta carta Harry".

Ryan paró de leer y observó a sus hermanos.

—Eso significa que papá no tuvo nada que ver con la muerte de Phil —afirmó Tyler.

—¡Por supuesto que no tonto! —exclamó Ryan.

—El vídeo nos confirmó que Malice tenía un teléfono en su mano y que papá había perdido el suyo. Lo que ahora sé es que debemos encontrar ese ordenador o llevarnos cada cosa que parezca evidencia.

—Ryan, esa carta nunca llegó a papá, puede que haya pensado en enviársela después de reunirse aquella noche, pero jamás lo hicieron. Aunque papá comentó que nunca le dijo a Phil que se reunieran en su oficina —afirmó Warren.

—Pues Phil sabía de Malice, y es probable que supiera que fue Malice quien mató a Miles, y cómo afirma en esta carta, se trata de una mujer.

Tyler fue a la habitación de Phil y revisó cada rincón. Con la ayuda de Warren levantó el colchón matrimonial, quitaron las sábanas y desacomodaron los sofás que había a los lados. Al final movieron la pantalla que estaba frente a la cama y revisaron cada cajón dónde la ropa estaba hecha. Lo único que encontraron fue un dibujo.

—¿Qué encontraron? —preguntó Ryan guardando la carta en el bolsillo derecho de su pantalón.

—Un dibujo —Warren se lo mostró— es una mujer con una máscara y las mismas ropas que Malice usa cada vez que aparece.

—Es un hecho que Kali no quiere que averigüemos quién es Malice, pero ¿porqué?

—Porqué tiene un plan y si lo descubrimos todo se le viene abajo —afirmó Tyler.

Juliet y Alison caminaron por el vecindario cercano a la preparatoria Mullen. Hacía un frío horrible aquella tarde. Llevaban un café a la mano que habían comprado en una cafetería cercana. El olor les aplacaba el frío. Era uno de los cafés más deliciosos de la ciudad pero nada superaba al café de la Manzana de Cristal. Caminaron con dirección a la casa de Alison. Sabían que una larga caminata les regalaría una amena plática para arreglar la situación que enfrentaron días atrás al Juliet ocultar su alianza con el Caballero.

Juliet entendía que había cometido un error. El sentimiento de culpa la asechaba cada vez que recordaba a Millie. Alison trató de ayudarla pero fue clara en el ultimátum. Lo que les preocupaba ahora era cómo Millie tomaría el hecho de que su novio era un ser mágico. La plática les hizo conectar de manera empática. Alison pudo disolver a Juliet de toda culpa. Sabía que las intenciones de Juliet eran comprensibles después de todo y por otro lado comprendía su pérdida. El padre de Alison murió en los atentados de las torres gemelas y no había nada que pudiera hacer, a diferencia de Juliet, quien ahora podía hacer algo al respecto, encontrar al asesino de su padre y matarlo.

—A veces me frustra no haber hecho algo para salvar a mi papá. Era muy pequeña en ese entonces. Pensándolo bien, quiero que sepas que tienes mi apoyo. Yo hubiera hecho lo mismo si mi papá hubiera muerto de esa forma —dijo Alison mientras caminaban.

—Cuando lo descubrí, no supe si enfrentarlo o no. De alguna forma lo hice. Y Preston no tuvo otra opción más que aceptar lo que era. Así que creo que después de todo fue muy bueno usar su ayuda para llegar a ese gran misterio que yo misma debía resolver.

—Entiendo.

—No lo hice por mi conveniencia tampoco. Sólo que no tenía la idea de cómo podrían reaccionar ante ello.

Las amigas atravesaron una calle cuidando sus laterales. Alison intentó cuadrar algunos eventos que sucedieron antes de enterarse que Preston era el Caballero. Quería saber si estaba omitiendo algo pero parecía que no era así. Sin embargo, un extraño ruido distrajo su atención. Se detuvieron y observaron que provenía de una de las casas localizadas en la calle que caminaban. Juliet tomó la delantera y caminó hacia el lugar. Era una casa verde, con unas escaleras amarillas que llevaban a la entrada.

—No fue un ruido normal —aseguró Alison.

Caminaron al pórtico y desde la ventana vieron algo que no era usual de verse todos los días. Alguien estaba adentro sobre otra persona que yacía en el suelo. Alison verificó a través de la correspondencia que se trataba de la casa de Debbie Walker.

—Es la casa de Deborah, la amiga de mi mamá.

—¿Qué?

—Si.

—Tienes que estar bromeando.

Un estruendo fuerte provocado por el rompimiento de vidrios dentro de la casa les alertó. Entraron por la fuerza rompiendo la puerta principal y activando el sistema de alarma. Corrieron hasta el comedor en dónde Debbie era sujetada del cuello por Malice. Estaba sobre ella, ahorcándola hasta matarla.

Alison y Juliet caminaron lento hacia el malvado villano para tratar de calmarle y lograr que dejara huir a Debbie, quien nerviosa, se dio cuenta de su presencia.

—¿Quién eres? —preguntó Juliet.

Malice no respondió y soltó a Debbie arrojándola con fuerza al suelo. La mujer se golpeó la cabeza. Tenía golpes en la cara y un brazo lastimado para variar. Gritaba y lloraba de dolor. Malice desapareció en un parpadeo así que Juliet tomó su teléfono móvil y llamó al 911. Alison no podía creer lo que había sucedido y con la ayuda de su amiga pusieron a Debbie sobre un sofá. Tocando su brazo y con lágrimas en sus ojos, Debbie les observó.

—Ustedes son los Protectores —dijo Debbie casi inconsciente.

Alison tenía su boca abierta sin saber que decirle. No era el momento apropiado para discutir sobre ello.

—Hemos llamado al 911 —dijo Juliet.

—Estuvo a punto de matarme.

—Lo sabemos Debbie, te conozco. Eres amiga de mi madre, Teresa.

—Y tú eres una chica muy poderosa.

Los minutos pasaron y una ambulancia recogió a Deborah Walker para llevarla directo al hospital. Teresa Pleasant hizo presencia en el lugar. No sabían con exactitud lo que había pasado, sin embargo, algo de lo que Alison y Juliet estaban seguras era que tenía que ver con la nota encontrada en la oficina de Harry, "Faltan cuatro". Malice estuvo ahí para matar a Debbie.

—No puedo creer que esto haya pasado. Si no hubiésemos llegado a tiempo Debbie estaría muerta —Juliet estaba perpleja.

—Mi mamá sabe protegerse aunque me preocupa —aseguró Alison.

—Pues claro que debe preocuparte. Creo que va siendo hora de que seas honesta con ella.

—Lo sé.

Los paramedicos se llevaron en la ambulancia a Deborah. Los vecinos curiosos no tardaron en asechar el lugar para saciar el morbo que les producía aquel suceso. Alison se acercó a su madre quien después de hablar con dos policías le dijo que alcanzaría a Debbie en el hospital minutos más tarde. Antes de despedirse, Teresa le preguntó a Alison sobre lo que había pasado.

—Juliet y yo pasábamos por aquí. Fue una coincidencia.

—¿Quién la atacó, cariño?

—Es hora de que sea honesta contigo mamá.

—Alison, ¿de qué hablas?

—Hablo de que no soy sólo una bruja.

Teresa se le quedó viendo con atención.

—Soy una Protectora, cómo una de nuestras antepasadas. Debbie Walker fue atacada hoy por un enemigo que ha estado matando gente. Mató a Phil y al padre de Juliet.

—Espera... ¿qué?

—Mamá...

—Harry tenía razón —dijo Teresa boquiabierta.

—Mamá, ¿estás escuchando lo que te estoy diciendo?

—Si cariño.

—Mamá no pretendo que vayas con tus amigos e inicies otra cacería de brujas para intentar otro hechizo para protegernos.

—¿De qué hablas?

—Olvídalo. El punto es que corres peligro, igual que tus amigos.

—Lo sé. Por ello he puesto amuletos en toda la casa. Creo que quien atacó a Debbie debió haber sostenido una fuerte batalla con ella ya que hace poco le restauré sus poderes, igual cómo lo hice con Phil antes de que muriera.

—Mamá, por nada del mundo puedes contarle a Harry Goth sobre lo que te he contado hoy. No podemos arriesgarnos más de lo que ya lo hemos hecho.

—Iré al hospital y sólo le diré a Harry pero no te voy a involucrar. No te quiero metida en esto.

—Bien.

Alison y Juliet permanecieron en la entrada de la casa de Debbie siendo observadas por sus vecinos. Salieron de la casa y regresaron a la banqueta dónde llamaron a Ryan y sus hermanos desde el móvil de Juliet para contarles lo sucedido.

La Bala Mágica se hallaba ubicada sobre la calle Fullerton, dónde el centro comercial que alojaba el local había sido construido. Eran las cuatro de la tarde aquel día. Había una furgoneta blanca a una cuadra de la tienda. Parecía muy sospechosa. Había estado ahí los últimos dos días. Dentro de la furgoneta, Sophie y Kirk revisaron dos monitores. Vigilaban cada uno de los movimientos de Carol Goth con la esperanza de agarrarla en la movida. Estuvieron vigilándola toda la mañana observando cada movimiento que la mujer hacía y deshacía después de haber entrado a instalar cámaras para vigilarla tres días antes.

—Después de que recibió la nota, creo que lo siguiente que hizo fue irse a su casa a llorar —dijo Kirk riendo.

—No es gracioso —dijo Sophie arrepentida— no me agrada lo que estamos haciendo además de que no pude ver lo que pusiste en esa nota.

—Tranquila, es una nota indefensa. No hizo daño a nadie.

Sophie no se sintió muy cómoda con lo que hacía al lado de Kirk. Ella sólo quería una respuesta que Carol le había negado. Aún así, se mantuvo al lado de su sospechoso amigo, quien tampoco había sido claro con Sophie acerca de sus motivos para ir detrás de Carol Goth.

Algo inquietó a Kirk sobre las grabaciones que veía así que decidió inspeccionar el segundo monitor y ver en tiempo real lo que pasaba dentro de la tienda. Se sorprendió cuando notó a un enmascarado observando a través de una ventana.

—¿Sophie? Tienes que venir a ver esto —dijo Kirk.

Sophie se acercó a los monitores para ver las imágenes en tiempo real. El enmascarado caminaba sin sentido por todos los rincones de la tienda.

—¿Qué hora es? —preguntó Sophie.

—Casi las 5 de la tarde. ¿Por qué?

—La tienda cierra temprano hoy. Se supone que la última en salir fue Kimberly.

—Entonces, ¿quién es este enmascarado?

—Es el enmascarado sobre el que había escuchado hablar — Sophie observó fijamente el monitor.

Malice caminaba de un lado a otro sin parar. Actuaba cómo si estuviera inspeccionando cada rincón de la tienda. Sophie se empezó a preocupar por el extraño comportamiento de aquel enmascarado. Lo que ella y Kirk veían no era nada normal. ¿Qué hacía Malice dentro de la tienda si ya estaba cerrado?

—¿Y si llamamos a esos chicos?

—No puedo, si se enteran que estoy espiando a su madre se enterarían que trabajo para ella y eso arruinaría nuestra investigación.

—Es cierto.

—No podemos arriesgarnos. Aunque lo que puedo hacer es indagar sobre ello. Preguntarles que es lo que saben y con eso averiguar quien es este enmascarado. No creo que sea Carol probándose un disfraz.

Los dos notaron cómo el enmascarado de repente ya no apareció. Se había esfumado ante su vista. Sophie entonces salió de la furgoneta por las puertas traseras mientras Kirk le pedía que fuera cuidadosa. Ella caminó hasta el centro comercial con el viento soplando su cabello y observó desde el exterior parada justo en la entrada. La tienda estaba cerrada, no había nadie dentro. Entonces regresó hasta la furgoneta de Kirk y le dijo que tenía que hacer algo pendiente.

Caminó desde la furgoneta hasta su auto aparcado a unos metros sobre la misma calle. Subió y comenzó una llamada a través de su teléfono móvil. Carol le respondió al primer intento.

—Sophie. Hola, ahora no es el mejor momento.

—Creo que nunca lo será Carol, pero necesito saber algo.

—¿Qué puedo hacer por ti?

—Quiero que me expliques porqué me enviaste a Sacret Fire aquella noche. ¿Por qué nunca te reuniste conmigo?

—Sophie...

—Carol, no tengo tiempo para más juegos. Necesito que me lo digas ahora mismo.

Carol se quedó callada. No dijo nada durante varios segundos cómo si hubiera colgado la llamada.

—Sigo aquí esperando.

—Estás despedida.

—¿Qué? —Sophie frunció el ceño.

—No puedo seguir con esto, Sophie. Por favor, no vuelvas a llamarme.

—¿Bromeas?

Carol colgó la llamada y Sophie no pudo contenerse. Furiosa, salió de su auto y aventó la puerta al cerrarla. Lanzó el móvil contra una pared de concreto destruyéndolo al instante. Al no saber qué hacer, regresó a la furgoneta dónde Kirk seguía observando las grabaciones de aquella mañana dónde Carol había recibido la nota.

—¿Está todo bien? —preguntó el curioso joven al ver el estado en el que Sophie se encontraba.

—No, no lo está —dijo Sophie furiosa— voy a ayudarte a atrapar a la perra de Carol Goth y descubriré lo que ha estado ocultando.

Kirk le sonrió y le tomó la mano. Sophie subió a la furgoneta muy a prisa, aunque, no vaciló en regresar a recoger su teléfono móvil destruido, que había quedado sobre la banqueta cerca de su auto.

—¿Tío Ben? ¿Tío Ben? —llamaba Sage aquella tarde desde la entrada del laboratorio.

Había estado parada ahí por más de cinco minutos esperando respuesta por parte de su tío. Sus esfuerzos iban en vano. Sin embargo, decidió hacer un último intento después de escuchar un ruido dentro. Entonces giró la chapa y se dio cuenta que la puerta estaba sin llave. No vaciló en abrir la puerta y entró.

El lugar olía a guardado y libros viejos. La entrada estaba iniciada por una alfombra de bienvenida y dos mesas en los extremos con algunos planos encima. En su caminar vio algunos artefactos que llamaron mucho su atención. Eran teléfonos antiguos y cuadros con pinceladas muy viejas. Sage caminó y siguió observando. El laboratorio había cambiado mucho desde la última vez que estuvo dentro. Varias mesas le siguieron con más cosas encima, desde libros, pociones en frascos, vertederos, tazas medidoras, herramientas, engranes y hasta varias brújulas.

—¿Tío? —preguntó Sage al quedar asombrada con lo que Ben tenía dentro de su laboratorio.

Al final del laboratorio observó una gran máquina armada encima de una base circular. Los arcos que la componían le dejaron abrumada. Había unos planos en el suelo con marcas. Parecía que su tío había estado trabajando recientemente ahí.

—¿Sage? —dijo una voz a sus espaldas.

Cuando giró su vista, Sage vió a su tío con unas gafas puestas, su bata de dormir y dos láminas cuadradas de acero en sus manos.

—Tio Ben, te he estado buscando.

—¿Cómo entraste aquí?

—Estaba abierto. Tío, ¿qué es todo esto? —preguntó Sage con curiosidad.

—He creado algo inimaginable —Ben se le adelantó.

—¿A qué te refieres?

Ben caminó unos pasos y puso las láminas en el suelo sobre la base circular. Sage le siguió curiosa queriendo saber de lo que hablaba.

—¿Recuerdas el día que viniste a mi porqué creías que la magia y lo sobrenatural existía?

—Si.

—Esta creación —Ben señaló los arcos sobrepuestos— es una máquina del tiempo.

—¿Estás hablando enserio?

—El día que me dijiste que creías que la magia existía comencé a creer en mi mismo para construir esta gran máquina transportadora.

Sage quedó muda, escuchando con detalle todo lo que su tío le explicaba.

—¿Cómo estás seguro de que es una máquina del tiempo?

—Lo he probado todo durante meses. He realizado muchos experimentos enviando y trayendo cosas. Creo que estoy listo para dar los siguientes pasos. La mecánica cuántica ha sido fundamental en este avance.

—¿De qué hablas tío?

—De algo muy importante que quiero hacer pero no podía esperar a que funcionara para compartirlo contigo. Sé que tal vez ahora no entiendas muchas cosas pero esta máquina lo es todo.

Sage se puso nerviosa. Creía que su tío estaba loco. Sin vacilar, salió del laboratorio con Ben mirándole raro. El científico sabía que Sage no le creía. Ella sabía que esas cosas eran posibles y que su tío podría tener o no tener razón sobre lo que afirmaba. Ben, por su parte, había creado algo extraordinario fuera de los alcances de cualquier ser humano.

Juliet llamó a Alison aquella tarde quien se encontraba en el hospital memorial de la ciudad averiguando sobre el estado de salud de Debbie Walker. Eran las seis de la tarde y su casa estaba totalmente sola. Habían pasado varias horas del incidente y ambas habían informado lo sucedido a los hermanos.
—Debbie ha salido de la sala de urgencias y ahora está siendo atendida por un doctor que le está recetando algunos medicamentos.
—¿Recuerda algo sobre nosotras?
—Me temo que lo hará.
—¿A qué te refieres?
—Estuvimos ahí y vimos lo que sucedió Juliet. Debbie estuvo a punto de ser asesinada. Sino hubiésemos estado cerca, ella ya no estaría con nosotros. Además, recuerda todo con detalle.
—Diablos.
—Lo sé.
—Estamos en un lío.
—No te preocupes, mi mamá está de nuestra parte. ¿Recuerdas que abandonó la misión de Harry Goth?
—Sí.
Juliet escuchó un ruido raro y se dirigió a la cocina con el teléfono al oído. Revisó cada rincón pero no había nada.
—¿Juliet?
—Creí haber escuchado algo en la cocina. Seguro fue la sirvienta.
—Ten cuidado.
—Lo haré.
—Y sobre Debbie, no te preocupes. Yo me encargaré.

—¿Estás segura?

—Sí, debemos mantener esto con cuidado. Lo primero que Debbie podría hacer es ir con sus amigos y contarles todo lo que vió.

—Bien, debo colgar.

Juliet colgó la llamada y fue a la sala dónde se recostó en uno de los sofás. Observó con tranquilidad un retrato de su padre hasta que volvió a escuchar otro ruido.

Se puso de pie e inspeccionó la sala y el vestíbulo. Su rostro mostraba miedo a medida que avanzaba por cada rincón de su casa. Fue hasta la oficina de su padre dónde encendió el ordenador portátil observando las cámaras de seguridad. No estaba sola. Malice le acompañaba aquella tarde con un cuchillo en mano. Juliet entonces salió corriendo de la oficina de su padre yendo directo hasta la sala dónde el villano le tomó por sorpresa. Estaba ahí de nuevo, usando aquella horripilante máscara. Juliet y Malice forcejearon durante varios segundos y ella trató de quitarle la máscara. El villano nunca se dejó y golpeó a la chica con su puño en la mejilla. Juliet materializó un bate de madera y golpeó al enmascarado fuerte en la espalda, logrando tumbarlo. Corrió a través del pasillo principal a medida que Malice le seguía. El villano tomó ventaja de nuevo y logró tumbarla. Juliet le arañó los brazos con sus uñas hasta que Malice le propinó un fuerte golpe en la nuca dejándola inconsciente. Juliet no despertó durante varios minutos. El villano desapareció en un parpadeo. La casa estaba hecha un desastre a raíz del ataque. Minutos después, Juliet comenzó a despertar. Su cuñada Sandra llegó a la casa y mientras se dirigía hacia su habitación vió a Juliet golpeada y tirada en el suelo. Asustada, corrió hacia ella para tratar de ayudarla. Juliet dijo sentirse bien, insistente en volver a las andadas. Sandra sentía que la chica no estaba bien y entonces decidió llamar a Mark.

—No lo hagas.

—Juliet, estabas tirada y herida en el suelo es claro que algo sucedió aquí. ¿Fue un asalto?

—Si, pero no quiero que le llames.

—Oh por Dios —Sandra le abrazó para reconfortarla cuando Juliet quería quitársela de encima.

—Sandra estoy bien. Gracias por preocuparte por mí pero será mejor que no le digas nada a Mark o mi mamá.

—De acuerdo. ¿Necesitas que llame a la compañía de vigilancia?

—¿Cómo sabes que hay cámaras por toda la casa?

—Ahí está una —Sandra señaló una cámara en el vestíbulo.

—No creo que sea necesario. Si lo averiguan entonces les contaré. Por lo pronto, acompáñame a ver a un doctor. Necesito calmantes para el dolor.

—Bien —Sandra ayudó a la joven a salir de la mansión.

Juliet subió al auto de Sandra, quien estaba decidida a ayudarla después del ataque perpetrado a la joven. Parecía que Malice estaba molesto por la intervención de Juliet y Alison en casa de Debbie.

Albert cerró las puertas de su departamento mientras tocaba su barbilla con su mano. Se veía serio y parecía tener visitas esperándole. Caminó cabizbajo hasta su pequeña sala dónde Alison y Millie le esperaban ansiosamente. Lamentó haberles dejado esperando tanto tiempo afuera argumentando que los Reyes Mágicos le tuvieron en terrenos celestiales durante horas. Albert vestía un traje blanco y una camisa del mismo color. Tenía aquella mirada curiosa por saber lo que las hermanas tenían que contarle.

—No entiendo porqué me pidieron que nos reuniéramos acá.

—Los demás no pueden saber aún esto, Albert —Millie mostró una postura seria.

—Hemos estado algo tensas con esto que descubrimos pero la verdad no sabíamos de que manera decírtelo.

—¿Sucede algo grave?

—Con el equipo, no. Pero es algo que no debemos tomar a la ligera, después de lo que Millie descubrió en su visión.

—¿Visión?

—¿Recuerdas la noche en la que me convertí en una

Protectora?

—Si. ¿Cuando nos dimos cuenta que alguien nos espiaba?

—¿Y recuerdas que no indagamos más sobre el asunto porqué asumimos que tal vez había sido Kali o Sophie? —preguntó Alison.

—Sí, ¿porqué lo preguntan?

—La cosa esta así —Millie se puso de pie con una mano sobre la otra— quisimos acercarnos primero contigo y no hacerlo con los chicos porqué no sabíamos cómo lo tomarían.

—Estoy escuchándolas...

—Carol Goth nos espiaba aquella noche. Comprobé las placas de su auto con las que vi en mi visión. Ella llevaba un arma aquel día y cuando se percató de que regresábamos a nuestros autos ella arrancó el suyo y escapó del lugar.

—No sabemos que diablos hacer con esto Albert —Alison sonó preocupada.

Albert cruzó un brazo y puso su otra mano debajo de su nariz tocando su surco. Tenía la mirada perpleja sin saber que responder a las hermanas.

—Esto es por lo que no querían que nos reuniéramos en el COP.

—Creo que sería algo dificil de digerir para Ryan y sus hermanos —afirmó Alison.

—Aún están digiriendo lo que descubrieron sobre su padre y enterarse ahora que su madre ha estado espiándonos sería aterrador para ellos —dijo Millie.

—Entiendo. Algo así podría alterarlos demasiado.

—Albert, Millie y yo creemos que Carol es Malice.

—¿Qué?

—Hay algunas cosas que concuerdan, ahora que Alison trabaja en su tienda estará más al pendiente. Sin embargo, quiero creer que estamos equivocadas. Pero, serán las circunstancias las que dictarán el veredicto final.

—Chicas, estamos hablando de Carol Goth, la madre de Warren, Tyler y Ryan. ¿Están seguras de todo lo que están diciendo?

—Desafortunadamente si —respondió Millie con mucha seriedad.

Las hermanas sentían un vacío tremendo en su interior después de lanzar aquella revelación. Había muchos cabos sueltos y lo que harían después sería descubrir si realmente estaban en lo cierto. Carol Goth podría ser el villano que habían estado buscando durante meses.

CAPITULO 17: Mis Visiones Saben Lo Que Hiciste en la Oscuridad

Tyler se preparó la mañana del 10 de febrero para una de sus prácticas de natación en la alberca de la preparatoria. Estaba algo tenso por lo sucedido durante los últimos días. Hacía apenas una semana que se inscribió al equipo de natación de la preparatoria el cual estaba a punto de incorporarse a un campeonato estatal para competir con otras escuelas. Tyler se colocó el gorro y las gafas para nadar. La alberca estaba casi sola con dos jóvenes cerca esperando verle nadar. Tyler les sonrió y se lanzó de un clavado al agua. Con sus manos al frente, Tyler nadó empujándose con el aleteo de sus piernas con dirección hacia la otra ala de la alberca. Dió un par de vueltas y descansó cinco minutos. De nuevo entró y dio otras dos vueltas. Sin embargo, algo extraño sucedió dentro del agua aquella mañana. Sacó su cabeza para cerciorarse de que sus dos espectadores no siguieran ahí. Para su suerte, se habían ido. Entonces, se sumergió en el agua de nuevo y se quedó ahí por un periodo largo. Cumplido el minuto, abrió sus ojos y su boca dentro del agua. Las burbujas salieron de su boca al hablar. Estaba atónito, no podía creer lo que sucedía. Tyler había descubierto aquella mañana un avance increíble en sus poderes. La respiración bajo el agua no era un problema más para él. Podía respirar por tiempos indefinidos, algo extraordinario para un chico cómo él. Se sintió feliz así que salió del agua para dirigirse a los vestidores. Ahí se metió en las regaderas y después se puso la ropa. Una hora más tarde se reunió con Ryan en la cafetería. Las clases habían terminado y el lugar estaba por cerrar. Ryan estaba preocupado por el próximo viaje que harían a Sacret Fire. Aunque, quedó impresionado por los avances en los poderes de su hermano.

—Debiste verlo. Estuve bajo el agua durante mucho tiempo. Quiero preguntarle a Albert si sabe algo al respecto.

—Estoy impresionado. De verdad.

—Y yo.

—No puedo esperar a que Warren lo sepa.

—Lo sé hermano.

—¿Estás listo para el viaje?

—No del todo. Alison no irá.

—¿Porqué?

—Debe cuidar a un par de ancianos debido a una labor comunitaria. Insistió en cancelar pero parece que es algo que le cuenta cómo crédito para su servicio social del próximo año.

—Falta un año. Que incrédulos.

—Lo sé. Al menos Millie irá, espero que Albert esté en lo correcto con ella.

—Siento que es algo arriesgado para Millie, sobre todo ponerla en esa situación es inapropiado y por parte de nosotros es egoísta.

—Ella dijo que podía hacerlo así que estuvo de acuerdo.

—Oye calma.

—Además hoy vuelve papá, ¿estás listo para verlo?

—Creo que si.

Harry bajó de un taxi aquella tarde que le había traído desde el pequeño aeropuerto de la ciudad. El chofer le ayudó a bajar las dos maletas que traía. Había pasado algunas semanas fuera consiguiendo inversionistas para su compañía. Con paso lento, entró a su casa llevando las dos maletas de ruedas caminando a lo largo del pasillo principal. Subió las maletas por las escaleras y llegó hasta el balcón dónde durante un rato se quedó observando y recordó lo sucedido el día de su cumpleaños. Su mirada era seria. Tenía temor por lo ocurrido. Se acercó al cabecero colocando sus manos encima y miró hacia abajo. Pudo recordar el momento en el que su amigo se encontraba muerto en el primer piso con toda la gente a su alrededor. Cerró sus ojos y regresó su mirada hacia el pasillo que llevaba hasta su habitación en dónde dejó las dos maletas. Se quitó el saco dejándose sólo la camisa y regresó a la planta baja yendo directo a su oficina. Al tocar la chapa de la puerta notó que estaba sin llave, justo cómo la había dejado. Entró y cerro la puerta observando el orden dentro y con cautela se dirigió a su escritorio. Tomó asiento y vió algo encima de su computadora. Era una carta sin procedencia que Ryan había encontrado días antes. Tan pronto cómo la abrió, observó la nota: "Faltan cuatro". De inmediato supo que la nota hablaba sobre sus amigos.

Tomó el teléfono de su oficina y la primera persona a la que llamó fue Charlotte Deveraux. La mujer nunca le respondió y Harry se puso furioso. Se paró de su asiento y mientras daba vueltas dentro de la oficina llamó de nuevo a Charlotte. Se dió por vencido y entonces llamó a Teresa, con cero intenciones de hacerlo. Cuando Teresa le respondió la llamada, Harry le contó sobre la nota que había encontrado en su oficina. La respuesta de Teresa le tomó por sorpresa después del comportamiento que la mujer había mostrado antes de salir de viaje.

—Lamento no haberte contado nada. Debbie fue atacada.

—¿Cómo sucedió?

—Hace unos días, un enmascarado entró y la atacó.

—¿Enmascarado? ¿Cómo era?

—No lo sé Harry. Prometí no contarle esto a nadie pero dada las circunstancias creo que no podemos andar con juegos.

—¿De que hablas?

—Juliet y Alison estaban cerca del vecindario dónde Debbie vive y la rescataron. Fue una completa coincidencia, ellas no sabían nada al respecto.

—Espera, ¿la rescataron?

—Sí, pero ellas no sabían nada. Por favor, déjalas fuera de esto.

—Comienzo a creer algo que no te gustará.

—¿Sobre qué?

—Creo que las otras personas que estaban con Doyle el día del incendio eran mis hijos y tus hijas.

—Es una locura. Ellas me hubieran dicho algo al respecto.

—No, no lo creo. Ahora dime ¿qué te hizo aceptar esta llamada mía? ¿porqué este cambio?

—Después del ataque de Debbie, me di cuenta que tal vez

podrías tener razón y creo que es hora de que hagamos algo al respecto.

—¿Recuerdas que insististe en dejar la operación?

—Lo sé, pero creo que ahora debemos continuar con lo que dejamos pendiente.

Mientras hablaba con Teresa, Harry encendió su computadora. Había una carpeta abierta con la fecha del día de la muerte de Phil. Reprodujo el vídeo que encontró y pudo ver a Phil. Siguió en la llamada con Teresa y no colgó mientras la mujer hablaba. Observó cada movimiento de su fallecido amigo y pudo ver al enmascarado que apareció en el vídeo. Sus ojos se ensancharon cuando le vió el teléfono móvil en la mano, igual al que había perdido.

—Harry, ¿qué sucede?

Harry no respondió. Vio el forcejeo entre su amigo y el enmascarado. Observó con cuidado cada movimiento, cada respiro, cada golpe y los poderes de su amigo en acción.

—¿Phil tenía sus poderes cuando murió?

—¿A qué viene eso ahora?

—Teresa, acabo de ver un vídeo de la noche en la que Phil murió, aquí en mi casa. Tengo cámaras de seguridad instaladas en toda mi casa. No sé porqué nunca las revisé.

—¿Qué?

—No es todo. Acabo de ver a la persona que mató a Phil. Llevaba una máscara y tenía mi celular. Pero lo que más me sorprendió fue ver a Phil usando sus poderes.

—No podemos enseñarle eso a la policía.

—Por supuesto que no, pero con esto concluyo que la misma persona que mató a Phil atacó a Debbie y pudo haber matado a Miles.

—Entiendo hacia dónde vas y creo que tienes razón.

—¿Estás segura?

—Phil me dijo que antes de morir, Miles le habló sobre un acosador que andaba tras él que usaba una máscara pero no me dijo nada más. Todos supimos que Miles falleció de un infarto pero nunca dedujimos que el infarto pudo haber sido provocado. Creo que Phil sabía más de lo que decía y hubo cosas que tal vez nunca nos dijo y que podían estar relacionadas con la muerte de Miles.

—Teresa, Phil tenía un vínculo muy especial con Miles. Yo siempre creí que Miles había sido mi mejor amigo, pero su relación con Phil era mucho más profunda. Eran cómo hermanos y hubo cosas de las que yo tampoco tuve conocimiento.

—Y faltan cuatro, tal cómo dice la nota que encontraste.

—Es probable que hayan descubierto cosas que nosotros no sabíamos o que quizá no estábamos preparados para saber. Tenemos que alertar a Charlotte, ¿sabes algo sobre Debbie?

—Debbie está fuera de la ciudad pasando tiempo con su hermano Ben Walker. ¿Recuerdas al científico?

—Sí, entonces me alegro que esté a salvo —Harry jadeó por un momento— creo que alguien estuvo en mi oficina. Hay cosas movidas y algunos archivos estaban abiertos en mi computadora. En fin, voy a llamar a Doyle para saber que ha averiguado sobre los Cazadores.

—Ten cuidado con ese chico. Puede que no nos haya dicho toda la verdad.

Harry colgó su llamada con Teresa y de inmediato llamó a Doyle. El chico nunca respondió y esto provocó el enfado de Harry. Al abandonar su oficina observó a su esposa parada frente a la puerta. Se quedó congelado varios segundos. Entonces, se acercó a ella y la abrazó. Carol estaba tan contenta de volver a verle que no le soltó durante varios minutos.

Las últimas semanas fueron realmente cruciales para Billy Conrad. Había investigado a Harry Goth, sus amigos y su familia. Los descubrimientos hechos con la ayuda de Tangela le permitieron profundizar mucho sobre las razones para que los Goth se hayan mudado a la ciudad. Aquel día, entro a su auto negro con unas gafas de sol oscuras, el rubio detective vigiló de cerca a Doyle Rogers, quien con rapidez, se devoraba una deliciosa hamburguesa dentro de un restaurante de comida rápida en el centro comercial Cosmic. Billy le espiaba cómo si se tratara de un criminal armado. Tenía la impresión de que aquel chico no era de confiar. Tan pronto el chico pidió la cuenta al mesero, Billy no le perdió de vista. El mesero trajo la cuenta y Doyle pagó en efectivo. Cogió su mochila, se puso un gorro encima de su cabeza y se subió el cierre de la chaqueta verde que llevaba puesta encima de la playera de rayas azules con blancas. Billy encendió el motor de su coche y avanzó unos metros. Vió cómo el chico caminaba por la banqueta. Doyle cruzó una calle y caminó varias cuadras. Conrad lo siguió con cuidado hasta el cementerio North Hill. Antes de entrar, el joven se aseguró de que nadie le viera entrar al cementerio. Conrad fue cauteloso y no perdió la oportunidad de seguirlo. Bajó de su auto, cogió una pistola y comenzó a caminar hasta la entrada del cementerio. Había dos ángeles de piedra construidos en cada lado de la entrada. Conrad observó el interior, vaciló un poco en entrar pero finalmente se armó de valor. Se preguntaba que podría hacer un chico de diecisiete años en aquel cementerio aquella tarde. Caminó varios metros conducido por su curiosidad cerciorándose de traer su pistola a la mano. Pero algo le hizo detenerse y esconderse detrás de unas lápidas. Doyle se reunió con dos chicas. Eran Anya y Dorothy. Conrad les miró sigiloso. Anya llevaba su cabello corto hasta los hombros y lo tenía más rubio que antes. Dorothy tenía mirada de preocupación y las manos metidas en los bolsillos de su chaqueta. Parecían conversar sobre algo que les preocupaba. Conrad vio cómo Doyle incitó a las dos jóvenes a caminar. El lugar estaba lleno de lápidas y el césped lucía un poco mojado. El cielo era nublado y hacía bastante frío. Billy siguió caminando para espiar al trío de jóvenes hasta una zona del cementerio dónde las lápidas eran pocas y la presencia de cuervos abundaba. Conrad estaba tenso pero quería ver lo que estos chicos estaban haciendo. Parecía ser una reunión normal. Billy observó cómo Doyle respondió a una llamada en su teléfono móvil y alcanzó a escuchar el nombre de Ryan. Tomó algunas fotografías con una cámara que traía en su saco. Entonces, al voltear a su derecha presenció a un hombre con ropas de granjero de unos sesenta años metido entre unos arbustos que le observaba a lo lejos. El susto que le sacó lo puso de pie y cuando regresó su vista hacía el trío chicos notó que ya no estaban.

—¿Qué diablos? —se preguntó.

Billy regresó su mirada hacia aquel tipo extraño que no dejaba de verlo. Así que caminó hasta él.

—¿Por qué me estás viendo?

—No deberías estar aquí —le dijo el hombre.

—Espere, ¿usted vió hacia dónde fueron esos chicos?

El aterrador hombre le observó directo a los ojos. Conrad frunció el ceño.

—Cuando los Protectores definitivos nazcan, ellos nacerán y la bruja despertará.

—¿De qué habla señor?

El hombre ya no dijo nada. Se quedó callado y con lentitud le volteó la mirada. Comenzó a caminar lento hacia dónde Doyle y sus amigas habían estado minutos antes. Billy no entendía nada de lo que había pasado. Sin embargo, se sintió satisfecho con las fotos que había tomado aunque algunas pistas no le quedaron muy claras y no sabía si le llevaban hacia lo que realmente buscaba. Caminó apresurado hasta la salida del cementerio. Se subió a su auto y desde ahí observó los dos ángeles de piedra que permanecían intactos en la entrada. Estaba sorprendido. Así que decidió ir a su oficina para consolidar el montón de material que tenía en sus manos hasta ahora.

La mañana siguiente, Warren salió de casa con su mochila puesta. Llevaba un gorro azul que cubría su cabeza, una bufanda que protegía su cuello y una chamarra que le tapaba bien del frío. Subió la mochila al auto y regresó hasta el vestíbulo de su casa. Eran las 4 de la mañana y con señas llamó a Ryan y Tyler quienes apurados salían de casa cargando sus mochilas en la espalda y con los abrigos bien puestos.

—No hagan mucho ruido —murmuró Warren.

—Seguro que papá tenía mucho que hacer con mamá después de haber estado fuera varias semanas —dijo Tyler riendo.

Warren y Ryan le miraron de forma desagradable.

—¿Qué? —Tyler frunció su ceño con una sonrisa— digo a lo mejor tenían mucho de que platicar.

—Vámonos —murmuró Warren en tono serio.

Los tres subieron al auto del mayor de los hermanos quien condujo con cuidado hasta la casa de las hermanas Pleasant dónde aparcó el coche. Mientras esperaban, Waren le envió algunos mensajes de texto a Millie para que saliera. La primera en salir fue Alison. El cielo estaba oscuro y faltaba poco para el amanecer. Alison tenía una pijama puesta y con sus brazos cruzados se acercó hasta el coche dónde Ryan le miraba riendo. Alison estaba toda modorra. Tenía el cabello despeinado y los ojos adormilados.

—¿En serio? —preguntó Warren viéndola de pies a cabeza.

—Quise salir a saludarlos antes de irme a dormir de nuevo.

Millie salió de su casa cargando una maleta color café. Traía el cabello largo muy bien peinado. Llevaba unos pantalones de mezclilla puestos y una chamarra de piel abrigándole del frío. Enseguida salió Juliet con el cabello recogido, cargando su propio equipaje. Se había quedado a dormir en casa de las hermanas la noche anterior.

—Buenos días chicos —saludó Millie mirando a Warren con agrado.

—Buenos días Millie. Su coche ha llegado —Warren bromeó.

Millie se mofó y con un abrazo se despidió de Alison quien les pidió de favor que le informaran sobre todo. Era una pena que Alison no los acompañara en aquella misión. Su servicio social había arruinado su visita a la ciudad de Sacret Fire aquel fin de semana. Juliet se despidió también de Alison y junto a Millie subieron al coche de Warren. Era la primera vez que Alison no estaría en una misión con su equipo y todos se sentían muy extraños. A final de cuentas la persona requerida para aquella misión era Millie. Alison les despidió y ante el miedo de quedarse sola en la banqueta regresó corriendo hasta la puerta principal de su casa.

Warren condujo llevando a Ryan cómo su copiloto. Era de impresionar lo unidos que eran ahora. Tyler miraba los alrededores de la ciudad con Millie y Juliet acompañándole en los asientos traseros. Millie entonces comenzó a cerrar los ojos de lo serios que iban durante el viaje. Se quedó dormida en poco tiempo. Se recargó sobre el hombro de Juliet quien le miró con remordimientos. Su sentir era raro dadas las circunstancias recientes acerca de Preston y mantuvo su mirada distraída sobre el respaldo del asiento de Ryan. Warren hizo parada en una gasolinera minutos más tarde para rellenar el tanque del coche mientras sus hermanos compraban café para cada uno de ellos. Reanudaron el viaje hacia la carrera minutos más tarde. Durante los primeros treinta kilómetros fueron rodeados por árboles con el aspecto más tenebroso que pudieran haber visto lo que hizo el viaje un poco incómodo. Al pasar el kilómetro 32, pudieron avistar campos muy floridos con casas alrededor. Había villas muy pequeñas y varios mini suburbios. Warren mantuvo siempre sus ojos al volante durante todo el viaje con Ryan haciéndole plática. Era la primera vez que viajaban hacia la ciudad fantasma, cómo mucha gente de los alrededores la apodaba. Cuando llegaron, dieron las seis y media de la mañana. Juliet, Millie y Tyler bebieron hasta el último sorbo de su café para mantenerse despiertos así que Warren tuvo una propuesta muy interesante para todos. Podían ir a las cuevas o visitar a la mujer de la que Sophie les había hablado.

—Sophie me dijo que su nombre es Sage Walker —sostuvo Ryan.

—¿Confías en Sophie? —preguntó Warren escéptico.

—No tanto pero creo que es buena idea. Además, sólo Albert conoce la ruta a esas cuevas —respondió Ryan— pero creo que Sage sería nuestra mejor opción por ahora. Podríamos averiguar un poco más.

—Estoy de acuerdo con Ryan. Además, Albert dijo que le llamáramos en cuanto completáramos la misión, lo cual me pareció completamente absurdo después de habernos ocultado todo lo de Kali —agregó Tyler.

—Albert nos quiere en acción. Quiere que nos movamos. No quiere que dependamos directo de él lo cual está bien —Warren volteó a ver a Millie, Juliet y Tyler— entonces, a esta hora no creo que Sage esté despierta. Pienso que nuestra mejor opción en este momento es que desayunemos algo rápido para que tengamos energías a la hora de nuestra excursión hacia las cuevas.

Millie, Juliet y Tyler se miraron entre ellos. La respuesta de un movimiento positivo con sus cabezas le dió a Warren la aceptación de su propuesta. Así que lo primero que hicieron en aquella ciudad fue desayunar. Llegaron directo a una cafetería localizada en el centro. El ambiente del lugar les parecía de lo más extraño. La mayoría de las casas conservaban un aspecto gótico que para ellos era totalmente raro. Sin embargo, no dejó de llamar su atención.

Ryan les contó a todos durante el desayuno sentados en una de las mesas de aquella cafetería un poco acerca de la historia de Sacret Fire. Se llama así por ser la ciudad del Fuego Sagrado debido a una antigua leyenda que hablaba sobre el ave Fenyx, una criatura legendaria dedicada a proteger a los aldeanos de las tierras cercanas miles de años atrás.

—¿Cómo te sientes después del ataque? —Tyler le preguntó a Juliet.

—Bien, después de que Sandra me llevara al doctor. Realmente no me pasó mucho. Aunque he dormido en casa de Millie y Alison durante varios días. Le dije a mi hermano y Sandra que estaba pasando por un trauma. No me extrañaría que Sandra le haya contado algo debido a lo unidos que son.

—¿Se lo creyeron? —preguntó Warren.

—Ellos si. Mamá no, porqué ella sabe todo. Sandra se ha portado fenomenal conmigo. Con decirles que quiere que le ayude a organizar la fiesta de cumpleaños de Mark.

—Tu cuñada se ha ganado tu aprecio —afirmó Millie.

—Si. Ahora veo porqué Mark la ama mucho —Juliet sonrió.

Cuando el reloj marcó las ocho de la mañana, Ryan se comunicó con Sage a través de su teléfono móvil. Casualmente, la chica estaba despierta. Sophie le había advertido a Sage sobre su visita en la ciudad. Sage aceptó ayudar a Ryan y sus hermanos con gusto. Para ella era un honor además de que le encantaba relacionarse con todo lo sobrenatural.

Así que una hora más tarde los chicos conocieron a la gran Sage Walker, la famosa blogger de Secret Fire. Ella los recibió en su casa amablemente. Llevaba un gorro naranja puesto y un suéter del mismo color. Encima, usaba un chaleco café y en sus manos llevaba unos guantes para taparse del frío. Vestía un pantalón de mezclilla con unas botas cafés. La chica subió al auto de Warren y con indicaciones le mostró el camino que llevaba directo al lugar dónde Kali había sido encerrada décadas atrás.

Alison llegó aquella mañana a una casa pequeña ubicada a tan sólo unas cuadras de la preparatoria. Llevaba un café en mano y su bolso colgando de su hombro izquierdo. Pudo ver que había una mujer sentada en las escaleras de la entrada a la casa revisando algunos papeles. La mujer negra de cabello corto vestía el uniforme de una enfermera con una chamarra encima puesta. Parecía estar esperando a alguien en la entrada. A medida que Alison abrió la puerta de la cerca y cruzó la entrada de la casa, la mujer le sonrió mientras se acercaba.

—No fue tan difícil llegar después de todo. Es cerca de la escuela —Alison sonrió.

—Si, Alison. ¿cierto? Lamento que te perdieras ese viaje con tus amigos. Realmente te necesitamos.

—Descuida, no es para tanto. Creo que las cosas pasan por una razón y debo estar aquí.

—Me gusta tu actitud.

—De acuerdo, platícame.

—Sigueme —pidió la mujer.

Antes de entrar, Alison miró con atención el patio. Estaba bien cuidado y había ropa colgada en un tendedero de metal ubicado a la mitad del área. La enfermera guió a Alison hasta el interior de la casa dónde se encontraban una pareja de ancianos miraba la televisión.

—Ellos son el señor y la señora Acker, han vivido aquí desde que nacieron —afirmó la mujer— su hija estará fuera este fin de semana y por eso solicitó la ayuda de servicios sociales. Por fortuna teníamos varios candidatos para efectuar este trabajo durante dos días y tu fuiste la elegida.

Alison sonrió. Estaba contenta después de todo ya que la idea del trabajo no era mucho. Sólo debía estar al pendiente de lo que los ancianos necesitaran cómo lavarles la ropa, hacerles la comida y platicar con ellos de vez en cuando.

—Tan pronto cómo termines, estarás fuera de aquí a las 7 de la tarde ya que ellos duermen entre 14 y 15 horas.

—Pero... no sé cocinar —dijo Alison apenada.

—No te preocupes. Su hija Candice dejó comida preparada en el refrigerador.

—Eso suena mejor —Alison dio vueltas observando la casa.

—Cualquier pregunta que tengas puedes llamarme —la mujer le entregó una tarjeta con un número.

Minutos después, la enfermera salió de la casa confiando en que Alison haría un gran trabajo. Alison saludó a los dos ancianos y ellos le miraron sonrientes. Su recorrido por la casa comenzó con la vista de algunos retratos que la familia tenía colgados. Había uno dónde aparecían los dos ancianos acompañados de dos mujeres. Una joven de unos treinta años que resultó ser Candice y otra chica de unos veinte años. Alison observó más fotos que los ancianos tenían colgadas. Había un gran mural dedicado a la chica más joven. Con sus brazos detrás de su espalda, Alison contempló cada retrato con admiración.

—Ella es mi hija Meredith —la anciana se le acercó.

—Lo siento, no era mi intención.

—Descuida. Me agrada cuando mi familia le resulta interesante a otras personas.

—Ahora entiendo. Ella —señaló a la joven del gran mural— es muy bonita.

—Sí.

—¿Sus hijas viven con usted?

—Candice está fuera de la cuidad y mi hija pequeña Meredith falleció hace quince años.

—Lo lamento mucho señora Acker —dijo Alison apenada.

—Las cosas pasan por una razón. De repente un día mi pequeña desapareció y jamás volvimos a saber de ella. Hasta que un día los policías encontraron sangre suya y varias de sus prendas en el bosque Nightwood —la anciana miró una fotografía de Meredith.

Alison le tocó el hombro tratando de reconfortarla y le sonrió. La anciana regresó al sofá con su esposo mientras Alison seguía observando la fotografía de Meredith. Era difícil de creer que una joven tan bella cómo Meredith hubiera desaparecido de la nada. Sentía mucha pena por lo que la familia Acker había pasado. El rostro de la desaparecida le provocaba ternura, sobre todo las fotos de su infancia.

Algo hizo que Alison cambiara la dirección de su vista. Tuvo una sensación muy extraña en su espalda. Era un aire frío que la paralizó por un momento y la llevó a caminar hacia las escaleras al creer que había visto algo raro en la planta alta. Se aseguró de que los ancianos siguieran en dónde los había dejado y subió las escaleras. Al llegar a un pasillo notó varias habitaciones y en un rincón pudo apreciar la sombra de una mujer entrando a una de ellas. Con cautela, la siguió e intentó entrar a la habitación. Sin embargo, tenía llave. Así que regresó de nuevo al piso de abajo y vio que todo transcurría normal. Entonces, comenzó a hacer las labores de la casa. Levantó un cesto de ropa sucia para llevarlo a la lavadora. Al salir fue directo al patio para quitar la ropa que estaba seca en los tendederos. Desde ahí, observó con horror a una mujer que la veía desde la ventana. Alison quedó sin habla y dejó caer la ropa que traía cargando. El miedo la paralizó por algunos segundos.

—Tengo que estar soñando —la chica cerró sus ojos y cuando los abrió de nuevo la mujer ya no estaba ahí.

Sage guió al equipo de Protectores y Millie hasta unas montañas localizadas en la cima del bosque Ravenswood Hills. Desde ahí pudieron apreciar Sacret Fire en todo su esplendor. La ciudad era muy bonita desde aquella vista. Se veían todos los pinos, árboles y picos de las casas con aspecto gótico. Warren estacionó el coche cerca de varios arbustos fuera del camino. La montaña corría a lo largo de un camino en forma de espiral que les hubiera llevado más de una hora subir. Parecían preocupados por esto, pero Sage les hizo saber que no era necesario subir tanto ya que el lugar que buscaban estaba demasiado cerca. Los chicos bajaron del auto mientras Sage les daba indicaciones. Tenían que subir una vereda para poder llegar a la cueva que buscaban. Millie parecía curiosa y fue la primera que se adelantó. Quería saber cómo era posible que después de tantos años aquella cueva permaneciera abierta después de lo que pasó. Sage les soltó poco a poco la verdad sobre aquella cueva. Durante mucho tiempo estuvo sellada hasta los años ochenta, época en la que la barrera de concreto que impedía el paso fue derribada, pero nadie jamás entró.

—¿Quedó abierta de la nada? —preguntó Tyler.

—Alguien ayudó a destaparla. Quizá fue la persona que liberó a Kali —asumió Sage.

—Bien, caminemos entonces —propuso Ryan.

Anduvieron por aquél árido camino lleno de piedras y césped con las mochilas bien puestas en sus espaldas. Hacía un poco de frío y la temperatura iba en descenso a medida que avanzaban. Los hermanos tenían entendido que Sacret Fire era mucho más fría que Terrance Mullen debido a la cercanía de la ciudad mullena con el océano pacífico. Cuando finalmente llegaron a la cueva, Sage apreció con agrado la entrada y confirmó que todo era exactamente igual a cómo se lo habían platicado. Ella nunca había estado ahí realmente, pero sabía que era lo que buscaban.

—¿Tienen sus lámparas? —preguntó Warren.

—Justo en mi mano —respondió Ryan mostrando su lámpara y una sonrisa que alegraba a todos.

Millie tomó su teléfono móvil al sonar y pudo ver que tenía un mensaje de su hermana Alison.

—Alison me envió un mensaje. Acaba de ver a un fantasma.

—¿Qué? ¿Fantasmas? ¿Existen? —preguntó Tyler escéptico.

—¿Es enserio Tyler? —preguntó Warren.

Confundida por las preguntas de Tyler, Millie llamó a su hermana antes de continuar con la misión.

—Millie no vas a creer lo que vi.

—Lo sé, recibí tu mensaje.

—Bueno, quiero que me ayudes con un hechizo para desaparecer fantasmas. Creo que en una ocasión me hablaste sobre uno.

—¿Te queda lejos la casa?

—Un poco.

—Bien, te responderé con un mensaje. Si no puedes con ello, llama a mamá y explícale lo que viste. Seguro es alguien que quiere mostrarte algo.

—Se me quedaba viendo.

—¡Que miedo!

—Lo sé, pero estaré bien. ¿Cómo va todo por allá?

—Estamos con Sage Walker a punto de entrar a la cueva.

—¿La amiga de Sophie?

—La misma. ¿Nos vemos mañana?

—Claro. Suerte y gracias.

Millie colgó la llamada y regresó hacia sus amigos.

—Esa era mi hermana teniendo problemas sobrenaturales.

—¿Todo bien? —preguntó Ryan.

—Sólo un fantasma inofensivo.

—¿Fantasmas? Hay muchos en Sacret Fire —comentó Sage.

—¿En serio? —preguntó Tyler.

—Sí, Sophie y yo vimos el fantasma de una niña llamada Andrea hace un tiempo. Realmente fue aterrador.

—Creo que será mejor que nos demos prisa y entremos a la cueva —sugirió Warren.

De inmediato, entraron a la cueva cada uno con su linterna a la mano. El lugar estaba completamente oscuro y hacía un frío espantoso. Había piedras y telarañas por todos lados. Mientras avanzaban a través de la estrecha cueva, algo a lo lejos les inquietó.

—¿Qué es eso? —preguntó Warren usando su lámpara para distinguir una figura extraña que se aproximaba hacia ellos.

Millie se acercó un poco y descubrió lo que era. El avistamiento le hizo retroceder a paso veloz.

—¡Son esqueletos vivientes! —gritó ella.

Ryan, Tyler, Warren y Juliet retrocedieron cuando notaron que su reciente amenaza venían hacia ellos. Eran muertos vivientes, aunque realmente sólo su osamenta con vida. Tenían ropas antiguas y espadas a la mano, listos para atacar en cualquier rato. Los chicos pensaron que la mejor forma de deshacerse de ellos sería llevarlos fuera de la cueva, pero, cuando notaron que se detuvieron en la entrada antes de salir en contacto con la luz del sol, Warren entonces ordenó a su equipo que atacaran desde adentro.

—Están hechizados —dijo Millie antes de regresar al interior de la cueva.

—¿A qué te refieres? —preguntó Ryan.

—Estos guerreros fueron hechizados para atacar o matar a aquel que se acercara al final del recorrido de esta cueva, justo dónde Kali pudo haber permanecido encerrada —respondió Millie.

—Albert nos hubiera dicho algo al respecto —agregó Ryan.

—Albert no lo sabía porqué no fue el quien los hechizó. El responsable es la misma persona que liberó a Kali.

Ryan chocó sus puños y encendió un cálido fuego en sus manos. Avanzó camino hacia los esqueletos vivientes siendo el primero en regresar al interior de la cueva. Con valentía, saltó hacia el primer esqueleto que se le puso en la vista y luchó mano a mano contra él. Le golpeó los huesos en varias ocasiones con sus puños de fuego sin ocasionarle fractura alguna. Asombrados por las habilidades de Ryan, los demás también entraron siendo Sage la última de la fila. Millie aconsejó a cada uno de los amigos que destrozaran el cráneo de cada esqueleto, sólo de esa forma podrían acabar con ellos. Ryan, de frente a su oponente y con las piernas dobladas, llevó su puño directo a la cabeza para golpearle el cráneo. El esqueleto viviente cayó al suelo inmóvil, sin soltar la espada. Los otros tres esqueletos fueron directo a los otros dos hermanos y Juliet quienes se las ingeniaron para hacer lo mismo que Ryan, atacando a sus oponentes directo en la cabeza. Finalmente destruyeron sus cráneos y lograron quitárselos de encima. Cuando el camino quedó libre, Ryan les sugirió a todos seguir avanzando. Sage estaba un poco asustada ya que jamás en su vida había visto algo cómo aquello. Millie trató de calmarla y le convenció para seguir avanzando hasta el final del recorrido. Y vaya que lo hicieron. Ryan usó sus habilidades para crear una esfera de fuego en su mano que sirvió al equipo para alumbrar el poco camino que les faltaba por recorrer. Caminaron más de cuatrocientos metros siendo conducidos hasta una zona dónde el recorrido terminaba. Estaban agradecidos y regocijaban de alegría. Había un gran altar al final con una estatua de una mujer a un lado.

—Debe ser aquí —dijo Ryan.

—¿Un altar? —preguntó Warren.

—Albert dijo que al final de la cueva encontraríamos una estatua pero no un altar —Ryan se acercó al monumento.

Warren tomó la mano de Millie y la convenció de acercarse. Ella se sentía nerviosa aunque logró controlarse. Millie avanzó y se puso de frente al altar. Tomó una manta que estaba encima y observó con cuidado. Sus ojos se cerraron de golpe sin avisar a los demás sobre lo que sucedía.

—¿Qué le pasa? ¿Por qué tiene los ojos cerrados? —preguntó Sage.

—Esto no es normal —se acercó Warren.

Millie abrió los ojos y observó la manta. Sus amigos se sorprendieron de ver lo que pasaba con ella.

—¿Estás bien, Millie? —preguntó Warren.

Millie observó los ojos de Warren. El chico le daba paz y seguridad. Tomó su mano y le dijo que se encontraba bien. Warren llevó a Millie hacia el equipo que les esperaba a unos metros.

—Justo en ese lugar estaba Kali atrapada en un cubo de hielo enorme —señaló con su mano el altar— ese altar no estaba. En mi visión...

—¿Visión? —preguntó Ryan abrumado.

—Sí, tuve una visión —respondió Millie sorprendida— en ella vi a Kali, estaba con sus ojos cerrados encerrada en ese cubo de hielo. Estaba en un profundo letargo. Después vi a una mujer que usaba una capucha negra cubriendo su rostro y a su lado había una sombra. Era la silueta de una pequeña niña. Vestía un saco y un gorro en su cabeza.

—Andrea —Sage dió un paso adelante— entonces esa niña no es un fantasma cómo Sophie pensaba.

—La mujer que ví en mi visión puso sus manos en aquel cubo de hielo. Duró varios minutos y con los movimientos que hacía logró romperlo. Kali abrió los ojos al ser liberada y abrazó a la mujer.

—Esa mujer debe ser Malice —dijo Ryan convencido— ¿recuerdan la nota del departamento de Phil?

—Sin olvidar lo que Phil dijo antes de morir. Es muy probable cómo dice Ryan que la mujer de la visión sea Malice —afirmó Warren.

—¿Qué sucedió después? —preguntó Tyler.

—La mujer les preguntó cuando tiempo había pasado y la niña respondió que estaban en el año de 1983.

—Cómo dice Sage esa silueta que viste es Andrea Deveraux. Lo que significa que ha estado detrás de esto también. Ahora podemos conectar tanto a Malice, Kali y Andrea —concluyó Warren.

—No sólo eso, Andrea comenzó a aparecerse ante Sophie cuando llegó a esta ciudad. La estuvo guiando hacia muchos descubrimientos —dijo Sage.

—Lo que sea que Kali y Malice estén tramando, tiene que ver con Sophie —confirmó Tyler.

—Sophie dijo que Claire estaba planeando suicidarse porqué descubrió que había un traidor en su grupo de brujos. Quería proteger su magia a toda costa y terminó siendo asesinada por los mismos Cazadores —Sage cruzó sus brazos.

—Deben querer la magia de Claire, que desafortunadamente yace dentro de Sophie —dedujo Ryan.

—Parece que ese ha sido el gran plan desde un inicio. Voy a matar a Malice por todo lo que ha hecho y lo haré con mis propias manos —dijo Juliet furiosa.

Alison estaba sentada en las escaleras de la entrada de la casa de la familia Acker. Eran ya casi las 3 de la tarde y había terminado algunas de las labores que le habían encomendado. Constantemente veía su reloj y su móvil esperando la llegada de alguien. Cuando finalmente su visita llegó, ella se puso de pie para recibirle. Era Preston Wells quien le saludó desde la banqueta, algo contento de verle.

—Lo siento Preston, no tenía nadie más a quien acudir.

—Descuida, está bien. Oye, pensaba hablar con Millie hoy en la tarde pero me dijo que estaría fuera de la ciudad.

—Está en Saret Fire con mis otros amigos. Sé que te presioné demasiado y mi comportamiento no fue el adecuado. Te debo una disculpa. Doyle no respondía a mis llamadas y eras la única persona a la que pude acudir.

—Está bien. Ahora dime, ¿en qué soy bueno?

—¿Crees en los fantasmas?

—Espera, ¿hablas en serio?

—Sé que sonará una locura pero este fin de semana estoy haciendo una labor comunitaria en esta casa —señaló— cuidando a un par de ancianos pero hay algo dentro.

—Define algo —Preston cruzó los brazos.

—Ví a una mujer dentro.

—Seguro es una hija de ellos.

—No, sólo viven los dos ancianos. En efecto, tenían dos hijas, Meredith y Candice. La primera murió hace quince años y la segunda está fuera de la ciudad razón por la que tuve que cuidar de ellos —Alison hizo una pausa— Preston, ví a una mujer muy parecida a Meredith.

—¿Estás segura Alison?

—Por completo. Tengo algunos artefactos en casa para comunicarme con los muertos pero no quise hacerlo sola.

—Descuida, está bien.

—Entonces, ¿me ayudarás?

—Con gusto Alison, pero ¿puedo entrar?

Alison tomó su mano y lo llevó hasta el interior de la casa dónde el joven pudo sentir algo extraño. Observaron que los dos ancianos dormían en la sala, cada uno en su sofá respectivo. Alison le mostró a Preston los lugares en los que vió al fantasma, pero el chico no pudo percibir ni sentir nada. Sin embargo, creyó que debían inspeccionar a profundidad la casa. Preston tuvo una mirada de preocupación cuando creyó que Alison estaba en lo cierto y a pesar de sentirse incómodo dado los eventos recientes entre ambos, no vaciló nada en ayudarle. Ambos caminaron por toda la casa buscando alguna señal que les permitiera comprobar lo que Alison decía hasta que finalmente vieron una sombra muy cerca de las escaleras. Preston señaló la sombra boquiabierto y se dió cuenta de que Alison tenía razón. A medida que la sombra se alejaba de ellos, Alison caminó hacia ella con Preston siguiéndole. La sombra se movió con lentitud llevándolos hasta una puerta que se encontraba abierta. Alison y Preston entraron con cuidado notando que la sombra se había disipado. El cuarto estaba repleto de fotos de Meredith y había un escritorio con una silla. Era su habitación tal y cómo había quedado desde hacía más de quince años. Revisaron toda la habitación encontrando fotos de Meredith y su novio Jason en el año de 1996.

—En 1996 yo tenía dos años —dijo Alison sonriendo.

Preston encontró una caja cuadrada con varias cartas dentro.

—Alison, ¿qué tal si esta sombra nos está guiando hacia algo?

—¿Tu lo crees?

—¿Qué tal si sabe que tu eres una bruja?

—No me extrañaría. Algunas personas no son capaces de ver a los fantasmas, sólo las brujas o los seres mágicos, en este caso tú también puedes.

—Alison, algunos fantasmas son agresivos pero también existen los pasivos, aquellos que quieren mostrarte respuestas. Lo que sea que Meredith quiere que veas, si ese es el caso, debe haber esperado una oportunidad cómo esta en años.

Alison se quedó pensativa por un momento.

—¿Pasa algo?

—Es sólo que pienso en la razón por la que no fui con mis amigos a Sacret Fire. Digo creo en las coincidencias pero creo que estaba destinada a llegar a este lugar.

—Bueno, todo sucede por una razón.

Alison cerró la puerta con cuidado tratando de ser silenciosa. Guardó varias fotos y cartas en su chaqueta con la ayuda de Preston.

—Si Meredith desapareció hace muchos años creo que podemos investigar en las bases de datos de las bibliotecas y encontrar información sobre lo que ocurrió ese año.

—Preston, no estoy segura de hacerlo.

—Alison, tu me llamaste para ayudarte. Déjame ayudarte —Preston le tomó las manos y miró sus ojos— vamos a llegar al fondo de esto. Viste a esa chica y yo también así que lo que quiera que esté haciendo en definitiva nos está guiando hacia lo que debemos descubrir.

—Bien, entonces voy a decirles que saldré por un momento y te veo en la entrada —Alison bajó las escaleras para encontrarse con el señor y la señora Acker.

Preston y Alison se volvieron a reunir en la entrada de la casa llevando toda la evidencia necesaria para una investigación profunda.

—¿Está lejos la biblioteca? —preguntó Preston.

—Son ocho cuadras. Caminemos.

Hicieron un gran recorrido a lo largo de varias calles. El frío estaba en todo su esplendor, un clima demasiado loco para una ciudad tan pequeña. La caminata les hizo soportar un poco el clima. Aunque había un poco de sol, el viento era muy fuerte. Cuando llegaron a la biblioteca principal de la ciudad pudieron avistar con sus ojos la enormidad de aquel majestuoso edificio.

Tenía cuatro pisos enormes y la fachada era crema con grandes ventanales. La entrada era una puerta corrediza de vidrio que activaba un sensor con detector de metal. Preston entró a paso apresurado seguido de Alison quien solicitó el uso de una computadora a una de las bibliotecarias. Mientras esperaba a que Alison obtuviera una computadora, Preston recibió un mensaje de Millie con una foto de la chica. Sonrió al ver el rostro de su novia y le respondió con un "te amo" en lo que Alison venía hacia él.

—¿Todo bien? —preguntó Alison.

—Era sólo un mensaje —Preston guardó el teléfono en su bolsillo.

Alison y Preston observaron la belleza de aquella ciudad de libros. Desde el centro de la biblioteca se podían ver los cuatro pisos que componían la biblioteca. Había computadoras por todos lados y los libros estaban acomodados en libreros enormes. Los bibliotecarios tenían que usar las escaleras en algunas ocasiones.

—No conocía este lugar —dijo Preston asombrado.

—Te sorprendería lo que he descubierto desde niña aquí —Alison sonrió— fue el último lugar que visité antes de descubrir mis poderes.

Alison dirigió a Preston hacia la computadora más cercana. Ingresó el usuario y la contraseña que la bibliotecaria le había proporcionado.

—Según la bibliotecaria que me atendió tienen los periódicos escaneados de todos los años. Bueno, los han documentado desde 1850 así que las probabilidades de que encontremos lo que buscamos son muy altas.

—Selecciona el año.

—La señora Acker mencionó que su hija desapareció a mediados de julio de 1997.

Alison realizó la búsqueda cuidadosamente y logró encontrar un periódico del 18 de julio de 1997. Había una nota sobre Meredith Acker con el encabezado "Joven universitaria desaparecida. Fue vista por ultima vez el jueves 17 de julio de

1997 en una estación de gasolina y algunas fuentes afirmaron que estaba con su novio Jason Ackles.

—Es el chico de la foto, Jason Ackles —afirmó Alison.

—Si —dijo Preston sacando una de las cartas de su bolsillo— esta carta fue escrita por Meredith. Aquí dice que ella había terminado su relación con él.

—Pero parecían muy enamorados.

—Parece que ella ya no quería nada con él —Preston observó el contenido de otra carta— esta es de Jason. Es una carta dónde el le pedía que no la dejara y que si lo hacía le costaría muy caro.

—¿Qué? —Alison observó la carta— ¿estás pensando lo mismo que yo?

—¿Qué Jason tuvo que ver con su desaparición?

—Si.

—Busca a Jason Ackles en la base de datos de la biblioteca.

Alison comenzó otra búsqueda pero ahora sobre Jason. Los resultados no fueron muy satisfactorios. Ella entonces dejó la búsqueda y le pidió a Preston que la acompañara a su casa.

Al llegar a casa, revisó los libros de brujería. Hojeó cada uno intentando encontrar algún tipo de hechizo para hablar con los muertos. Afortunadamente, Teresa estaba fuera de casa. Preston estaba convencido de que Alison podría hacer el hechizo para comunicarse con los muertos pero necesitaría hacerlo en casa de los Acker, justo dónde la energía residual de Meredith permanecía.

Así que la mañana siguiente, Alison descendió hasta el sótano de los Acker con una veladora en sus manos y Preston haciéndole compañía. El chico llevaba dos veladoras más en sus manos que les servirían para lo que debían hacer aquella mañana. El señor y la señora Acker estaban todavía dormidos así que eso les daba una gran ventaja. Alison colocó las veladoras que Preston cargaba en el suelo y se sentó con sus piernas cruzadas. Preston siguió la posición de la joven. Alison recitó una serie de cánticos y hechizos que originaron la formación de una nube blanca en el aire. Comenzaron a sentir un poco de frío que terminó erizando su piel. Sin embargo, el hechizo no funcionó del todo y las cosas de vidrio a su alrededor explotaron.

—¡Oh por Dios! ¿Qué fue eso? —Alison se puso de pie.

—No me gusta nada esto.

—Creo que Meredith no quiere hablar y fue su forma de manifestarlo.

Detrás de las escaleras pudieron ver a Meredith con la ropa sucia. La piel se les erizó más a medida que el fantasma de la joven salía del sótano por las escaleras. Preston se quedó perplejo e impresionado. Era la primera vez que veían a un fantasma así de cerca. Meredith se veía despeinada y tenía la piel muy pálida. Preston pasó un poco de saliva. Alison le tomó la mano y ambos siguieron los pasos de la chica muerta logrando llegar hasta la planta alta en dónde Meredith se detuvo frente a una pared. Alison observó a Preston con el ceño fruncido. Se preguntaban que era lo que Meredith quería mostrarles.

—Ayuda —dijo Meredith.

—¿Qué? ¿Por qué necesitas nuestra ayuda? —preguntó Alison.

Meredith no respondió y sólo observó la pared. Puso su dedo en ella y la atravesó caminando.

—Hay algo en esa pared que Meredith quiere que veamos —dijo Alison.

—Que el señor y la señora Acker nos disculpen.

De una patada, Preston hizo un gran agujero en la fachada. Con sus manos, rompió lo que quedaba de la pared hasta que vieron dentro los pies de un esqueleto.

—Hay algo dentro —dijo Preston.

Preston usó sus pies para destruir lo que quedaba de la pared logrando hacer un orificio de un metro de altura. Lo que encontraron dentro terminó por sorprenderlos. Era un esqueleto con ropas y cabello. Alison se quedó paralizada al ver aquel impresionante hallazgo. Los ruidos causados despertaron a los Acker quienes a paso lento se acercaron hasta ellos. Alison no pudo decir media palabra y con los brazos cruzados observó a la señora. Ella y Preston se dieron cuenta de que el fantasma de Meredith seguía cerca de ellos. Sólo les dió las gracias y les pidió que encontraran a Jason. Segundos después, Meredith se desvaneció en una luz brillante.

Con la mirada consternada, Alison se acercó a la señora Acker.

—Hemos encontrado algo en esa pared señora, creo que vamos a tener que llamar a la policía.

—Meredith.

—Señora, ¿Jason Ackles estuvo aquí cuando su hija desapareció? —preguntó Preston.

—Muchos días.

—Creemos que Jason asesinó a su hija y de alguna forma metió su cuerpo en esta pared de madera dónde nadie se hubiera imaginado encontrarla —afirmó Alison.

Horas más tarde, la policía de Terrance Mullen invadió la propiedad de los Acker. El cuerpo de Meredith Acker había sido encontrado quince años después y uno de los casos más sonados había sido cerrado. Alison y Preston concluyeron que el fantasma de Meredith sólo les contactó para que alguien encontrara su cuerpo y supieran de su asesino. Y quien más que Alison para hacerlo. Meredith pudo percibir que Alison era especial y por esa razón se acercó a ella. Preston convenció a Alison de buscar a Jason y ella le propuso pasar el resto de la tarde en su casa para juntar la información que tenían y dársela a la policía.

Warren condujo su auto hacia Terrance Mullen. Salieron de Sacret Fire cerca de las 3 de la tarde después de pasar la noche y parte de ese día en aquel terrorífico lugar. Sage les había proporcionado bastante evidencia y ahora la persona con la que querían hablar era Sophie Barnes. Creían que aquella niña que le asechó tiempo atrás no era la verdadera Andrea después de descubrir que fue quien liberó a Kali. Aunque, había una incógnita todavía. ¿Quién era la persona con la capucha puesta en el momento de la liberación de Kali? ¿Sus verdaderos planes giraban en torno a Sophie? ¿Los asesinatos habían sido para cubrir su verdadera identidad?

Había algo más allá que todavía no descubrían aunque los recientes hallazgos eran asombrosos. Millie había hecho un retrato hablado de la persona e incluso Warren dibujó lo que vió en su visión. Además, Sage les había contado sobre la profecía de la bruja que traería el caos al mundo y creían que se trataba de Kali, tras la magia de Sophie. Pasaron una hora y media en la carretera muy callados y sin decir media palabra, sobre todo Juliet y Millie. Tyler intentó hacerles plática durante el viaje pero parecía que las chicas tenían demasiadas cosas en la cabeza. Para Juliet, asimilar que la muerte de su padre podría haber sido sólo un daño colateral, fue difícil.

—Millie, ¿te dejo en tu casa? —preguntó Warren sosteniendo el volante.

—Sí, creo que será lo mejor por ahora además que no tengo batería en mi teléfono. No puedo esperar a contarle todo esto a Alison.

—No olvides la aventura contra los esqueletos vivientes —recordó Juliet.

—Por fin hablaron. Hemos roto el hielo —Tyler se mofó.

—Tyler, todos traemos cosas en la cabeza por ahora, creo que teníamos derecho a un descanso verbal —dijo Juliet fastidiada.

—Bien, ¿les apetece si comemos? —preguntó Tyler.

—Yo quiero ir a mi casa. Tengo que ayudar a Sandra con los preparativos del cumpleaños de Mark.

Warren aceptó las propuestas de sus amigos y la primera en llegar a casa fue Millie. Se bajó con su bolso y el equipaje que había llevado. Se despidió de sus amigos y sacó las llaves para abrir la puerta principal. Cuando entró al vestíbulo con cansancio en su rostro, colocó su chaqueta en el perchero. Giró su vista hacia la sala, dónde vio a Preston y Alison sentados conversando. Había varios libros de brujería frente a ellos encima de la mesa de centro. Anonada, Millie se les acercó intentando averiguar que sucedía.

—Alison, ¿qué es todo esto? ¿Por qué está Preston aquí?

Preston no pudo decir ni una palabra. Su novia estaba a punto de descubrir su secreto.

—Millie, puedo explicarlo —Alison se le acercó.

—¿Puedes explicarlo? —preguntó con la mirada confundida— ¿qué diablos sucede y porqué tienes esos libros frente a mi novio?

Preston se acercó a Millie y tomó sus manos. Quería que se calmara antes de entrar en un momento de desesperación.

—Millie, tengo poderes.

—¿Qué?

—Tengo poderes mágicos y es la razón por la que estoy con Alison leyendo estos libros.

—¿Y cómo supiste que debías acudir a mi hermana? ¿Desde cuando? ¿Por qué nunca dijiste nada?

—Porqué... soy... el Caballero del Tiempo.

Millie le miró boquiabierta durante varios segundos y soltó sus manos con la mirada fría. Preston se quedó ahí parado sin hacer o decir nada. Quería escuchar que su novia le dijera que estaba de acuerdo y que le perdonaba. Sin embargo, lo que recibió fue una fuerte bofetada.

—Quiero que te largues de mi casa en este momento. ¡Largo!

Alison intentó intervenir para que su hermana se calmara. Sus intentos fueron fallidos. Millie estaba furiosa y no le daría ninguna excepción a ella tampoco.

—Alison, tú lo sabías —dijo con los ojos llenos de lágrimas.

—Millie yo...

—¿Cómo pudiste?

—Es que todo fue...

—¡Vete al diablo!

Millie subió furiosa a su habitación dejando a su hermana en total desconcierto. Preston salió de la casa aquella tarde con Alison haciendo secunda lamentando aquel inevitable descubrimiento.

—Dale tiempo, por favor. Estaremos en contacto —dijo Alison antes de cerrar la puerta.

La mirada de Preston lo decía todo. Frustración, culpa y decepción. El chico abandonó el lugar hundido en una pena enorme. Alison le observó desde la ventana con una lágrima en su mejilla.

La mañana del 13 de febrero de 2012 Billy Conrad entró a su oficina con una taza de café en su mano y una carpeta en la otra. Llevaba el cabello peinado de lado y su traje favorito azul puesto. Dejó la carpeta en su escritorio y regresó a los cubículos de trabajo dónde los oficinistas de la estación de policía trabajaban. Una de las trabajadoras se le acercó con un sobre en la mano.

—¿Detective Conrad?

—Sí, ¿qué pasa Ashley?

—Alguien dejó esto para usted —la mujer le entregó el sobre que cargaba.

—¿Sabe quién lo dejó?

—Era una mujer, rubia y delgada. Llevaba unos lentes de sol puestos. No pude distinguir bien cómo era, pero venia bien vestida.

—Eso es raro.

—Ya sabe cómo es este pueblo. Sólo quería entregárselo antes de regresar a mis labores.

—Gracias Ashley.

Conrad regresó a su oficina con el sobre en la mano. Se sentó y de su maletín sacó una computadora portátil. Comenzó a leer algunas notas en internet pero la curiosidad por saber el contenido de su correspondencia le ganó. Primero abrió la carpeta que había dejado minutos atrás. Había impreso varias fotografías que tomó a Doyle y sus amigas en el cementerio, cómo parte de su investigación. Conrad se sentía desesperado. Había mucho que no le gustaba sobre Harry y sabía que Tangela podría tener razón sobre las teorías que defendía. Aunque también era una sospechosa potencial planeando una posible venganza. Entonces, abrió el sobre que Ashley le había entregado. Al hacerlo pudo ver que había un teléfono móvil dentro. Era un teléfono iPhone sucio envuelto en una bolsa de plástico. Conrad se puso unos guantes y sacó el teléfono móvil del envoltorio. Para su suerte, tenía un 40 por ciento de batería aún. Ingresó a las galerías de fotos y vio varias imágenes de Harry y sus hijos. Su impresión subió de nivel cuando vió algunas fotos de la fiesta de cumpleaños de Harry, la misma noche en la que Phil Grimson fue asesinado. Era el celular perdido de Harry Goth. Observó los mensajes de texto y notó que Harry había recibido mensajes de Phil e incluso varias llamadas recibidas. Finalmente leyó un mensaje que Harry le envió a Phil antes de morir: "Encuentrame en la oficina de la planta alta". Ahora Billy tenía la principal evidencia que dejaba a Harry Goth cómo el sospechoso número uno del asesinato de Phil Grimson.

—Te tengo Harry Goth —Billy guardó el teléfono en el sobre y regresó a trabajar en su computadora portátil.

CAPITULO 18: Un Caballero Para Recordar

Habían pasado varios días después de que su novia se enterara sobre su secreto. Ahora, Millie sabía que en realidad era el Caballero Enmascarado. Preston no se sentía nada bien al respecto. Trataba de evadir la situación queriendo encontrar algo de paz en su habitación. Pasó todo aquel fin de semana encerrado con su teléfono móvil en la mano y su cabeza junto a la ventana que daba al jardín de su casa. Quieto, observó el único árbol sembrado en la esquina del patio. No dijo ni una palabra. De nuevo observó su teléfono móvil y llamó a Millie. La llamada salió... pero nunca fue respondida. Era la quinta vez que lo intentaba aquel día. Insistente, fue directo a los mensajes de su bandeja de entrada. Escribió uno nuevo: "¿Podemos hablar?" y presionó enviar. El mensaje se envío. Era el mensaje número treinta que había enviado desde la última vez que habló con Millie. Sin embargo, siguió ahí con sus pies puestos encima del sofá dónde miraba a través de aquella triste ventana.

Alguien tocó a su puerta llamando su atención. No sabía si abrir. ¿Acaso podría ser Millie? Preston no lo sabía. De nuevo, miró su teléfono móvil pero no había nada. Ni una respuesta y ni una llamada de vuelta.

—¿Quién es? —preguntó Preston desde la ventana.

—Soy Heath —respondió la voz de un niño pequeño.

—¡Pasa! —Preston se acomodó en el sofá y dibujó una sonrisa en su rostro.

La chapa de la puerta giró lentamente y un pequeño niño hizo su entrada. Tenía una mirada seria, el ceño fruncido y sus labios estaban contraídos. Su piel era aperlada y su cabello castaño oscuro y corto.

—¿Estás bien? —preguntó el pequeño de 7 años.

Preston volteó a ver a su hermanito.

—¡Hola Heath —dijo Preston contento de verle.

Heath caminó hacia él. El pequeño niño tenía la mirada más tierna de todo el mundo. Mantuvo sus ojos puestos en su hermano quien no le quitó el ojo de encima.

—No me gusta que estés triste —dijo Heath.

—Me vendría bien un abrazo —Preston abrió sus brazos.

Su pequeño hermano abrió sus brazos también con una sonrisa enorme en su rostro y se le acercó. Le regaló aquel cálido abrazo que Preston tanto necesitaba.

—¿Cómo supiste que estaba trite?

—No has bajado a comer en dos días —Heath le soltó— y mamá está preocupada.

—Digamos que si, estoy un poco triste.

—¿Por qué Preston?

—¿Puedo contarte una historia?

—Sí, me encantan las historias.

—Bien —Preston tomó las manos de Heath— había una vez un hombre de diecisiete años que se hacía llamar el Caballero del Tiempo. Tenía un antifaz que usaba para cubrir su rostro y podía viajar en el tiempo.

—¿Conocía otras ciudades?

—No sólo eso, hacía grandes descubrimientos. Ese Caballero tuvo algunas complicaciones cuando descubrió que sus poderes tenían problemas.

—¿Se enfermó?

—Digamos que sus poderes se enfermaron. Así que buscó la forma de sanarlos y encontró a dos mujeres muy poderosas.

—¿También viajaban en el tiempo?

—No —Preston sonrió— eran dos maravillosas brujas que usaban sus poderes mágicos para protegernos de los malos.

—¡Sí! —gritó Heath.

—El Caballero las siguió y se acercó a ellas para ofrecerles un trato. Aunque, en su vida real el Caballero conoció a una de ellas y se enamoró.

—¿Sintió amor por ella?

—Oh si. El Caballero se enamoró de esa chica y nunca le dijo que era aquel enmascarado individuo. Ellos se hicieron novios y tiempo después su hermana descubrió su secreto.

—Oh no.

—Lo sé Heath. El Caballero entonces ayudó a esa hermana a

resolver un problema bajo su identidad real. Pero, fueron descubiertos por la novia quien se sintió traicionada y el Caballero se puso triste.

—¿Que le pasó al Caballero?

—Decidió encontrar una forma de solucionar su problema y arreglar las cosas con su novia.

—¿Pero sus poderes se sanaron?

—Oh si, ella lo ayudó. Y porqué el nunca le dijo la verdad sobre eso, ella se enojó. El Caballero le había mentido sobre quien era en realidad.

Heath abrazó a su hermano.

—¿Cómo termina la historia?

—Bueno, aún no sé que es lo que sigue pero seguro te lo contaré cuando lo sepa.

—Quiero que el Caballero se sienta feliz y que ella lo perdone.

Preston observó a su pequeño hermano. Era el ser humano más tierno de todo el mundo. Aquel niño le robaba el corazón a todos con su mirada. Heath logró sacarle una lágrima a su hermano mayor.

—Mamá no quiere que estés triste. ¿Estás triste por el Caballero?

—Si Heath. El Caballero es mi amigo.

—Yo creo que el Caballero debería dejar su disfraz y volver con ella.

—Esperemos que así resulten las cosas amiguito.

—No quiero que estés triste.

—Pensándolo bien. ¿Te apetece un helado?

—¡Sí!

—Bien, vayamos por uno.

Preston se puso de pie y su pequeño hermano saltó de la emoción.

El sonido de unos tacones resonaba cada vez que un par de pies descendían por las escaleras que conducían al COP. Era Juliet, cargando su bolso y una caja de cartón adornada. Llevaba el cabello rizado, unos pantalones negros muy ajustados y un abrigo rojo cubriéndole del frío.

—Bonito abrigo —le dijo Alison desde el fondo de la sala junto a Ryan, Tyler, Warren y Sage.

—Gracias, disculpen la demora. ¿Tiene mucho que llegaste Sage? —preguntó Juliet saludando a cada uno.

—Sí, bueno hace unas tres horas. Hace bastante que no venía a Terrance Mullen.

—¿Tienes dónde quedarte?

—Alison se ofreció pero creo que su hermana no está muy de acuerdo.

—¿Millie?

—Ni lo digas Juliet. No hemos hablado en diez días.

—¿Sigue todo igual?

—Bueno, sólo entra y sale de casa. No ayuda en mucho y pues la verdad se volvió indispensable en esta operación.

—No tanto. Tenemos la información que necesitábamos y si Millie no quiere cooperar la verdad no podemos obligarla —Warren se puso de pie— tu eres parte de nuestro equipo Alison.

—¿Qué hay de Preston? —Juliet colocó la caja encima de la mesa de centro— chicos, no pueden culparlo. La verdad nos ha ayudado mucho.

—Bueno, Preston tenía sus razones para no confiarnos su secreto —asumió Ryan.

—Ryan, ¿estás culpando a Preston de no confiar en nosotros y su padre les ha mentido durante mucho tiempo? Creo que Preston es de confiar más que tu padre y siento mucho decirlo pero así son las cosas —Juliet cruzó sus brazos.

—Es diferente Juliet —opinó Tyler.

Alison le puso atención a Juliet.

—No Tyler, no creo que sea diferente. Creo que Preston es un aliado y más ahora que sabemos su secreto. La verdad nos vendría mucho su ayuda en el peor de los casos —Juliet intervino de nuevo.

—¿Están seguros de que Millie esté de acuerdo? —preguntó Warren.

—Seguro que Millie podrá lidiar con ello. Creo que tenemos problemas más grandes que lidiar con el drama de una relación sentimental —Alison fue fría.

—Chicos, ¿han sabido algo de Sophie? —preguntó Sage.

—No hasta ahora —respondió Tyler— parece que no ha respondido a las llamadas de Warren. Cada vez que pienso en ella me hago a la idea que ha sido el blanco durante todo este tiempo.

—El blanco de un plan malévolo —Ryan se puso de pie y fue a la cocineta— tenemos ese dibujo de la visión de Millie y lo único que tenemos que averiguar ahora es la identidad de Malice.

—Chicos, yo sigo pensando que Malice es alguien que ha estado cerca de nosotros. Ahora, Doyle lleva semanas sin reportarse. Se supone que era clave en esta operación después de lo que acordamos —agregó Tyler.

—Bueno, seguro que Doyle podrá explicarnos lo que ha estado haciendo. La verdad no creo que ni él, ni Dorothy ni Anya sean Malice. Ellos se unieron a nosotros por la misión que les fue encomendada por sus antepasados.

Juliet cogió la caja que había puesto en la mesa de centro. La abrió y sacó varios sobres.

—Bien, voy a interrumpir todo para hacer un pequeño descanso. Esta es tuya —dijo Juliet entregándole una invitación a Alison— y Millie está incluida.

—¿Qué es esto?

—Son invitaciones para la fiesta de mi hermano Mark. Sandra separó una mesa en el Hutren para la celebración. Ella quiere conocerlos a todos.

—¡Qué raro! —Warren se mofó— ¿Has considerado la posibilidad de que Sandra sea Malice?

—¿Es en serio? ¿De verdad? Eso es ridículo.

—Bromeaba —Warren sonrió— pues que gesto tan bello el que ella se toma.

—Es una persona increíble y quiere que estemos mañana en el cumpleaños de mi hermano —Juliet entregó las invitaciones restantes a los demás— además ella quiere conocerlos.

—Juliet, yo no puedo —dijo Sage sosteniendo su invitación— debo volver a Sacret Fire.

—¿No puedes quedarte? Por dios, es viernes por la tarde. Es más, invita a Sophie.

—¿Estás loca? —Ryan ensanchó sus ojos.

—Bueno, creí que Sophie era parte del equipo ahora.

—Claro que no. Es una persona de interés. Creemos que ella ha sido el blanco de todo pero no la hace nuestra amiga. ¿Recuerdas lo que Millie vió?

—Y qué mejor forma de mantenerla vigilada asistiendo a esa fiesta.

—No me siento muy cómoda con esto —Sage estaba apenada— apenas los conozco y Sophie y yo todavía no somos muy cercanas.

—Sage, ¿qué tienes que perder? Puedes quedarte en mi casa.

—Bien, llamaré a mis tíos.

—Gracias —Juliet le sonrió.

Millie estaba sentada con sus brazos sobre sus rodillas mientras conversaba con su madre. Teresa le observaba con la mirada tranquila. Millie se sentía traicionada por Preston y su hermana. Le había contado todo con detalle a su madre. Teresa trató de que Millie entrara en razón ya que las cosas sucedían por alguna razón y no había nada que pudiese cambiar. Lo único que podía cambiar era el futuro. Teresa entendía cómo se sentía su hija. Sabía que la traición era algo difícil de digerir aunque el consejo más sabio que pudo darle para sanar aquellas heridas fue escuchar las razones que el chico tuvo para hacerlo.

—¿Puedes perdonarlo?

—No lo sé mamá. Amo a Preston, pero no sé si pueda volver a verlo.

—Debes entender que tuvo sus intenciones al respecto.

—Lo sé.

—Entonces ve con él y habla.

—Ha estado llamándome muchas veces y tengo bastante

mensajes suyos.

—Ese chico no parará hasta que le des la oportunidad de explicarse.

—Sí, pero ¿Alison? Ella lo sabía.

—Si tu hermana lo sabía era porque hubo una razón para no decirte nada. Tal vez esperaba el momento adecuado o ese chico no se sentía preparado para soltarte esa bomba.

Millie jadeó inclinando su cabeza con su mirada seria.

—Hay algo más sobre lo que quiero hablarte.

—Dime.

—Es acerca de mis poderes.

—¿Que sucede?

—Ya no me desmayo cuando tengo mis visiones.

—¿Qué? —Teresa quedó impresionada.

—Algo ha pasado. Mis visiones son más reales y no tuve desmayo durante mi última visión.

—¿Has sentido algún cambio dentro de ti?

—No mamá. ¿Debería preocuparme?

Teresa se puso de pie y comenzó a caminar en círculos. Millie no le quitó la vista de encima. Algo no andaba bien y Teresa podía sentirlo, sobre todo cuando se trataba de uno de los poderes más deseados que la joven había heredado.

—¿Hace cuanto sucedió?

—Diez días.

—¿Cómo pasó?

—Tengo que decirte la verdad. Alison y yo hemos estado ayudando a los Protectores. Tuve una visión en la que ví muy claro lo que pasaba, pero era cómo si yo fuera un fantasma aunque no podía tocar nada. No le dije nada de esto a mis amigos, sólo creyeron que era muy extraño que no tuviera desmayo.

—Jamás había escuchado de casos similares en nuestra familia sobre todo después de que hayas heredado ese poder. La mayoría de las Pleasant que tuvieron el poder de las visiones se desmayaban y tenían migrañas muy fuertes.

—Mamá, ¿debo preocuparme?

—Sólo pon atención a tus poderes. Observa lo que pasa y no hagas más de lo debido. Nunca trates de forzar tus visiones. Voy a investigar algo al respecto y te haré saber si sé algo.

—De acuerdo.

Teresa bajó su cabeza y después observó a su hija.

—¿Cuánto tiempo has estado ayudando a los Protectores?

—Por más de seis meses.

Teresa se quedó pensativa después de escuchar las palabras de su hija. Comprimió sus labios y asintiendo con su cabeza le dijo que tenía que ser más comunicativa. A pesar de todo, Millie jamás hizo mención sobre los Cazadores, Sophie o Kali.

Kirk y Sophie habían pasado mucho tiempo juntos durante las últimas semanas en el departamento de la chica. El trabajo que realizaron al estar tras la pista de Carol comenzaba a ser exhaustivo. Tenían demasiado material para revisar y muchas conclusiones por debatir. Carol Goth era Malice, al menos era la conclusión que Sophie podía hacer ante toda la sarta de sospechas, misterios y pistas encontradas. Kirk, cómo el guardián que tanto afirmaba ser, había estado junto a ella a capa y espada. Le aseguró que todo estaría bien y que llegarían al fondo de la situación. Sophie no podía esperar el día en que las cosas se resolvieran y su vida volviera a ser normal. Durante los últimos diez días evitó a toda costa las llamadas de Ryan y sus hermanos ya que tenía la necesidad de llegar a su gran conclusión. Esa ansiedad por responder a la mayor cantidad de preguntas que tenía la movían cómo una liebre.

—Aquí hay algo —dijo Kirk sentado sobre uno de los sofás con la computadora portátil sobre sus piernas.

—¿Estás seguro?

—Acércate —le tomó la mano.

—Esta grabación es de las 11:39 de la noche del 20 de febrero.

Sophie se acercó a Kirk por un lado para ver el monitor. El acercamiento entre ambos causó una especie de conflicto del cual eran conscientes. El le miró sus ojos y sus labios. Ella se puso roja y sólo le sonrió.

—Cómo te decía —Kirk regresó su mirada hacia la computadora portátil— aquí aparece Carol Goth cargando una caja en sus manos aunque no logro apreciar con exactitud lo que carga.

—Hay otra persona con ella, ¿no?

—Sí, están conversando pero no puedo interpretar lo que dicen.

—¿Quien es su acompañante?

—Puedo maximizar las imágenes —dijo Kirk haciendo un zoom al vídeo.

La otra persona era una mujer de cabello rubio con gafas de sol. Llevaba un pantalón de mezclilla azul, unas botas negras y un saco café que cubría gran parte de su cuerpo. Kirk hizo otro acercamiento para ver la cara de la mujer y con claridad apreció su rostro. Era Kali, aunque ellos no sabían en realidad de quien se trataba. ¿Que hacía Carol reunida a las 11:39 de la noche con aquella mujer que ambos desconocían?

El vídeo era claro. Les mostraba a Carol conversando Kali. Kali le señaló con el dedo índice de su mano derecha diciéndole algo a Carol que Kirk pudo interpretar.

—Tienes que hacerlo —Kirk leyó los labios de Kali.

—¿A qué te refieres?

—No puedo seguir haciéndolo.

—¿Kirk?

—Acabo de leer sus labios. Ella le dijo que tiene que hacerlo y Carol le respondió que no podía seguir haciéndolo.

—De acuerdo, hay algo en esa caja que seguro involucra lo que sea que estén tramando.

—¿Quién es esta mujer? —Kirk se recargó en la silla colocando sus palmas en su nuca.

—¿Tu impresora funciona?

—Sí, ¿por qué?

—Me gustaría que tomaras una captura de esta pantalla. ¿Puedes pausarla?

Kirk pausó el vídeo justo en el momento en que Carol tenia cruzados sus brazos con Kali enfrente de ella sonriendo.

—Creo que conozco a alguien que puede aclarar todas nuestras dudas.

—¿Los Protectores?

—No, sus amigas.

Sophie observó el rostro de Carol. La expresión de su mirada le decía algo. ¿Que ocultaba aquella misteriosa mujer y porqué se había reunido con aquella persona?

—¿Estás bien? —Kirk le tomó su brazo.

—Siento que estoy a punto de descubrir algo que no quiero descubrir pero que en definitiva responderá a muchas de mis preguntas.

En el muelle 78 estaba Preston sentado encima de una banca frente a la playa. Su mirada permaneció penetrada en la belleza del mar. Las olas se movían mucho y el frío había comenzado a ceder. Millie caminó a lo lejos dirigiéndose hacia el joven con su mirada cabizbaja. Estaba seria y triste. Mientras se acercaba, Preston pudo sentir la presencia de alguien acercándose. Volteó y movió sus pies que pisaban la húmeda arena aquella mañana. Era su novia, caminando con paso lento. Llevaban más de diez días sin hablar. Millie tenía sus manos dentro de los bolsillos de su suéter. Sentía un poco de frío y su cabello se movía cada vez que el viento soplaba en dirección opuesta.

—Veo que no vacilaste en decidir si vendrías o no —dijo Millie con tono serio.

Preston, apenado, le observó.

—Creo que rendirme contigo no era una opción.

—No estoy aquí porque me lo hayas pedido. Decidí venir por mi cuenta.

Preston estiró sus cejas hacia arriba y se movió de la banca para hacerle un espacio.

—Tampoco quiero sentarme.

—¿Es en serio, Millie?

—¿Quién diablos crees que eres para hacerte pasar por otra persona y después engañarme de esa manera?

—Nunca fue mi intención.

—Pero aún así lo hiciste y seguiste con tu farsa —Millie se le puso enfrente.

Preston pudo notar la reacción de Millie aquel día. Estaba furiosa por la falta de confianza que su relación había desarrollado.

—En verdad te quería Preston.

—¿Y de repente un día dejaste de quererme?

Millie se mofó.

—¿Todavía te atreves?

—Millie, ¿qué quieres? Me he disculpado muchas veces contigo. De acuerdo, lo siento de nuevo.

—Lo siento nunca basta. No sé si pueda volver a confiar en ti.

—Y ¿qué debo hacer para ganarme de nuevo tu confianza?

—No lo sé —dijo escéptica moviendo sus manos— en lo que a mi respecta nuestra relación está muerta.

—Pero estamos enamorados.

—No sé que sentir al respecto, Preston. Me mentiste en la cara durante meses.

—Lo siento, de nuevo.

—Por favor, para.

—¿Entonces?

—¿Entonces qué?

—¿Qué quieres?

—Te digo que no lo sé —Millie volteó su mirada hacia el mar— además no puedo creer que mis dos mejores amigas supieran esto y que tu las hayas arrastrado.

—Porqué les aseguré que te lo diría en su momento. Ese día sólo ayudé a Alison con ese fantasma.

—Creo que hemos hablado lo que teníamos que hablar y por mi cuenta las cosas así quedan. Nuestra relación está terminada Preston, por favor, sé que mis amigos pueden necesitarte pero yo no estaré ahí. No puedo lidiar eso por ahora.

Millie comenzó a caminar molesta dejando a Preston más confundido que nunca. El joven no sabía que decir ahora. Entonces se levantó y fue corriendo hacia Millie quien lentamente caminaba hacia su auto. Millie se detuvo. Con lágrimas en sus ojos intentó evitar al joven. Preston no se rindió y le pidió que lo perdonara. Millie no se contuvo y volteó a verlo. Llorando tomó las manos del joven y lo miró a los ojos.

—Preston, por favor. Necesito tiempo. Lo que hiciste me duele mucho.

—Millie, yo te amo.

—Lo sé —Millie le acarició la mejilla— y entiendo que pudiste tener tus razones pero dame tiempo.

—De acuerdo —Preston soltó las manos de la joven.

Millie, al borde de las lágrimas, regresó a su caminata. Preston vio cómo se alejaba y decidió regresar a la banca dónde había estado antes de que ella llegara. Sentía que la esperanza de una nueva oportunidad había llegado. Sentado, agachó su cabeza contra sus rodillas y tapó sus ojos con sus manos. Después levantó su cabeza de nuevo y miró hacia el mar.

Alison y Juliet aguardaban en la Manzana de Cristal compartiendo el rato con una taza de café. Juliet llevaba puestos unas gafas de sol enormes para tapar lo hinchados que estaban sus ojos aquel día. Había salido con Sandra la noche anterior y tenía una resaca que la estaba matando. Alison creyó que la fiesta de esa noche le podría servir muy bien para contrarrestar los efectos de su presente resaca.

—¿Tienes experiencia?

—Lo hice una vez. La verdad no bebo mucho pero estuve de fiesta dos días y el el segundo día la resaca se acabó.

—Hablando de fiestas, ¿irás al baile de graduación de Millie?

—Si ella me invita, con gusto.

—Entiendo.

Juliet se bajó los lentes para tener una mejor vista de la entrada a la cafetería y pudo ver que Sophie había llegado.

—Ahí viene Sophie —Juliet se acomodó las gafas de nuevo.

—¿De qué crees que quiera hablarnos?

—Será mejor escuchar lo que tiene que decir porqué es extraño que no quiera a Ryan y sus hermanos cerca.

—Hola chicas.

—Hola Sophie.

—Siento mucho la tardanza pero no encontraba estacionamiento. Estos lugares de la ciudad parecen llenarse en fin de semana.

—Concuerdo contigo en eso —sonrió Juliet.

—Bien, llegó la hora de mostrarles estas fotos —Sophie tomó asiento y colocó un sobre encima de la mesa.

—¿Fotos?

—Sí.

Juliet abrió el sobre y dejó a la vista una de las dos fotos. Sorprendida, observó a Alison con quien compartió su impresión el contenido del material.

—¿Y bien? ¿Saben qué es lo que sucede aquí?

—Es la mamá de Ryan, Tyler y Warren —dijo Juliet.

—Carol Goth —asumió Sophie.

Alison miró a Juliet de forma atónita. La sangre le hervía y la piel se le erizaba a medida que continuaba viendo las fotos.

—Sophie, ¿cómo es que tienes estas fotos? —preguntó Juliet.

—¿Conocen a esta otra persona con este disfraz aterrador? —Sophie señaló la otra foto que mostraba a Malice.

—Ese es Malice —Juliet observó boquiabierta— me atacó hace unos días en mi casa.

—¿Pueden decirme que diablos está pasando aquí? La primera vez que ví a este individuo —Sophie señaló a Malice— fue en la tienda de Carol. Se me hizo tan extraño verle deambulando dentro. Sabía que lo había visto en la fiesta de Halloween y creo que en una ocasión más.

—Lo qué no entiendo es ¿qué hace Carol Goth conversando con Kali?

—Sophie, Carol Goth estaba espiándonos la noche en la que me convertí en Protectora, con un arma en su mano. Millie pudo verlo a través de una de sus visiones. Ahora es cuando más todo me queda claro.

Juliet se puso de pie al no poder digerir lo que estaban tratando.

—Alison, ¿crees que Carol Goth es Malice?

—No sé que más creer —Alison levantó sus manos— aquí hay

evidencia que lo demuestra.

—Kali está vestida cómo una persona normal, lo que significa que tal vez acudió a la tienda de Carol cómo compradora.

—¿A las 11:39 de la noche? No lo creo —dijo Sophie— sus palabras fueron claras, ella le dijo a Kali que no podía seguir haciéndolo.

—Eso significa que Carol está trabajando para Kali —afirmó Alison— y Malice trabaja con Kali. Carol Goth debe ser Malice.

—¿Estás segura de lo que estás diciendo? —preguntó Juliet aterrada.

—¿Por qué estás tan aterrada? —Sophie se dirigió a Juliet.

—Porqué Malice mató al padre de Juliet y a Phil Grimson. Y eso significa que Carol los asesinó. Chicas, no podemos decirle esto a Ryan y sus hermanos. No al menos ahora.

Sophie se puso de pie y caminó hacia una ventana. La furgoneta de Kirk yacía estacionada a una cuadra de la Manzana de Cristal, con Kirk dentro esperándole. Sophie regresó hacia Juliet y Alison.

—Sophie, esto que acabas de mostrarnos pone en juego muchas cosas, ¿que debemos hacer con toda esta evidencia? —preguntó Alison inquieta.

—Tienen un guardián, ¿no? Sugiero que le muestren toda la evidencia y decidan lo que harán al respecto.

—Sophie, ¿qué hacías en la tienda de Carol? ¿Cómo es que viste a Malice? —preguntó Juliet.

—Sólo tenía la corazonada de que algo no andaba bien en ese lugar. Carol Goth no es una persona de fiar. Hay algo que está haciendo a espaldas de sus hijos y esposo. Es cómo si se tratara de un titiritero moviendo los hilos de sus muñecas. Pueden quedarse con las fotos y no duden en informarme si saben algo más —Sophie se despidió y salió de la cafetería.

Juliet y Alison se quedaron en la mesa, sin habla. Seguían asombradas por la evidencia que había frente a ellas.

—¿Que deberíamos hacer? —preguntó Juliet.

—Voy a llamar a Millie.

Después de llamar a su hermana, Alison le convenció para que se reuniera con ellas en la Manzana de Cristal. Media hora después, Millie llegó al lugar. Había decidido dejar todo el drama reciente y ponerse manos a la obra junto con las otras chicas. Cuando vió las fotos de Kali hablando con Carol, no podía creerlo. Era cómo si le hubieran lanzado un balde de agua frío. Ahora más que nunca creía que Carol era una maestra de la manipulación y que el trabajo que le había ofrecido a Alison fue sin duda para tenerla cerca. La incertidumbre de revelar esta importante información a los hermanos Goth incomodaba tanto a las chicas que decidieron buscar el momento oportuno para hablar con ellos.

La fiesta de cumpleaños de Mark se celebró la noche de ese sábado en el Hutren. Sage Walker se había quedado para la celebración. Había invitado a Sophie, quien invitó a Kirk cómo su pareja pero este nunca se presentó. La decoración del lugar era sencilla. Habían rentado una sala lounge enorme para los invitados y Juliet convenció a Sandra de contratar a Zack, el amigo de Preston, para que preparara las bebidas durante aquella ocasión especial.

Había una mesa en medio de muchos taburetes en la que tres pasteles fueron colocados encima junto con algunos vasos vacíos y botellas de alcohol. Los invitados habían llegado uno a uno usando ropas adecuadas para el ambiente de un club nocturno. Era sábado por la noche y todos querían estar de fiesta hasta el amanecer. Mark, sentado sobre uno de los taburetes, observaba sus felicitaciones de cumpleaños en su perfil de Facebook. Tenía un gorro de fiesta puesto y un vaso con whisky en su mano derecha. Llevaba una playera blanca puesta con un saco gris encima y unos pantalones de mezclilla muy ajustados a sus piernas. Sandra se veía muy guapa esa noche. Tenía puesto un vestido negro de falda corta que Mark le había regalado y su cabello largo y negro arreglado en forma de cebolla. Con gusto, ella recibió a Warren, Tyler y Ryan quienes hicieron su llegada a la fiesta de Mark con ropa casual después de las 9 de la noche.

—Bienvenidos, chicos.

—Gracias, ¿está Juliet por aquí?

—No debe de tardar. Tuvo un contratiempo con Alison.

—Bien.

—Me da mucho gusto conocerlos por fin. Juliet me ha hablado tanto de ustedes.

—El gusto es mutuo —agradeció Warren.

Juliet hizo su llegada sorprendiendo a todos sus amigos con un vestido color blanco. Tenía la falda corta y su cabello estaba peinado hacia atrás con una cola de caballo hecha a la altura de sus hombros. Ella fue muy amable al saludar a todos y al introducir a Preston, a quien había invitado en el ultimo minuto. Preston se cohibió un poco después de la situación con Millie, hasta que Ryan se le acercó para saludarlo.

—Preston —saludó Ryan con sus hermanos siguiéndole.

—Hola —Preston miró a los hermanos inquieto.

—Sabemos lo de Millie y también que eres la razón por la que se ha alejado un poco de nosotros. Entendemos que tuviste tus razones pero quiero que sepas que después de ayudarnos, no estamos molestos contigo.

Preston sintió un tremendo alivio al saber que los hermanos Goth no le guardaban rencor. Les dejó claro que había abandonado la identidad de el Caballero debido a las constantes incertidumbres internas que vivía día a día. De ahora en adelante, sólo quería ser Preston Wells, el Viajero del Tiempo y dar por terminada la época del Caballero Enmascarado.

—Creo que es genial —dijo Ryan.

—Gracias.

—Sin duda será un Caballero para recordar —Tyler sonrió— ¿qué otras cosas has hecho cuando viajas en el tiempo? ¿cómo es qué lo haces?

—Tyler, no creo que sea el momento —Warren intentó desviar la conversación.

—¿Qué? Vamos chicos, estoy emocionado y quiero saber. Debe ser increíble poder viajar en el tiempo a cualquier época.

—La verdad he hecho pocos viajes pero han sido sólo para

divertirme. Creo que no hay mayor regocijo que el de aventurarse y conocer parte de la historia del mundo. Estuve en Francia durante la revolución francesa, viajé al pasado con Juliet, he estado en Egipto, en Alemania durante la segunda guerra mundial y realicé cuatro viajes a Inglaterra durante la edad media. Mi pasión por convertirme en un historiador jamás había estado tan viva.

—Suena increíble —dijo Ryan.

—Se los dije y ustedes me hacen pleito cada vez que pregunto por curiosidad —Tyler les echó en cara las respuestas de Preston a sus hermanos.

—Por favor Tyler, no empieces —Ryan sonó desesperado.

Los hermanos y Preston agarraron varios taburetes para sentarse mientras conversaban cómo si fueran grandes amigos. Warren parecía tolerante con Preston. A pesar de ser el Protector del Metal y que el liderazgo del equipo no le correspondía directamente, sentía que tenía una enorme empatía con Preston. Cuando Millie llegó junto a Alison, ellas fueron a saludar a los hermanos un poco nerviosas. Millie, al ver a Preston, decidió alejarse. Cuando se dio cuenta, Alison confrontó a su hermana.

—Dijiste que lo habías perdonado —Alison parecía fastidiada.

—Le pedí tiempo y eso significa que debo alejarme de él.

—Yo creo que para Preston eso no fue claro Millie. Quédate aquí y yo iré a estar con ellos, ¿te parece?

—Alison...

—Tal vez te gustaría dejar el drama para otro momento. Tenemos cosas más importantes de las que ocuparnos —dijo Alison seria y molesta.

Sage usaba una blusa café y un pantalón de mezclilla aquella noche mientras Sophie había llegado con un vestido azul que denotaba su figura hermosa y delgada. Durante varios minutos platicaron entre ellas. Cuando Sandra las vió, de inmediato se acercó a ellas confundida.

—Disculpen, ¿las conozco?

—Juliet nos invitó —dijo Sage tocando el hombro de Sophie.

—Son amigas de Juliet —Sandra observó a su cuñada haciéndole señas.

Juliet se les acercó para saludar. Con alegría vislumbró que Sage y Sophie habían llegado a la fiesta.

—Sandra yo las invité. Está todo bien.

—No creí que fueran amigas tuyas. Pues que disfruten la fiesta.

Sandra se alejó y fue hacia su prometido quien se tomaba fotografías con varios de sus amigos invitados que habían llegado en el último minuto.

La fiesta continuó y los invitados dejaron de llegar. La mesa estaba completa con los amigos más cercanos de Mark y Juliet. Por parte de Sandra, no hubo nadie, ni siquiera una mosca. Era extraño que una chica tan guapa cómo Sandra no tuviera amigos en la ciudad.

A medida que las cosas se pusieron tensas, algunos invitados comenzaron a emborracharse. Ryan por su parte tuvo una larga conversación con Preston sobre Malice. A pesar de que querían divertirse aquella noche, Ryan no quería perder el tiempo y cuestionó a Preston sobre muchas cosas. Preston le habló sobre los viajes que hizo cuando tuvo problemas con sus poderes. Le dejó claro que Malice era una persona que los seguía desde tiempo atrás y que definitivamente se trataba de una mujer.

—Por los descubrimientos que hicimos Juliet y yo puedo confirmártelo.

—Nosotros también descubrimos eso gracias a la investigación de Phil Grimson, aunque debo decir que no fue muy claro.

—¿A qué te refieres?

—Alguien robó su computadora de su oficina y cuando mis hermanos y yo decidimos atar las piezas del rompecabezas, fuimos a Sacret Fire y descubrimos que Malice está ayudando a Kali quien sorprendentemente fue liberada de su prisión de hielo en 1983.

—No lo puedo creer.

—Preston, no te queremos forzar. Pero, ¿crees que un viaje en el tiempo pueda ayudarnos?

—Sí, totalmente. Aunque creo que están más cerca de lo que

creen de descubrir quien es ese aterrador villano.

—Creeme que cada vez que pienso en Malice, me duele la cabeza.

—Me imagino, sobre todo porque ha cubierto muy bien sus pistas.

—Es una locura.

Preston se movió un poco y vio a Sandra. Examinó a la joven de pies a cabeza.

—¿Esa es la prometida del cumpleañero?

—Sí, ¿por qué?

—Creo que la he visto en otra parte pero no recuerdo en dónde.

—Seguro en casa de Juliet las veces que se reunieron.

—No Ryan. No fue ahí.

—Preston, ¿por qué nunca confiaste en nosotros para contarnos tu secreto? ¿qué te detuvo?

Preston suspiró por unos segundos. Sacó el aire y miró a Ryan a los ojos..

—Creí que me odiarían. Que se sentirían traicionados por no contarles mi secreto.

—Bueno, pero nunca nos traicionaste.

—A Millie.

—Millie es nuestra amiga y creo que superará toda esta situación.

—Me pidió tiempo.

—¿Qué?

—No quiere que sigamos con nuestra relación.

—Bueno te pidió tiempo. Pero eso no significa que no quiera seguir contigo. Seguro que requiere ese tiempo para averiguar cómo encajará en su vida el hecho de que ahora eres el Caballero Enmascarado.

—Razón por la que decidí dejar el disfraz.

—Debe ser eso —Ryan le dió una palmada— confía en nosotros. Tienes amigos en nuestro grupo.

—Ryan, no sé que decir al respecto. Me han dado personas en quienes confiar y eso lo aprecio mucho.

—Por eso aceptamos que nos hayas mentido sobre tu identidad. Protegías algo valioso y no te culpamos. Pero bueno —Ryan le sonrió y miró el banquete que les esperaba— tengo hambre, vayamos por comida.

—Sí —Preston aceptó la propuesta culposa.

Sophie sostenía un vaso mirando su reloj. Puso atención cómo algunos invitados jugaban con vasos de cerveza. Eran amigos de Mark de la universidad. Sandra observó a los invitados contenta hasta que vió a Sophie sola. Cuando Sophie le sonrió, Sandra se le acercó para saludarla.

—Hola... Sophie, ¿cierto?

—Sí, la fiesta es genial —Sophie asintió con su cabeza.

—Gracias, nos esforzamos mucho en satisfacer a todos nuestros invitados.

—¿Nos?

—Juliet y yo.

—Ahora veo.

—Oye, creo que te conozco de alguna parte. ¿Estudiaste en la universidad de California por casualidad?

—No, tengo diecinueve años. Acabo de regresar de Tokio y empezaré en la universidad de Terrance Mullen el próximo año y espero conseguir un trabajo para financiarlo.

—Tokio, vaya.

—Sí, gracias a un intercambio y varios contactos.

—Por cierto, tengo algunos conocidos en la ciudad que tal vez estén buscando a una persona cómo tú para trabajar con ellos. Si te interesa, puedo hacer algo al respecto. Además, mi prometido es el accionista mayoritario de Goth & Sullivan. Seguro que tienen algo que pueda ayudarte.

—¿Hablas en serio? —preguntó Sophie asombrada.

—Sí, cualquier cosa por ayudar a los amigos de Juliet. Además, creo que podemos seguir frecuentándonos. Me encantó que hayas estado en Tokio. Yo me muero por conocer Japón.

—Gracias, de verdad lo agradezco —Sophie le dio la mano sonriendo.

Sandra no pudo contener su alegría por expresar sus

intenciones de ayudar a Sophie. Se había quedado sin empleo y sin medios para tener los ingresos que requería para ir a la universidad. Al menos hasta ahora, había ahorrado un poco de dinero después de trabajar para Carol por más de un año.

Sage no perdió la oportunidad de conocer gente nueva aquel día. Cuando saludó a Ryan, el le presentó a Preston Wells quien se encantó de conocer a la blogger más exitosa de Sacret Fire.

—Me han dicho que puedes viajar en el tiempo —susurró Sage al oído de Preston.

—Bueno, ¿cuanta gente en este mundo no sabe que soy el Viajero del Tiempo?

—Descuida, tu secreto está a salvo conmigo.

—Gracias Sage, es un placer conocerte —Preston le dió la mano— ¿te quedarás todo el fin de semana?

—Regreso mañana a Sacret Fire. Vivo con mis tíos y la verdad hemos estado algo distantes los últimos meses que no deseo otra cosa más que pasar tiempo a su lado.

—Puedo imaginármelo.

—¿Has estado en Sacret Fire?

—No, pero mi padre estará en esa ciudad el año entrante. Abrirá un nuevo restaurante.

—¿Es empresario?

—De los mejores y mi mamá es una escritora.

—¿Rebecca Wells?

—Sí, la misma. ¿Cómo lo supiste?

—Por tu apellido. ¡No inventes! ¿Es enserio?

—Sí.

—¡Oh por Dios! ¡Me encantó su última novela! ¡No puedo creer que seas hijo de la autora mejor vendida a nivel nacional!

—Bueno, Rebecca Wells de "Un Caballero para Recordar" es mi madre. Y esa es la razón por la cual mi alter ego usaba la palabra "Caballero", justo en honor a mi madre.

—No lo puedo creer. Es una de las mejores novelas de ciencia ficción que he leído en toda mi vida —Sage estaba emocionada— además que es algo sobrenatural.

—¿Quien lo diría no?

—Si algún día vienes a Sacret Fire, llámame. O ¿crees que pueda conocer a tu madre en persona?

—Si, ella está en casa ahora. Pero, podemos hacer un intento para que la conozcas mañana mismo, ¿te parece?

—¡Me encanta la idea!

Ryan se acercó de nuevo a ellos sonriendo.

—Veo que el Viajero y la Investigadora se han conocido —Ryan sonrió sosteniendo su bebida.

—Ryan acabo de conocer al hijo de Rebecca Wells, la autora mejor vendida de "Un Caballero para Recordar". Preston sin duda tu eres un caballero para recordar —Sage no pudo contener su alegría aquella noche. Se sentía feliz de haberse quedado gracias a las insistencias de Juliet.

La mañana siguiente, Preston invitó a Sage a su casa a desayunar. La joven estaba encantada de conocer a la madre del Viajero del Tiempo. Rebecca tenía el cabello largo y castaño, una sonrisa que enamoraba a cualquiera que la miraba, unas cejas muy bien delineadas y cuidadas, sus ojos cafés claros y su piel aperlada denotaban su semblante. Maravillada de compartir tiempo con la famosa escritora, Sage se tomó dos fotografías con Rebecca y hasta se llevó un autógrafo antes de regresar a Sacret Fire. Heath había quedado encantado con Sage. El pequeño niño le regaló un amuleto diciéndole que se volverían a ver. Sage quedó pasmada por las cosas que el pequeño niño le decía ya que Heath sólo sabía que se volverían a ver. Cuando llegó la hora de irse, Sage y Preston se despidieron con un abrazo. El le dijo que las cosas estaban cambiando para bien en Terrance Mullen ya que asistió a su primera reunión con los hermanos Goth cómo parte de su equipo. Sage estaba contenta de que Ryan y sus hermanos hubieran acogido a Preston en su equipo. Eso significaba que el Viajero era una pieza fundamental en el grupo. Antes de abandonar la casa de los Wells, Sage le pidió a Preston que no se diera por vencido con Millie y que siempre habría un lugar para él en Sacret Fire.

—Siento que nos volveremos a ver —le dijo Sage.

—¿De verdad? —Preston se acercó a ella.

Sage caminó hasta la banqueta y respiró un poco el aire de Terrance Mullen.

—Rebecca Wells fue muy agradable y no puedo creer que por fin la conocí.

—Mi madre es la persona más noble y humilde del mundo. Tiene un corazón enorme.

—¿Y qué hay de Preston Wells?

—Tengo el corazón roto aún por lo sucedido con Millie, pero creo que finalmente las cosas irán para bien y el destino dictará lo que tenga que pasar.

—Eres un hombre de fé, Preston Wells.

—Nunca la pierdo.

Preston le dió la mano.

—Volveremos a vernos Sage Walker.

—Esperaré ansiosa ese momento.

Segundos después la joven se subió a su auto mientras Preston le despedía moviendo su mano. Ella arrancó y salió del vecindario.

Preston se fue a casa de los hermanos Goth una hora más tarde. Era domingo y dieron las 12 del medio día. Ryan preparaba el café en el COP para Warren y Tyler quienes estaban más desvelados que nunca. Aquel día, Ryan había invitado a Preston para hacer oficial su incorporación al equipo.

—No le agradará mucho a Millie —dijo Preston.

—Creo que Millie lo superará de una forma u otra —afirmó Warren.

—Bien, en eso coincidimos.

Millie, Alison y Juliet se unieron al equipo más tarde. Ellas estaban enteradas de la decisión que los hermanos Goth habían tomado aunque Millie no estuviera muy de acuerdo. Aún amaba a Preston pero sentía que su presencia le hacía difícil averiguar la forma en la que la verdad sobre él encajaría en su vida. Durante varios minutos se mantuvo en silencio escuchando lo que Preston y Juliet tenían sobre Malice. Ellos sabían que el enmascarado era sólo una pantalla de humo además de coincidir que era una mujer.

—Creo que si soy lo suficientemente capaz de viajar en el tiempo a la época en la que Claire vivía, podré descubrir quien era el traidor dentro de su equipo.

—¿Estás seguro de ello? ¿Crees que es posible? —preguntó Alison.

—Ustedes me ayudaron a restaurar mis poderes, así que esta es mi forma de compensarlo.

—Creo que es un poco tarde para eso, ¿no? —preguntó Millie.

—Millie, por favor —Warren sonó fastidiado.

—Realmente quiero enmendar lo que pasó y una de las formas en las que podré lograrlo es averiguar quién es ese traidor y estamos a sólo un paso de averiguar quien es.

Warren se acercó a Preston y le miró directo a sus ojos.

—Bienvenido al equipo, Preston —le dió la mano.

Escéptica, Millie cruzó sus brazos y bajó la mirada jadeando. No estaba nada contenta después de que integraran al Viajero del Tiempo a su equipo, aunque en lo más profundo de su corazón, su amor por Preston no tenía límites.

CAPITULO 19: Las Mentiras Que Mis Padres Me Dijeron

Ante los eventos ocurridos durante las últimas semanas, Carol Goth tenía sus intenciones puestas en hacer todo tipo de cosas que realmente valieran la pena. Semanas después de la partida de Sage Walker, las cosas se habían calmado. Carol quería conectar de nuevo con sus hijos y averiguar que estaban haciendo en sus vidas que no estuviera relacionado con lo mágico. Así que la mañana del 10 de marzo de 2012, Carol invitó a su hijo menor Ryan a desayunar en la Manzana de Cristal. El clima había mejorado bastante. Los árboles comenzaban a tener vida de nuevo y la nieve se derretía poco a poco a medida que la primavera llegaba. Sin embargo, llevaban una chaqueta sólo por si el clima hacía de la suyas. Ryan, sentado frente a su madre, le preguntó por Warren y Tyler. Carol había decidido invitar a sus hijos por separado ya que quería conversar con cada uno de forma individual. Ryan sentía que su madre era un poco extrema, aunque ella no se diera cuenta. Ese día Ryan no dejaba de checar los mensajes en su teléfono y la atención que le prestaba a su madre era muy poca. Se mantenía en constante comunicación con Preston a quien había convencido de viajar al pasado y averiguar más sobre la vida de Claire Deveraux. Después de todo, el equipo decidió que sería Millie quien acompañaría en esta ocasión al Viajero, a regañadientes. Carol hojeó el menú, con sus ojos muy abiertos. Ryan guardó su teléfono en su bolsillo y puso las manos encima de la mesa.

—Perdón mamá.

—Bien, Ryan. ¿Cómo te has sentido en la ciudad?

—¿Por qué lo preguntas?

—Quise pasar tiempo contigo primero, saber cómo te sientes y qué es lo que quieres hacer a largo plazo?

—Quiero terminar la preparatoria, ir a la universidad y después no sé, trabajar en la compañía de papá.

—¿Es algo que quieres?

—Aún no lo sé.

—Bien —Carol levantó la mano para llamar a uno de los meseros que deambulaban por el restaurante— necesitas tener un plan de aquí a tres años e ir averiguando lo que realmente quieres lograr. Sólo así sabrás cual será el siguiente paso que darás.

—Mamá, ¿qué es todo esto?

—Sólo quiero tener una plática amena con mi hijo.

—Mamá...

—Ryan, hemos estado algo distantes los últimos meses. Han pasado muchas cosas que no sé en dónde estamos.

—Yo estoy bien. ¿Tú estás bien?

—Hijo...

—Mamá, con todo el trabajo en la tienda y tus viajes no hemos tenido oportunidad de hablar sobre lo que quiero. Y lo que quiero no tiene nada que ver con dónde me encuentro ahora. Hay otras cosas que debo saber.

—¿Cómo cuales?

El mesero se acercó con una carta en su mano.

—¿Señora Goth?

—¿Sí?

—Esto es para usted.

—Oh —Carol tomó el sobre sonriendo.

—¿Tienes entregas físicas a cualquier parte? Impresionante mamá.

—¿Qué van a ordenar? —preguntó el mesero.

—Yo quiero unos waffles y una malteada de chocolate —pidió Ryan.

—Quiero unos waffles también y un café sin leche.

—Muy bien, enseguida les traigo su orden —el mesero sonrió llevándose los menús.

Carol abrió el sobre mientras su hijo le observaba. Cuando vio el contenido de sobre, el terror le invadió. Ryan se dio cuenta de la mirada que su madre tenía. Era una nota extraña y fuera de tono.

—Mamá, ¿qué pasa?

—No es nada —Carol guardó la nota en el sobre.

—No, aquí pasa algo. ¿Qué dice esa nota?

—No importa.

Ryan se levantó de su asiento y le exigió la nota. Carol no tuvo otra opción más que dársela a su hijo. Ryan leyó el contenido estupefacto.

—¿Tus días están contados perra? Mamá, ¿quién te envío esto?

—No lo sé.

—Parece una carta amenazadora —dijo Ryan viendo cada rincón de la cafetería buscando al posible responsable.

—Ryan, por favor.

Ryan no se detuvo y se dirigió hasta el mesero que les había tomado la orden para averiguar la procedencia de la carta. El mesero no tuvo la respuesta que Ryan quería así que Ryan regresó hasta su madre. Carol no tuvo otra opción más que contarle sobre las notas y llamadas sin sentido que había estado recibiendo. Ella sentía que alguien la seguía o espiaba y dado el tono de las cartas que recibía, creía que esa persona quería hacerle daño.

De acuerdo a la situación presentada aquella mañana, Ryan no se contuvo en contarle a sus amigos sobre las notas de muerte que su madre había recibido. Esta tarde, reunió a sus amigas y hermanos en el COP con la esperanza de averiguar algo relacionado. Ryan fue claro en explicarles los temores de su madre asegurando que jamás en su vida la había visto así de asustada. La revelación de Ryan fue el detonante para que Alison y Millie finalmente decidieran sacar a la luz algunas cosas que con escasas probabilidades pudieran estar conectadas.

—Ryan, Tyler, Warren... no sé por dónde empezar —Millie se paró del sofá dónde permanecía sentada.

—¿De qué hablas? —preguntó Tyler.

—Lo que voy a contarles tal vez no signifique nada o puede que si pero quiero que lo tomen de la mejor manera sin prejuicios y que sólo sepan que estaré aquí para apoyarlos.

—Millie, al grano —pidió Warren.

—Hace algunas semanas tuve una visión. Alison estaba conmigo. En ella ví a la persona que nos espiaba la noche en la que Alison se convirtió en una Protectora.

—¿Tienen idea de quien es? —preguntó Tyler.

Millie se quedó callada por unos segundos. Cerró sus ojos y los abrió rápido. Entonces, suspiró.

—Era su madre, Carol Goth. Ella nos estaba espiando. No sé porqué, pero creemos que ella está metida en muchas cosas relacionadas con los eventos recientes.

Las miradas atónitas de los hermanos no se hicieron esperar. Millie les había soltado una gran bomba aquella mañana. Warren contempló a sus hermanos con agobio y sus labios contraídos. Sin embargo, el estruendo de un ruido les distrajo. La puerta del COP se había abierto ante la llegada de Sophie Barnes quien descendió las escaleras llamando la atención de todos con el sonar de sus tacones.

—¿Estás segura? —Warren regresó su atención a Millie.

—Estoy cien por ciento segura.

—Tiene que ser una broma —Tyler se puso de pie— Mamá no pudo haber jugado con nosotros de esa forma. Ella no puede estar metida en esto.

Ryan tomó las manos de Tyler y le dió un abrazo.

—Creemos que está más metida que todos nosotros e incluso tu padre en todo esto —afirmó Alison convencida— hay algo que en su madre no nos ha gustado mucho durante los últimos meses pero no se debe a ella sino a lo que ha estado haciendo.

Sophie bajó la mirada mientras se acercaba al grupo con sus manos juntas. Observó la consternación en los rostros de cada uno de los hermanos. Estaba aterrada por la decisión que había tomado aquel día aunque sabía que el momento correcto había llegado.

—Y hay algo que yo tengo que decirles —dijo Sophie muy seria.

—¿Sophie? —preguntó Ryan.

—No pude evitar escuchar lo que Tyler dijo y ahora creo que es hora de ponerle fin a todo esto y que ustedes finalmente sepan la verdad.

—¿Verdad sobre qué? —Ryan se levantó con los brazos cruzados y el ceño fruncido.

—Es acerca de su madre —Sophie sacó dos fotografías de su bolso y las puso en la mesa de centro.

Eran las mismas fotos que le había mostrado a Juliet y Alison semanas atrás. Kali aparecía en una de ellas y Malice en la otra. Los hermanos Goth no creían lo que veían. Había algo en sus ojos que nublaba su juicio y de pronto algo hizo que Ryan entrara en razón. Sabía que su reunión con su madre aquella mañana podría tener relación. Su madre estaba involucrada más que ellos en muchas de las cosas que más temían. Alison observó las fotos con desagrado y lo único que hizo fue cruzar sus piernas y voltear su vista hacia el suelo.

—Estoy seguro de que debe haber una explicación lógica a todo esto —Warren levantó la mirada.

—¿Qué tienes que ver tú en todo esto Sophie? —preguntó Tyler.

—Su madre me contrató hace más de un año para espiar a los Protectores de Japón y luego ustedes.

Ryan se quedó boquiabierto después de escuchar a Sophie. Sus ojos ensanchados consternaron a las otras chicas.

—Y quiero contarles cómo es que empezó todo.

Terrance Mullen, California, Agosto 2010

"Era un día de agosto del año 2010. Recién me había graduado de la preparatoria. Estaba a punto de cumplir dieciocho años. Ese día, recibí la visita de su madre, Carol Goth".

—Hola, mi nombre es Carol Goth. No hay duda de que tuve problemas para encontrarte —Carol se presentó en la puerta de Sophie Barnes.

—¿Disculpe? ¿Le conozco de algún lado? —preguntó Sophie.

—Sé que eres la hija de Julianne Barnes —respondió Carol— ella era mi amiga y antes de que falleciera, me pidió que te buscara y te apoyara.

—Ella era mi mamá .

—Sé que terminaste la preparatoria y estaba pensando matricularte en alguna universidad —respondió Carol— sé que las cosas para ti han sido muy duras y ahora vives sola. Así que quiero ofrecerte un trabajo a cambio de una carrera universitaria.

—Es muy tentador, pero ¿realmente cree que aceptaré?

—Necesito tu ayuda, en verdad.

Terrance Mullen, California, Tiempo Presente

—El dinero era escaso en ese entonces y no podía ir a la universidad hasta que lograra juntar todos mis ahorros trabajando en la Manzana de Cristal. Sólo de esa manera podría matricularme en la universidad de Terrance Mullen. Mis esfuerzos por entrar a Yale o Brown se afectaron de una forma u otra. Hubo un momento en el que pensé que mis resultados habían sido estropeados, qué algo o alguien quería que me quedara en Terrance Mullen, hasta que su madre apareció en mi puerta con la oportunidad de mi vida —contó Sophie sentada en uno de los sofás con los Protectores y Millie escuchando atentos.

—Entonces, ¿dices que estuviste en Japón? —preguntó Ryan con el ceño fruncido.

—Lamento no haberles contado nada hasta ahora, pero no tenía idea de la magnitud de esta situación. Creí que todo era un juego de su madre. Ahora creo que ella ha estado trabajando para la mujer de esa foto.

—Kali —Juliet observó la foto.

—De acuerdo, pero si la señora Goth mató al padre de Juliet, ¿por qué lo haría? —preguntó Millie.

—¿Puedo seguir con mi historia?

—Adelante —Tyler movió su mano derecha.

Terrance Mullen, California, Agosto 2010

"Aquel día dejé que Carol entrara a mi casa. Ella se sentó e hizo algunas cosas en su teléfono móvil mientras yo creía que la oportunidad de mi vida había llegado. Pregunté algunas cosas sin sentido después de ofrecerle un café, pero siempre creí que su madre buscaba algo más con todo esto. Yo simplemente acepté y entonces ella me entregó las fotos de Akari y sus amigos".

—Una vez que te instales en Tokio, te harás amiga de esta chica y sus amigos. Su nombre es Akari, tiene veinte años y estudia en la Universidad de Tokio.

—¿Cómo lo haré?

—Yo te acompañaré, pero serás tu quien vivas allá, estudies tu carrera y trabajes para mí.

—¿Cuánto tiempo?

—Te pagaré cinco mil dólares al mes para que puedas sustentar tus gastos. Tu renta y la matrícula de la universidad se pagarán en automático cómo recompensa por tus servicios.

—Cinco mil dólares es mucho dinero, no sé si pueda aceptarlo.

—Es la oportunidad de tu vida, Sophie. Sé lo tanto que deseas esa carrera universitaria.

Terrance Mullen, California, Tiempo Presente

—Creo que fue la época en la que mamá estuvo fuera de Filadelfia durante un mes completo —dijo Warren— ella argumentaba que estaba en un viaje de negocios.

—No estoy diciendo que su madre sea una mala persona. Creo que hay algo que no nos ha dicho y todas esas acciones que llevó a cabo significan algo.

—Lo que más me inquieta es que conociste a Akari. Entonces sabías de nosotros. ¿Por eso estabas en la fiesta de Halloween?

—Ryan estaba enfadado.

—Así es.

Ryan se puso de pie. La respuesta de Sophie le había irritado bastante.

—Esta perra sabe más de lo que dice. Estuvo jugando con nosotros todo este tiempo. Siempre lo supo todo y hasta ahora nos está contando la verdad —Ryan señaló a Sophie con su dedo.

—De nuevo, lo siento. No supe de ustedes hasta que me mudé a Terrance Mullen. Su madre quería que ustedes perdieran sus poderes o quería que yo le ayudara a lograrlo, pero ya no.

—¿Ya no? —preguntó Tyler.

—Me despidió hace unas semanas. Cuando llegué a Tokio, me instalé en un departamento con la ayuda de Carol. Ella me matriculó en la misma universidad que Akari, a quien conocí días después y nos hicimos amigas. Eramos muy cercanas y gracias a ello conocí a sus amigos. En un momento de miedo, Akari me contó su secreto. Ella llevaba cuatro años siendo Protectora junto a sus amigos pero sentía que todo se estaba desmoronando. Podía presentir que algo malo se acercaba. En aquel momento sabía lo que estaba a punto de confiarme. Tenía poderes sobrenaturales así cómo sus amigos. Fueron elegidos entre sus quince y dieciseis años de edad. Akari tenía el elemento metal en su poder. Ella estaba aterrada, así que yo le dije que no tuviera miedo. La reconforté y la verdad no podía juzgarla ni rechazarla. Tuvimos una conexión muy profunda. Se había convertido en mi amiga y la verdad me sentía cómo una completa traidora. Cada noche, al llegar a mi departamento y ver aquel gran mural de investigación sentía que traicionaba la amistad de Akari, razón por la que decidí abandonar la universidad. La noche que tomé esa decisión no le conté nada a su madre. Sólo recibí una llamada suya dónde cuestioné sus motivos. Terminó diciéndome que todo era por un bien mayor y que sólo necesitaba saber si Akari y sus amigos eran los Protectores Definitivos.

—Una vez que los Protectores Definitivos nazcan, ellos volverán y la bruja resucitará —Tyler recordó la profecía.

—Todo ha girado alrededor de esa profecía —confirmó Sophie.

—Mamá sabía todo desde un inicio —Warren ató los cabos sueltos.

—Sophie, lo siento en verdad —Ryan se disculpó.

—¿Por qué?

—Por llamarte perra.

—Descuida, estabas en tu derecho. Ahora veo todo con claridad, aunque, no sé porqué su madre me escogió a mi.

—Estuviste en Japón sabiendo todo esto desde un inicio. Estuviste tantas veces cerca de nosotros y jamás dijiste algo. Pero bueno, creo que lo que ahora importa es cómo nos ayuda todo esto —Warren cruzó sus brazos.

—Sabemos a quien reclamar, Warren, y ha llegado la hora — afirmó Ryan.

—Estoy segura de que te escogió a ti porque si trabaja para alguien debe ser Kali o Malice, y cómo quieren la magia de Claire que está dentro de ti era una forma de tenerte cuidada —mantuvo Alison.

—Las mentiras que nuestros padres nos dijeron —concluyó Warren.

Sophie suspiró por un minuto con los hermanos observándole quietos. El espacio fue invadido por un momento de silencio mientras digerían todo lo que habían escuchado de boca de Sophie. La verdad no era algo fácil. Se trataba de la madre de los hermanos y las implicaciones que tenía con todo lo que ellos habían estado lidiando. Un gran plan maligno y sin escrúpulos que se había llevado la vida de dos personas. Aunque, Sophie sólo había sido parte de él cómo un testigo ocular y ahora creían más que nunca que era una de las razones por las cuales debían protegerla. En lugar de juzgarla, creyeron que lo mejor era mantenerla a salvo. Su madre tenía muchas preguntas por responder. Aunque también, Sophie les aclaró que Harry Goth no estaba involucrado en lo que Carol había estado haciendo. Eso no impidió que los hermanos decidieran confrontar a su padre de una vez por todas aquel día.

Los chicos creían que su madre era inocente y que estaba siendo utilizada por Kali. La foto que Sophie les había entregado lo decía todo, pero la lectura de labios que su amigo Kirk había logrado, decía otra cosa. Sophie afirmaba que Carol siempre quiso mantener a sus hijos alejados de toda la locura para protegerlos. Sus intenciones parecían ser buenas, después de todo, pero, cuando se le implicaba con Kali, la reputación de Carol quedaba en juego. Parecía que en esta ocasión Kali ocultó sus pasos para evitar ser congelada de nuevo haciendo que Carol enviara a Sophie a Tokio, de quien sabía era la vida pasada de Claire con la intención de tenerla cuidada y que la chica espiara a los Protectores asiáticos. De esa forma podían matar dos pájaros de un tiroo. Ryan se negaba a creer que su madre fuera Malice, mientras Juliet juraba que si eso era cierto, sería la primera persona en confrontarla.

Después de recoger a Charlotte en el aeropuerto, Harry la invitó a su casa dónde ambos pasaron el rato hablando sobre los eventos ocurridos meses atrás. Charlotte no confiaba en Doyle y mucho menos ahora que Harry llevaba tiempo sin saber de él. Su desaparición fue repentina, aunque, Harry seguía creyendo que el chico era un infiltrado de Ryan en la operación. Había comenzado a tener sus sospechas después de lo que encontró en su oficina y que varios archivos de vídeo se hubieran perdido o borrado de la nada en su computadora. Esa computadora era el único respaldo existente y la compañía de vigilancia jamás dio la cara por ello.

Sin embargo, aquella tarde, ambos fueron sorprendidos por la visita inesperada de Ryan, Tyler y Warren quienes entraron a la casa Goth por la puerta principal.

—¿Warren? —preguntó Harry sorprendido al ver al mayor de sus hijos acercarse al lugar dónde compartía el rato con Charlotte seguido de sus hermanos.

Warren le observó serio, sin responderle nada en absoluto. Sólo vió sus ojos y lo cansado que estaba de que su padre no fuera honesto con ellos.

—Asumimos que estarías aquí es por eso que venimos a casa papá —Tyler se acercó cuando Warren dio un paso al frente— necesitamos hablar.

—Tengo visitas —Harry sonrió cínicamente— ¿no puede

esperar?

—No, no puede —Ryan dió otro paso al frente— Charlotte puede quedarse. Necesitamos saber la verdad y la queremos ahora.

—Nadie se va a ir de esta casa hasta que escuchamos lo que queremos y tenemos que saber —ordenó Tyler congelando la puerta con sus poderes.

Charlotte observó aterrada.

—Su nombre es Michaela Robinson —Harry se levantó defendiendo a su amiga— Tyler, ¿qué diablos acabas de hacer?

—¡No mientas más! —Ryan se le acercó furioso— estamos tan hartos de tus mentiras. Queremos saber toda la verdad empezando por lo que pasó hace veinticinco años.

Ryan observó furioso a su padre. Harry jamás había visto así a su hijo. Ryan lo empujó hacia uno de los sofás que estaba detrás de él. Charlotte se paró e intentó caminar para salir de la casa pero Tyler le detuvo y la tomó por los hombros.

—No irás a ninguna parte —Tyler usó su fuerza y la empujó hasta el sofá sentándola a un lado de Harry.

Warren tomó su teléfono móvil y llamó a Millie.

—Están aquí Millie, ahora sigue con el plan. Lanza ese hechizo para evitar que salgan de la propiedad al menos durante las próximas horas.

—¿Qué estás haciendo Warren? —preguntó Harry con el ceño fruncido.

—Tiene sus ventajas tener a una amiga bruja, ¿no papá?

—Están cometiendo un grave error —alegó Charlotte.

—¿Peor que los que ustedes cometieron? Por favor Charlotte —Ryan se mofó.

—No me llames así.

—Eres Charlotte Deveraux. Sabemos todo sobre ti, sobre los demás y todo lo que concierne a los Neoneros. Hemos estado detrás de ustedes todo este tiempo y sólo estábamos buscando el momento adecuado y llegó la hora de que respondan a todas las preguntas que vamos a hacerles. No hay escapatoria. Estamos tan cansados de todas sus mentiras que realmente nos enferman y sus estúpidos hechizos por creer que no somos capaces de entablar una batalla con esos seres de los cuales ustedes son responsables de enfrentar.

—Ryan, no es necesario... —dijo Harry.

—¿De verdad papá? ¿Crees que no estamos de acuerdo con Ryan? ¿Cuánto tiempo más crees que íbamos a tolerar tus mentiras? ¿Crees que no sabemos que nuestra llegada a esta ciudad fue por algo?

—Sabemos todo sobre los Cazadores y muchas cosas más. Doyle ha estado trabajando con nosotros porqué así se lo pedimos, sabíamos de tus tratos con él porqué así lo planeamos. También sabemos de tu romance con Charlotte en tu adolescencia y que todos perdieron sus poderes para protegerse. Nosotros estuvimos ese día en el bosque Nightwood rescatándoles del incendio. Doyle nos ayudó a desviar nuestras identidades, acercándose a ti y fue la manera perfecta de comenzar todo —reveló Warren.

—Queremos saber qué es lo que sabes sobre la antigua profecía que habla sobre nosotros, sobre ellos y una bruja. ¿Quiénes son ellos? ¿Quien es esa bruja? ¿Qué conexión hay con Claire Deveraux? —preguntó Tyler.

—Así que hablas ahora o hablas ahora. No podrás huir de esta casa, papá —Warren amenazó a su padre.

—Papá —Tyler se acercó a Harry— la vida de muchas personas depende de esto. Tienes que contarnos toda la verdad, por favor.

Harry y Charlotte se miraron el uno al otro. No tuvieron opción. Mirando a sus hijos con cautela, Harry cerró sus ojos por un momento y después volvió a abrirlos y le dijo a Charlotte que todo estaría bien.

—Así que encontraron mi diario —expuso Charlotte.

—Yo lo encontré hace algunos meses mientras convertíamos el granero en nuestro centro de operaciones —explicó Ryan.

—Hace muchos años yo viví en esta casa —Charlotte contrajo su espalda— hay algunas cosas que quise mantener en el pasado, pero el día que supe que ustedes vendrían a esta casa,

Teresa y yo dejamos algunas cosas para que las encontraran.

—¿Qué? —preguntó Harry sorprendido.

—Papá, lamento decirte que los Cazadores no tienen nada que ver en esto. Ellos han sido un señuelo cómo parte de una farsa armada por Kali para mantener sus verdaderos planes ocultos y sospechamos que mamá trabaja para ella —dijo Warren.

—¿Qué diablos? —preguntó Charlotte.

—Tal cómo lo escuchan, los Cazadores nunca estuvieron aquí. Sin embargo, con el ruido hecho y la mala fama no me extrañaría que aparezcan de un momento a otro buscando represalias —respondió Tyler.

—Voy a contarles todo desde un inicio pero necesito que me ayuden cuando terminemos —dijo Harry.

—Tendrás toda la ayuda que necesites —aseguró Warren.

—Siempre supe que Charlotte vivió en esta casa porqué ella y yo nos conocimos en la adolescencia. Justo después de enterarme que Miles había fallecido, creí que no fue por causas naturales. Lo supe desde un inicio. Era nuestro amigo y no merecía lo que le pasó. Lo siento por Juliet.

—Entonces, nos mudamos aquí, ¿por qué querías averiguar quien había matado a Miles? —Ryan tomó asiento.

—Y a Phil. Sabemos que quien mató a ambos está ahí afuera, no sabemos porqué —afirmó Charlotte— durante meses creímos que habían sido los Cazadores. Después, cuando Doyle apareció reforzamos esa teoría. Pero ahora que sabemos que Doyle ha estado trabajando con ustedes y que todo lo planearon para obtener información, no sabemos dónde estamos ahora.

—Considerando el tiempo que llevan ocultando todo esto, creo que tenemos derecho a hacer lo que hicimos.

—¿Cuando comenzó todo esto? —preguntó Warren.

—Justo hace veinticinco años —respondió Charlotte.

Harry les contó a detalle que hace muchos años Charlotte, Phil, Miles y él se propusieron buscar personas cómo ellos, dotadas con habilidades especiales. Todos se conocían desde años atrás. Consolidaron una buena amistad, incluso la noche del baile de graduación, Charlotte fue su pareja de baile. Habían salido en varias ocasiones, pero se dieron cuenta que las cosas entre ellos no funcionarían por lo que decidieron quedar sólo cómo amigos. Formaron un grupo, tiempo después, llamado "La Conspiración Neo" con la intención de buscar Neoneros para ayudarlos a canalizar sus poderes y formar una gran ejercito de guerreros. Los ayudaban a usar nombres de contacto falsos para evitar ser encontrados por sus enemigos o alguien más. Teresa fue fundamental en la operación con su magia. Tiempo más tarde, conocieron a Deborah, Julianne y un hombre llamado Gene. El grupo era excelente y había mucha química entre todos. Poco a poco, el ejército creció a paso acelerado.

—¿Que hacía esta conspiración? —preguntó Ryan.

—Buscábamos seres cómo nosotros —respondió Harry— teníamos un protocolo para encontrarlos con la ayuda de Teresa aunque comenzamos a crear una red entre todos ya que unos Neoneros nos conectaban con otros.

—Y otros Neoneros simplemente conocían a otros —agregó Charlotte.

—De manera que nuestro grupo llegó a ser de cincuenta Neoneros en 1987. Teníamos un espacio para entrenar en un lugar llamado "La Odísea". Es un templo subterráneo ubicado en el bosque Nightwood. Pero, también teníamos un enemigo: Los Cazadores. A medida que nuestro grupo crecía, las posibilidades de que ellos nos atacaran eran enormes —dijo Harry.

—¿Por la energía que acumulaban todos? —preguntó Warren.

—En efecto. Los Cazadores podían sentirlo porqué son nuestra versión malvada.

Harry reveló que la noche del 19 de Agosto de 1987, él y sus amigos se reunieron con todos los Neoneros. Habían estado deseosos de prepararse para una gran batalla. Algunos de sus integrantes habían estado desapareciendo sin dejar rastro aquellas semanas y creían que los Cazadores estaban detrás. Así que prepararon todo y entrenaron durante horas hasta que los Cazadores les encontraron. Era un grupo de treinta personas dirigido por un hombre llamado Gabriel, el líder de los

Cazadores. Masacraron a más de treinta y cinco Neoneros aunque Harry y sus amigos también mataron a algunos Cazadores. El templo de la Odisea se convirtió en un verdadero cementerio. Charlotte agregó que cuando los medios se enteraron, fue difícil de explicar y fueron clasificados cómo una secta. La policía investigó los crímenes pero nunca dieron con los responsables.

—Nos rendimos y comprendimos que jamás ganaríamos la batalla contra los Cazadores —confesó Charlotte al borde de las lágrimas.

—Lo cual nos obligó a hacer algo que estaba fuera de nuestros alcances. Decidimos invocar la magia más poderosa que pudiese existir en este mundo con la ayuda de Teresa —dijo Harry.

La noche del 13 de septiembre de 1987; Harry, Charlotte, Julianne, Phil, Miles y Gene se reunieron con Teresa Pleasant en el bosque Nightwood para invocar a las magias más antiguas.

Quedarían fuera del radar de los Cazadores hasta que las magias necesarias para acabar con ellos se hicieran presentes en forma de guerreros o dentro de ellos mismos. Y así fue, una vez que lanzaron el hechizo nada pasó. Huyeron de la ciudad y jamás volvieron a saber de los Cazadores, los Neoneros sobrevivientes a la masacre también huyeron. Hasta que un día, Harry visitó a los Oráculos después de un sueño que tuvo y supo a través de ellos que sus hijos lucharían contra el Mal. Fue ahí dónde supo que el hechizo había funcionado. Alteraron el orden cósmico para que un grupo de Protectores fuera llamado a Terrance Mullen, razón por la que quiso mudarse, aunque, nunca supo cuales serían las consecuencias de sus actos.

Los hermanos se miraron entre ellos y finalmente comprendieron algunos eventos que habían vivido y sobre todo, ataron demasiados cabos sueltos acerca de su llegada, aunque, Warren observó a su padre con indiferencia.

—Es increíble que nos hayas ocultado todo esto papá —dijo Warren sorprendido.

—Si nunca lo dije fue porqué temía por sus vidas y sobre todo pensé que no estaban preparados para grandes batallas cómo esa masacre de hace veinticinco años. Ahora veo que ustedes se han convertido en unos verdaderos guerreros.

—No sé que pasará después de toda esta revelación. Pero lo que si sé es que tenemos que encontrar a mamá. Ella también tiene mucho que explicar —argumento Tyler mirando a sus hermanos.

—¿Qué tiene que ver su madre en todo esto? —preguntó Harry.

—Esta mañana desayuné con mamá, ella recibió un mensaje dónde era amenazada. No supimos de quien era. Pero cuando se lo conté a mis amigas, ellas me dijeron que mamá había estado espiándonos la noche en la que Alison se convirtió en Protectora —explicó Ryan.

Charlotte quedó boquiabierta. Se puso de pie y caminó hacia uno de los ventanales de la casa. Volteó hacia Harry y le dijo que debían permanecer juntos ahora que sabían toda la verdad.

—Espera, ¿no estás interfiriendo entre mis padres? —preguntó Ryan.

—Sólo estaba asegurándome de que todo estuviera bien, y huyendo de los Cazadores también. Ahora veo que hay grandiosos guerreros cómo ustedes que merecían saber toda la verdad.

—No me queda claro lo de tu mamá, ¿cómo es eso posible?

—Es una larga historia papá —aseguró Tyler— pero te contaremos todo con detalle.

Ryan contestó una llamada de Alison y se alejó del grupo para hablar con calma. Se habían hecho las seis de la tarde y Alison le explicó que Millie había seguido los pasos de la señora Goth convencidas en probar que Carol no era Malice. Mientras Ryan hablaba al teléfono con Alison, Warren le explicó a Harry algunas de las cosas que Sophie reveló aquel día.

—Algunas cosas tienen sentido, cómo su extraña actitud cuando contrató a un detective privado. Siempre pensé que lo hacía para ayudarme, pero ¿esa chica?

—Sophie Barnes trabajó para mamá —explicó Tyler.

—Espera —Charlotte se acercó curiosa— ¿Sophie Barnes? ¿La

hija de Julianne Barnes?

—¿Sabes algo al respecto? —preguntó Warren.

—No —Charlotte respondió nerviosa— por supuesto que no. Estoy tan sorprendida cómo tu.

—Cierto —Tyler asintió lentamente observando a Charlotte con las cejas contraídas.

Warren, Tyler y Ryan se reunieron con Alison y Millie aquella noche en unas bodegas cerca del muelle 78. Hacía un poco de frío. Las hermanas siguieron la pista de Carol hasta aquel lugar después de que saliera de la tienda de antigüedades. Tenían sus dudas respecto a las conclusiones que habían establecido. No estaban muy seguras del todo y querían averiguar si lo que sabían y suponían era realmente cierto. Querían saber si había una razón en particular para que Carol hubiera estado haciendo todo lo que Sophie dijo. Desde lo lejos, ellas pudieron ver el auto de Carol estacionado. Sin embargo, escucharon unos pasos seguidos del sonar de una rama rompiéndose. El ruido provenía de una de las bodegas cercanas así que Warren caminó hasta ella. Los coches estaban estacionados cerca y escondidos, con el fin de despistar a su madre en caso de que se diera cuenta de que ahí estaban.

—Chicos, sean cautelosos. Es hora de averiguar qué es lo que nuestra madre está haciendo en este lugar —pidió Warren a sus hermanos.

Las tensiones se sintieron cuando notaron la presencia de Malice caminando con dirección a la bodega. Ellos se escondieron de nuevo detrás de unos muros y confirmaron que el villano estaba al asecho. ¿Estaba ahí para matar a su madre? O ¿Malice era su madre?

La única forma de esclarecer aquellas interrogantes era seguir al temible enmascarado. Así que lo hicieron, los cinco juntos. El villano siguió con sus andanzas mientras ellos le seguían. Desde la entrada de la bodega hasta una zona llena de grandes máquinas maquiladoras de acero, que permanecieron apagadas para su suerte.

Malice caminó hasta unas escaleras y el grupo de jóvenes intentó no hacer ruido cuando lograron entrar a la bodega. Parecía que les estaba guiando hacia algo así que Ryan fue astuto y corrió para saltar hacia él logrando derribarlo. En el momento en el que Ryan creyó tener la situación bajo control al forcejear con el enmascarado, Malice se lo quitó de encima y corrió hasta una puerta cercana sin percatarse de que Alison y Millie tomaron ventaja adelantándose en el camino.

—¿Por qué no ha usado sus poderes para desaparecer? — preguntó Alison.

—No me importa. Sus días llegaron a su fin. Ahora sabremos quien es —respondió Millie.

—¡Ríndete Malice! —gritó Alison.

Malice se lanzó hacia las hermanas empujándolas con todas sus fuerzas. Intentó alejarlas hasta que Alison le golpeó la espalda. El malvado villano le golpeó la cara y Alison usó su sobre fuerza para lanzarlo con una patada hacia los contenedores de material tóxico qué yacían a tan sólo un metro de ellas. La máscara de arcilla que llevaba puesta cayó al suelo con la caída revelando su verdadera identidad. Era Carol Goth. Los hermanos se apresuraron para alcanzar a sus dos amigas quienes observaban con asombro la verdadera identidad de Malice. No pudieron creerlo. Cuando Ryan vió que su madre era la persona detrás del disfraz se quedó paralizado mientras que Warren y Tyler observaban con horror.

—Oh por Dios —dijo Alison observando a Carol.

Carol había sido descubierta y no había escapatoria. Se levantó del suelo observando a sus hijos sin decir algo o hacer un movimiento contra ellos. Ellos le miraban con devastación así que ella aprovechó para huir del lugar dejando la máscara en el suelo. Los ojos de Ryan se llenaron de lágrimas después de haber descubierto que su madre era el despiadado villano detrás de la máscara que los había estado fastidiando durante más de seis meses. Warren estaba mudo al igual que Tyler. Alison y Millie se tomaron de la mano y preocupadas observaron los rostros de cada uno de los hermanos.

Devastación, frustración, enojo y confusión eran los sentimientos que abundaban aquella noche en la bodega. El sonar de un motor encendiéndose se escuchó a lo lejos. Era el coche de Carol, quien huyó despavorida de aquel lugar.

CAPITULO 20: Lo Que El Traidor se Llevó

Días después del terrible descubrimiento de Carol Goth bajo la máscara de Malice, los Protectores se habían enfocado en la misión de averiguar si Carol era la mente maestra detrás todos los asesinatos y los misterios que aún tenían por resolver. La mañana del 1 de abril de 2012, Preston y Millie estuvieron reunidos con todos sus amigos dentro del COP. Habían decidido hacer aquel viaje en el tiempo que los llevaría a explorar la época en la que Claire Deveraux había vivido. Lo hicieron con el consentimiento de Sophie, quien ahora estaba de lado de los Protectores. Ya no había secretos. Todo estaba puesto sobre la mesa. Habían llegado a la conclusión de que era demasiado peligroso que Sophie hiciera aquel viaje ya que podría ser confundida o cazada por los enemigos de Claire.

Alison observaba a su hermana con la mirada perpleja. Juliet permaneció a su lado sonriendo y los hermanos Goth conversando entre ellos del otro lado. Sophie tenía la mirada puesta en Preston, quien entonces se preparó para el viaje tomando la mano de Millie. Preston miró a Sophie y moviendo su cabeza le dió las gracias. Ella le había dado indicaciones recientemente de cómo llegar al lugar que buscarían en su viaje. Segundos después, sucedió lo inesperado. Una ráfaga de viento invadió el lugar y Preston y Millie desaparecieron tomados de la mano. Todos permanecieron de pies segundos después de que los dos amigos emprendieron su viaje. Ryan caminó y se sentó en un sofá con Alison que no le quitó la mirada de encima. Ella se le acercó y tomó su mano. Ryan le miró y ella sólo le sonrió.

—Estoy preocupado por mamá, lleva dos semanas desaparecida.

—Ryan, sé que tal vez lo que diga no pueda remediar lo que sucedió pero Millie y yo queríamos estar tan equivocadas que jamás pensamos en lo que sucedería.

—Está bien, después de todo ya no hay secretos entre nosotros.

Alison le volvió a regalar otra sonrisa.

—Aún así creo que todo fue una trampa —insistió ella.

—Es exactamente lo que he intentado creer durante los últimos días.

—Te entiendo y creo que a pesar de todo debemos proteger a Sophie.

Ryan asintió y se puso de pie para acercarse a su hermano Warren quien tenía sus brazos recargados sobre la barra usada para comer. Estaba serio y tranquilo. El hecho de que su madre se escondiera detrás de la máscara durante semanas le había afectado y lo tenía con los nervios de punta. El escepticismo se había apoderado de él y lo único que pensaba era acerca de la implicación de Carol y porqué había huido el día que la descubrieron. Las cosas no pudieron complicarse más cuando Albert les acompañó más tarde aquella mañana. Tenía malas noticias. Los Reyes Mágicos habían decidido hacer algo al respecto para castigar a Harry por sus actos y por alterar el orden cósmico del universo. Harry siempre supo que sus actos tendrían consecuencias y aún así lo hizo. Tyler y Ryan intentaron persuadir a Albert para que hiciera que los Reyes se olvidaran del posible castigo y se concentraran en la misión. Sin embargo, Albert tuvo que ser claro y directo afirmando que no había marcha atrás. Harry Goth recibiría su castigo en forma de un karma. Era sólo cuestión de esperar.

Juliet demostró que tenía un haz bajo la manga aquel día. La joven estuvo rastreando a Carol Goth durante los últimos días con la ayuda de Sophie. Alison no sabía nada de esto. Dado el tiempo que compartió con la señora Goth en la tienda de antigüedades estaba dispuesta a demostrar que Carol había sido guiada a una trampa. ¿Por qué razón tendría el disfraz y la máscara puestas aquella noche? ¿Por qué Malice simplemente no desapareció cómo siempre lo hacía? Había algo muy raro en todo aquello.

Doyle había regresado a las andadas. Esa mañana se reunió con Juliet y Sophie en el cementerio North Hill. Era el lugar preferido del chico y añoraba sentir su libre albedrío. Doyle soltó otra bomba de tiempo que las chicas no esperaban aquella mañana.

Había una tercera bruja implicada en las averiguaciones que había hecho junto a Anya y Dorothy las últimas semanas. Sophie creía que tal vez estaban yendo demasiado lejos y que había algo que estaban dejando pasar por alto. Doyle aseguró que fue exactamente la razón por la que investigaron y descubrieron la implicación de esa posible bruja, sobre todo después de que Claire afirmara que había un traidor en su equipo. Aunque para Juliet las cosas tenían otro significado. Ella no se explicaba cómo no se dieron cuenta de que Carol Goth era Malice. A pesar de todo, algo hizo que Sophie comenzara a cambiar de opinión sobre Carol. La idea de que había sido llevada a una trampa comenzaba a tener sentido.

—¿Por qué son tan insistentes con ello? —preguntó Juliet.

—Chicos, conozco a Carol. Sé que pudo ser capaz de muchas cosas, pero ¿matar?, no lo creo. Ella me ocultó bastantes cosas cómo el haberme enviado a Sacret Fire pero esto es diferente. Hablamos de asesinatos.

—¿Cuando llegaste a Sacret Fire fue exactamente cuando comenzaste a vivir los eventos relacionados con Claire Deveraux y Andrea?

—Exacto, creo que fue Kali quien le dijo a Carol que me enviara a esa ciudad. Además, si hay un traidor que ha existido desde hace más de cien años definitivamente no es Carol. Creo que el traidor y la tercera bruja es en realidad la persona que se escondía detrás del disfraz de Malice.

—Ahora que lo dices tiene sentido —Juliet se puso pensativa.

Alison se les unió más tarde aquel día. A pesar de que la primavera estaba en sus etapas iniciales, había caído un poco de nieve. Con sus manos metidas en los bolsillos de su chaqueta de mezclilla, Alison quiso saber si todo iba en orden. Sophie y Doyle le contaron lo que pensaban sobre Malice y las nuevas teorías. Sobre todo, revelaron las fundamentos que tenían para plantearlas.

—Carol no es Malice —insistió Sophie.

—Ryan y sus hermanos continúan escépticos. El hecho de descubrir que su madre es Malice no deja que se concentren en la misión y la verdad me estoy volviendo loca.

—Entiendo —dijo Juliet.

—¿Viste algo raro en Carol mientras trabajabas en la tienda? —preguntó Doyle.

—No, pero encontré algunas cartas mientras hacía mi turno de ayer. Kimberly y yo hemos estado haciendo turnos de cinco horas. Tuve que decirle que Carol había salido fuera de urgencia y que me había dejado a cargo.

—¿Qué había en esas cartas?

—Al parecer alguien estaba extorsionándola.

—Bueno, una se la envíe yo —confesó Sophie.

—¿Qué? —preguntaron todos sorprendidos.

—Quería averiguar en qué estaba metida y porqué me estaba ocultando cosas. Pero fue escrita con un labial, nada del otro mundo.

—Recibió más cartas —agregó Alison.

—Esas no las envíe yo. Pero hay algo que no les he contado —dijo Sophie— hay un chico llamado Kirk Newman. Cuando Carol me despidió, decidí ayudar a Kirk a atraparla. Ahora, hace semanas que no sé de él. Lo invité a la fiesta de Mark pero jamás se presentó y no ha respondido a mis llamadas. Creo que el está buscando a Carol para terminar lo que ha planeado desde un inicio.

—¿Quien es Kirk Newman? —preguntó Doyle.

—Un hombre que me ha seguido desde Tokio. Ha estado detrás de Carol desde mucho tiempo atrás.

—Bueno, creo que es hora de que averigüemos que hay detrás de la historia de la señora Goth. Ese tipo debe estar detrás de ella por algo.

—Pues creo que también es hora de pedirle ayudar al señor Goth —sonrió Alison.

Había algo que Preston Wells quería para el equipo y era darles las respuestas más congruentes. Millie y el Viajero encontraron muchas cosas interesantes aquel día en el antiguo Sacret Fire. Transcurría el año de 1914 y todo iba demasiado bien en aquella ciudad. Los coches eran totalmente distintos y sorprendentes para la vista de ambos. Podían escuchar el sonar de los motores sobre cada calle que atravesaban. El único inconveniente que tenían aquel día eran las ropas que llevaban puestas. Habían aparecido justo detrás de una casa muy parecida a la de Ben Walker, sólo que era una época diferente. Millie salió de los arbustos dónde habían aparecido y observó todo a su alrededor. Había un montón de gente que caminaba por las calles con modestia y total educación. Las mujeres, con grandes escotes, llevaban sombrillas para protegerse del sol. Algunas usaban sombreros con plumas y otras solo sombreros sencillos. Los hombres en su mayoría iban de traje y algunos otros con ropas de carpintero cómo pantalones con tirantes, camiseta blanca o crema y una voina. Millie sonreía observando todo lo que presenciaba con sus ojos. Podía entender un poco porqué Preston ocultó su secreto durante tanto tiempo. El chico se le acercó por detrás recordándole que habían viajado a aquella época para hacer algo más que observar.

—Es muy diferente a nuestro mundo real, ¿no? Aquí no hay teléfonos inteligentes, no hay GPS, no existe nada de eso.

—Es impresionante ver con mis propios ojos otra época. Todo es tan normal y hermoso. No hay gente caminando mientras ve su teléfono. No hay tanto ruido cómo en nuestra época. Todo parece tan inocente y normal.

—Te lo dije.

—Incluso la gente socializa en persona.

—Oye, nosotros lo hacemos también —dijo Preston sonriendo. Millie le observó con indiferencia.

—Sabes a lo que me refiero. Creo que ahora entiendo muchas cosas sobre ti y lo que durante tanto tiempo me ocultaste.

—Creo que lo mejor será caminar por esa calle—Preston señaló la banqueta frente a la casa dónde estaban— y busquemos algo de ropa.

—Pero me gusta mi ropa.

—Millie, tenemos que pasar desapercibidos, ir a casa de Claire Deveraux e investigar. Debemos encontrar alguna pista que nos lleve al traidor del que los hermanos y tu hermana han estado hablando.

Mientras caminaban por una banqueta, una mujer les observó de manera extraña. Era Deborah Walker, sólo que en otra vida. Millie pudo darse cuenta de lo obsevativa que era aquella mujer y cuando le vio la cara se quedó sorprendida.

—Es Deborah Walker —afirmó.

La mujer, usando un gran vestido azul y un sombrero del mismo color, caminó hacia ellos para elogiar las bellas prendas de ropa que vestían.

—Son las telas más finas que he visto en mi vidas —dijo al tocar la camisa que Preston llevaba puesta— ¿de dónde son?

—Hola señora, estamos de paso. Somos de Terrance Mullen y nos preparamos para un festival con estos disfraces —confesó Millie.

—Pero nos ayudaría si nos dijera dónde vive Claire Deveraux.

La mujer se puso seria y suspiró por un momento.

—Hablan de la bruja.

—¿Bruja?

—Dicen que es una bruja exiliada de dónde ustedes vienen. Bueno, pueden ir por este camino —señaló— doblan a la derecha y verán un bosque. Dentro de ese bosque encontrarán su casa. Pueden preguntar por más indicaciones cuando estén cerca.

—Gracias.

La mujer se despidió y siguió su camino. No dejaba de voltear en repetidas ocasiones para saciar con su mirada las ropas que Preston llevaba.

—Creo que te veía a ti.

—Por supuesto que no.

—Acabo de ver que miró tu trasero.

—Por Dios, Millie.

—Las mujeres en esta época eran tan reservadas —Millie observó a la doble de Deborah que poco a poco caminaba— pero tenían un estilo envidiable.

Preston le tomó la mano y le hizo caminar. Atravesaron la calle por dónde andaban conduciéndose en la dirección que la mujer les había indicado. No pudieron quitarse la mirada que varios transeúntes les echaban encima por la ropa que llevaban hasta que encontraron una casa que parecía abandonada. Entraron y pudieron ver que había pocas cosas y algunas otras empaquetadas.

—Aquí hay algo de ropa —dijo Millie abriendo una de las cajas.

—¿Será una mudanza?

—Parece que si.

La aventura había comenzado a unirlos. Se cambiaron las ropas uno a espaldas del otro con la intención de no ver sus partes íntimas. A pesar de ello, Millie no pudo evitar echarle un ojo a Preston y él a ella. Todavía existía esa chispa que podía encender una potencial relación en cualquier momento. Salieron de la casa con sus ropas dentro de una bolsa de tela que Preston cargaba. Caminaron hacia la casa de Claire siguiendo nuevamente las indicaciones de la doble de Deborah. Milllie llevaba puesto un vestido rojo que le sentaba tan bien y un sombrero negro encima, mientras que Preston había encontrado un traje café, aunque, llevaba los mismos zapatos de su época.

—Creo que esta ropa será excelente para la próxima noche de brujas —dijo Preston bromeando.

Sonriendo, Millie le dio un ligero golpe con su mano. Siguieron caminando a paso lento disfrutando del hermoso aroma que se respiraba aquella mañana en Sacret Fire. La ciudad lucia bastante diferente a la que Millie había visto semanas atrás aunque algunas casas tenían el mismo aspecto gótico que conservaban en el futuro. Millie tomó la mano de Preston y juntos caminaron a lo largo de una avenida. La gente ya no les miraba cómo extraños, algo que pudieron disfrutar. La avenida que recién habían cruzado era transitada por montones de personas, carruajes y autos de aquella época. Millie pudo percibir a lo lejos el bosque del que la mujer les había hablado y con las señas que Sophie les había dado. Finalmente encontraron la casa de Claire Deveraux. Para su sorpresa, había una reunión afuera de la casa, justo en el jardín. Cerca de veinte personas estaban reunidas en el lugar, sentadas en el suelo mientras una mujer con un vestido largo blanco y una blusa de mangas medias hablaba. Tenía el cabello recogido y su parecido a Sophie Barnes era tremendo. Preston y Millie confirmaron que se trataba de la vida pasada de Sophie, Claire Deveraux.

—Es idéntica a Sophie —dijo Millie sorprendida.

—Hay personas sentadas alrededor, creo que podemos mezclarnos.

Preston y Millie pisaron el césped que comenzaba la casa de Claire y se sentaron entre el grupo de personas. Sin embargo, alguien les observó a lo lejos con una sonrisa fingida y los ojos más estirados que una liga. Era Kali, con los brazos cruzados justo a un metro de Claire.

—Ustedes —señaló Claire con su dedo índice a Millie y Preston quienes lucieron sorprendidos— ¿quiénes son?

—Somos nuevos —respondió Millie nerviosa.

—Por favor ponganse cómodos —Claire les sonrió.

Preston y Millie continuaron sentados y contemplaron a Claire. Estaban boquiabiertos y sin decir palabra alguna. Claire estaba frente a ellos hablando cómo toda una líder sobre el uso adecuado de la magia en la sociedad y porqué era tan importante mantener sus habilidades especiales en secreto y los riesgos que implicaban si eran descubiertos. Millie pudo ver a Kali y a un hombre totalmente idéntico a Mark Sullivan, que escuchaba atento todo lo que Claire decía.

—¿Qué diablos? —se preguntó Millie.

—¿Pasa algo?

—Mark Sullivan está a un lado de Kali —susurró Millie al oído de Preston.

—Debe ser su vida pasada.

A lo lejos, pudieron ver la delgada silueta de una mujer acercándose. Venía desde la entrada de la casa de Claire cargando una charola de madera con pequeños vasos y una jarra con limonada encima. Notaron cómo Kali le sonrió a aquella mujer que caminaba de forma cautelosa. Traía una falda larga y una blusa de mangas largas puesta. No pudieron ver su rostro ya que llevaba una máscara puesta. Sin duda, llamó la atención de muchos de los presentes.

—Me pregunto quien será esta mujer —dijo Millie.

Preston observó con detenimiento cada uno de los movimientos que la mujer hacía.

—Parece que es amiga de Claire.

—Me es muy familiar su forma de caminar.

—Debe ser Malice.

—¿Tu crees?

—No estoy seguro cien por ciento pero necesitamos al menos una pista o quitarle esa máscara.

La plática que Claire daba llegó a su fin. Cómo muestra de gratitud, Claire ofreció a los asistentes un vaso de limonada que la mujer con la máscara servía. Antes de que los asistentes partieran a sus hogares, Claire los citó aquella tarde en las colinas Ravenswood. Preston y Millie se pusieron de pie escuchando las instrucciones y se acercaron a Claire para felicitarla por aquella plática inspiradora.

—Hemos escuchado mucho sobre ti en nuestra ciudad y no podíamos esperar a conocerte —dijo Millie.

—Gracias, ¿de dónde dicen que son?

—Mira Claire, creo que no tenemos tiempo. Creemos que estás en peligro y por eso estamos aquí —Preston interrumpió.

—¿Qué?

—Disculpa a mi amigo, no sabe lo que dice.

—Millie, por favor. Es hora de que Claire sepa algo sobre nosotros.

Claire se quedó callada sin saber que decir. Cuidadosamente, observó a Kali quien no le quitaba la mirada de encima y llevó a Preston y Millie hasta un lugar seguro de su casa. Ahí les explicó que no confiaba en nadie de su grupo. Llevaba semanas recibiendo cartas amenazantes. Alguien estaba tras su magia y seguía haciendo las pláticas en su casa con la intención de persuadir al traidor para que intentara algo tonto en el acto.

—¿Sabes de quien se trata? —preguntó Millie.

—No, pero vayan a la reunión en el bosque. Ni Kali ni Eva estarán presentes.

—¿Kali? —preguntó Preston.

—Es mi amiga. Me sobre protege mucho e incluso Eva lo hace. Pero siento que tampoco puedo confiar en ellas mucho.

Millie dedujo que la malvada bruja se estaba haciendo pasar por amiga de Claire.

—Claire, ¿puedo preguntarte quien es Eva?

—Eva una de mis amigas. Ella llevó la limonada hace un rato. Es la persona más amable del planeta, aunque no le gusta mucho mostrar su rostro y es una de las razones por las que no confío tanto en ella, además de que me desespera su actitud.

Pasmada, Millie observó a Preston. Claire pudo percibir que algo no andaba bien entre ellos así que nuevamente les preguntó si había algo que estuvieran ocultando.

Nos vemos en el bosque —dijo Millie sonriendo.

Preston vió a lo lejos cómo Eva se le acercaba a la vida pasada de Mark de forma indiscreta. Ella le tomó la mano y lo llevó hasta un árbol dónde el chico trató de quitarle la máscara para besarla. Pero ella jamás cedió y sólo lo abrazó.

Millie y Preston salieron de casa de Claire casi corriendo. Kali, quien seguía en la entrada con los brazos cruzados les observó de forma misteriosa. Lo único que pudo escuchar fue que los dos chicos estarían en el bosque aquella tarde. Así que para hacer más fácil su recorrido, Millie y Preston siguieron a varias personas que se dirigían al lugar del encuentro.

—Sophie dijo que encontró una carta dónde Claire le escribía a una tal Eva diciéndole que había un traidor en su equipo —dijo Millie.

—Esa tal Eva debe ser Malice por el simple hecho de usar una máscara. Algo no me gusta de todo esto y es la presencia de Mark en esta época.

La conversación los llevó hasta el bosque en dónde varias personas estaban ya reunidas. Parecía que estaban acostumbradas a la rutina implantada por Claire. El par de chicos tomó asiento en el suelo a lado de otras personas. Sin embargo, algo llamó mucho la atención de Millie aquel día. Pudo vislumbrar a una extraña anciana que le observaba a unos metros de distancia. Millie se levantó y caminó con cautela hasta ella. La anciana le seguía observando sin quitarle la vista de encima. Tenía el cabello blanco quebrado y largo, llevaba una túnica negra que cubría sus ropas de la época medieval. Sus ojos eran azules con las pupilas dilatadas y su piel casi blanca. Preston no hizo un intento en ponerse de pie para seguir a Millie y sólo observó lo que la chica hacía. Cuando Millie estuvo a tan sólo un metro de la mujer, Preston se paró para estar alerta.

—¿Quién eres? —preguntó Millie.

La mujer no dijo palabra alguna, sólo le siguió observando.

—¿Te conozco de algún lado? —insistió Millie.

—Tú no perteneces aquí.

—¿Quién eres?

—Ulla.

Millie volteó hacia Preston quien comenzó a llamarle con la mirada confundida y cuando dirigió su vista de nuevo hacia la mujer esta ya no estaba. Desapareció sin dejar rastro alguno.

—¿Millie? ¿Quién era esa mujer?

—No lo sé —dijo Millie aterrada— pero tengo un mal presentimiento.

—¿Estás segura? La reunión está por comenzar.

—Creo que debemos regresar a casa, Preston. No me siento bien.

—De acuerdo —dijo Preston— toma mi mano y vayamos a un lugar seguro.

—Gracias.

Harry Goth no podía creer que estuviera ayudando a los Protectores ahora. Aquella tarde, casi al anochecer, había revisado en el COP toda la información que tenía de su esposa en su computadora. Ahora, todos estaban empeñados en demostrar que Carol no era en realidad Malice. El verdadero nombre de Carol era Caroline Ashmore. Nació en la ciudad de los Angeles, California el 17 de octubre de 1969. Estudió toda su vida en aquella ciudad. Ella y Harry se conocieron en la universidad y hasta la fecha el señor Goth jamás había notado algo sospechoso en su esposa, aunque había varias cosas que no eran nada consistentes en su pasado.

—¿Cómo es que la señora Goth jamás tuvo problemas financieros? —preguntó Doyle.

—Ahorró toda su juventud y todo ese dinero lo invirtió. Llegó un momento en el que jamás dependió de un empleo para sustentarse —respondió Harry.

—Es así cómo me pagaba la estancia en Tokio.

—Aún no puedo creer que haya hecho eso —dijo Harry.

La repentina aparición de Preston y Millie interrumpió su rato. Traían sus ropas común y corrientes cargando en las manos, vistiendo todavía las ropas de 1914. Ryan sólo les observó sonriendo.

—Creo que se tomaron muy en serio el viaje —dijo Warren.

—¿Qué diablos acaba de suceder? —preguntó Harry sorprendido.

—Papá, Preston puede viajar en el tiempo —respondió Ryan.

—No van a creer lo que descubrimos —Preston se acercó a ellos con Millie siguiéndole.

Las horas siguientes el suspenso invadió a todos mientras Mille y Preston contaban todo lo que sucedió mientras visitaban el pasado. Lo que más inquietaba a Millie fue la repentina aparición de aquella extraña anciana. Era cómo si se tratara de una persona que tenía una conexión con ella.

—Entonces, ¿es verdad lo de la tercer bruja? —preguntó Alison sorprendida.

—Y Claire no confiaba ni en Kali y Eva —respondió Millie.

—Uno de los traidores es ella o las dos —aseguró Warren.

—Algo que me sorprendió fue ver a las vidas pasadas de Deborah Walker y Mark. Mark estaba ligado a Claire, Kali y Eva —dijo Millie.

—Y además Kali era una aliada de Claire lo que significa que siempre estuvo detrás de ella.

—Claire se sentía amenazada. Había recibido amenazas de muerte y sostenía que era alguien de su grupo. Ella mencionó que hubo algunos enfrenamientos provocados de la nada cómo si fueran pantallas de humo.

—¿Les suena familiar? —preguntó Ryan observando a todos.

—¿Aún tienes esa lista Ryan? —preguntó Millie.

—Sí, ¿por qué?

—Creo que podemos comenzar por ahí. La tercera bruja de la que hablábamos usaba una máscara y Claire dijo que era su amiga. ¿Qué persona permite que una de sus amigas use una aterradora máscara en su casa?

—Claire lo permitió y esa máscara demuestra que la tercera bruja es Malice.

Ryan se movió y dirigió sus pasos hacia uno de los libreros dónde cogió un diario. En ella estaba toda la información que Sophie le había entregado y que había colectado de la casa de Claire Deveraux. Habían desde cartas, actas de defunción y una lista de nombres con firmas. Las letras estaban bien conservadas pero las páginas de aquel cuaderno estaban demasiado gastadas. En cuanto Millie tuvo el cuaderno en sus manos, tuvo una visión de golpe. En ella pudo ver a un grupo de hombres armados. Llevaban armaduras y trajes de la edad media con cascos puestos, espadas y escudos a la mano. Había un hombre al frente de todos con una marca en su frente. Era calvo y tenía un lunar en su mejilla izquierda con la apariencia de un general. Los demás montaban a caballo. Todos caminando por las calles de Terrance Mullen. Lo próximo que Millie vió fue a Sophie corriendo por un bosque asustada y con algunos golpes en su cara y brazos. Millie abrió los ojos de forma inesperada. Sus amigos y Harry estaban alrededor de ella esperando que dijera algo.

—¿Qué viste? —preguntó Tyler.

—Necesitamos proteger a Sophie.

Esa noche fue demasiado rara. Estuvieron despiertos hasta tarde intentando aclarar su panorama con lo que enfrentaban ahora.

Millie había hecho un retrato en dibujo de los Caballeros que había visto en su visión que Albert pudo identificar cómo los Caballeros de Jalkous, una Orden Ancestral compuesta por caballeros y clérigos dedicados a salvaguardar el orden del universo cuando un posible apocalipsis estaba por desatarse.

Albert creía que estos Caballeros estaban en Terrance Mullen por una razón y era Sophie Barnes. Era la única razón por la que pudieron haber viajado a través de miles de dimensiones para finalmente llegar hasta la ciudad.

—Entonces, ¿la teoría del múltiples universos es cierta? —preguntó Tyler boquiabierto.

Albert asintió con la cabeza.

—Ay dios —Tyler cerró sus ojos— primero brujas, luego demonios, luego nosotros. No puedo creer que ahora existan miles de dimensiones cómo Albert dice.

—Tyler, no empieces —Warren cruzó sus brazos.

—Warren, no juzgues el comentario de Tyler. Hay universos alternos alrededor de todos nosotros y existen tierras exactamente iguales a la nuestra, aunque claro, con lineas de tiempo que tal vez son diferentes. La Orden de Jalkous debe erradicar cualquier amenaza que atente contra la seguridad interdimensional.

—Guau —Preston sonó emocionado— eso es interesante.

—Los Caballeros son buenos, sólo que sus ideales van en contra en esta ocasión. Deben menguar con lo que ellos están buscando y detenerlos sin duda alguna.

Cuando finalizaron la reunión aquella noche, Doyle decidió llevar a Sophie a su casa. Los Protectores le pidieron con súplicas que la protegiera a toda costa y que ante cualquier señal de peligro, inmediatamente les llamara para movilizarse. Así que cuando Doyle estuvo a punto de despedirse de Sophie en la entrada de su departamento, ella le dió las gracias por haberla acompañado. El chico se sentía cómodo a su lado a pesar de haber espiado sus pasos en el pasado. Ella no tardó en pedirle que se quedara esa noche a su lado para acompañarla.

La chica no podía hacer uso de sus magias, aunque era cuestión de tiempo descubrir la forma de hacerlo. Doyle se quedó a dormir en casa de Sophie entonces. Hubo un momento de conexión entre ambos cuando estuvieron conversando en uno de los sofás. El corazón de Doyle palpitaba bastante rápido debido al acercamiento que tenía con la chica. No pudo evitar su atracción hacia ella y la besó en los labios. Sophie se sintió atraída hacia Doyle y les respondió el beso.

—No deberíamos estar haciendo esto —dijo Sophie abrazando al chico.

—Sí, deberíamos hacerlo —le dijo Doyle tocando su mejilla— hemos estado detrás de esa profecía durante más de seis meses, ahora descubro que tu eres parte de ella y que tú eres la bruja de la que provienen todos mis descendientes. No es que sea algo pero me siento muy atraído hacia ti.

—Doyle...

Doyle le puso un dedo en los labios callando su habla. Con la otra mano cerró sus ojos, lento y cuidadoso, llevando sus labios al cuello de la chica. Hacía mucho tiempo que Sophie no estaba con un chico cómo Doyle. Tanto que las ganas de estar el uno con el otro saciaron aquellas necesidades que tenían. Pasaron la noche juntos, haciendo el amor en la cama de la joven.

La mañana siguiente, Doyle se despertó en cama de Sophie abrumado por lo que había sucedido. Ella todavía estaba dormida a su lado, con una sábana cubriéndole. Doyle le contempló mientras dormía y con una sonrisa tocó su mejilla. Ella sólo se acomodó y entonces el chico se apresuró a ponerse el pantalón. Mientras se ajustaba el cinturón, Sophie despertó. Ella le miró contenta, aunque Doyle parecía arrepentido de haberse acostado con ella. Sophie le dejó claro que no debía sentir arrepentimiento alguno. Después de muchos meses era la primera vez que tenía algo real en su vida. Doyle se le acercó y la besó en los labios. Sophie abrazó al chico y lo empujó contra ella. Doyle, sin poder contenerse, continuó besándola.

—Debo ir a clases —repetía en distintas ocasiones.

La mañana pasó rápido y Sophie se reunió a desayunar con

Sandra Mills con quien había simpatizado desde el cumpleaños de Mark. No sabían nada absolutamente sobre sus vidas pero al menos podían llevarse bien. Sandra se portaba increíble con ella en todo momento. Hacía reír mucho a Sophie y sobre todo la hacía sentir cómoda. Era cómo la mejor amiga que siempre había querido. Ellas terminaron su desayuno en la Manzana de Cristal y acudieron a una tienda de disfraces para comprar algunas máscaras que usarían durante la fiesta de compromiso entre Sandra y Mark, a celebrarse en unos días. Sophie se sintió halagada cuando Sandra le pidió que fuese una de sus damas de honor. Ni siquiera tenían un mes de conocerse pero Sandra sentía que había algo especial entre ellas mientras que Sophie sentía que era demasiado rara y le inquietaban un poco sus comentarios. Después de reunirse con Sandra, Sophie decidió quedarse sola en el centro comercial Cosmic. Ella le envió un mensaje a Ryan notificándoles sobre su ubicación para que ellos pudieran rastrearle ante cualquier eventualidad. Ryan le informó que Alison y Millie estaban trabajando en un hechizo localizador para encontrar a los Caballeros de Jalkous. Aunque, para su suerte, habían llegado a Terrance Mulllen.

La Orden de Jalkous apareció en la ciudad a través de un portal interdimensional. Estos portales permitían la entrada y salida de cualquier ser vivo de una dimensión a otra. Las personas que avistaron la llegada de esta orden de caballeros pensaron que se trataba de un festival cualquiera. Sin embargo, hubo otros que tuvieron la oportunidad de presenciar el portal abriéndose y cerrándose. Era una especie de energía circular con luces azules y blancas que había traído la llegada de estos hombres. Vestían trajes medievales, entre clérigos y caballeros. Algunos tenían cascos y otros llevaban una armadura puesta. Tenían armas para defenderse cómo espadas, arcos con flechas y escudos enormes en sus manos derechas para protegerse de cualquier posible ataque. Era un grupo de cerca de veinticinco hombres y lo único que pensaban era encontrar a "la bruja".

Aquella tarde, Doyle salió de sus clases para ir directo al centro cósmico a buscar a Sophie después de que la chica le compartiera su ubicación. Pero, se llevó una gran sorpresa cuando en el camino vió a la Orden de Jalkous paseando por las calles de Terrance Mullen, cómo si se tratara de personas normales. Entonces, decidió seguirlos hasta el centro de la ciudad dónde la gente parecía sorprendida. Incluso, una reportera del noticiero local que trabajaba por la zona usó a su equipo de grabación para filmar a los caballeros anunciando que podría tratarse de un festival en la ciudad. Doyle siguió a la orden hasta el centro cósmico. Justo en aquel lugar, alertó a Sophie a través de su teléfono móvil y avisó a los hermanos. Los caballeros iban muy en serio. De alguna forma extraña percibieron que Sophie era la persona que buscaban cuando la vieron sentada en una banca dentro del centro comercial. Fue ahí cuando Doyle apresuró su paso y peleó contra dos de ellos dándole a Sophie la oportunidad para correr. Sophie corrió a toda prisa hacia unas escaleras eléctricas con un montón de gente viendo todo. Incluso, había algunos curiosos filmando con sus cámaras de vídeo y teléfonos inteligentes. Doyle se las ingenió rápido para llegar hasta Sophie y con suerte la metió en un sanitario dónde usando sus poderes la transportó hasta la casa de los hermanos Goth. El grupo de Caballeros permaneció dentro del centro comercial siendo observados por la muchedumbre a su alrededor. Cuando uno de los guardias se acercó a ellos, el general chasqueó sus dedos y mantuvo al guardia hipnotizado.

—Mantén a todas las personas alejadas —ordenó el General.

El guardia siguió las instrucciones que el general le había dado. Estaba completamente hipnotizado cómo si le hubiera caído un hechizo. Así que la gente comenzó a salir del lugar, obedeciendo las órdenes de aquel guardia. Cuando el general llegó hasta la reportera, hizo que la joven destruyera su equipo de producción.

—Y cuando acabes puedes irte al infierno —le dijo el general a la reportera.

La chica comenzó a caminar sin rumbo hasta que salió del

centro comercial.

Los locales enfrente estaban vacíos. La gente, incluyendo los trabajadores, se habían ido. Los caballeros comenzaron a registrar cada uno de los rincones del centro comercial buscando a Sophie, pero, la chica no estaba. Se había ido. Entonces, el general dió la orden para que abandonaran aquel lugar.

La gente caminaba cómo zombies alrededor admirando a la Orden de Jalkous que salía del centro comercial, con dirección ahora hacia la casa de los hermanos Goth.

Ryan y sus hermanos permanecieron en el COP. Habían observado las noticias dónde la reportera anunciaba la aparición de un extraño grupo de hombres, hasta que la chica comenzó a destruir su equipo de producción y la señal desapareció de la nada. Esto les daba un mal augurio, creyendo que aquel grupo de caballeros tal vez tenía una especie de control mental sobre las personas. Entonces, salieron del COP y fueron hasta el jardín de su casa dónde se encontraron con Sophie y Doyle.

—Esperen, ¿qué hacen aquí? —preguntó Tyler.

—Nos quedamos sin tiempo, los caballeros que vió Millie están aquí en la ciudad. Debemos sacar a Sophie de aquí cuanto antes.

—Lo vimos en las noticias. Esto es realmente malo amigos —dijo Warren.

—¿En las noticias? —preguntó Sophie sorprendida.

—Sí, aunque la reportera dijo a la audiencia que eran parte de un festival —respondió Ryan.

—Doyle, ¿saben ellos quien es Sophie? —preguntó Ryan.

—Así es, y creo que debemos huir de aquí lo más pronto posible.

Sophie estaba muy nerviosa, así que los hermanos y Doyle la encaminaron hasta la entrada. Trataron de elegir un lugar adecuado dónde pudieran proteger a la chica. No obstante, detuvieron su conversación al ver a un hombre rubio descender de un coche negro que se había estacionado al frente de su casa.

—¿Billy? —preguntó Sophie mientras Doyle le agarraba el brazo.

—¿Qué pasa? ¿Quién es? —Warren observó confundido.

—Es mi amigo Billy Conrad —Sophie caminó hasta la entrada de la casa seguida de los hermanos y Doyle.

Conrad vio a Sophie muy bien acompañada aquella mañana. Aunque la compañía que tenía, le dejo algo decepcionado.

—Billy, ¿sucede algo? —dijo la chica después de saludar al rubio detective y observar a su acompañante que esperaba en el coche.

—Sophie —Conrad suspiró— esta no es una visita rutinaria.

Dos patrullas hicieron la llegada al lugar segundos más tarde.

—Detective, ¿pasa algo? —preguntó Tyler sorprendido.

En cuanto la puerta principal se abrió, Harry Goth salió al escuchar ruidos que llamaron su atención afuera de su casa. Sin vacilar y con la mirada seria, Billy observó a Harry con resentimiento.

—Harry Goth —dijo Billy acercándose al padre de los hermanos con unas esposas a la mano— queda arrestado por el asesinato de Phil Grimson. Cualquier cosa que diga podrá ser usada en su contra y tiene derecho a un abogado.

Ryan, Tyler y Warren observaron devastados el arresto de su padre. Vieron el momento exacto en el que su padre era subido a una de las patrullas por el detective Conrad y dos policías. Sophie no podía creer lo que estaba viendo. Jamás había visto a su amigo tomarse tan en serio la ley.

—Detective tiene que ser error —insistió Ryan caminando hacia el detective mientras los policías ponían en marcha las patrullas.

Varias personas salieron de sus casas y observaron a Harry dentro de una de las patrullas listo para ser llevado a la estación de policía. Atónito y sin saber qué hacer, Warren se acercó a la patrulla dónde se encontraba su padre. Ahí Harry le pidió que llamara a Charlotte.

Las dos patrullas aceleraron y abandonaron el lugar. Billy

Conrad lamentó el suceso y ante la admiración de Sophie, subió a su auto y abandonó el lugar.

—Esto no puede estar pasando —dijo Ryan.

—De acuerdo, ¿cuál es el plan? Papá no mató a Phil —insistió Warren.

—Hermanos...

—Papá me dijo que llamáramos a Charlotte, seguro que ella puede hacer algo al respecto.

—Warren, Ryan...

—Tyler, ¿qué? —preguntaron.

—Creo que los caballeros de los que Doyle y Sophie hablaron están viniendo a casa por esa calle —Tyler señaló a un grupo de individuos que desde lo lejos se acercaba poco a poco.

—Bien —Warren sacó las llaves de su auto— suban al auto.

El auto de Warren se encontraba estacionado a unos metros de dónde Harry había sido arrestado. Subieron a toda prisa. Sophie y Doyle se sentaron junto a Ryan en los asientos traseros. Tyler tomó el asiento de acompañante y Warren arrancó el motor y aceleró rápido huyendo de casa a medida que la Orden de Jalkous hacía su llegada. Algunos montados a caballo y otros caminando.

Era inexplicable cómo el General podía sentir la presencia de Sophie. Al frente de toda su tripulación de guerreros y clérigos, se acercaron a casa de los Goth ante el morbo de la muchedumbre. Los tres clérigos que eran parte de la Orden, cargaban en una de sus manos un amuleto en forma de ojo que usaron para ver lo que había sucedido recientemente en aquel lugar.

A diferencia del clero en la religión, estos clérigos tenían un poder visionario. Usando su amuleto, podían ver los eventos recién sucedidos en cualquier lugar a través de su mente. Llevaban un traje eclesiástico negro con manteo, una estola púrpura cruzada alrededor de su cuerpo y una sotana que cubría sus piernas.

Cuando lograron averiguar lo que pasó minutos atrás, de inmediato lo comunicaron a su general.

—Parece que un equipo de Protectores está protegiendo a la bruja—dijo el General a sus hombres— es hora de jugar.

CAPITULO 21: Secretos Oscuros

Alison, Millie y Juliet revisaron los libros de magia en el departamento de Albert buscando la forma de detener a la Orden de Jalkous. Albert les advirtió que era una misión suicida regresar a la casa de los Goth debido a la presencia de la Orden en la ciudad. Las chicas estaban sorprendidas de que hubiera una grupo de caballeros empeñados en asesinar a Sophie, sólo para evitar lo que Kali y Malice querían lograr. Era increíble imaginar que este tipo de seres destinados a salvaguardar la seguridad interdimensional fuera capaz de llevar a cabo tal atrocidad. Albert mantuvo sus insistencias sobre proteger a Sophie, ya que eran las órdenes directas de los Reyes Mágicos, a pesar de contradecir a la Orden de Jalkous.

—He estado pensando en lo que Millie y Preston descubrieron en su viaje en el tiempo —dijo Juliet.

—¿A qué te refieres? —preguntó Alison.

—A esa mujer enmascarada. Debe ser ella quien ha orquestado todo este plan malévolo.

—Si alguien es Malice, estoy segura de que es la misma Kali quien obligó a Carol hacer todas esas cosas malas.

—Sí, pero ella no mató a mi padre ni a Phil. Estuvo todo el tiempo en la fiesta del señor Goth.

—Esa fue la razón por la que Millie y yo creímos que Carol no tenía nada que ver.

Albert intervino tratando de poner un poco de orden.

—Chicas, el tiempo se acaba y los demás están en el bosque Nightwood tratando de esconder a Sophie. Por favor, necesito que se concentren y encuentren algo que nos ayude a evitar que la Orden mate a Sophie.

Alison y Millie retomaron la búsqueda sobre los libros mientras Juliet se rehusaba a seguir. Se levantó y caminó hasta la ventana que daba a la calle que pasaba por el departamento de Albert. Lo único que pasaba por su mente era averiguar quien había matado a su padre.

—La única forma de regresar a los Caballeros a su dimensión, es abrir un portal que los lleve directo hacia ella —dijo Millie leyendo.

Alison le miró con dudas en su cabeza.

—Entonces, ¿tenemos que abrir un portal?

—Sugiero que los cuestionemos —propuso Juliet.

—No lo sé Juliet. Según lo que Ryan me contó, no se veían nada amigables cómo para tener una charla, entonces dudo que quieran responder a las preguntas que les hagamos.

Albert entonces se digirió de nuevo a las chicas. Les dijo que las órdenes de los Reyes eran claras. Nada de muertes. Lo único que podían hacer era llegar a un acuerdo con la Orden para que Sophie viviera lo suficiente mientras ellos detenían a Kali.

—No podemos detenerlos Albert —afirmó Millie.

—No quería que lo dijeras. Pero en verdad, esperaba que encontraran algo.

Ryan, Tyler, Warren, Doyle y Sophie caminaron a paso apresurado a través del bosque Nightwood. Se sentía un poco de frío. Había neblina y la flora había comenzado a emerger a medida que la vegetación cobraba vida. Warren creyó que el Templo de la Odisea sería el lugar más apropiado para ocultar a Sophie, razón por la que decidió conducir hasta el bosque. Parecía una buena idea después de todo, aunque las chicas no iban a averiguar nada. Cuando se detuvieron antes de llegar al templo, Doyle vió su teléfono móvil. Tenía diez llamadas perdidas de Anya.

—Creo que no hay señal en este lugar —Doyle levantó su teléfono en el aire.

—Estamos en medio de la nada —Sophie levantó sus manos— conozco este lugar.

—Chicos, sigamos caminando —Warren intentó persuadirlos— estamos cerca del templo que mencionó papá, yo buscaré un poco de señal para llamar a Charlottte y decirle que papá fue arrestado.

Siguieron su paso caminando por una vereda que les condujo hacia varios arbustos unidos alrededor de un círculo. En el centro de aquel conjunto de árboles, tuvieron la oportunidad de ver varias criaturas extrañas. Sophie se detuvo al quedar sorprendida. Eran hadas, que volaban en el aire. Su cuerpo era diminuto con la apariencia de una jovencita, usaban vestimenta blanca y tenían alas en sus espaldas que usaban para desplazarse en el aire a lo largo del bosque. Así que cuando comenzó a caminar de nuevo, tuvo un recuerdo del pasado que la obligó a detenerse.

—¿Sucede algo? —preguntó Ryan.

—He estado en este lugar antes —respondió— no ahora ni en esta vida, sino hace muchos años.

Doyle le tomó la mano.

—¿Estás segura?

Sophie asintió con la cabeza y observó el lago Woodlake a lo lejos. Entonces, ella les pidió que caminaran detrás suyo. Ryan insistió que era peligroso pero la chica confiaba en lo que estaba haciendo. Caminaron y durante los próximos diez minutos pudieron llegar al lugar más extraño del bosque que jamás habían visitado. Sophie fue la primera en adelantarse mientras observaba el cielo. Bajó su mirada y logró ver dos columnas enormes de concreto antiguo a tan sólo unos metros que rodeaban la entrada de una cueva, estaba tapada con una gran puerta de concreto. Había unas escaleras pequeñas que conducían al interior de la cueva, así que Sophie se adelantó con los hermanos y Doyle siguiéndole confiando en sus instintos. Ella tocó las columnas y después la puerta. Distrajo su mirada y de repente recordó algo.

—He estado aquí —dijo convencida— este es un escondite.

—Espera, Millie y Preston dijeron que Claire estaba construyendo un escondite para su gente antes de que sucediera la masacre de 1914.

—Creo que este es el escondite —Sophie intentó abrir la puerta— está muy pesada.

La joven observó de frente la puerta, tocándola con sus palmas. Un pequeño rayo de electricidad se formó en cada una de sus manos. Volteó sorprendida, observando a sus amigos al no tener idea de lo que había sucedido.

—¿Qué te sucede, Sophie? —preguntó Doyle.

—No lo sé —levantó sus manos y las observó.

—Parece que tus poderes se han activado —Tyler se acercó.

—Pero no puede ser posible —exclamó— yo no tengo poderes. A menos que sea la magia de Claire.

El templo no tenía cumbrera. Había sido construido dentro de aquella cueva. La fachada era lo único visible desde el bosque. Sophie intentó abrir la puerta pero le fue imposible y lo único que provocó fue que una descarga eléctrica se evaporara sobre el concreto. Doyle y los hermanos se acercaron a ella para ayudarla. Tomaron la esquina derecha de la puerta y con sus fuerzas la empujaron hacia el lado contrario. Era una puerta que pesaba cerca de una tonelada. Cuando lo lograron, notaron que no había oscuridad dentro del templo. El interior estaba alumbrado por varias antorchas de fuego azul alrededor de un camino de concreto. Sophie caminó explorando el lugar con detenimiento. Los hermanos y Doyle caminaron detrás de ella sorprendidos. Pero, se detuvieron cuando la chica no dio un paso más. Ella contempló la enormidad del templo con júbilo. Tenía el tamaño de dos casas completas. De nuevo, comenzó a caminar tocando cada una de las cosas que había dentro. Doyle observó con atención todo lo que la joven hacía. Sophie se sentía muy conectada al lugar.

—Claire construyó este lugar cómo refugio para su gente cuando la masacre de 1914 comenzó —Sophie regresó su vista hacia Doyle— y creo que era el lugar dónde su padre entrenaba a aquellos Neoneros, que reclutaba con la ayuda de sus amigos.

—Eso explica muchas cosas. ¿Es posible que Claire haya hecho algo para que tus poderes se activaran cuando descubrieras este lugar? —preguntó Ryan.

—Eso creo.

—¡Tengo señal! —exclamó Warren observando contento a sus hermanos.

El chico aprovechó de inmediato para llamar a Charlotte y le explicó con detalle cuando su llamada fue respondida lo que había sucedido horas atrás. Charlotte prometió hacerse cargo de su padre en lo que ellos encontraban la forma de librarse de la Orden y poner a Sophie a salvo.

—Ella parecía preocupada por Sophie —dijo Warren al colgar.

—¿Charlotte? —preguntó Ryan.

—Después de todo, era amiga de mi mamá —dijo la joven.

El móvil de Ryan sonó de imprevisto. Era una llamada de Alison tratando de averiguar su localización. Comenzó a hacerle todo tipo de preguntas que el joven no vaciló en responder.

—Estamos en una zona del bosque que no conocíamos. Creo que puedes rastrearnos con un hechizo de localización o es probable que Albert pueda transportarlas.

—Nosotras iremos, ¿qué hay de la Orden?

—Los perdimos, estamos en el Templo de la Odisea que resultó ser el escondite que Claire preparaba para su gente.

—¿Qué?

—Tal cómo lo escuchas.

—No lo puedo creer. Bien, iremos cuanto antes. Albert cree que podemos llegar a un acuerdo con la Orden y averiguar lo que saben.

Ryan colgó la llamada y les contó a todos que las chicas estaban en camino revelando a su vez que los guerreros de la orden no son malignos, sino que creen que matar a Sophie es lo correcto. Sophie se agachó para sentarse en el suelo mientras movía su cabeza abriendo y cerrando sus manos.

—¿Estás bien? —preguntó Tyler.

—La cabeza me da vueltas y estoy recordando algunas cosas que no estoy segura de haber vivido. Llegan de manera inesperada.

—¿Recuerdos?

—¿Gente entrenando en este lugar? ¿Crímenes? —preguntó Sophie.

—Los recuerdos de Claire —respondió Ryan acercándose— ¿crees que puedas recordar la identidad de la tercera bruja?

—No lo sé Ryan. Estoy un poco mareada pero no puedo acordarme del rostro de Eva, sólo recuerdo sus máscaras. Pero estoy segura de que podré hacerlo.

—Sophie, ¿te has dado cuenta que eres la única en este lugar que conoce la verdadera identidad de Malice? —preguntó Doyle impresionado.

—Estoy de acuerdo.

La Orden de Jalkous caminó durante horas desde la casa de los hermanos hasta la carretera de Terrance Mullen. Atravesaron gran parte de la ciudad siendo vistos por montones de aficionados y personas que ante dicho evento, hacían uso de sus equipos electrónicos para tomar fotografías y subir vídeos de su recorrido.

Las redes sociales estaban a reventar en Internet. La noticia sobre un extraño grupo de Caballeros rodeando las calles de Terrance Mullen estaban por todos lados. Hubo algunas personas que hasta trepados encima de sus autos siguieron a la orden, aunque el general, siempre les regresaba a sus casas usando su habilidad del control mental. Con una simple orden, lograba quitarse a toda la gente de encima. De inmediato, llegaron al bosque Nightwood gracias a los clérigos que habían seguido el rastro de los hermanos. La bruja estaba escondiéndose en las profundidades de aquel lugar. Así que montados a caballos y otros a pie, fueron dirigidos por su general a paso lento. Se escuchaban los arneses de los caballos que eran dirigidos por sus montadores. El sonido de las armas era incesante. Era cómo si un desfile de soldados hubiese llegado al bosque. Caminaron por más de veinte minutos hasta que el general se detuvo y pudo ver un auto estacionado a unos metros.

—Esta es la bestia en la que llegaron —afirmó uno de los clérigos.

—¿No deberíamos destruir esa bestia? —preguntó uno de los caballeros.

—No será necesario, los clérigos podrán rastrear desde aquí a esos chicos y la bruja. Puedo sentir que están cerca de nosotros.

El general ordenó un descanso mientras los clérigos usaban su poder para visualizar los eventos recientes. Al tener su rastro, la orden emprendió la caminata de nuevo hasta que encontraron la entrada al Templo de la Odisea minutos más tarde.

—¡Han entrado ahí! —exclamó uno de los clérigos.

Seguido de sus lacayos, el general caminó hasta la puerta del templo que abrió con la ayuda de varios hombres más. Finalmente, entraron. Caminaron ayudándose de las antorchas que alumbraban el lugar observando las columnas y mesas de piedra que había en los alrededores. Sophie pegó un grito de susto cuando vio a la Orden de Jalkous llegar. Doyle y los hermanos se pusieron a la defensiva para proteger a la chica. Cuando vieron que todos los caballeros de la orden habían entrado al templo, el general dió la orden de atacar.

—¿Quién eres? —preguntó Warren con enojo.

—No voy a responder a esa pregunta, estoy aquí por algo más —respondió el general.

Tyler sonrió y colocó sus palmas hacia el suelo, directo a dónde la Orden de Jalkous permanecía de pie. Una especie de energía en forma de rayos azules salieron de sus palmas apuntando al suelo que comenzó a convertirse en hielo, logrando que los caballeros se resbalaran con facilidad. Doyle tomó la mano de Sophie y tomaron ventaja de lo que Tyler le había hecho a la Orden para escapar. Warren colocó sus palmas hacia el aire y creó una ola de rayos eléctricos listos para electrocutar a los legendarios guerreros. Cuando Doyle logró sacar a Sophie del templo, Ryan, Tyler y Warren contraatacaron a los caballeros con sus magias, aprovechando el momento en el que estos se distrajeron para finalmente salir del templo mientras Doyle y Sophie lograban llegar al coche de Warren. Una vez que lo hicieron, fueron interceptados por los hermanos. Los caballeros de la Orden tuvieron dificultades para abandonar el templo dado que el suelo no se prestaba para que pudieran caminar con facilidad. Cuando lograron llegar a la salida, salieron disparados del templo. Warren arrancó el motor de su coche conduciendo hacia la avenida que les llevaba directo a la carretera.

—¿Cómo nos encontraron? —preguntó Warren sosteniendo el volante.

—Parece que pueden sentir cuando me muevo —aseguró Sophie.

—De acuerdo chicos, de nada servirá que sigamos escondiéndonos. Nos encontrarán de cualquier forma —asumió Tyler.

Warren, al volante, pudo ver a través del retrovisor que cinco hombres montados a caballo se acercaban a ellos a toda velocidad.

—Tienes que estar bromeando —dijo Ryan fastidiado de los caballeros.

—¡Warren acelera! —exclamó Tyler observando por la ventana trasera.

Uno de los hombres que les perseguía a toda prisa llevaba a otro hombre consigo montado en el caballo. Era un arquero profesional. Usó su arco para lanzar flechas directo al auto de Warren, quien aceleró lo más que pudo. El arquero fue demasiado inteligente. Su destreza le hizo dañar las llantas traseras del auto logrando que Warren perdiera el control del coche. Los hermanos se asustaron hasta que Warren pisó el freno y apagó el motor de golpe. El coche se detuvo, en medio de la carretera siendo alcanzados por los cinco caballeros.

—Diablos —Ryan se lamentó.

—Doyle, llévate a Sophie —pidió Warren.

—No —dijo Sophie— estoy cansada de huir. Me encontrarán de cualquier manera. Creo que podemos hacer algo al respecto.

Sophie descendió del auto con las manos levantadas. Los cinco caballeros comprendieron que el grupo de chicos se había rendido. Cada uno de los guerreros bajó de su caballo, mientras el general se acercaba a ellos.

—Ustedes ganan. Me rindo —dijo Sophie.

El general finalmente alcanzó a sus hombres en el lugar dónde habían atrapado a los Protectores. Ryan, Tyler, Warren y Doyle descendieron del auto con las manos levantadas. De pronto, ante la vista de la chica, los cuatro amigos se lanzaron a la lucha contra los caballeros, produciéndose una batalla campal en medio de la carretera. El general descendió de su caballo observando a Warren sin quitarle la mirada. Sentía que aquel joven era alguien de quien debía cuidarse. Warren colocó sus manos a la altura de su pecho creando una ola de rayos eléctricos.

—Por favor —dijo el general mofándose.

Warren le lanzó la ola de rayos logrando empujar al general, quien cayó al suelo después de ser impactado por la magia del chico. Ryan derribó a dos de los caballeros con un par de patadas, mientras otro guerrero con su espada logró rajarle la playera a Warren lastimando su abdomen. Enfadado, Warren usó sus poderes y quemó las manos de aquel guerrero a través de una descarga eléctrica, mientras Tyler se divertía con dos de los caballeros restantes congelándoles los pies y las manos. Un auto se acercaba a lo lejos distrayendo la atención de los caballeros así que Doyle tomó la mano de Sophie para huir y llevarla a un lugar seguro. Al darse cuenta que se trataba de Alison, Juliet y Millie,. Sophie soltó la mano de Doyle y pidió a los hermanos que detuvieran la batalla.

—No quiero que sigan con esto. Es hora de que se detengan —dijo fastidiada.

Los hermanos detuvieron la pelea contra los cinco guerreros y caminaron hasta Sophie. Ella clamaba paciencia y pidió clemencia por su vida.

—Necesito que me escuchen antes de matarme.

—Debemos matarte bruja —el general se le acercó con su espada.

—Antes de que lo hagas, me gustaría saber algo.

—No tengo tiempo para preguntas.

—Oye —Warren se acercó al general colocándose un paso delante de Sophie— queremos negociar.

El general se puso serio mientras sus hombres se acomodaban la armadura y limpiaban las heridas que los hermanos les habían causado. Cuando volvieron a ponerse a la defensiva, el general les ordenó que bajaran la guardia a medida que los guerreros restantes y los clérigos llegaban al lugar.

—No somos el enemigo —dijo Ryan.

—Sabemos quienes son ustedes —dijo el general.

—¿Por qué quieren matar a Sophie Barnes? ¿Qué tiene ella que ver con todo esto? —preguntó Warren.

—Esa chica es el eslabón para despertar a la gran bruja que ha estado atrapada en el Limbo durante siglos —respondió con tono serio mientras se acercaba al grupo de amigos sosteniendo su espada— hace unos siglos, existió una de las brujas más temibles y poderosas llamada Aurea. Fue una de las Brujas Reinas más poderosas de todos los tiempos. Sin embargo, cuando trajo el caos a la tierra y gobernó todo le mundo, otra bruja la desterró del plano terrenal.

—¿La mató? —preguntó Tyler.

—Sí, pero el espíritu de la bruja permaneció entre la vida y la muerte.

—El limbo —completó Warren.

—Así es. Ahora esta bruja está tratando de escapar del limbo para regresar a la tierra y lograr lo que ha venido planeando desde hace mucho tiempo, aniquilar a la humanidad y gobernar el planeta.

—Espera —Warren se acercó— ¿qué tiene todo eso que ver con Sophie?

—Kali y Malice quieren usar la magia de Sophie para traer a la vida a esa bruja —concluyó Ryan.

—Es correcto, por ello nuestro trabajo es matar al eslabón. Sólo al menos así pararíamos un inminente apocalipsis que alterará los universos.

—¿Los múltiples universos? —preguntó Ryan.

—Una vez que la unión se complete, el regreso de una nueva ancestral se hará presente través de la bruja resucitada y ella traerá el fin —respondió el general.

Alison, Juliet y Millie se acercaron al sentir curiosidad. Warren intentó sacar provecho de la conversación con la Orden de Jalkous pero estos fueron justos en lo que revelaron. No dirían nada más. Su labor cómo guerreros era proteger el orden en los universos.

—Sophie es la bruja de la primera profecía. Sabemos del plan maléfico y de Kali por eso estamos aquí, para matar al eslabón y detenerla antes de que sea demasiado tarde.

—Pero es nuestra batalla, no de ustedes —mantuvo Ryan— es nuestro deber proteger los designios del universo.

—Y es nuestro trabajo cómo Orden Ancestral proteger los universos de cualquier amenaza. Somos una orden de caballeros que ha vivido miles de años protegiendo los millones de universos que existen, y ello incluye el limbo.

—¿Millones de universos? —preguntó Tyler abrumado.

—Esperen... no pueden simplemente matarla —Alison se acercó tratando de que el general entrara en razón— nosotros somos responsables de ganar esta batalla y mantenerla a salvo.

—Por favor —suplicó Warren— regresen de dónde vinieron y dejen que luchemos esta batalla. Nosotros ganaremos y jamás permitiremos que esa bruja regrese.

El general observó a Ryan por un buen rato y después puso su atención en todo el equipo de Protectores. Aquel día habían demostrado que podían entablar una batalla y que estaban dispuestos a ganar. No tuvo otra elección más que aceptar su propuesta, sólo por esa ocasión.

—Bien, volveremos a nuestro hogar. Estaremos vigilándolos pero si fallan, volveremos y mataremos a Sophie Barnes. Ese será nuestro acuerdo —dijo el general decidido.

Sophie retrocedió unos pasos tomando las manos de Alison.

—No somos el enemigo, Ryan Goth. Estamos aquí para proteger los universos. Lo que pase en ellos cómo el comportamiento de los humanos no nos importa. Pero lo que pasa entre un universo y otro y si ello atenta contra la seguridad del todos los universos, si nos importa.

El general movió su mano en el aire e hizo aparecer un portal de energía frente a él. Se veía cómo un agujero azul en el aire con luces brillantes a su alrededor yendo de un extremo a otro. El portal se hizo más grande y el general entró seguido de todo su ejército de guerreros. Cuando finalmente desaparecieron, los hermanos se sintieron aliviados y Doyle abrazó a Sophie sin soltarla.

—Gracias —Sophie agradeció al equipo completo mientras sostenía las manos de Doyle.

—Debemos buscar a Kali y detenerla cueste lo que cueste. No puedo creer toda la locura que vivimos las últimas horas —Warren se dejó caer en el suelo de la carretera.

—Tengo una llanta extra en el coche y con la tuya serían las dos llantas que perdiste. ¿Aún quieres arreglar tu auto? —Millie le dió la mano a Warren.

Warren asintió sonriendo y con la ayuda de Millie se puso de pie.

Tyler se le acercó a Ryan quien tenía su mirada perdida en la carretera. Era cómo si estuviera digiriendo lo que acababa de pasar y sobre todo lo que habían descubierto gracias a la Orden de Jalkous.

—Ryan, ¿estás bien? —Tyler tocó un hombro de su hermano.

—Sólo hemos ganado tiempo —dijo con un jadeo— debemos matar a Kali. Ese fue el pacto que hicimos con ellos.

—Creo que lo mejor será en este momento averiguar que ha pasado con papá.

—Tienes razón —Ryan abrazó a su hermano.

—Oye, Tyler —Alison se dirigió al joven.

—¿Sí?

—Charlotte me llamó al no localizar a ninguno de ustedes. Me dijo que fue a ver a su padre pero lamentablemente tendrá que permanecer todo el día de hoy y mañana detenido.

—Genial —dijo Ryan fastidiado.

Juliet miró su plato de comida durante varios minutos. Eran las 9 y media de la mañana. Alison le acompañaba compartiendo el desayuno. La cafetería de la preparatoria estaba abarrotada de estudiantes. Millie se les acercó cargando una bandeja con su desayuno seguida de Preston quien sólo llevaba una botella de agua en su mano.

—Juliet, ¿estás bien? —preguntó Millie mientras tomaba

asiento.

Juliet le observó con gusto y abrió sus ojos cómo si les estuvieran aventando un aire encima.

—Nada, es sólo que han sucedido muchas cosas últimamente.

—Sí, Millie me contó lo que pasó ayer. No puedo creer que hayan conocido a esa Orden Ancestral, chicas.

—Lo sé, es aterrador —dijo Alison.

—Bueno, Sandra me entregó ayer el vestido de dama de honor y la cena de compromiso es en unos días así que ahora si me parece difícil de creer que mi hermano en verdad se está casando.

—Juliet, ¿es enserio? —preguntó Millie.

—Bueno, no podría estar más contenta por ello pero durante los últimos días he sentido que algo no anda bien. Hay algo que me molesta.

—Seguro es el hecho de que tu hermano no estará más en casa —sugirió Alison.

—No es eso, creo que es demasiado pronto, sobre todo ahora que adelantaron la fecha de su boda.

—Seguro es porqué están muy enamorados y quieren hacer eso que todas las parejas hacen.

—¡Alison! —exclamó Millie.

Alison se mofó mientras pellizcaba su emparedado. Juliet movió un poco su cabeza y pudo observar a Dorothy y Anya a lo lejos. Levantó su mano para saludarlas, pero las chicas jamás le hicieron caso.

—¿Qué sucede? —preguntó Alison

—Acabo de saludar a Anya y Dorothy para que se unieran a nosotros en el desayuno pero... ¿no me hicieron caso?

Alison tomó un poco de agua y exploró toda la cafetería con su vista. Cuando logró ver a las dos amigas de Doyle, también las saludó. Sin embargo, las chicas sólo le devolvieron una sonrisa fingida.

—Qué raras son —dijo Alison.

Millie observó con alegría a Preston quien estaba contento de compartir el desayuno con las tres. Le tomó su mano y la acarició con gusto.

—Creo que es hora de que les cuentes también a ellas —dijo Millie.

—¿Contarnos qué? —preguntó Juliet.

—Me voy de Terrance Mullen —reveló Preston.

—Espera, ¿qué? —Juliet quedó boquiabierta.

—Es una decisión que mis padres tomaron y están haciendo los arreglos para la mudanza y demás cosas pendientes. Debo acompañarlos aunque la verdad me encantaría quedarme en esta ciudad.

Alison bajó la mirada y miró a Millie quien soltó una lágrima.

—Y tú Millie, ¿estás bien?

—Sí claro. Bueno, Preston y yo decidimos ser sólo amigos después de todo, pero creo que le vendrá muy bien el cambio.

—De verdad creí que volverían juntos chicos —Juliet les observó consternada— me encantaba la pareja que hacían.

—En definitiva fueron muchas cosas por las que decidimos no continuar con lo nuestro —Millie tomó la mano de Preston— pero fue nuestro Viajero favorito quien tomó la decisión dadas las circunstancias de su mudanza. Lo hablamos bien y creímos que era lo mejor para nosotros y para el equipo.

—En verdad te voy a extrañar —Alison se recargó en Preston y lo abrazó.

—Tranquilas chicas, todavía no me voy. Aún acompañaré a Millie durante su baile de graduación —sonrió el chico.

Minutos más arde, Alison y Juliet se dirigieron a una de las clases que tomaban juntas. Antes de ingresar al salón, volvieron a ver a Anya a lo lejos, esta vez escribiendo algunas cosas en su computadora portátil. Se veía muy sospechosa y eso inquietó a las dos Protectoras. Cuando Anya se dio cuenta de que las Protectoras le observaban, se les quedó viendo por unos segundos, sin saludarlas. Nerviosa, cerró su computadora, la guardó en su maletín y se fue del lugar dónde estaba sentada dejando a Juliet y Alison más confundidas que nunca.

—De acuerdo, eso fue raro —dijo Juliet.

—¿Por qué actúa de esa forma?

—No lo sé, pero esa chica esconde algo. Ni siquiera nos saludó y ¿se fue en cuánto nos vio?

—Definitivamente Anya está tramando algo.

El palpitar de sus ojos se hacía más rápido cada vez que miraba la pared forrada con hojas de investigación y fotografías. Eran las piezas claves del gran misterio que rodeaba a los Protectores desde hacía meses. Anya pasó parte de la tarde trabajando en su búsqueda de respuesta mientras observaba cada una de las fotografías. La bruja colocó una cinta color rojo sobre cada una de las fotos y comenzó a ligar una cosa hacia otra hasta llegar a una parte del muro dónde había colocado otras fotos. Eran las fotografías de Ryan y sus amigos, incluyendo Sophie, Preston, Doyle, Mark e incluso Sandra Mills. Anya se dirigió hacia uno de los cajones dónde guardaba su ropa, sacó unos casetes con grabaciones que comenzó a escuchar una y otra vez. Eran llamadas que los Protectores habían tenido entre ellos. Después, regresó a observar cada una de las fotografías colectadas de cada uno de los protagonistas de su investigación.

—Carol Goth no mató a Phil ni a Miles. Ni Sophie ni Charlotte son Malice.

Cada una de las notas que Anya tenía colocadas en su muro de investigación eran una pieza clave del rompecabezas. Lo último que la joven había encontrado fueron algunas pruebas dónde Claire mencionaba a la bruja Eva. Sin embargo, no tenía ninguna fotografía suya.

—¿Es posible que Eva esté bajo la apariencia de un hombre?

Anya estaba siguiendo los pasos de Ryan y sus amigos con la ayuda de Dorothy. Había sido una investigación sin pudor. La privacidad de cada uno de los integrantes había sido violada. Anya había estudiado cada una de las fotos que tenía.

—Gracias Phil Grimson. Pude seguir tu investigación y ahora estoy más cerca de descifrar todos los misterios y desenmascarar a Malice —dijo Anya encendiendo una computadora portátil.

La computadora tenía un nombre de usuario. Era "philgrimson". La chica ingresó la contraseña y comenzó a revisar toda la información que el occiso había dejado.

Esa tarde, Conrad estaba sentado en una sala con paredes de cristal doble cara. Harry Goth estaba frente él, con las manos esposadas. Había pasado un día entero tras las rejas después de haber sido arrestado. Conrad no parecía convencido con las declaraciones que Harry había hecho y creía que le estaba ocultando algo. Harry era consciente de que Conrad contaba con las pruebas necesarias y contundentes para encerrarlo años en la cárcel por homicidio en primer grado, aún sin un arma cómo prueba. Sin embargo, los esfuerzos de Billy se vieron afectados cuando un guardia carcelero entró a la habitación. El hombre tenía una panza enorme y la barbilla partida. Se acercó al detective y le susurró algo al oído.

Billy no pareció contento con lo que el guardia le había dicho. La suerte estaba del lado de Harry aquella tarde. Alguien había pagado su fianza y el padre de los hermanos era libre de irse. Le quitó las esposas y lo encaminó hasta la sala de espera de la estación. No tenía otra opción. Ahí estaba Charlotte esperándole por fin. Conrad le dijo a Harry que descubriría la verdad y llegaría al fondo de la situación de una manera u otra. Harry sólo le deseo suerte y con agobio salió acompañado de Charlotte de la estación. Cuando estuvieron listos para partir a casa en el auto de Charlotte, Harry expresó su agradecimiento alegando que nadie había hecho tal cosa por él. Charlotte había pagado cinco mil dólares cómo fianza para que Harry fuera puesto en libertad. Así que el camino a casa fue eterno para Harry, quien no ansiaba otra cosa más que pasar un día completo en su cama. Durante el trayecto, Charlotte le explicó que las cosas se habían complicado para sus hijos y que ellos le pidieron que se hiciera cargo de su situación.

—Parece que ayer tenían serios problemas y decidieron que yo me dedicara a rescatarte.

—Ryan vino ayer por la noche con Tyler para visitarme. Estaban sorprendidos pero creían en mi inocencia, es por ello que confiaron en ti. Sólo desearía que Carol estuviera aquí.

Charlotte no dijo ni media palabra después de que Harry mencionara a Carol. Estacionó el auto al llegar a la casa Goth. Harry tenía la misma ropa puesta del día anterior. Se sentía sucio y su estado era un poco deplorable. La barba le creció un poco y tenía la mirada dispersa por todos lados. Charlotte fue insistente al preguntarle si había algo que pudiera hacer por él aquel día. El hombre sólo le pidió que le acompañara durante la comida, que había algunas cosas sobre las cuales quería hablarle. Así que entraron y Harry se dirigió al refrigerador para tomar una manzana mientras Carol esperaba que Harry le regalara un poco de agua.

Conrad tuvo muchas dudas después de lo que había pasado con Harry Goth esa tarde. Creía que algo no andaba nada bien. Había llamado a Tangela sólo para avisarle que Harry Goth había sido puesto en libertad y quería hablarle sobre las pruebas que había recibido. Algo no le gustaba nada de la situación que enfrentaba. Después de que Tangela le colgara abruptamente, Conrad creyó que debía ver a la chica antes de seguir con el caso del incendio. Sólo quería enfocarse en la investigación del homicidio de Phil Grimson. No se aguantó las ganas y salió de la estación de policía aquella tarde rumbo al departamento de la joven. Tenía sus gafas de sol puestas y vestía aquel saco que le llegaba hasta las rodillas. Antes de entrar al conjunto de departamentos dónde la joven se quedaba, aprovechó para hacerse de un delicioso café en su termo de relleno en una cafetería cercana al departamento. Entonces, con paso lento se dirigió complejo averiguando con uno de los vecinos el número del departamento de Tangela. Aquel vecino fue muy amable al darle la información que necesitaba. Se apresuró para llegar a la puerta. Tocó durante tres ocasiones pero no obtuvo respuesta. Pero, algo llamó su atención y era el olor a comida. Giró la chapa de la puerta y se dió cuenta que estaba abierta. Entró sin pensarlo dos veces. Al inspeccionar el área, descubrió algunas cosas que le inquietaron de sobremanera. El departamento estaba bastante desordenado, Tangela había dejado la estufa prendida y había fotos de Harry Goth encima de una mesa, incluso de su esposa Carol Goth. Conrad observó las fotos sorprendido y fue hasta una de las habitaciones que tenía la puerta abierta. Dentro, había una cama tendida. Encima, había teléfonos desechables, una capucha y una peluca. Horrorizado siguió inspeccionado el área y encontró más cosas aterradoras. Se trataban de varias cartas escritas a Carol Goth. Eran amenazas de muerte. Tangela Greenberg le había mentido en bastantes cosas, era ella quien estaba detrás de Harry Goth y era la persona que le había enviado amenazas de muerte a Carol. Sabía tanto de Harry cómo de Carol e incluso de sus hijos cuando Conrad logró ver una fotografía de los hermanos en el bosque Nightwood acompañados de las hermanas Pleasant y Doyle.

—¿Qué diablos es esto? —se preguntó Conrad después de ver las fotos.

Pero la gota que derramó el vaso, fue una fotografía de Sophie hablando con Carol Goth. Aterrado, llamó a Sophie, pero la chica jamás respondió. Tenía que tomar una decisión en ese momento, así que cogió toda la evidencia y llamó a casa de la familia Goth, pero nadie contestó. Parecía que alguien había cortado la línea y las llamadas no estaban entrando. Al sospechar lo peor, abandonó el lugar de inmediato.

Harry le pidió a Charlotte que mantuviera oculto su arresto. No quería que Teresa o Debbie se enteraran sobre ello. Quería averiguar por si mismo la forma de salir de todo aquel embrollo.

—Harry, alguien te tendió una trampa y no creo que haya sido Doyle, ¿tienes algún enemigo más?

—No que yo sepa —aseguró— sólo Malice.

—Ryan mencionó anoche que habían descubierto más cosas. Ese grupo de caballeros estuvieron aquí ayer para matar a Sophie porqué ella es la llave para traer a una de las Brujas Reinas que yace dormida en el limbo. Ese ha sido el gran plan de Kali según lo que mencionaron los chicos.

—No puedo creer que dudé de ellos después de que

enfrentaron no sé a cuanto ser malvado.

Charlotte se le acercó a Harry y le acarició la mejilla.

—No tienes porqué autoflagelarte más —ella le sonrió.

La puerta se abrió inesperadamente acompañada del ruido de unos tacones. Harry y Charlotte caminaron hasta el vestíbulo y notaron a Carol Goth parada en la puerta con una maleta en la mano. Harry se quedó sorprendido y sin habla.

—Hola —Carol dejó caer la maleta y le sonrió.

—Carol... nosotros... —Charlotte intentó disculparse.

—No te preocupes. Entiendo.

—Carol —Harry se le acercó— ¿qué haces aquí? ¿dónde has estado?

—Harry no quiero discutir ahora. He estado oculta y viajando pero decidí regresar a casa, enfrentar los hechos y contarles todo.

Carol observó la mano de Charlotte. Estaba tomada junto a la de Harry. Ella los observó con enojo pero algo hizo que la piel se le erizara y su expresión cambió en un instante.

—¿Carol? —Harry frunció el ceño.

Algo había tocado la espalda de Carol. Entre más fuerte sintió aquel objeto punzando su espalda, más avanzó hacia el interior dando un paso al frente. Era la boca de un arma de fuego, cargada por una mujer que Harry reconoció a medida que ingresaba su casa. Se trataba nada más y nada menos que de Tangela Greenberg.

—Hola Harry, ¿me extrañaste mi amor? —preguntó Tangela sonriendo con el arma apuntándole a Carol por la espalda.

—¿Tangela? —Harry caminó hacia ella y Carol.

—Oh no —Tangela le apuntó con el arma— no intentes nada estúpido. Por fin los tengo a los dos, justo dónde siempre los había querido.

—¿Qué quieres? —preguntó Harry preocupado.

—Venganza —sonrió— ¿recuerdas que me despediste cómo a la peor perdedora del mundo después de que siempre traté de ser la mejor asistente que pudiste haber tenido?

—Tangela, tienes que irte de aquí.

—Y me dejaste por tu estúpida esposa —Tangela le apuntó con su arma a Carol de nuevo— ¿acaso nunca te gusté? ¿jamás recordaste que te traté tan bien cuando hicimos el amor?

—Tangela, eso fue un error. Descubrimos que habías introducido droga en mi bebida durante la reunión anual de la compañía. Tu obsesión fue demasiado lejos y no tuvimos otra opción más que despedirte.

Carol volteó y observó a Tangela. Ahora sabía de dónde la conocía. Era la asistente de Harry y Miles en Goth & Sullivan un año atrás y la mujer que había estado tomando fotografías durante la inauguración de su tienda de antigüedades.

—¿Te gustaron las notas y las llamadas Carol? ¿No te excitaba? —Tangela le sonrió apuntándole con su arma.

—¿Fuiste tú? —preguntó Carol al borde de la locura.

Tangela se mofó y apunto su arma hacia Charlotte.

—Y aquí está tu otra amante. La perra que vivió en esta casa durante años.

—Déjala, ella no tiene nada que ver en esto.

—¿Qué tal si le disparo? —Tangela presionó el gatillo de su arma disparándole a Charlotte.

Charlotte cayó al suelo, la bala le había atravesado el abdomen dejándola con una herida de muerte. Mientras se tocaba la zona dónde la bala le había atravesado, Charlotte comenzó a toser. Su cabeza estaba de lado mientras Harry le miraba con horror. Entonces, Tangela les ordenó que bajaran al sótano de inmediato.

Minutos después, ató los pies y manos de Hary y Carol a dos sillas haciendo que les fuera imposible escapar.

—¿Eres Malice? —preguntó Harry.

—¿De qué estás hablando?

—Hablo de que tu mataste a Phil Grimson.

—Yo no lo maté. Pero te mataré a ti y a tu esposa hasta que me haya cansado de verlos sufrir.

—Por qué estás haciendo todo esto? —preguntó Carol.

Tangela se le acercó.

—¡Porqué ustedes no se merecen el uno al otro! ¡Y porqué

tienen un grupo de hijos demasiado raros!

Tangela le golpeó el rostro a Carol con el arma dejándole un gran moretón en un ojo. Harry intentó desatarse. Sin embargo, Tangela fue rápida y astuta y apuntándole con su arma le disparó en un pie. Asustado, Harry gritó de dolor.

—¡Cállate! —exclamó la joven tocándose la cabeza— y también sé todo sobre ustedes y sé que tienen muchos secretos.

—¿De qué hablas? —preguntó Carol.

—De su relación con la magia y las habilidades de sus hijos raros. Te vi en esas cabañas, Harry.

Carol, sin pensarlo, logró desatarse y saltó hacia Tangela. Ambas forcejearon. Carol intentó quitarle el arma pero fue en vano. Tangela tomó la pistola de nuevo y la hizo retroceder. Carol, mirándola con terror, le pidió por su vida. Tangela gritó y comenzó a darse golpes en la cabeza con una mano. En verdad, la chica estaba totalmente loca y descontrolada. Así que apuntó su arma hacia la madre de los hermanos. Carol levantó sus manos y le suplicó que no la matara. Pero, algo detuvo a Tangela. El estruendo de un disparo se escuchó en todo el sótano. Una mancha de sangre se formó en el pecho de la joven. La bala le había atravesado directo al corazón. Tangela soltó el arma y terminó cayendo al suelo. Era el detective Billy Conrad, aún apuntando con su arma. Carol, desesperada, soltó algunas lágrimas y corrió a desatar a su esposo. Billy caminó hasta Tangela, se colocó en cuclillas y verificó su pulso colocando sus dedos en la yugular. Estaba muerta. La pesadilla del matrimonio Goth había terminado. Conrad cerró sus ojos aliviado y momentos después observó a Harry y Carol.

—Lo siento mucho Harry, de verdad. Parece que fue Tangela quien orquestó todo este plan para hacerte parecer el culpable.

—Está bien, Billy —Harry observó a Tangela sin vida en el suelo.

—Encontré algunas cosas en su departamento después de qué quedaras libre. Ella tenía todo un altar con fotografías tuyas y de tu familia.

—¿Estuviste preso? —preguntó Carol.

—Larga historia —respondió Harry.

Billy se acercó hacia él y le estrechó su mano.

—En verdad lo siento. Tangela mató a Phil Grimson y es posible que envenenara a Miles Sullivan. Ella estaba enviando mucha evidencia a mi oficina cómo parte de su venganza. Voy a llamar a una ambulancia para que se lleven a la señorita Deveraux.

—¿Ella está bien? —preguntó Carol.

—Perdió el conocimiento y mucha sangre, pero está viva —Conrad sonrió— y llamaré a los forenses para que se lleven el cuerpo de Tangela. En verdad lamento mucho que todo esto sucediera.

Carol abrazó a su esposo después de pasar los minutos más eternos y aterradores de todas sus vidas. Agradecieron enormemente al detective por haberles salvado, quien estaba contento de que toda la pesadilla para el señor Goth terminara.

Esa noche, Carol Goth desempacó en su habitación. Estaba tan contenta de haber regresado a casa después de haber pasado dos semanas fuera. Vivir en hoteles y cuartos de renta resultó agotador, sobre todo cuando debía esconderse de Kali y su familia. Se sentía avergonzada por todo lo sucedido respecto a Malice. Aunque, la esperanza de que sus hijos le perdonaran le hizo mantener la fé para regresar dispuesta a todo y para quedarse para siempre en su casa. Ya no había más amenazas, a excepción de las represalias que Kali pudiese tomar en su contra. Carol jamás pensó que Tangela, aquella asistente que Harry Goth tuviera tiempo atrás, llegaría a odiarle de sobremanera. Sin embargo, decidió cerrar aquel capítulo tan aterrador de su vida. Acomodó su ropa en los cajones de su tocador después de haberse puesto ropa deportiva cómo si fuera a realizar una rutina de ejercicio. Pero no, lo que quería era estar cómoda. Sin darle más vueltas al asunto, bajó hasta la sala dónde Harry y sus hijos le esperaban ansiosos. Ella les acompañó acomodándose en uno de los sofás.

Warren comenzó los miramientos sin apartar su atención de la madre. Carol no soltó palabra alguna. Con sus labios contraídos, observó a cada uno de sus hijos. Harry fue ahí para tomarle la mano y decirle que todo estaría bien.

—¿Cómo está Charlotte? —preguntó Carol bajando la cabeza.

—Teresa está con ella en el hospital. Está fuera de peligro.

—Me alegro —Carol se acomodó rosando sus palmas sobre su pantalón— quise regresar a casa porqué este es mi hogar y lamento muchas de las cosas que hice en estos últimos dos años. Pero algo que si puedo asegurarles es que yo no maté a Miles, tampoco a Phil. Y hay mucho que quiero decirles.

—Está bien mamá, estamos escuchándote —dijo Tyler.

—Estoy aquí para decirles todo. Y esta vez no me iré... todo comenzó hace algunos años, cuando descubrí la verdad sobre mi familia. Ustedes sabían que dentro de mi familia hubo algunas personas a las que nunca conocí.

—Si —Ryan escuchó atento.

—Kali usó eso en mi contra. Sabía que ustedes me odiarían por ser descendiente de los Cazadores, que en este caso son una versión maligna de lo que su padre es. La noche en la que descubrí mi habilidad, su abuela lo sabía. Ella me dijo que era una descendiente de los Cazadores a pesar de que la sangre de un Neonero corría por mis venas. Me aseguró que mantendríamos en secreto mi habilidad, que jamás diríamos algo. Así que fue fácil para mis padres crear perfiles bajos y mudarnos a Los Ángeles con la intención de ocultarnos de toda nuestra familia, sobre todo de los tíos de mi mamá.

—Y si hubiesen permanecido dónde estaban hubiera sido más fácil para los Cazadores encontrarte, y ¿convertirte en una Cazadora? —preguntó Tyler.

—Así es. Me hubieran asesinado y robado mis poderes o tal vez obligarme a trabajar para ellos, o ser cómo ellos. Nunca lograron encontrarnos ya que huimos y permanecimos ocultos durante mucho tiempo.

—Eso quiere decir que ¿están afuera buscándote? —preguntó Ryan.

—Es posible. Kali usó eso a su favor y me obligó a contratar a Sophie y planear su estadía en Japón. Después de lo que pasó en los años 50, Kali quería a otra persona a cargo de la operación y su mejor opción era yo. Tenía un secreto y podía chantajearme. Y fue cuestión de tiempo para que Sophie cuidara los movimientos de los Protectores de Tokio. Así que cuando estos murieran, Sophie me avisaría. Desde ese instante supe que lo que Harry afirmaba era una realidad, aunque, jamás le conté a Kali que desde tiempo atrás sabía que mis hijos se convertirían en los Protectores.

—Kali no podía rastrear a esos Protectores porqué Albert le hubiera reconocido, por ello creyó que hacerlo a través de Sophie era más conveniente —Warren pasó su palma por su frente— ¿cómo se enteró papá de tu habilidad?

—Cuando nos casamos, Harry me contó su secreto, aunque su poder no estaba activo. Yo tenía la habilidad de mover cosas con mi mente pero para que los Cazadores no me encontraran le pedí a Teresa que me ayudara a desaparecer mis poderes después de que Harry me contara lo sucedido en 1987. Fue así cómo me enteré de toda su historia, sin embargo, jamás le dije que yo descendía de los Cazadores. Temía que pensara que me había casado con él para matarlo y robar sus habilidades cómo los Cazadores hacían.

—¿Qué hay de Sophie? ¿La enviaste a propósito a Sacret Fire? —preguntó Ryan.

—Sólo hice cada una de las cosas que Kali me ordenó. Ella sabía que Sophie era la reencarnación de Claire Deveraux. Yo busqué a Sophie por órdenes de Kali y cuando las cosas se complicaron, decidí investigar a Kali y descubrí la profecía que hablaba sobre Sophie. En ese momento la despedí, sabía que todo se complicaría más y no quería ser parte de ello.

—Ahora todo tiene sentido mamá. No puedo creer que tu y papá hayan sabido siempre sobre nuestros poderes y sobre todo que nos lo ocultaran durante tanto tiempo —Warren reclamó.

—Warren, papá y mamá sólo trataban de protegernos —dijo Tyler con la mirada cabizbaja.

—Después de enterarme que Kali estaba tramando algo más,

cambié mis planes y se lo comuniqué a Sophie la noche del incendio en las cabañas Stain. Quería despojarlos a ustedes de sus poderes, de manera que quedaran fuera del radar de esa malvada bruja porqué sabía que había alguien más trabajando para Kali.

—O más bien, Kali trabajaba para ese alguien. Andrea Deveraux o debo decir, Aurea —agregó Ryan.

—Lo que sé es que hay otra bruja. Sé que están buscando la forma de despertar la magia de Claire que está dormida dentro de Sophie.

—Ya no —Warren estiró sus pies.

—Mamá, quiero juzgarte pero después de lo que Kali te obligó a hacer, no sé que pensar —dijo Ryan.

—Protejan a Sophie.

—Mamá, ¿sabes quien es Malice? ¿por qué usabas su disfraz? —preguntó Tyler.

—Kali me obligó a hacerlo. Pensó que era la manera más rápida de deshacerse de toda la fachada del villano que los había aterrorizado. Aquel día apareció en mi tienda vestida cómo una persona común y corriente. Le dije que no podía seguir haciendo lo que me estaba obligando a hacer y ella me dijo que jamás podría abandonar la misión. Yo ya no quería formar parte de lo que estaba haciendo así que ella se rehusó pero después me ofreció un trato. Debía colocarme ese disfraz de manera que ustedes me descubrieran. Después de todo, era una trampa.

—Sophie dijo que vio a Malice merodeando en tu tienda una noche —comentó Tyler.

—Era yo. Nadie más podía entrar a la tienda. Fue el día en el que Kali me llevó el disfraz de Malice. Desearía saber quien es ese malvado villano pero han ocultado tan bien sus pistas.

Carol se paró y secó las lágrimas que habían caído de sus ojos. Ryan y Tyler le miraron con compasión. Su madre había sido honesta en todo lo que había revelado, aunque, Harry no podía creerlo. Su esposa mintió para proteger a sus hijos e incluso a él, sin importar las consecuencias.

Warren se volteó y miró a su madre a tan sólo un metro de él. Caminó hacia ella y la abrazó muy fuerte mientras Carol lloraba desconsolada. Harry se acercó a ellos y tomó su mano.

—Kali y Malice pagarán muy duro todo lo que nos han hecho —Warren le dijo a su madre mientras tocaba su rostro.

Carol el dio un beso en la mejilla en un mar de lágrimas y le abrazó más fuerte.

CAPITULO 22: Viendo Rojo

Pasaron algunas semanas después de que Carol y Harry descubrieran que Tangela Greenberg había estado tras ellos durante varios meses. Los Protectores habían hecho un pacto con la Orden de Jalkous para proteger a Sophie. Debían matar a Kali y evitar que su gran plan se llevara a cabo, aunque, esta se hubiera esfumado ahora que sus planes estaban al descubierto.

La cena para celebrar el gran compromiso entre Sandra y Mark se celebró la noche del 25 de abril de 2012. Había una mesa enorme adornada en el jardín de la mansión Sullivan con platos de comida, botellas de vino y muchas copas encima. Sandra agradeció enormemente a sus diez invitados por asistir y sobre todo el apoyo incondicional que habían mostrado para que el enlace entre ella y Mark se llevara a cabo. También agradeció a Juliet, alegando que ahora la quería cómo una hermana. La fiesta fue demasiado temática. Había cinco meseros alrededor dispuestos para atender las sugerencias de cada invitado. La decoración mostraba globos blancos acomodados en cuatro hileras que rodeaban la mesa dónde la cena tuvo lugar. Pero algo que hizo del evento único fue el uso de los antifaces. Sandra era fanática de las máscaras venecianas lo cual dejó muy claro a su futuro esposo. Quería que su luna de miel fuese en Venecia, Italia, un país muy concurrido por la familia cada año. Juliet veía la misteriosa obsesión de Sandra de lo más extraño, aunque no le dió mucha importancia. Ese día llevaba un gran vestido largo de color blanco que le quedaba a la perfección con el nuevo color de su cabello. Para la boda se había teñido mechas negras en su rubia cabellera, esperando darle un aire nuevo a su vida. Ella se levantó de su asiento sonriendo a todos con el teléfono en mano y caminó a unos metros alejándose de la mesa, para tener un poco de privacidad. Desde ahí hizo una llamada, que fue desviada directo al buzón de voz.

—Millie, soy yo cariño. Sólo quiero felicitarte por tu graduación y espero que lo estés pasando en grande. Te quiero mucho y no puedo esperar a verte usando tu toga y birrete diciéndole adiós a la preparatoria. Te veré en un rato cuando la cena en casa termine —Juliet colgó.

Con lentitud observó a cada invitado en la cena. Estaba cada amigo de Mark, contentos y celebrando con orgullo el compromiso. Eran sus mejores amigos de la universidad quienes habían sido testigos del desarrollo del romance entre Mark y Sandra. Juliet cogió un poco de aire y caminó hasta su hermano.

—Juliet, no tengo palabras para agradecer todo lo que has apoyado a Sandra —Mark se paró para darle un abrazo— y me encanta tu nuevo peinado.

—El placer es mío —Juliet no lo soltó— quiero que sepas que siempre contarás conmigo.

Margaret también estaba ahí, observando una fotografía en su teléfono móvil. En la foto aparecía ella al lado de su esposo. Lo que más deseaba en ese momento era que Miles estuviera vivo, acompañándolos en la cena.

La verdad eran pocas las personas que habían asistido a la cena debido a los adelantos de la boda. No fue una decisión adecuada para muchos invitados. Algunos habían cancelado su asistencia a la cena, incluida Sophie. Y la verdad quien pudiera culpar a la nueva bruja, las insistencias de Sandra eran fuera de lo común, sobre todo después de que tenían muy poco tiempo de conocerse.

Antes de salir directo al baile de graduación de Millie, los hermanos Goth, Alison, Sophie y Doyle se reunieron en el COP aquella noche. Estaban vestidos tan elegantemente que cualquiera a su paso caería rendido a sus pies. La guapa de la noche era Millie, quien con su vestido purpura enamoraba a cualquiera. Sin embargo, las preocupaciones estaban presentes debido a las advertencias de la Orden de Jalkous, sobre todo Doyle y Sophie, quienes en todo momento se cuidaban las espaldas. De hecho, un comentario de Ryan alertó un poco a Albert. El bastón de Ataneta había estado brillando durante los últimos días. El guardián reveló que era la señal de un posible apocalipsis acercándose.

Alison, quien usaba un vestido de falda corta color azul, agradeció a Ryan por ser su pareja esa noche. Ryan abrazó a su amiga y le dejó claro que por una amiga hacía cualquier cosa. La atracción entre ambos era muy notable, aunque aún se resistían a aceptarlo.

Los bailes de graduación de la preparatoria Mullen se llevaban a cabo en un salón que fue construido años atrás dentro del recinto. Estaba exclusivamente diseñado para todo evento escolar y estrictamente prohibo para eventos deportivos. La ceremonia de aquel día comenzó a las 8 de la noche. Las luces alumbraban el salón. La temática era muy futurista con algunos chicos usando vestuarios de tela metálica y pelucas de colores muy chillantes. Algunos chicos se fotografiaban en la entrada del salón con sus teléfonos móviles aprovechando el muro que había sido adornado con fotos de todos los graduados y las palabras hechas de hielo seco "Clase del 2012". Otros estudiantes posaron para un fotógrafo profesional, contratado por la escuela que a duras penas podía hacer el cambio de lentes fotográficos. Cada alumno al llegar atravesaba una alfombra roja que iniciaba desde el pasillo principal de la escuela hasta el salón de eventos.

Millie hizo su llegada cómo toda una princesa de un cuento de hadas. Sus mejillas se tiñeron de rojo cuando atravesó la alfombra roja. Su hermoso y largo vestido purpura combinado con su cabello peinado en risos caídos impresionó de sobremanera Preston, quien le esperaba con alegría en la entrada del salón de eventos. El chico se puso en cuclillas, ella le dió la mano y Preston la besó. Millie se puso más roja.

—De acuerdo esto es ridículo —sonrió.

—Bienvenida a su baile, reina Millie — Preston se colocó una mano en su espalda y con la otra sostuvo la de Millie.

La encaminó hasta el mural dónde la chica se tomó unas fotos con su antiguo novio agradeciéndole todo lo que estaba haciendo por ella esa noche. El fotógrafo del evento se les acercó y les pidió una fotografía. Era muy claro que el vestido de Millie había llamado la atención de aquel artista. Así que tomó una fotografía a la feliz pareja.

—Me gusta tu traje —le dijo Millie a Preston.

El Viajero llevaba puesto un traje color gris, que le combinaba perfecto con sus zapatos negros. La camisa blanca que usaba debajo del saco hacía buen juego con su corbata azul oscuro.

Millie le dió un beso en la mejilla y le volvió a sonreír. Para Millie era una gran sorpresa que mucha gente la nominara para ser la Reina de aquel baile de graduación. Creía que el elogio meritaba un buen vestido aquella noche y por ello había elegido el color purpura. Preston besó los labios de Millie. Fue un beso realmente apasionado. El estaba feliz de compartir aquel gran momento con ella. Millie le mordió el labio sonriendo antes de volver a quedar atrapados en un gran momento de pasión. Así que Preston la invitó a bailar y ella sonriendo, aceptó de inmediato.

Ryan y los demás atravesaron la alfombra roja llegando al salón de eventos minutos más tarde. Quedaron estupefactos ante la decoración que había en aquel lugar. Era una graduación realmente muy futurista y lo mejor era que había animadores con las ropas más exóticas que pudiesen haber visto.

—Me encanta cómo decoraron este lugar —Alison estaba impresionada.

Millie interrumpió su baile con Preston cuando vió a sus amigos. Acompañada del Viajero, se dirigió a ellos agradeciéndoles enormemente su presencia.

—Nunca nos perderíamos esta memorable fiesta por nada del mundo. Además, también es la graduación de Tyler —sonrió Ryan.

—Yo ni siquiera siento que me estoy graduando —Tyler se mofó.

—¿Quién es tu pareja de baile, Tyler? —preguntó Millie.

—Juliet, no debe tardar en llegar.

—Si, me envió un mensaje de voz hace un rato avisándome que estaría aquí. Aunque, me pareció de mal gusto que Sandra hiciera su fiesta de compromiso la misma noche que nuestro baile de graduación. Juliet terminará muerta de cansancio.

—Alison me pidió que fuera su pareja y pues Doyle, quien también se está graduando invitó a Sophie —afirmó Ryan.

—Te quedarás solito en las clases —Millie le sonrió a Ryan agarrándole el cachete.

Ryan se sonrojó y movió los ojos en círculo sonriendo.

Todos felicitaron a Millie con un abrazo y de igual manera lo hicieron para Doyle y Tyler. Minutos después, uno de los presentadores subió a un gran escenario montado al frente de la pista de baile listo para anunciar los nombres del Rey y la Reina del baile de graduación.

Ante la sorpresa de todos, Millie fue la ganadora del concurso. Se sintió tremendamente halagada con sus amigos aplaudiéndole. Con los ojos ensanchados, ella subió al estrado a través de unas escaleras dónde el presentador y Lilah le esperaban para entregarle su corona. El nombramiento del Rey de la Graduación continuó el evento. Resultó ser otro chico llamado Kevin, un jugador del equipo de baloncesto de la preparatoria, que pasó al estrado para ser elogiado junto a Millie. Los dos sonrieron ante la multitud de graduados que les vislumbraban desde la pista contentos. Hubo muchos aplausos. Millie estaba feliz de ser la reina del baile de graduación. Jamás imaginó que sería nominada. A lo lejos pudo ver cómo Juliet se mezcló entre la muchedumbre dirigiéndose hacia sus amigos quienes le observaban con gusto. Juliet le saludó desde el público haciéndole saber que estaba feliz por su coronación. Los graduados aplaudieron una vez más mientras el Rey y la Reina observaban a su público. Pero hubo algo que cambió la expresión del rostro de Millie. Malice estaba entre los asistentes graduados observándole sin pudor. Sus amigos notaron el cambió en sus expresiones faciales dirigiendo su vista hacia la causa del cambio de humor en su amiga.

—Oh por Dios —dijo Ryan sorprendido al ver a Malice a unos metros de él y sus amigos.

Cuando bajó del escenario, Millie se encontró con sus amigos totalmente desconcertada.

—Estuvo aquí.

—Lo sé, lo vimos —afirmó Preston.

—Le he perdido la vista —dijo Alison.

—¿Alguien vió a dónde pudo haber ido? —preguntó Juliet.

—No —respondió Ryan— pero busquemos por los pasillos de la preparatoria, ahora. ✗

La búsqueda de Malice comenzó en los pasillos que rodeaban las aulas de la preparatoria. El grupo decidió ir en caminos separados con la intención de dar con su paradero. Alison y Millie fueron juntas y tomadas de la mano entraron en un salón de clases después de ver la puerta abierta. Sophie revisó otra de las aulas y hubo algo que llamó su atención. Una de las ventanas estaba abierta. Pensando que tal vez el villano podría haber escapado, buscó a Alison y Millie para darles la alerta. Sin embargo, las hermanas estaban entretenidas leyendo un mensaje escrito en el pizarrón del aula dónde habían ingresado.

—Prepárense para las represalias. Lo pero está por comenzar —leyó Alison.

Después de buscar por los alrededores, Ryan, Tyler, Warren y Doyle se apresuraron corriendo al salón dónde las hermanas y Sophie veían el mensaje escrito. Doyle se acercó a Sophie asegurándose de que se encontrara con bien.

—Malice dejó este mensaje. Sabía que le seguíamos después de que Millie le viera —Sophie tomó la mano de Doyle.

—Debe saber lo que descubrimos —Tyler cruzó sus brazos arrugando el ceño.

—Si Malice quiere represalias. Nosotros le daremos guerra —Warren dejó caer sus cejas en su mirada seria.

La pregunta era, ¿cómo era que Malice se había enterado de todo lo que ahora ellos sabían? Era aterrador saber que el villano había estado cerca de ellos todo este tiempo, cómo siempre, un paso adelante.

La incesante investigación de Anya se convirtió en una total obsesión. Su habitación tenía el aspecto similar a la guarida de un maniático empeñado en descubrir la verdad sobre algo en particular. Pero, ¿quién podía culparla? Era obvio que las averiguaciones que Phil había logrado dejaban a la chica con ganas de saber más cosas. Había pasado tardes y noches buscando más datos y observando cada movimiento que los Protectores y su gente relacionada hacían.

Días después del baile de graduación, el 7 de mayo de 2012 alrededor de las 6:40 de la mañana, Anya se preparaba para observar cada grabación obtenida de las cámaras instaladas en la preparatoria Mullen. No sólo colocó cámaras en la escuela, sino que también lo hizo en los salones. La única testigo de toda esta locura era sólo ella. No había nadie más involucrado. Había cruzado los límites al ser también Dorothy parte de su búsqueda de respuestas.

Con calma, observó cada vídeo. En uno de ellos, pudo percibir a Alison observando lo que Malice había escrito en un pizarrón el día del baile de graduación. Pasó a otro vídeo en el que pudo visualizar el momento en el que el villano deslizaba la tiza sobre la superficie de la pizarra, redactando la amenaza para el grupo. Anya sabía lo que los Protectores habían hecho algo para que Malice tomara represalias. Retrocedió y adelantó varias veces la grabación intentando encontrar un momento en el que el villano se descuidara y se quitara la mascara. Nunca lo hizo, sin embargo, hizo un descubrimiento asombroso. Pudo ver que Malice, en esta ocasión, tenía busto, a pesar de que la calidad de la imagen no era muy clara.

De inmediato, tomó notas en su cuaderno. ¿Era posible que hubiera dos personas detrás del disfraz de Malice? Tal vez, pero el primer Malice ya había sido descubierto y era Carol Goth, ahora sólo debía desenmascarar al verdadero Malice.

Entonces su teléfono sonó. Estresada, respondió la llamada de Doyle que en un principio trató de omitir.

—¿Dónde estás?

—Estoy en mi casa.

—Anya, debemos hablar.

—Doyle, sigo en lo mismo.

—Anya, debes parar.

—Tenemos un acuerdo, Doyle. ¿Acaso querías que me quedara

tranquila? Sabemos lo que los Protectores saben pero... ¿les has contado sobre lo otro?

—Anya no estoy seguro a dónde has llevado toda esta investigación. Nunca estuve de acuerdo en que robaras la laptop de Phil.

—Estamos más metidos en esto que nadie, creo que debemos seguir.

—Había otro acosador detrás de Carol y Harry pero era una humana resentida, así que debes mantenerte tranquila.

—Podré estar tranquila hasta que estas malditas brujas desaparezcan. Hasta entonces, seguiré con lo que empecé.

Anya colgó la llamada un poco enfadada. Se dirigió hacia un mural con fotos que tenía en su habitación, ahora más trabajado. De pronto, un recuerdo se le vino a la mente y se movió rápido hacia unas cajas que estaban a un lado de su cama. Sacó una computadora portátil y comenzó a buscar algo.

Preston verificó las aplicaciones de su nuevo teléfono inteligente mientras su madre cocinaba y hablaba con una persona al teléfono. Reposaba sus pies encima de uno de los sofás que los Wells habían comprado para la casa. Era uno de esos reclinables, que contaba con un botón para empujar el respaldo hacia atrás. Durante varios minutos, Preston jugó con el botón del sofá creyendo que era divertido lo que hacía. La verdad, la casa de los Wells era enorme. Tenía el estilo de una casa común y corriente, cómo cualquier otra de Terrance Mullen, aunque, la familia era fanática de las cosas antiguas y bizarras. La sala era contemporánea y debajo de cada techo había un candelabro. Tenían un estudio enorme que usaban cómo área de entretenimiento para pasar el rato cuando se sentían aburridos.

Entonces, Preston recibió una llamada de una vieja amiga que había conocido en la fiesta de Mark Sullivan. Se trataba de Sage Walker.

—Hola Sage, ¿cómo estás?

—Muy bien, ¿cómo están las cosas por allá?

—Perfecto. Bueno, Millie y yo no regresamos pero las cosas han estado bien.

—¿Por qué?

—Larga historia. Tiene que ver con algo que mis padres planearon desde hace tiempo, razón por la que decidí no volver con Millie.

—¿Necesitas hablar?

—No, mejor cuéntame. ¿En qué soy bueno?

—Preston, sé que sonará tonto pero quería hacerte algunas preguntas sobre los viajes en el tiempo.

—Sabía que lo mencionarías —Preston tosió— ¿pasa algo?

—Estoy haciendo algo de investigación y tu sabes, mis teorías locas. Pero, me gustaría saber acerca de los viajes que has hecho.

—Depende de lo que quieras saber.

—¿Te duele? ¿Te mareas?

—No realmente, al principio si. Lo que sucede es una desintegración de mis partículas para moverme entre el tiempo y el espacio. Hasta ahora, sólo puedo moverme en el tiempo pero no he logrado hacerlo en el espacio.

—Si te movieras en el espacio, ¿que pasaría?

—Sería capaz de viajar a otras dimesiones, tierras o universos alternos.

—¿Existen?

—Después de lo que Ryan me contó sobre la Orden de Jalkous, si existen. ¿Necesitas un viaje?

—Oh no, sólo preguntaba.

—Sage, ¿está todo bien?

—Si, lo está —Sage trató de hacerle entender que todo iba bien cuando lo que realmente quería era asegurarse de que su tío no estaba loco— ¿porqué no me cuentas sobre lo que pasa con tus papás?

—Mis padres decidieron que nos mudáramos a Sacret Fire. Apenas me lo dijeron hace unos días y cuando se lo dije a Millie, ella no supo que decir. Pero entendió que debía hacerlo por mis padres y bueno, estamos a punto de empacar.

—Tienes que mudarte, ¿cierto?

—Debo hacerlo. La verdad no quiero irme de Terrance Mullen, tengo muchos amigos.

—Bueno, sería genial tenerte en la ciudad pero lo único que puedo decirte es que sigas lo que tu corazón te diga.

—Lo sé.

—Preston, tengo que colgar. Fue un gusto poder saludarte.

—El placer fue mío.

Preston colgó y de nuevo observó una de las aplicaciones de su teléfono móvil. Era un modelo recién lanzado. Salió de la aplicación de chat dónde se encontraba y entró directo a ver las noticias en el Mullen Times cuando uno de los titulares llamó su atención.

"Jason Ackles - Arrestado por el crimen de Meredith Acker".

Una sonrisa se dibujó en su rostro y se paró del sofá en un gran regocijo. Corrió hasta la cocina dónde su madre seguía hablando al teléfono. Entonces, llamó a Alison y le contó sobre la noticia de Jason. La joven pegó el grito de alegría cuando se enteró que finalmente habían hecho justicia a la muerte de Meredith.

Aquella mañana, Ryan hacía un poco de ejercicio en las calles de Terrance Mullen. Le encantaba transitar por la avenida cercana a su casa llamada Montrose. Su rutina consistía en correr al menos treinta minutos. Vestía una camiseta sin mangas, una banda blanca en su cabeza, un short corto por encima de las rodillas y unos tenis azules. Desde hacía varias semanas había intentado retomar la actividad deportiva que más le gustaba. Sin embargo, aquel día tenía el tiempo limitado y debía apresurarse sino quería retrasarse. La ceremonia de graduación de Millie, Tyler y Doyle se llevaría a cabo dentro de las próximas tres horas, alrededor de las 11 de la mañana. Para su sorpresa, mientras trotaba por la avenida con sus brazos doblados y la vista al frente, fue interceptado por Alison quien conducía por la zona. Ella bajó la velocidad del auto y durante varios minutos contempló al joven haciendo ejercicio antes de saludarlo. Le comió con la mirada sin escrúpulos y más con la ropa que llevaba puesta, lo que llamaba mucho su atención.

Alison cambió su postura cuando aceleró un poco tratando de ir a su ritmo para finalmente saludarlo.

—¿Enserio Ryan?

Ryan escuchó una voz conocida y se detuvo cuando vió a Alison.

—¡Hola!

—Estamos en pleno apocalipsis, y ¿tú haces ejercicio?

—Es parte de mi estilo de vida.

—No lo habías hecho.

—Bueno, llevaba semanas queriendo hacerlo, Warren me acompañaría pero está ocupado con sus exámenes así que aquí estoy —Ryan movió sus manos a los costados haciendo un aleteo.

—La ceremonia de Millie, Tyler y Doyle es en tres horas. Terminando, nos reuniremos en el COP, esa fue la orden.

—Te ves contenta —Ryan le señaló con su dedo— me gusta eso.

—Jason Ackles fue arrestado. Finalmente se hizo justicia a la muerte de Meredith, el fantasma que conocí hace varios meses —Alison sostuvo el volante.

—Eso es genial.

—Bien, me voy —dijo Alison quien se preparó para pisar el acelerador.

—Estaré en la ceremonia. ¿Hasta entonces? —Ryan se preparó para comenzar a trotar.

—¿No necesitas que te lleve a tu casa? —sonrió nerviosa.

—No, llegaré trotando. En realidad necesito hacer esto —Ryan le sonrió dibujando una línea en su mejilla derecha.

—Está bien, nos vemos en la ceremonia. Ryan —Alison movió sus cejas— por cierto, lindas piernas.

Ryan se sonrojó al escuchar el comentario de Alison. Observó sus piernas con el ceño arrugado y una sonrisa en su rostro. Llevó su mirada hacia Alison quien riendo aceleró de inmediato y se alejó. Ryan no dejó de sonreír, manteniendo real el comentario que la chica había hecho.

—Parece que le gusto tanto cómo ella a mi.

Ryan retomó su rutina de ejercicio y continuó trotando sobre la avenida que conducía directo hacia su casa.

La ceremonia de graduación de la preparatoria Mullen se realizó en un gran patio del recinto escolar. El patio era un gran terreno de doscientos metros cuadrados usados para celebrar diversos eventos cómo era el caso de las graduaciones o algunos festivales estudiantiles. Aquella mañana fue el turno para los graduados de la clase del año 2012. Eran momentos de gloria para muchos estudiantes al encontrarse tan cerca de la etapa universitaria y sobre todo, lo cerca que estaban de comenzar una era de autoconocimiento, de acatar grandes responsabilidades y de iniciar los estudios de aquella carrera tan anhelada, que marcaría el comienzo de toda una vida exitosa, cómo muchos de ellos creían. Más de doscientos estudiantes se graduaban aquella mañana del 7 de mayo. Todos, sentados en sillas ubicadas en filas de veinte lugares con un gran espacio en medio de las mismas destinado para ser la pasarela de los graduados que desfilarían uno a uno para recoger sus reconocimientos. Habían unos vestuarios montados a unos metros del gran estrado dónde los estudiantes que iban llegando tomaban una toga y un birrete para la ceremonia. Ese fue el caso de Tyler Goth, quien se acomodaba apresurado la toga junto a su amigo Doyle que no paraba de sonreír.

—Lo hicimos, Doyle —Tyler le dijo sonriendo.

—Bien, después de todo —Doyle tomó un birrete después de colocarse la toga— hemos llegado al final cómo buenos amigos.

—Si, la verdad es cierto.

—Gracias, Tyler.

—¿Por qué?

—Por tu amistad y por abrirme el camino a tu hermanos. Ustedes se han convertido en los nuevos amigos que estoy tan agradecido de tener ahora.

Tyler se acercó a Doyle y le dió un gran abrazo. Doyle tenía lágrimas en sus ojos. Era la primera vez que Doyle tenía algo real en su vida gracias a la amistad de Tyler y sus hermanos. Millie se acercó sonriendo con su toga y birrete puestos. No pudo evitar sentirse feliz al ver el abrazo que los dos amigos compartían.

—Yo también quiero un abrazo —ella les observó con sus ojos llorosos.

Tyler y Doyle abrieron espacio para abrazarla. Compartieron un abrazo grupal celebrando el gran logro que estaban teniendo aquel día. Finalmente estaban listos para dar el paso más importante hasta ahora, que era ingresar a la universidad.

—Deberíamos ir a sentarnos —propuso Tyler.

—Vamos a sentarnos juntos —Millie les tomó las manos.

El trío de amigos caminó hacia la muchedumbre de estudiantes que estaban sentados con sus togas y birretes puestos. Había una persona encargada de registrar a los alumnos que llegaban para colocarse sus vestuarios. Enfrente de todos los estudiantes, había una enorme tarima conducida por unas escaleras. En ella se encontraban cuatro profesores quienes también usaban birrete y toga. Uno de ellos, era Albert Bright.

Detrás de todos los estudiantes, Ryan, Alison, Juliet, Warren, Preston y Sophie no pudieron evitar mofarse de Albert quien se veía ridículo sentado al lado de los otros profesores, listo para dar su reconocimiento a cada uno de los graduados.

—No puedo creer que Albert esté sentado ahí —comentó Ryan riéndose.

—Ryan, no seas así —Alison no pudo evitar reírse también.

—¿Quien en su sano juicio hace esto para encajar? —Warren trató de ser sarcástico— sólo Albert.

Su conversación fue pillada por el sonar de un teléfono. Alison se dió cuenta que era el suyo. Respondió la llamada mientras una de las profesoras hablaba.

—¿Anya?

—Alison, ¿cómo estás?

—Estoy bien, ¿por qué no estás en la graduación de Doyle?

—Larga historia.

—¿Nos estás evitando? Pude darme cuenta hace unos días

cuando nos evadiste a Juliet y a mi.

—Lamento eso. Desde hace tiempo que no hemos hablado pero tengo algo que contarte. Es acerca de Malice. He descubierto su verdadera identidad.

—Repite eso.

—He descubierto quien es Malice.

—Tienes que estar bromeando. Espera —Alison puso su teléfono en modo altavoz.

Con señas, les pidió a sus amigos que se acercaran a ella para escuchar la llamada de Anya.

—Tengo pruebas contundentes que revelan la verdadera identidad de Malice. Tienen que tener mucho cuidado. Ahora estoy por salir de mi casa, pero ¿qué les parece si nos reunimos en la casa de los Goth?

—Anya, ¿quién es Malice? —preguntó Warren.

—No puedo decírselos ahora. Necesito mostrarles las pruebas. Me reuniré con Dorothy a las 7 de la tarde. ¿Podemos reunirnos después?

—De acuerdo, a las 9 de la noche en mi casa —Ryan aceptó cruzando sus brazos— por favor, ten cuidado.

—Lo haré, por favor, actúen normal. Díganle a Doyle que le mando un abrazo.

—Espera, ¿no vendrás a su graduación?

—Creo que esto es más importante.

—Bien.

—Yo lo llamaré más tarde.

—De acuerdo —Anya colgó.

—Chicos, Anya realmente me ha asustado —comentó Alison.

—Estaba muy segura de lo que hablaba, ¿creen que sea cierto? —preguntó Ryan.

—Terminemos aquí cuanto antes y vayamos a casa —propuso Warren.

—Jamás supe que Anya hacía su propia investigación. Si alguien robó la información de Phil estoy segura de que fue ella —alegó Juliet.

Durante la ceremonia, Tyler, Millie y Doyle pasaron al frente del estrado para recibir sus reconocimientos. Lo más cómico de aquel día fue el momento incómodo que vivió Albert cuando le entregó el reconocimiento a Tyler.

—¿En serio? ¿Tú aquí? —Tyler se rió saludando a otro profesor mientras dirigía su atención hacia Albert.

Uno de los otros profesores pudo darse cuenta de la forma en la que Tyler se dirigía hacia Albert, quien sólo le felicitó.

—Felicidades joven Goth —Albert intentó desviar el comentario discriminatorio.

Tyler movió su cabeza en negación con la sonrisa más puesta que una niña de cuatro años divirtiéndose. Caminó hacia las escaleras para bajar de la tarima y dirigirse a su lugar. Cuando vió a sus amigos a lo lejos no pudo evitar enseñarles su reconocimiento y saltar de la emoción. Ellos le felicitaron a gritos. E igual lo hizo Millie, quien pasó a la tarima tres turnos después de Tyler y a su vez Doyle. La ceremonia concluyó media hora más tarde. Todos los graduados lanzaron sus birretes al aire después de que la directora los proclamara "Clase del 2012". Tyler caminó hasta sus amigos junto a Millie y Doyle, hasta que una voz hizo que se detuviera.

—¿Creíste que no estaríamos aquí para decirte lo orgullosos que estamos de ti?

Tyler giró su vista anticipando la procedencia de aquella voz. Era su madre, con su padre a su lado. Tyler los abrazó confesándoles lo feliz que estaba de verles ese día, ahí acompañándolo.

—No importa lo que haya pasado —Tyler vió a sus padres con compasión— sé que esto es más que todo eso.

—Es tu momento cariño —aseguró Carol.

—Mamá, ¿entonces lo harán?

Carol asintió observando a Harry. Estaban tomados de la mano.

—Nos iremos un tiempo. No podremos asistir a la boda de Mark con eso de que cambiaron las fechas de un día para otro. Es peligroso para tu madre permanecer en la ciudad tanto cómo lo es para mi.

—Para los chicos y yo todavía es difícil asimilar que ustedes fueron parte de lo ocurrido, aunque mamá de forma indirecta.

—Tyler, todavía me siento mal por todo lo que hice y por no haber sido honesta. Creo que lo mejor en estos casos es alejarme mientras encuentran a Malice y lo destruyen. Será lo mejor para su padre y para mi.

—Es nuestra batalla después de todo.

Harry sonrió y tomó la mano de su hijo. Tyler soltó un par de lágrimas que se deslizaron a lo largo de sus mejillas mientras veía a sus padres. La celebración por la graduación de los tres amigos tuvo lugar en la cocina Pleasant, dónde compartieron momentos de grandes alegrías. Estaban todos sentados alrededor de una mesa grande, Tyler un poco triste porqué sus padres partirían hacia un destino desconocido en las próximas horas. Sin embargo, esto no impidió que disfrutara de un gran regocijo al lado de sus hermanos y amigos.

Minutos después, Doyle se despidió del grupo asegurando su reunión por la noche. Sophie se preocupó un poco por el chico cuando este partió. Así que corrió hasta la entrada del restaurante antes de que partiera. Ahí le pidió que le informara si algo malo sucedía. La chica tenía el presentimiento de que algo no andaba bien. Doyle la tranquilizó y le dijo que no tenía nada de que preocuparse. Alison y Juliet presenciaron un beso entre ambos y sonrieron creyendo que después de todo, Sophie merecía seguir adelante con su vida. Antes de subir a su auto, Doyle recibió una llamada de su otra amiga Dorothy. Sólo le hablaba para confesarle sus preocupaciones por Anya, afirmando que estaba jugando con fuego. Dorothy temía lo peor después de contarle a Doyle que fue insistente con Anya para que abandonara la investigación.

Doyle parecía sospechoso y más cuando Dorothy le restregó en la cara lo alejado que lo sentía últimamente del Clan. Se suponía que eran un equipo, aunque Doyle ya no lo veía de esa forma. De la manera más amable, Doyle le pidió que dejara en paz a Anya. Sin agregar nada más, colgó la llamada dejando a Dorothy molesta.

Durante las horas siguientes, las sospechas de Dorothy sobre el comportamiento extraño de Doyle le condujeron a visitar a su amiga Anya. La casa estaba sola y la puerta abierta así que subió hasta su habitación dónde la encontró sentada con la laptop en las piernas. Dorothy la confrontó y le contó todo lo que le había dicho a Doyle.

—No puedo creer lo que le dijiste a Doyle.

—¿Que querías que hiciera Anya?

—Tengo todo bajo control. Las cosas van cómo lo he planeado y esta noche ellos sabrán la verdad.

—Anya, estás jugando con fuego.

—Por favor, lo hemos hablado desde que nos reunimos aquella vez en el cementerio. Juraste mantenerte al margen e incluso Doyle fue claro con lo que planeamos.

—Es que ya no entiendo cómo este plan se desvió tanto.

Anya se puso de pie y se dirigió a su ventana. Miró el jardín y vió el auto de Dorothy aparcado. Fue el momento perfecto para que Dorothy aprovechara en robar algunos de los discos que estaban sobre el escritorio. Anya entonces dirigió su mirada hacia su amiga pero nunca se dió cuenta de lo que la otra había cogido.

—Estoy realmente impresionada. Jamás creí que Phil estuviera tan cerca. El sabía todo. Creo que esa niña es Aurea y es quien mueve a Kali y Malice. Y bueno, los Protectores han tenido frente a sus narices a Malice todo este tiempo. Creo que al menos el cambio de apariencia le ayudó.

—Yo ya no sé que pensar. El clan ha quedado en el olvido desde que Doyle se unió a ellos.

—Dorothy, sabíamos que eso podía pasar por la cantidad de tiempo que Doyle pasaba junto a ellos. Debo seguir con esto, ¿quieres apoyarme?

—Creo que me quedaré fuera en esta ocasión.

—Dorothy, entiendo tu preocupación pero siento que me quedo sin tiempo.

—Creo que todo fue una mala idea. Además, ¿no crees que serían los Protectores quienes deberían resolver todo esto?

—Los Protectores jamás hubieran sabido que Malice ha estado frente a sus narices todo este tiempo. Y si vas a estar fuera de todo esto, entonces te pediré que te vayas de mi casa.

Dorothy bajó su mirada y después observó consternada a Anya.

—¿Que te paso Anya? ¿Qué nos pasó?

—Dorothy —Anya cerró sus ojos y los volvió a abrir— por favor, vete de mi casa.

Dorothy no tuvo otra opción. Su amiga le había echado de su casa así que bajó por las escaleras yendo directo a su auto. Subió al asiento y sacó de su bolso los discos que había robado del escritorio de Anya. Entonces encendió el motor y se fue del lugar.

Sage limpiaba el comedor en casa de sus tíos aquella tarde. Había disfrutado de una deliciosa cena al lado de su tía Alanna, aunque su tío Ben jamás se presentó aquella tarde. Sage siempre le guardaba un platillo por si a caso, creyendo que su tío entraba a la casa en sus horarios de comida. Sabía que su tío dedicaba mucho tiempo a sus investigaciones y ahora creía que podría tener razón al afirmar que había creado una máquina del tiempo. Las preguntas que le hizo a Preston le dieron la claridad necesaria sobre el tema, aunque algunas dudas prevalecían. Con tranquilidad, recogió los platos sucios del comedor y los llevó directo a la cocina dónde su tía Alanna revisaba su teléfono móvil.

—¿Crees que mi tío venga a comer?

Alanna miró a Sage con sus enormes ojos y su enorme sonrisa. Aquel día llevaba su oscuro cabello cortado hasta los hombros y usaba un vestido negro que vislumbraba su figura delgada.

—Cariño, con tu tío nunca se sabe. Siempre está encerrado en su laboratorio.

—Pero no lo hemos visto en todo el día, lo cual es muy raro.

—Seguro está ocupado haciendo sus cosas cómo es habitual.

—Lo llamé en varias ocasiones.

—¿Tenía su puerta abierta?

—No lo sé. Sólo no respondió, no cómo antes.

—De acuerdo.

—Veré si esta vez me hace caso.

Sage dirigió sus pasos hacia el laboratorio de su tío con cautela. Cargaba en sus manos el plato de comida que le había guardado con mucho cariño. Pero, la puerta estaba cerrada. Así que antes de intentar abrirla, prefirió llamarle.

—Tío Ben, ¿estás ocupado? —llamaba Sage sosteniendo el platillo de comida

Tocó varias veces pero no tuvo respuesta. Entonces, queriendo averiguar porqué su tío no le respondía tomó la chapa con su mano y giró hasta abrir la puerta.

Cuando logró entrar al laboratorio, pudo ver a lo lejos una luz brillante en el aire. La máquina que su tío había construido estaba encima de la base con forma de círculo. Puso el plato sobre una de las mesas dentro y curiosa caminó hasta la luz que seguía latente. Era una especie de energía concentrada al centro de la base circular que no dejaba de brillar cómo si fuera un foco encendido. Sage usó su teléfono móvil y tomó una fotografía de su descubrimiento. Con el ceño fruncido, la chica estaba más asombrada que nunca. Guardó el teléfono en el short que llevaba puesto e intentó tocar la luz de energía flotante. Sin embargo, la energía hizo un estallido lanzando chispas por todos lados. Sage se tapó la cara y cayó al suelo ante la fuerza de la explosión. Algo había pasado en el laboratorio. La máquina de la que su tío hablaba no estaba dentro así que asustada salió casi corriendo del laboratorio dejando el platillo de comida dentro.

Los planes tuvieron efecto para Doyle y Anya aquella noche. Se reunieron en la Manzana de Cristal para tomar un café antes de reunirse con los Protectores. Anya le dijo varias cosas a Doyle, entre ellas, la verdadera identidad de Malice cómo susurro al oído. Debido al modus operandi de Kali, Anya trató de ser muy reservada con el tema, creyendo que la bruja podría tener espías en toda la ciudad. Cuando la hora de partir hacia casa de los hermanos estaba por llegar, Doyle puso un pie fuera de la cafetería luego de que Anya pagara la cuenta. Eran las 8:36 de la noche y aún tenían tiempo para platicar antes de reunirse con los hermanos. Así que subieron al auto de Doyle quien encendió marcha y condujo despacio. No fueron nada astutos al notar que Dorothy les había espiado aquella noche presenciando todo su encuentro. Les siguió en su coche con cuidado durante todo el trayecto hasta la casa de los hermanos en una situación muy comprometedora. Pudo darse cuenta de la actitud que ambos mostraban y sobre todo lo inapropiada que era Anya últimamente. ¿Cuál era la razón por la que Doyle y Anya habían excluido a Dorothy aquellos días? La chica no entendía mucho y se sentía completamente defraudada. El momento llegó y Anya y Doyle bajaron del auto para entrar a casa de los hermanos. Dorothy no quiso perder la oportunidad de arruinarles aquel día llamando al móvil de Anya desde su auto. Anya le respondió y le dijo que no podía hablar con ella pidiéndole dejar su conversación para otro día.

Doyle detuvo a Anya y Dorothy fue testigo de esto. Harto de Dorothy, Doyle tomó las manos de Anya pidiéndole colgar la llamada. Anya cortó la llamada y permaneció en silencio y con cautela se dirigió junto a Doyle a la entrada del granero para reunirse con los hermanos en el COP. Warren y Tyler les recibieron mientras Ryan preparaba algo de comida para la noche.

Sophie también estaba presente, sentada en la sala junto a Alison, Juliet y Millie. Doyle se acercó a Sophie y le saludó con un beso en los labios. La abrazó sin soltarla y dirigió su atención hacia Anya.

—Sophie y yo nos hemos involucrado más de lo que deberíamos —Doyle le confesó a Anya sobre su relación con Sophie.

—Ya me di cuenta —Anya barrió con la mirada a Sophie.

Anya se veía nerviosa y eso fue notable para los hermanos y los demás presentes en el lugar. Tenía la piel helada y el sudor le caía de la cabeza a las mejillas.

—¿Por qué no te sientas y nos cuentas lo que sabes? —Warren

le acomodó uno de los sofás.

Anya tomó asiento sin quitarse las miradas de Juliet, Alison y Millie de encima. Se sentía cómo un bicho raro en la habitación después de todo lo sucedido esos meses. El grupo se formó en círculo para escuchar con atención. Anya les contó algo que ellos no sabían, pero que los hermanos sospecharon desde que visitaron el departamento de Phil Grimson. Dos días antes de que el trío de hermanos irrumpiera en la vivienda, Anya se adelantó por su cuenta presentándose en el conjunto de departamentos con una llave dentro de su bolso. Llevaba un abrigo rojo, un pantalón negro y unas botas negras. Caminó sigilosamente por el pasillo hasta que se encontró con algunos de los vecinos cuando estuvo a punto de ingresar al hogar de Phil. No tuvo más remedio que presentarse cómo la sobrina del fallecido y que había llegado para recoger algunas de las cosas que su tío había dejado. Fue la única forma para introducirse. Les contó a los hermanos con detalle cómo el departamento de Phil lucía. Era cómo si el hombre hubiera salido de paseo. Ella hizo un recorrido visual por todo el departamento y fue en el estudio dónde robó la computadora personal de Phil. Anya admitió que Phil sabía que moriría y quería que alguien encontrara lo que había comenzado.

—Y también había una carta, pero sabía que no la ocuparía. Sólo leí su contenido —la joven confesó a todo el grupo— Phil sabía que Malice era una mujer y eso confirmaba algunas de mis teorías. Cuando me dí cuenta que era posible que Harry encontrara la carta, decidí dejarla después de tomarle una fotografía.

—Así que fuiste tú —señaló Tyler— no lo puedo creer.

—¿Estuvieron ahí?

—Días después de que tu estuvieras. Asumimos que su laptop había sido robada porqué sólo estaba la base que Phil colocaba debajo. Pero Anya, ¿a dónde vas con todo esto?

Anya cerró sus ojos por unos segundos y los abrió después. Cogió su bolso y sacó varias carpetas y papeles encima de la mesa de centro. Respiró profundamente y cautelosa observó a

Juliet.

—Honestamente no sé cómo tomarás esto Juliet pero tengo que mostrarles la verdad.

—¿Qué verdad? —preguntó Juliet acercándose.

—He encontrado pruebas y las he juntado con mi investigación. Parte de todo esto involucra a Sandra Mills o al menos a esa persona que asegura ser Sandra Mills —Anya mostró una postura seria.

—¿Qué? —dijo Juliet boquiabierta— eso es imposible.

—Después de robar toda la investigación de Phil, decidí continuar con el trabajo que había comenzado. Yo sabía que Phil había descubierto toda la verdad y que eso lo llevó a la tumba. Cuando descubrí el nombre de Eva, investigué más pero no encontré fotos de esa mujer. Aunque en los registros de mis antepasados y los de Doyle, logramos encontrar algo que nos acercó. Phil sabía que Miles falleció antes de poder contarle toda la verdad a Mark sobre su novia.

Con un nudo en la garganta, Juliet no podía creer lo que había escuchado. Seguía boquiabierta y su ceño arrugado. Alison le tomó la mano.

—¿Sandra es Malice? ¿Ella ha estado detrás de esto durante todos estos meses? —Warren cruzó sus brazos sorprendido.

—Me temo que sí y quise contárselos ahora porque creí que era algo muy delicado.

—Pero no estás segura —dijo Alison.

—Sandra Mills, la verdadera, está muerta. Quien quiera que sea, esta persona no es Sandra, es la misma Eva.

—Chicos, ¿dónde estuvo Sandra durante la fiesta de papá? ¿cuando Phil murió? —preguntó Tyler.

—Yo estuve con mi mamá durante una hora —respondió Juliet— aunque Sandra y Mark desaparecieron durante un buen rato. Creo que esa noche Sandra regresó a casa porqué había olvidado su teléfono móvil.

—¿Entonces Sandra no es su verdadero nombre? —preguntó Alison.

—Las pruebas circunstanciales demuestran que Sandra Mills,

estudiante de la universidad de California, murió en el 2007.

—Preston y yo vimos a Eva en el pasado pero tenía una máscara, aunque su cabello era castaño.

—A Sandra le gustan las máscaras —dijo Ryan.

Tyler se acercó a Juliet y le tocó el hombro. Juliet empujó su hombro hacia ella y levantó sus cejas.

—No entiendes lo que siento en estos momentos. La persona que asesinó a mi padre ha estado frente a nosotros todo este tiempo y jamás nos dimos cuenta. Se divirtió con nosotros cómo si fuéramos piezas de un juego de ajedrez —Juliet le miró furiosa.

—Llamen a Albert y hagan lo que tengan que hacer. Temo que algo pueda pasarme ahora que les he dado toda esta información —Anya se puso de pie.

Juliet tenía sus brazos cruzados con terror en su mirada. Tyler intentó acompañarle en el sentimiento pero era claro que la chica trataba de digerir la bomba que Anya acababa de arrojarle.

Cuando llegó a su casa después de que Doyle le dejara, Anya atravesó el camino que llevaba hasta la puerta principal. Un ruido le distrajo mientras encajaba la llave en la abertura de la puerta y volteó su mirada. Pero al no ver nada, abrió la puerta y entró rápido. Con cuidado, cerró su casa y dejó las luces de la planta baja encendidas. Se quitó el suéter y lo colocó en el perchero que yacía en el vestíbulo. Caminó hasta la cocina dónde observó una nota de sus padres. Habían salido de imprevisto y tardarían en llegar. Así que Anya abrió el refrigerador pero no había nada bueno. Llenó un vaso con agua y bebió.

Sin embargo, volvió a escuchar otro ruido y regresó al vestíbulo. Asomó su vista por la ventana pero no logró ver nada. Comenzó a preocuparse y miró su teléfono móvil. No tenía notificación nueva y lo guardó de nuevo en el bolsillo de su pantalón. De nuevo escuchó otro ruido, esta vez en el jardín de enfrente. Ella salió hasta la banqueta inspeccionando el origen del ruido.

Cuando regresó a su casa, subió las escaleras pero algo le detuvo. Fue la sensación de que no estaba sola así que se dió la vuelta y vió que Malice estaba en su casa. Horrorizada le observó cara a cara. Era la primera vez que el villano se le aparecía. Anya corrió a toda velocidad hasta la salida de su casa pero fue apresada por el enmascarado. Forcejeó con Malice. Le dio una patada en el pecho logrando quitárselo de encima. Tiró varias cosas de la sala para tratar de escapar del villano mientras gritaba para que los vecinos le escucharan. Movió varios muebles e incluso rompió varias sillas intentando defenderse. Y entonces, sucedió lo inexplicable. Sus poderes no funcionaron cuando trató de transportarse. Se dio cuenta que Malice había hecho algo para bloquear su magia, así que le arrojó una mesa chica de madera para alejar al villano hasta que logró entrar a una habitación después de subir las escaleras. Era la habitación de sus padres dónde buscó una forma de escapar.

—Piensa tonta, piensa —decía nerviosa.

Sacó su teléfono móvil y marcó el número de Doyle. La llamada entró y Doyle le respondió. Pero un fuerte estruendo le hizo tirar el aparato. Anya gritó cuando Malice logró entrar a la habitación. La chica corrió de nuevo y esta vez logró tumbarlo. Entró a su propia habitación y se encerró, pero esto no detuvo al villano que destrozó la puerta en un par de minutos. Alcanzó a Anya y le clavó la daga que cargaba en el pecho. Anya volvió a gritar desesperada, aunque sin detenerse, corrió por su vida lanzándose por uno de los ventanales de su habitación. Cayó directo al patio tratando de salvar su vida y escapar de Malice. Pero la caída fue muy dura después de todo y los vidrios incrustados en su cuerpo le hicieron difícil moverse. El enmascarado llegó hasta ella y golpeó su rostro. Anya tenía los ojos cerrados, la cara y el cuerpo ensangrentados. Cuando Malice le dió una patada la chica, esta ya no respondió. Parecía que Malice había logrado su cometido.

CHECKO E. MARTINEZ

CAPITULO 23: Hasta Que La Muerte Nos Separe

Las aves volaron de un lado a otro extendiendo sus hermosas alas mientras el cielo lucia completamente nublado. El clima era muy agradable a pesar de las probabilidades de lluvia, muy normal para los habitantes de Terrance Mullen quienes estaban acostumbrados a los drásticos cambios de clima. El frío se había ido, sin embargo, podía sentirse la brisa fresca en el aire. La mañana del 11 de mayo de 2012 una de las principales capillas localizada al norte de la ciudad fue testigo de la presencia de una gran cantidad de personas reunidas para ofrecer una misa de oración ante la desaparición de la joven Anya James, a quien muchos entonces habían dado por muerta, aunque otros tenían la esperanza de que la chica siguiera con vida.

Ryan y sus amigos asistieron a la misa aquella mañana. Usaban vestimenta negra para la ocasión y llevaban alrededor de una hora y media escuchando con atención las palabras que una joven sacerdotisa ofrecía a tan sólo unos metros de ellos. A un lado de la sacerdotisa se encontraba un retrato de Anya James con una mirada sonriente que consternaba a todos los presentes.

Se sentía pánico, tristeza e incluso desesperación en aquel lugar. Era hasta ahora el crimen o secuestro más sangriento perpetrado en la ciudad durante los últimos años. Algunos creían que se trataba de un loco asesino en serie que andaba suelto en las calles de Terrance Mullen matando estudiantes, mientras que por su cuenta, Ryan y los demás sabían que se trataba de un despiadado villano tomando represalias.

Cómo siempre, Malice estuvo un paso por delante de ellos. Pero en esta ocasión se había llevado a uno de los suyos siendo una gran pérdida para Doyle ya que Anya era un gran elemento en su equipo, sobre todo cuando fueron parte del clan. Dorothy también estaba presente en aquella capilla esa mañana, aunque su actitud no era la más favorable. Cuando la sacerdotisa terminó sus palabras, la gente comenzó a salir de la iglesia y cómo era costumbre, muchos aprovecharon para platicar un

poco afuera del lugar. Ryan, sus hermanos, las hermanas
Pleasant, Doyle y Juliet se reunieron afuera en círculo
observando a las personas que salían totalmente consternadas.

—No puedo creer que esto esté pasando —Alison lamentó la
situación.

—No pudimos salvarla. Malice debió haberla esperado aquella
noche en su casa. Estoy tan aterrado, esto es lo más cercano a
un funeral —Ryan se secó con un pañuelo las lágrimas que
caían cómo una cascada de sus ojos.

Doyle tenía su mirada distraída en el suelo. Sus ojos estaban
rojos. Acababa de soltar unas cuantas lágrimas. Su pena acabó
cuando vió a Sophie llegar a la iglesia lamentando la tardanza.
Ella le dió un abrazo muy fuerte y besó sus labios. Doyle trataba
de sentirse bien pero no había nada que calmara su dolor. Se
sentía culpable por haber dejado a Anya aquel día en su casa. Si
las cosas hubieran sido distintas, ella estaría viva, al menos era
lo que el joven afirmaba.

Sin embargo, Dorothy se acercó al grupo de forma
desagradable llamando la atención de Alison quien decidió
acercarse a la joven.

—Dorothy, siento mucho la desaparición de Anya. Estamos aquí
para lo que necesites —Alison mostró sus condolencias de una
manera honesta.

Dorothy se mofó.

—Me parece increíble que todos ustedes estén aquí —dijo
Dorothy con resentimiento.

—¿Qué significa eso? —preguntó Tyler.

—Nada de esto hubiera pasado sino hubiera sido por ustedes
—Dorothy comenzó a ponerse pesada— y tú Doyle, te alejaste
de nosotras, se suponía que eramos un equipo. Anya está
muerta o desaparecida por esa investigación que hizo para
salvarlos a ustedes.

—Dorothy, lamento decirlo pero Anya sabía lo que hacía. Ella
siempre supo el riesgo que corría y aún así lo asumió. Nunca
nos dijo nada a nosotros. Siguió con esa investigación
espiándonos también a nosotros. Si alguien es responsable de la

muerte o desaparición de Anya es Malice, no nosotros —Warren intentó poner a la chica en su lugar.

—Si es que está muerta —Tyler levantó sus cejas haciendo un movimiento con su mano— puede ser una trampa.

—Los Protectores —Dorothy se mofó y les miró con aborrecimiento— lo único que hacen es protegerse a ustedes mismos. Si alguien es culpable de lo que le pasó a Anya son ustedes.

Después de la discusión, Dorothy caminó rápido chocando su hombro con el de Juliet accidentalmente. Tampoco se disculpó por el incidente y fue caminando rápido hacia su auto.

—Oye, ¡perra! —Juliet estaba fuera de estribos.

—Juliet, no es necesario. Déjala —pidió Alison.

—Oye, chocó mi hombro. Bueno, lo único que me interesa es averiguar si lo que dijo Anya es verdad y Dorothy no está ayudando en nada.

—Está confundida, es todo —dijo Doyle.

—Las pruebas que dejó Anya son convincentes Juliet —Tyler trató de que su amiga entrara en razón.

—No quiero escuchar nada de esto ahora. ¿De acuerdo? Anya estaba equivocada y tal vez planeó todo esto. Tal vez ella es Malice.

—Juliet —Alison tocó su brazo.

—No, déjame. Creo que necesito ir a casa. La boda de mi hermano es mañana y no quiero que nadie o nada lo estropeé. ¿Está claro?

—Juliet... —Ryan intentó intervenir.

—Ellos se conocieron en la universidad por Dios —Juliet estaba devastada y era insistente— ambos estudiaron juntos. Por eso no creo que Sandra sea Malice. Creo que Malice es Anya y por eso desapareció.

—Sí lo que Anya dijo es verdad, ¿por qué se está casando con Mark? —preguntó Alison.

—De acuerdo, Anya y Dorothy eran un equipo. Sabemos que Dorothy no nos dirá nada. Hemos inspeccionado la casa de Anya pero chicos, parecía un matadero después de toda la sangre que encontramos en su habitación un día después de su desaparición —afirmó Millie.

El grupo comenzó a caminar en conjunto hacia la banqueta de la cuadra dónde se localizaba la iglesia. Su caminar fue interrumpido por Albert Bright, quien les alcanzó antes de que abandonaran el lugar. Se veía preocupado y algo consternado por las noticias que estaba a punto de darles.

—¿Albert? —Ryan se detuvo.

—Chicos, lamento decirles que las teorías de Anya concuerdan con lo que los Reyes Mágicos saben.

—¿Estás seguro? ¿Puedes ponernos al tanto? —preguntó Warren.

—Los Reyes Mágicos creen que Sandra Mills es el nombre que Eva ha estado usando para llevar a cabo todo el trabajo sucio planeado por Kali para despistar muchas de sus acciones que dejaban a la luz sus verdaderos planes. Por ello usaron el señuelo de Malice a través de la obsesión de Eva con las máscaras y la fachada de los Cazadores.

—Tiene que ser una locura, ¿por qué Sandra quiere casarse con mi hermano?

—Una vez que la unión se consagre, el regreso de la Bruja Reina se hará presente a través de la resurrección y ello traerá el fin del mundo.

—Ella necesita un vehículo para regresar —Millie comenzó a deducir— Mark es el vehículo que Aurea necesitaba y por eso Sandra lo eligió. Recuerdo cuando Preston y yo vimos a Eva muy de la mano con Mark cuando viajamos al pasado.

—Chicos, Aurea es una de las brujas más poderosas de todos los tiempos, totalmente despiadada. Cómo la Orden de Jalkous afirmaba, algunos seres coexisten en una dimensión entre la vida y la muerte mejor conocida cómo el Limbo, aunque siempre buscan la forma de regresar adoptando la apariencia de un difunto para manifestarse en este u otro plano. Aurea estaría tratando de regresar a este mundo.

—Albert, ¿qué es una Bruja Reina? —preguntó Alison.

—Es el término que se les da a una de las dos brujas que

nacieron hace miles de años, concebidas de la unión entre un vampiro y una bruja. No han existido más en el mundo porqué las relaciones entre estos seres quedaron estrictamente prohibidas. Aurea fue muy poderosa en su tiempo y está tratando de regresar a este mundo a través de Sandra, usándola cómo vehículo. Sin embargo, necesitan la magia de Sophie y ese es el juego final. Los Reyes Mágicos no me han descrito porqué necesitan a Sophie.

—Debe ser porqué su magia es la más poderosa —afirmó Alison.

—Debemos proteger a Sophie ahora más que nunca —dijo Warren.

—No, yo quiero luchar —Sophie se molestó.

—Sophie, esta no es tu pelea, es nuestra —Warren intentó tranquilizarla.

—Bien, Millie y Doyle lleven a Sophie a su casa y por favor no le pierdan de vista. Quiero que todos los demás nos reunamos en casa para afinar los detalles para mañana y estar listos para detener esa boda. Mañana al anochecer, atraparemos a Malice de una vez por todas y detendremos esta locura —concluyó Albert.

El equipo hizo su acuerdo con Albert y cada uno abandonó el lugar por caminos separados. Pero alguien les había estado observando desde un auto negro con una taza de café a la mano. Era Billy Conrad, quien les había vigilado durante varios minutos. Alcanzó a escuchar algo de lo que conversaban. Tenía una mirada muy sospechosa que era delatada por la expresión de sus cejas. Desde la muerte de Tangela el detective sospechaba que las teorías de la joven sobre los hermanos podrían ser ciertas, razón por la que inició su propia cacería de brujas.

Los hermanos llegaron al COP hartos y se tiraron en los muebles tan pronto cómo entraron. Un agotamiento tremendo se notaba en el rostro de Warren, quien quería terminar con Malice de una vez por todas. El corazón de Ryan comenzó a palpitar rápido cuando escuchó una voz que llamó la atención suya y de sus hermanos. Provenía de las escaleras. Tyler y Warren se levantaron inmediatamente y se quedaron atónitos ante la visita que habían recibido aquel día. Ryan tenía sus ojos clavados en aquella visita y jamás vaciló en distraerse. Se trataba nada más y nada menos que de Gorsukey.

El poderoso demonio llevaba puesto un pantalón de mezclilla, unas botas cafés, una playera negra y una chamarra del mismo color encima. Tenía aquella malévola mirada. Sus atractivos ojos marrones jugaban muy bien con la sonrisa contraída que mantenía. El demonio caminó hacia los hermanos haciéndoles retroceder varios pasos. Estaban muertos de miedo sobre todo Ryan, quien tomó el brazo de Warren.

—Deberíamos llamar a Albert —dijo Ryan.

—No será necesario —Gorsukey sonrió cruzando sus brazos.

—¿Cómo entraste aquí? —preguntó Tyler.

—Me fue muy fácil encontrarlos, considerando el hecho de que aún no son capaces de matarme.

—Sabemos quien eres —Ryan dió un paso— y lo que quieres.

—Sí, pero no estoy aquí para matarlos —Gorsukey bajó sus brazos y los hermanos se pusieron a la defensiva— en realidad, mis planes cambiaron ahora que tengo más trabajo poniendo orden en mi reino. He venido a proponerles una alianza.

—Nunca haríamos una alianza contigo —Warren se le acercó y levantó su índice.

—Mi vidente nueva, porqué la anterior murió, me ha revelado los verdaderos planes de Kali, quien cómo ustedes saben, trabajaba para mi.

—Tu mataste a todos esos Protectores —defendió Ryan.

—¿Quiéres saber porqué lo hice? —preguntó Gorsukey.

—¿Por qué? —Tyler avanzó un paso con su mirada seria.

—Para detener toda esta porquería que Kali inició. Siempre supe de la profecía pero jamás imaginé que fuera ella quien estuviera detrás de todo esto. Sabía que yo quería acabar con la línea de Protectores y por esa razón comencé a matarlos a todos, porqué quería detener esa profecía, y aún así me ofreció sus servicios —Gorsukey tomó una manzana que se encontraba encima de la barra y le clavó una mordida— convirtiéndose en una de mis súbditas y para ser honesto, jamás imaginé que me traicionaría.

—Eso no nos importa —aclaró Warren.

La puerta del COP se abrió y se escucharon los tacones del calzado de una mujer. Era Alison, cargando una taza de café con una sonrisa dibujada en su rostro. Descendió por las escaleras pero su trayecto se vió afectado al ver la visita que los hermanos tenían en el COP aquella mañana. Muerta de miedo, dejó caer la taza de café y quedó boquiabierta. Ryan le hizo señas con su palma para que se mantuviera alejada. Sin embargo, la chica fue astuta y se movió lento rodeando a Gorsukey sin quitarle la vista de encima hasta colocarse detrás de sus amigos.

—¿Qué hace aquí? —preguntó asustada—. ¿Cómo entró?

—Estoy seguro de que todo lo que les he dicho les importa. Tenemos un interés común y es aniquilar a esa maldita bruja que en lo personal es una verdadera molestia. Nadie quiere a Aurea de vuelta amenazando la tierra o poniendo de cabeza a mi reino.

—Nunca aceptaremos su ayuda, ¿cierto chicos? —preguntó Tyler.

—Creo que debemos consultarlo con Albert. Tal vez Gorsukey sepa algo que nosotros no sabemos y podríamos ponerlo a prueba —propuso Warren.

—¿Estás loco? —Ryan estaba preocupado.

Los hermanos llamaron a Albert que apareció en una ráfaga de luces inmediato escuchó sus voces. Estaba tan sorprendido cómo los hermanos de ver a su peor enemigo en la base de operaciones. Para todos, era una falta de respeto aunque las propuestas que el demonio les había externado comenzaban a ser muy llamativas después de todo. Albert, con su mirada seria y sus enormes ojos les dijo a los hermanos que los Reyes Mágicos habían visto todo lo que sucedía en el COP ese día. Estaban conscientes de la propuesta de Gorsukey y accedieron a darles la oportunidad de considerarla.

—Un inminente apocalipsis está cerca y el argumento que Gorsukey presenta de que esa bruja en la tierra puede ser una amenaza tanto para el Bien cómo para su reinado es algo que tiene a su favor. Es hora de que se apresuren a tomar una decisión. Si Gorsukey tiene un plan para detener a Kali y ustedes no, consideren su propuesta. Kali está a punto de desatar un caos tremendo en esta tierra.

Gorsukey no le quitó la mirada a Albert por unos minutos.

—Bien, entonces dejemos que Gorsukey hable —dijo Ryan.

Dieron las 12 del medio día cuando Millie, Doyle y Sophie llegaron al departamento de la nueva bruja. Sophie tenía su cabeza y pensamientos flotando en otro lado, fuera de toda la locura que sucedía. Sus amigos, siendo conscientes de esto, intentaron hacerle plática para distraerle un poco.

—¿No te gustaría mudarte con nosotras? —preguntó Millie— puedo hablar con mi mamá. Además, eres hija de una de sus amigas.

Sophie le agradeció el amable gesto con una sonrisa. Aunque su vida estuviera en peligro prefería encontrar una forma de no ocultarse, aunque por otro lado parecía que Doyle acataba la idea de Millie.

Sophie entonces puso sus dedos en su frente entrecerrando sus ojos y con su otra mano se sostuvo de una pared.

—¿Estás bien? —preguntó Doyle tomándole por la espalda.

—De repente, recordé algo. Millie, ¿estuviste con Preston aquel día en la casa de Claire? Fue hace mucho tiempo.

—Sí, cuando viajamos en el tiempo pero no descubrí mucho.

—Recuerdo que ese día Kali estaba parada observando a toda las personas sentadas. Habían escuchado mi plática.

—Espera, ¿cómo es que puedes recordar todo con detalle?

—De repente pude recordar algunas cosas que Claire vivió, ¿chicos cómo es posible eso?

—Creo que se debe a que ahora tienes sus poderes —dijo Doyle.

—Sophie —Millie le tomó las manos— había una mujer que

cargaba una jarra con limonada. Ella empezó a repartirla entre todos los invitados.

Sophie se tocó su cabeza con sus dedos. Comenzó a recordar con detalle varios de los sucesos ocurridos aquel día de 1914. De forma inesperada comenzó a tener un acceso más profundo a los recuerdos de su vida pasada.

—Usaba una máscara...

—Sí y estaba muy abrazada de aquel chico que nosotros, en nuestra época actual conocemos cómo Mark.

—Ahora la recuerdo. Eva —Sophie miró a Millie— Sandra es Eva.

—¿Estás segura?

—Totalmente. Recuerdo a la perfección el rostro de Eva, aunque ese día haya usado una máscara. Era la persona que traicionó a Claire y por esa razón exilió a Kali y Eva de su refugio.

—El templo de la Odisea —agregó Doyle.

—Anya estaba en lo cierto. Esto prueba que Sandra en realidad es Malice. No lo puedo creer. Sabía que algo no andaba bien con esa maldita perra.

—Sobre todo después de que se me haya acercado de una manera que se me hacía muy anticuada. Yo pude sentir que entre las dos había una conexión muy especial pero fue porqué Eva era amiga de Claire. Fueron muy cercanas, pero fue Eva quien la traicionó.

—Tenemos que informar esto a los demás.

—¿Les importa si antes me cambio de ropa? —Sophie observó su vestimenta— no me agrada mucho estar de luto.

—¿Quiéres que te acompañe? —Doyle se le volvió a acercar.

—Doyle —Sophie le dió un beso— estaré bien. Sólo iré a mi habitación a cambiarme. Creo que será tiempo suficiente para decidir si me quedo en este departamento o no. Además, estaré a sólo tres meses de no poder pagarlo.

—¿Pagas mucho? —preguntó Millie.

—Dos mil dólares —Sophie observó a su alrededor— pero tengo todo lo que quiero.

—Mamá tiene una habitación extra en casa y Juliet tiene muchas.

—Estaré bien, chicos. No se preocupen —Sophie entró a su habitación y cerró la puerta.

Millie y Doyle se quedaron esperándole afuera. Los minutos pasaron y a los dos se les hizo una eternidad lo que Sophie demoraba. Millie miraba constantemente su reloj hasta que escucharon un fuerte grito que provenía de la habitación dónde Sophie estaba. Corriendo, Doyle derrumbó la puerta de una patada y lograron ver cómo Kali vestida cómo un civil había dejado inconsciente a Sophie encima de su cama.

—Llegó la hora de jugar —Kali se agachó un poco y con sus palmas tocó a Sophie.

—Oh por Dios —Millie intentó acercarse.

Kali usó sus poderes y desapareció en un parpadeo llevándose a Sophie.

—¡Diablos! —gritó Doyle— no voy a permitir que esa maldita bruja siga fastidiándonos la vida.

Millie intentó calmar a su amigo pero se encontraba demasiado alterado. El chico abandonó el departamento furioso mientras Millie intentaba detenerlo hasta que lo logró. Le propuso buscar a sus amigos y contarles lo que había pasado. Doyle calmó sus nervios y con el corazón palpitando le confesó a Millie que estaba completamente enamorado de Sophie.

Gorsukey llevó a los hermanos Goth, Alison y Albert hasta el templo de la Odisea. Eran casi las dos de la tarde cuando Warren estacionó el coche cerca y el grupo descendió mientras el demonio les esperaba. El sol estaba brillando en todo su esplendor y comenzaba a sentirse un poco de calor. Era un calor seco que podía quemar a cualquiera que permaneciera. Los árboles se veían radiantes ante la luz solar a medida que el viento les soplaba en distintas direcciones. Las sensaciones de que Gorsukey podría traicionarles en cualquier momento estaban muy presentes. Albert advirtió a sus pupilos que tuvieran extremas precauciones cargando el bastón de Ataneta en la mochila de Warren.

—Este es el lugar dónde Aurea fue desterrada —Gorsukey señaló la entrada del templo de la Odisea— es dónde se encuentra el sello de Dantaliah.

—No sabíamos de ese sello —dijo Warren asombrado.

—Kali y Eva usarán sus magias junto a la de Sophie para despertar a Aurea quien les ayudará a volverse invencibles. Ellas matarán a Sophie y serán imparables. Desconozco la forma en la que Aurea regresará pero lo que si sé es que nadie podrá detenerlas, incluso podrían poner las cosas complicadas para nosotros —Gorsukey fue claro— si hay que detenerlas, el momento adecuado sería antes de la resurrección. No puedo permitir que esa maldita pise el Inframundo.

—Albert, ¿cómo las detenemos? —preguntó Ryan.

—La única forma de detenerlas es usando el bastón de Ataneta. La magia de los cinco Protectores será suficiente para aniquilar a las dos brujas.

—Necesitamos a Juliet —Tyler les insistió.

—Quien está del lado de la novia del mal —Warren fue sarcástico— ¿de verdad sigue creyendo que Sandra es la persona más inocente del mundo?

—Creo que la única forma de averiguarlo es yendo a esa boda —Alison pensó que era la mejor idea.

—¿Boda? —preguntó Gorsukey sonriendo.

—Si, la cuñada de nuestras amigas se casa con su hermano. Creemos que ella es el enemigo o es lo que las pruebas nos muestran. Una de nosotras murió después de haber descubierto la verdadera identidad de Malice —respondió Ryan consternado.

—¿Tienen alguna fotografía?

—Si, creo que yo —Tyler buscó su móvil en su bolsillo.

Cuando lo sacó, nervioso extendió su mano hacia Gorsukey mostrándole una fotografía en la que se apreciaba a Tyler, Juliet, Sandra y Sophie durante la celebración del cumpleaños de Mark.

—Esa es Claire Deveraux y Eva Bronx.

Antes de que Doyle o Millie pudieran contactarles, Gorsukey acababa de confirmarles que Sandra Mills era en realidad Eva, la persona detrás de la máscara de Malice. Ya no era sólo la opinión de Anya, sino la del rey del Inframundo. El poderoso demonio finalmente tuvo puntos a su favor.

—Y muy seguramente usará al hermano de tu amiga para embarazarse. La celebración es un ritual seguramente ofrecido por un sacerdote oscuro que consagrará la conversión del feto que vive dentro de esa bruja. Ese debe ser el vehículo que Eva está buscando para volver. La energía pura de un nuevo nacimiento —Gorsukey metió sus manos en los bolsillos.

—Millie mencionó que los nuevos nacimientos pueden ser un vehículo para traer a una persona de un plano cómo el limbo, tal y cómo afirma Gorsukey. Aurea necesita la esencia de un nuevo nacimiento para volver a la Tierra —concluyó Ryan.

Sophie no había pasado nada bien su día después de ser secuestrada por Kali en su propio departamento. En una cabaña en medio de un bosque que parecía ser la guarida de Malice, ella vió que sus manos estaban atadas a los barrotes de una celda después de despertar de su estado de inconsciencia. Kali le cuidaba sentada en una silla con su codo derecho recargado sobre una mesa de madera. La cabaña lucía casi vacía. Sophie había alcanzado a cambiarse la ropa. Tenía un short corto de mezclilla que le cubría la mitad de los muslos y una blusa blanca con aberturas a los hombros. Su vista estaba borrosa y poco a poco comenzó a darse cuenta del lugar dónde se encontraba metida.

—¿Dormiste bien? —le preguntó Kali.

—Sabes que tienes que dejarme ir —respondió Sophie con sus manos puestas en los barrotes— no tengo nada que te interese.

—Cariño pero si te hemos buscado por más de noventa años. Eres la misma Claire Deveraux o al menos su reencarnación. Hemos esperado mucho para que este plan rindiera frutos y finalmente lo ha hecho —Kali abría su sonrisa de forma cínica.

—¿Qué plan? —preguntó Sophie poniéndose de pie.

—Hemos estado siguiendo tus pasos desde hace muchos años intentando encontrarte hasta que lo hicimos. Cuando creciste, notamos tu increíble parecido con Claire así que convencimos a Carol Goth para que te contratara. Yo, Eva y Aurea. En realidad el plan no era involucrarnos así que usamos a terceras personas para que llevaran a cabo cada acción de nuestros planes, en las que no queríamos comprometernos mientras creábamos la fachada de Malice y los Cazadores. Cuando comenzaste a usar tus poderes nos dimos cuenta que teníamos que actuar rápido, ahora sólo es cuestión de terminar con los eventos pendientes.

—¿Qué? —dijo Sophie abrumada.

—He sido el cerebro de esta operación mientras Malice hacía el trabajo sucio. Miles descubrió nuestros planes por un descuido de Eva y por eso le matamos. Después matamos a Phil y Anya James.

—¿Anya James está muerta? —Sophie estaba conmocionada.

—Tan muerta cómo se merecía estarlo —Kali se acercó a Sophie amenazándola con un cuchillo— soy una de las brujas más poderosas e inmortales de todos los tiempos. Y seré invencible cuando nos ayudes a realizar ese gran hechizo.

—Espera, toda esta locura, ¿ha sido por un estúpido hechizo?

—Creas o no, llevo buscando ser invencible desde hace cientos de años y lo voy a lograr gracias a ti. Únete a nosotras, será cómo los viejos tiempos. El trío de brujas imparables.

Sophie bajó su mirada por un momento cerrando sus ojos cómo si estuviera recordando algo.

—Fueron tú y Eva. Ustedes traicionaron a Claire. Asesinaron a ese Cazador que era muy importante para Gabriel, lo que rompió el gran Acuerdo e inició toda la masacre —Sophie entrecerraba sus ojos— ¿cómo pudieron?

—Tú y yo nos reunimos en mi casa. Recuerdo que fuiste a buscarme y te recibí. Estábamos creando la mayor alianza que pudimos haber imaginado. Después de todo, tú siendo Claire descubriste lo que Eva y yo estábamos planeando durante todos esos años y aún durante la guerra contra los Cazadores, que por supuesto, nosotras iniciamos. Y después huiste con tu gente para protegerte, porqué confirmaste tu teoría del traidor. Querías mantener tu magia a salvo porqué sabíamos que ibamos tras de ti. Todas esas cartas que Claire recibió eran mías y de Eva. Después escuchamos que moriste, con todos tus huesos rotos. Aunque sabíamos que estabas planeando suicidarte porque era la única forma de proteger tu magia. Fueron en realidad los Cazadores quienes te mataron en aquel templo. Ellos averiguaron lo que estábamos tramando y se nos adelantaron.

—Claire quería proteger su magia a toda costa y creyó que el suicidio sería la mejor manera después de lanzar el hechizo que traería su reencarnación.

—Claire pensó que nosotras moriríamos en la batalla pero en realidad huimos. Pero supimos que tendríamos una nueva oportunidad y gracias a esa profecía iniciamos todo.

Sophie miró sus pies y el lugar dónde se encontraba. Le aterraba la idea de lo que Kali podría hacer con ella después de haberle capturado.

—Me empeñé en llegar aquí con un objetivo: usar toda tu magia para traer de nuevo a Aurea a esta tierra —Kali se acercó tocando los barrotes de celda.

—¿Estás lista? —dijo una voz desde la puerta de la cabaña.

Era Andrea, caminando hacia Kali con la ropa de siempre. Entre risas, se acercó a Sophie a quien miró con júbilo encerrada en la jaula.

—Tú no eres Andrea —dijo Sophie.

—Por fin nos volvemos a ver. No, no lo soy. Mi nombre es Aurea y mis poderes me permiten usar la apariencia de una persona muerta ya que sólo puedo coexistir en este plano.

—¿Por qué mataste a todas esas personas y simplemente no me buscaste a mí?

—Porqué todo era parte del plan y esas personas metieron sus narices dónde no debían —respondió Andrea— si están muertos es por su propia culpa, ahora nos toca a nosotras hacer nuestra parte. Una vez que el ritual se complete, podremos dar el siguiente paso.

—¿Sabías que tu madre está viva? —preguntó Kali sonriendo.
—¿Qué? —cuestionó Sophie agarrando los barrotes de la jaula— estás mintiendo.
—No, está muy viva y ha estado frente a tus narices todo este tiempo. Y lo mejor es que no te lo voy a decir porque espero que puedas averiguarlo.

Mientras los preparativos para la gran ceremonia comenzaban en la mansión Sullivan la mañana siguiente, los hermanos Goth, Doyle, Millie y Alison llevaban horas tratando de encontrar a Sophie con la ayuda de varios hechizos localizadores y un mapa. Pero nada daba resultado. La localización de la chica parecía haber quedado bloqueada y borrada del mapa. Aunque persistieron durante un buen rato mientras Alison se coordinaba con Juliet, quien les avisaría sobre todos los detalles de la boda, permaneciendo cerca de la novia. A Juliet no le agradó mucho la idea ya que sentía que todo había sido un cuento creado por Anya, a pesar de la confirmación que hizo Millie sobre los recuerdos de Claire en la mente de Sophie.
Doyle se sentía preso de la desesperación. No había dormido nada y tenía las mismas ropas del día anterior. Constantemente se alteraba, hasta que Albert apareció de golpe aquel día en una ráfaga de viento, argumentando que los Reyes Mágicos estaban muy preocupados ante la desaparición de Sophie.
—Si algo llega a pasarle, no me lo voy a perdonar —dijo Doyle.
—Vamos a encontrarla —aseguró Alison.
—Necesitan a Sophie viva —explicó Warren— eso significa que no le harán daño al menos hasta que el hechizo haya sido lanzado. Entonces, Sandra necesita casarse con Mark.
—No entiendo, ¿a dónde vas con todo eso? —preguntó Alison.
—¿Que tal si no impedimos la boda? ¿Que tal si dejamos que Sandra haga lo que tenga que hacer y la rastreamos a dónde vaya?
—Ellas necesitan el sello de Dantaliah lo que significa que dónde quiera que estén escondidas, tendrán que salir de ese escondite e ir al templo dónde podremos atraparlas, impedir el

hechizo y matar a Kali y Eva de una vez por todas —afirmó Tyler.

—Es demasiado arriesgado —opinó Ryan.

—Ese es mi punto y el de Tyler. Gorsukey quiere viva a Kali, ¿cierto? —preguntó Warren.

—Cierto. Aunque no me importa Gorsukey —respondió Alison.

—Chicos, sugiero que se mantengan al margen con Gorsukey. No saben lo que puede tener bajo la manga. Entiendo que es su peor enemigo pero después de todo les ha ayudado —afirmó Albert— ¿Warren?

—Gracias Albert. Chicos sé que este plan funcionará.

—De acuerdo. Llamaré a Juliet —Alison usó su teléfono móvil con los ojos cansados.

La mansión Sullivan vió la presencia de un montón de cocineros que iban y venían por todos lados. La gente estaba muy loca debido a que los novios cambiaron sus planes a última hora. Decidieron que la boda y la fiesta fueran en la casa dónde vivían, en lugar del salón de eventos que Mark había querido. Era mejor para los invitados ya que la recepción sería más sencilla sin tanta arbitrariedad y por otro lado, mucho mejor para una ceremonia demoniaca. Mark se acomodaba el moño del esmoquin mientras veía su reflejo en un espejo en el interior de su habitación. Con una profunda atención notaba lo nervioso que se sentía. El sudor le caía cómo cascada por la frente. Su cabello estaba peinado de lado con un partido muy marcado. Durante minutos se miró en el espejo sin apartar la vista. Era el día más feliz de su vida y estaba más animado que nunca para disfrutarlo.

Sin hacer ruido, Juliet entró a la habitación cerrando la puerta con cuidado. Llevaba aquel vestido verde que Sandra le había dado cómo dama de honor y su cabello peinado hacia atrás con la cola de caballo cayendo por uno de sus hombros, cómo si un perro le hubiera lamido la cabeza.

Ella se acercó a su hermano y le agarró los hombros. Mark pudo verla a través del reflejo y le sonrió.

—¿Cómo te sientes? —preguntó Juliet.

—Nervioso —Mark volteó— ¿estoy soñando?

—No —Juliet estaba afligida porqué sabía lo que en realidad sucedía aunque se negara a creerlo— creo que te estás casando con una mujer increíble que te ama.

Mark abrazó a su hermana sonriendo. Ella le ayudó a acomodarse el moño y le observó.

—Eres la dama de honor más guapa de todas. A papá le hubiera encantado verte y sobre todo a Tyler, estoy seguro de que quedará muy impresionado.

—Y tú eres el novio más guapo. A papá le hubiera también encantado verte en este día tan especial, pero no entiendo, ¿Tyler?

—¿Crees que no he visto las miradas que te echa? El chico está loco por ti.

Mark le sonrió mientras las mejillas de Juliet se teñían de rojo. El se dirigió a uno de los cajones mientras su hermana le miraba contenta. Ella suspiró a medida que su hermano se aproximaba de regreso con un regalo.

—Esto es para ti. Es algo que papá me pidió que te diera —Mark le entregó una caja forrada.

Juliet la abrió y encontró un precioso collar de oro con una gema verde en medio. Impresionada se lo puso y se observó en el espejo.

—Es precioso.

—Creí que esta boda era el momento más oportuno.

Juliet abrazó de nuevo a su hermano.

—¿Sabes algo de mamá? —preguntó Mark.

—Está cómo loca en el jardín con los últimos detalles para la recepción de la fiesta. Las tarimas para la misa están puestas e igual las mesas y las sillas para los asistentes. En este momento debe estar coordinando algunas cosas con el planeador de la boda.

—Bien.

—¿Sabes algo de Sandra?

—Debe estar en su habitación.

Juliet suspiró por un momento girando sus ojos. Se mordió el labio y miró a su hermano.

—¿Esta todo bien? —preguntó Mark.

—Creo que iré a verla antes de la boda.

—¿Y tus amigos?

—Vendrán más tarde. Después de todo, Tyler es mi pareja. Parece que estabas en lo cierto y ¿te digo un secreto?

—Si.

Juliet se acercó al oído de su hermano y le susurró.

—También estoy loca por él.

Mark se puso contento de haber estado en lo cierto.

—Sólo no lo digas en voz alta —le dijo Juliet riendo.

—Desearía que papá estuviera aquí.

—Lo está, en espíritu. Siempre está con nosotros.

Juliet abandonó la habitación de su hermano y caminó a través del pasillo. Buscó a Sandra hasta que observó que se encontraba con una maquillista en la habitación de su madre. Entonces, caminó hasta la habitación de la chica queriendo confirmar lo que todos sus amigos decían. Abrió la puerta con cuidado. Estaba sin llave, para su sorpresa. Cerró la puerta siendo lo más silenciosa posible y dirigió su vista hacia el peinador. Había varios peines y cepillos, pinturas para uñas y algunos artículos de maquillaje. Con mucha seriedad abrió cada uno de los cajones y entonces encontró dos computadoras portátiles cerradas. Abrió una encima de la cama que por fortuna estaba desbloqueada cómo si hubiera sido usada minutos antes. Durante diez minutos, revisó los archivos contenidos dentro. Había fotografías suyas y de sus amigos. Su rostro estaba lleno de terror y se agravó cuando encontró una aplicación con varias grabaciones en tiempo real. Eran las habitaciones de sus amigos y la suya. Entonces, caminó hacia el armario dónde abrió las puertas y encontró algunas ropas extrañas, entre ellas, el disfraz de Malice. Giró su vista para que nadie le viera cuando encontró un cuaderno dentro del saco que pertenecía al disfraz. Con su mirada echa garras, observó cada nota. Estaban relacionadas con los Protectores, Carol Goth,

Harry Goth, Charlotte Deveraux, Phil Grimson, Debbie Walker, Miles Sullivan y Anya James. Y en una lista pudo ver los nombres de Miles, Phil y Anya tachados con marcador rojo.

Juliet comenzó a recordar algunas cosas que parecían tener sentido con lo que ahora había descubierto y que sus amigos insistían. Sandra Mills era la verdadera identidad de Malice, el temible enmascarado. Su curiosidad se vió interrumpida cuando alguien entró a la habitación. Juliet no pudo voltear al encontrarse de espaldas. El estruendo de un arma recargando un cartucho le hizo hablar. Juliet dedujo que se trataba de Sandra.

—Tenía mis sospechas cuando mencionaste que no tenías familia, ni amigos y tu historia era demasiado rara. Todo este tiempo nos tuviste dónde quisiste. Sólo tu sabías cual era el siguiente paso —Juliet se volteó de inmediato y dejó caer el cuaderno— mataste a mi padre porqué descubrió tus planes y por último a Anya. No dejaré que llegues al altar para casarte con mi hermano y que logres tu plan.

—Maldita perra —le dijo Sandra— ni tu ni nadie me va a detener.

Sandra, usando un vestido de tirantes y con el velo puesto le miraba con odio. Tenía un arma en su mano que cargaba con un guante puesto. La bruja saltó y golpeó a Juliet con la pistola en el abdomen intentando dispararle. Juliet le jaló el cabello dándole un fuerte golpe en el rostro. Sin embargo, Sandra fue rápida y golpeó a Juliet fuerte en la nuca con el arma. La joven perdió el conocimiento y Sandra desesperada corrió a cerrar la puerta con llave observando todo lo que Juliet había descubierto aquella tarde. Se apresuró a guardar todo de nuevo, escondió el disfraz de Malice y guardó el cuaderno en uno de los cajones. Era real. Sandra había hecho todas aquellas fechorías y su estadía en la casa de los Sullivan no era más que una fachada. Durante todos esos meses había manipulado a los Protectores desde adentro. Cuando observó a Juliet, notó que tenía las pupilas dilatadas. Entonces se apresuró para esconder a la chica en el ropero de su habitación cerrando la puerta del armario con una cuerda para que no pudiera abrirlo. Con prisa, se maquilló el área de su rostro dónde Juliet le había golpeado.

Tenía una sonrisa maléfica dibujada. Fue al sanitario dónde permaneció algunos minutos y después salió para sentarse frente a su tocador en una cómoda silla. Cargaba en su mano derecha una prueba de embarazo que se había hecho días antes. El resultado había sido positivo y esa fue razón para que la duración de su sonrisa se extendiera mientras observaba su reflejo en el espejo. Era la mirada de una persona malvada que había logrado su cometido.

—Bien hecho Eva —se dijo así misma mientras tocaba su vientre.

Los invitados a la boda llegaron poco a poco. Todos vestían elegantemente. Las mujeres usaban colores claros en sus vestidos y la mayoría de los hombres llevaba un esmoquin puesto. Alison llegó acompañada de Millie. Estaban preocupadas porque Juliet no respondía a sus llamadas y menos los mensajes que le enviaban. Sabían que algo no andaba bien sin descartar que Juliet podría haber confrontado a Sandra antes de la boda después de lo descubierto. Siguieron intentando comunicarse, pero no obtuvieron respuesta de la chica.

—¿Invitaste a Preston?

—¿A la boda del Infierno? No, gracias.

—Parece que nuestro amigo en verdad se va.

—Sí y la verdad no puedo creerlo después de todo lo que pasamos juntos.

—Tuvieron que tomar la mejor decisión para ambos y estoy segura de que será igual de sana tanto para él cómo para ti.

—En verdad lo amo Alison, pero no quiero detenerlo. Sé que está a punto de comenzar otra etapa en su vida que disfrutará mucho.

—Creo que las cosas suceden por una razón. Tal vez era el destino de Preston, pasar de esa forma en nuestras vidas, así que estoy segura de que tanto tú cómo él estarán bien.

Millie abrió sus brazos para darle un fuerte abrazo a su

hermana. Se soltaron cuando escucharon la voz de Ryan y Tyler acercándose. Ellos llevaban trajes muy elegantes, aunque según Ryan eran los mismos trajes que usaron para el baile de graduación. Les inquietaba bastante que Juliet no respondiera a sus llamadas así que en conclusión decidieron creer que algo le había pasado a la chica.

La gente había comenzado a sentarse en las sillas acomodadas frente a un altar dónde el enlace entre los novios se llevaría a cabo. Había un sacerdote muy extraño mirando a todas las personas que constantemente veía su reloj, lo cual llamó bastante la atención de Warren.

—Ese sacerdote no me gusta nada.

—Debe ser un sacerdote oscuro disfrazado de un sacerdote normal —sugirió Alison.

La gente se puso de pie cuando Mark comenzó a desfilar por el pasillo designado en medio de dos columnas dónde los asientos de los invitados estaban acomodados. Raro para una boda, había menos de treinta personas. Acompañado de su madre quien le llevaba de la mano usando un hermoso vestido rosado, con un saco del mismo color y un sombrero en la cabeza, Mark caminó hacia el altar dónde el sacerdote le esperaba con una sonrisa. Su madre le dió un beso en la mejilla y caminó hacia los asientos. El gran momento llegó cuando Mark pudo ver a su novia Sandra acercándose hacia el altar entre la muchedumbre. La gente ovacionó a la chica al ver lo hermosa que se veía ese día. La música comenzó a sonar en todo su esplendor mientras Margaret buscaba a su hija Juliet por todos lados. Sandra se acercó poco a poco hasta que finalmente llegó al lado de su futuro esposo. Fue el momento perfecto para que el sacerdote comenzara la ceremonia.

Ryan, Tyler, Warren y Doyle tomaron asiento después de que las hermanas les convencieran de hacerlo mientras ellas buscaban a Juliet en las habitaciones de la casa. Y así lo hicieron, buscaron hasta en el cuarto de lavado, pero no había rastro de la joven. Sin embargo, había una habitación que pasaron por alto: la de Sandra Mills. Aunque no sabían cual era exactamente, Alison

CHECKO E. MARTINEZ

supuso que era la habitación con la cerradura puesta. Cuando intentaron abrirla, vieron que era imposible ingresar. Fue aquel momento cuando escucharon ruidos extraños. Eran unos fuertes gemidos que provenían del interior de la habitación. Alison derribó la puerta con una fuerte patada y lograron entrar. Siguieron el ruido de los gemidos notando que venían del closet. Alison abrió el armario quitando la cuerda que sujetaba las puertas. Ahí estaba Juliet, con una mordaza en la boca, con las manos y los pies atados. Alison le quitó la mordaza y apoyada de Millie le despojaron de las cintas que le impedían moverse.

—¿Que sucedió? —preguntó Alison.

—Sandra. Ella me encerró. Esa perra es Malice. ¡Es ella quien mató a mi padre!

Juliet se puso de pie inmediatamente mientras sus amigas le apoyaban. Ella quería impedir la boda así que salió de la habitación seguida de sus amigas, creyendo que no era la mejor idea. Corrió a través de varias áreas de su casa con sus amigas por detrás hasta que llegó a la puerta de cristal corrediza que daba al jardín dónde la ceremonia se celebraba. Alison y Millie le alcanzaron intentando detenerle cuando Juliet finalmente abrió la puerta de cristal, pero ya era demasiado tarde.

—Y yo los declaro marido y mujer. Puedes besar a la novia, Mark Sullivan —celebró el sacerdote mientras sonreía a los novios.

Mark le plantó un beso a Sandra en los labios con los invitados adorándoles en aplausos. Tomados de las manos, los recién casados observaron felices a todos los presentes, aunque, la sonrisa no le duró mucho a Sandra cuando vió que Juliet había escapado de su encierro.

—¡Estoy aquí para impedir esta boda! —gritó Juliet mientras se acercaba por el pasillo.

Los invitados confundidos miraron a la joven. Margaret estaba más abrumada que nunca.

—¿Qué? —preguntó Mark.

Sandra soltó las manos de Mark, levantó su cabeza mientras

comprimía sus labios sonriendo.

—Lamento decirles que es demasiado tarde —Sandra se dirigió hacia Juliet— ¡no puedes detener lo que ya comenzó!

Sandra tocaba su vientre mientras Juliet seguía acercándose con el maquillaje corrido y varios arañazos en sus brazos.

—Sandra, ¿de qué estás hablando? —preguntó Mark.

—Mi amor —Sandra le acarició la mejilla— no hagas preguntas.

Besó los labios de novio y con todas sus fuerzas lo lanzó contra un muro dónde el joven cayó quedando inconsciente. Fue la oportunidad perfecta para armar todo un caos cuando Sandra materializó un arma en una de sus manos y apuntó a todos los invitados, amenazando con matarlos a todos si no salían de la mansión en aquel preciso momento. Sin titubear, apuntó al cielo y lanzó varios disparos.

Despavoridos, los invitados comenzaron a salir de la casa después de que la novia se volviera loca.

Warren, Tyler y Ryan se acercaron a la novia quedando un paso detrás de Juliet quien no paraba de mirar a la asesina de su padre.

—Vas a pagar por todo lo que hiciste —amenazó Warren.

—¿Y te crees el Rey del Mundo porqué ya descubriste que soy Malice? —preguntó Sandra— lamento decirte que pase lo que pase ya nada importa porqué lo hecho ya está y es todo lo que necesitamos.

—Sabemos todo, lo de Aurea y tus planes para traerla de nuevo junto a Kali —dijo Ryan.

—Vaya, me sorprenden —Sandra se tocó el vientre sonriendo.

Juliet se acercó a Sandra con su mirada llena de odio. La sangre le hervía. Quería matarla en ese momento. Quería tomar su venganza sin importar nada más. Mark recuperó el conocimiento algo confundido. Sentado en el suelo, observó todo a su alrededor. Su boda era un desastre y su novia estaba frente a Juliet y sus amigos con un arma en sus manos. Los invitados se habían ido y había cosas tiradas por todos lados.

—Sandra —Mark se puso de pie y caminó lento hacia su

novia— ¿qué estás haciendo?

—Lo siento Mark —ella se giró para ver a su ahora esposo— pero sólo fuiste un instrumento para que yo me embarazara por amor y culminara este ritual con la ceremonia ofrecida por ese sacerdote oscuro que contraté. Si alguna vez te quise, lo siento. Pero todo fue parte de mi plan y aquí estoy.

—¿De qué diablos estás hablando? ¿Cómo qué todo fue un plan?

Mark tenía el corazón roto y lágrimas en los ojos. No podía digerir las palabras que su novia había externado. Creía que todo era una pesadilla de la que quería despertar.

—Te voy a matar por todo lo que le hiciste a mi hermano y por haber asesinado a mi papá, a Phil y Anya —Juliet estaba llena de coraje con el ceño más arrugado que una anciana de noventa años.

Usando sus poderes para crear varias espinas en un remolino intentó atacar a la bruja pero sólo le rasgó el vestido que llevaba puesto. Mark quedó impresionado por el acto cometido por su hermana, con los ojos ensanchados y la boca abierta.

Sandra chasqueó sus dedos y desapareció del lugar en un parpadeo.

—¿A dónde fue? —Juliet se quedó confundida.

—Al templo de la Odisea. Tenemos que irnos antes de que despierten a Aurea —Warren motivó a sus amigos para movilizarse rápido.

—¿Entonces era cierto?

Juliet observó a su hermano con los ojos llenos de lágrimas totalmente devastado. Se acercó hasta él,destrozada por lo que estaba pasando en aquel momento y sorprendida no pudo evitar cuestionarle.

—¿Mark de qué hablas?

—Papá me dijo que no me casara con Sandra. Que no era buena para mí

Juliet abrazó a su hermano para consolarlo diciéndole que debía irse junto a sus amigos para atrapar a Sandra y acabar con toda una misión que tenía desde hacía tiempo. Con su mirada baja y apenas andando, Mark asintió y soltó a su hermana. Margaret se acercó abrumada por todo lo que había pasado sin tener conocimiento alguno de lo que Juliet había descubierto.

—Acabo de escuchar todo pero no tengo idea de lo que ha pasado. ¿Quieres explicarme Juliet?

—Lo haré mamá, pero ahora tengo que irme con mis amigos.

Con un fuerte abrazo se despidió de su madre y su hermano para salir apresurada con sus amigos de aquel lugar dónde la celebración había terminado en catástrofe.

Kali llevó a Sophie hasta el templo de la Odisea dónde la joven bruja mostraba un comportamiento fuera de lo común. Parecía extraña, actuando muy fuera de sí, sólo observando lo que la malvada bruja hacía y repitiendo todo lo que hablaba. Haciendo una repentina aparición, Sandra sorprendió a Kali con el vestido de novia que llevaba puesto.

—Tuve que adelantar la estúpida ceremonia porqué Juliet había descubierto mi identidad.

—El tiempo se nos agota. Sophie está hipnotizada. Es la única forma en la que podría haber cooperado.

Con la ayuda de Sandra, Kali arrastró a Sophie hasta una zona del templo dónde había un montón de tierra que parecía estar cubriendo algo que no quería ser encontrado. Con sus habilidades, las dos brujas quitaron la tierra de golpe, cómo si un ventarrón se la hubiese llevado. Lo que encontraron era un gran sello pintado en el suelo con la forma de un pentágrama. Era el gran sello de Dantaliah. Tenía el contorno pintado de un rojizo poco común y los contornos del pentágrama estaban hechos de oro. Aquel sello no había sido activado ni alimentado en muchos años. Seguía intacto listo para servir cómo un portal entre varias dimensiones.

—Me había olvidado que a ella la invité a mi boda —Sandra se mofó.

—Sabías cómo terminaría tu boda. Espero que hayas disfrutado al menos todo el acto.

—Quisiera recuperar a Mark después de que todo esto termine.

—Fue necesario hacerlo para lograr lo que queríamos.

Kali miró la superficie del sello mientras Sandra se quitaba el velo de novia que le estorbaba de sobremanera.

—Bueno, lo que más disfruté fue el increíble parecido que Mark tenía con mi esposo Dominic. De no ser por esos malditos, el todavía estaría vivo.

—El hechizo que usé para hipnotizar a Sophie sólo durará algunas horas así que debemos actuar rápido. Sólo tenemos que terminar el juego. Esta noche, Aurea volverá a la Tierra y nosotras seremos invencibles.

—¿Que pasará si los Cazadores se enteran que los incriminamos en todo esto?

—Seguro nos querrán muertas, pero una vez que logremos nuestro objetivo seremos imparables.

Kali y Sandra se tomaron de las manos y se acercaron a Sophie quien no se apartaba del sello con la mirada perdida. Le tomaron las manos e hicieron que se colocara sobre el sello formando un círculo alrededor. Comenzaron a realizar una serie de cánticos en latín provocando que una gran ola de energía blanca saliente del sello se dispersara en el aire, formando una gran nube a su alrededor.

—Cum vires nostrae coniuncta vos elegimus. Tempestatem et manifestat arcanum detectum. Libera te —recitaban las brujas en conjunto caminando en círculo alrededor del sello.

Los Protectores, Doyle y Millie caminaron a paso veloz a través del bosque Nightwood con dirección al templo minutos más tarde. Warren, dirigiendo al grupo, ensayaba el plan que tenían para acabar con las brujas esa tarde. Al arribar al templo, notaron que la puerta se encontraba sellada tal y cómo la vieron la última vez que estuvieron en el lugar. Ryan y Tyler caminaron hasta la puerta pero al tocarla fueron atacados por una descarga eléctrica que se activó cuando intentaron tocarla.

—¿Y si usamos el bastón de Ataneta para entrar? —preguntó Ryan mientras ayudaba a Tyler a ponerse de pie.

—Podría funcionar —alentó Warren.

El tiempo transcurrió para ellos intentando averiguar la forma de entrar al templo. Las sospechas de que algo no andaba bien con los hermanos Goth y sabiendo además que Doyle era su amigo, llevaron a Billy Conrad a espiar a los hermanos aquel día. Con un arma en su mano, aguardaba detrás de los arbustos observando todo lo que hacían. Había sido testigo del momento en que Tyler y Ryan fueron arrojados por una descarga eléctrica producida al intentar entrar al templo. Estaba impresionado de lo que los hermanos Goth eran capaces de hacer con las habilidades que poseían y eso era suficiente para creer que debía seguirles el rastro. La compañía de Gorsukey no se hizo esperar aquel día cuando los Protectores usaban el bastón de Ataneta para invocar sus magias y crear un rayo de energía, lo suficientemente potente cómo para derribar aquella puerta.

—Llegaron tarde, este lugar está protegido con magia —el demonio caminó hacia ellos.

—¿Tienes alguna idea de cómo entrar? —preguntó Ryan que junto a sus amigos tocaba el bastón de Ataneta.

Gorsukey sólo estiró sus brazos con las palmas levantadas hacia la puerta de concreto.

Los chicos, antes de activar la magia del bastón, retrocedieron unos metros esperando que la magia del demonio pudiera derribar la entrada. Gorsukey formó dos brillantes y grandes esferas de energía en cada una de sus manos. Cuando estuvo listo, dejó ir la energía creada en forma de rayo logrando que impactara directo en la puerta hasta destruirla. Entraron apresurados antes de que algo más pudiera detenerlos. Pero poco pudieron hacer ya que era demasiado tarde. Las brujas estaban por terminar los cánticos. Conrad no perdió el tiempo siguiendo a los hermanos. Entró por lo que quedaba de aquella puerta destruida. Con su teléfono móvil a la mano comenzó a filmar todo lo que sucedía dentro.

Gorsukey se encaminó hasta el centro del templo dónde Eva, Kali y Sophie, tomadas de las manos, permanecían rodeadas por una ola de energía brillante en forma de nube. El demonio creó en sus manos una esfera de energía azul y con todas sus fuerzas la arrojó a las tres brujas para matarlas. Sin embargo, sus esfuerzos fueron en vano. Estaban protegidas por un gran campo de energía invisible.

—Esto será más divertido de lo que pensaba —dijo asombrado.

Los hermanos Goth observaron con escepticismo a Gorsukey por lo que Warren les propuso algo, incluso a Doyle para aprovechar al máximo sus habilidades.

—Usemos nuestros poderes para destruir el campo de energía que las protege —propuso Warren.

—¿Que pasará con Sophie? —preguntó Doyle aterrado.

—Doyle... la vida de muchas personas está en juego y no podemos detenernos a pensar sólo en Sophie. Trataremos de no hacerle daño pero tenemos que actuar ahora.

Andrea se apareció frente a las tres brujas. Cínicamente, se reía de los esfuerzos de Gorsukey.

—Dense prisa malditas —ordenaba la niña.

—No tan rápido —gritó Ryan sosteniendo el bastón de Ataneta con el objetivo hacia el trío de brujas.

Alison, Juliet, Tyler y Warren tomaron el bastón. Cerraron sus ojos mientras una ola de luz comenzaba a rodearles. La luz se introdujo en la gema del bastón originando el encendido de una esfera de energía purpura con rayos a su alrededor en la punta. Gorsukey siguió haciendo uso de su magia para ayudarlos a destruir el campo de protección. El poder detonado por el bastón fue impresionante al impactar sobre la cúpula. Tenía el aspecto de un rayo enorme de luz púrpura que hizo un estallido con el campo de protección. Poco a poco, el campo se fue desintegrando y con la ayuda de los poderes de Gorsukey, las mujeres fueron empujadas en distintas direcciones cayendo en el suelo inconscientes. Andrea estaba acabada, su plan había fracasado y no había marcha atrás. Lo impresionante fue que Gorsukey no perdió el tiempo y con una esfera de fuego aniquiló a la niña logrando desaparecerla por completo.

—Esa niña era una verdadera molestia en el trasero —dijo el demonio riendo.

Los Protectores soltaron el bastón al ver que el campo que protegía a las brujas había sido desintegrado. Era impresionante para ellos ver que un plan ideado durante décadas se había hecho añicos en cuestión de horas. El sello de Dantaliah, que permanecía intacto con una energía brillando encima se abrió cómo la boca de un león y tragó aquella luz que emanaba de su superficie.

—¿Qué acaba de pasar? —preguntó Sandra después de observar el sello.

—¿Lo logramos? —Kali estaba sorprendida y aliviada.

Impactado, Billy caminó deteniéndose a unos centímetros del sello cuando vió lo caliente que se sentía.

—¿Qué diablos está pasando aquí? —preguntó el detective filmando con su teléfono móvil.

—¡Detective salga de aquí en este momento! —exclamó Alison sorprendida por la llegada de Conrad al lugar.

Sandra se levantó sin vacilar y sin zapatos caminó hasta el detective. Le dió un golpe fuerte en la nuca dejándole inconsciente, tomó su teléfono móvil y lo destrozó borrando todo indicio de evidencia. Ryan dio un brinco saltando hacia la bruja para enfrentarla mientras Gorsukey no quitaba su atención de Kali. La bruja, con cuidado, se levantaba del suelo dónde estuvo tumbada después de que el campo de energía fuera destruido.

—Ahora, tu tiempo ha llegado a su fin porqué no irás a ninguna parte querida —Gorsukey caminó hasta Kali dejándole claro que no se iría hasta consumar su venganza.

Kali se levantó y confiada observó al demonio. Sabía que ahora era invencible, cómo Andrea le había prometido cuando la reclutó para su plan. Sin embargo, las cosas parecían no haber funcionado y la bruja estaba más frustrada que un estudiante reprobado. Su magia no funcionaba después de varios intentos para atacar a Gorsukey quien la tomó por el cuello impidiéndole soltar el habla. El la miró a los ojos mientras le apretaba el cuello con su mano. Sentía un gran aborrecimiento por ella y estaba decidido a aniquilarla. Kali no podía creer que el plan fallara después de lo que Andrea le había prometido a ella y Sandra.

—Así que planeabas atacarme y partir sin despedirte de mi. Algo que haces muy a menudo.

—Jamás fue mi intención traicionarte —Kali apenas pudo decir algunas palabras por la fuerza que el demonio ejercía para sujetar su cuello— lo hice por un bien mayor.

—No, estúpida bruja. Todo lo que hiciste fue para beneficiarte a ti misma. He esperado mucho tiempo por esto y más ahora que tu hechizo no funcionó.

Gorsukey elevó a Kali en el aire sosteniéndola por el cuello ante el asombro de los Protectores y Doyle. Sin piedad y escrúpulos le rompió el cuello. El sonido de unas papas crujiendo se escuchó en todo el templo. Desde el aire, dejó caer el cadáver sin vida de Kali. La bruja ahora estaba muerta con los ojos ensanchados y la boca abierta. Gorsukey se sacudió las manos después de haber consumado su venganza.

Alison, Millie y Juliet suspiraron con alivio mientas Tyler y Warren ayudaban a Ryan a apresar a Sandra. La bruja se defendió con su fuerza después de que su magia quedara muy gastada por el hechizo. Gorsukey chasqueó sus dedos y desapareció del lugar en un abrir y cerrar de ojos. Doyle corrió para ver a Sophie, quien permanecía en el suelo dormida. Le tomó el pulso y se dió cuenta de que apenas mostraba signos de vida.

—Tenemos que llevar a Sophie a un hospital —dijo Doyle.

—Gorsukey mató a Kali, eso significa que el hechizo no funcionó —Alison estaba aliviada.

Sandra dejó de defenderse cuando se sintió acorralada y vió a Kali muerta. La preocupación comenzó a invadirle al ver a los Protectores decididos en acabar con ella, sobre todo Juliet quien no dejaba de mirarle, con un profundo odio.

—Malditos. ¡Todo fue en vano! —gritó desesperada jalándose los cabellos.

—No irás a ninguna parte —Juliet le apuntó con su índice.

—¡Debíamos ser invencibles! ¡El hechizo no funcionó! —

gritaba Sandra.

—Eso no justifica lo que hiciste —Juliet dio pasos lentos hacia ella— jugaste con mi hermano y todos nosotros, mataste a mi padre y a dos amigos. Ahora, seré yo quien te asesine a ti misma maldita bruja.

Juliet se disponía para asesinar a Sandra con una daga y así vengar la muerte de su padre. La inminente furia que sentía la hacía moverse cada centímetro que caminaba. Alison se aproximó para detenerla arrojándole una poción a Sandra. El contenedor le cayó en el torso, causando una pequeña explosión. Una nube de humo emanó de la piel de Sandra cuando el líquido de la poción entró en contacto con su piel.

—¡Alison! ¿Qué diablos acabas de hacer? —Juliet sostuvo el cuchillo con fuerza y miró consternada a su amiga.

—Salvarte. No eres una asesina. Esa poción le quitó los poderes a Sandra. La única que puede restaurarlos es la persona que fabricó la poción, en este caso yo. Y no habrá manera de que pueda recuperarlos. Es algo que aprendí de mamá.

Sandra volvió a colocarse de pie. Observó su vestido de novia lleno de tierra y suciedad. Con desagrado, levantó su mirada desaprobando lo que Alison le había hecho.

—¿Que diablos acaban de hacerme? —preguntó Sandra al borde de la locura.

—No hay peor castigo para una asesina cómo tu que permanecer sin poderes, observar que todo lo que hiciste fue en vano y que la justicia humana se hará cargo de ti ahora —aseguró Alison sonriendo.

Sandra comenzó a gritar desesperada hasta que Juliet finalmente se le acercó. Le propinó un puñetazo en el rostro provocándole la perdida de conocimiento. La bruja cayó al suelo con Juliet encima, quien agachada le dio tres puñetazos más dejándola en un baño de sangre.

—Está viva chicos. Eso fue por mi papá, Phil y Anya —Juliet se puso de pie sin dejar de observar a Sandra. Se sentía aliviada de que todo hubiese terminado y nada le daba más satisfacción que ver a Sandra en ese estado después de que recibiera su merecido.

—¿Estás bien? —Tyler se acercó a Juliet tomando su mano.

—Se acabó —Juliet dejó de mirar a Sandra y giró su vista hacia el chico— por fin se acabo.

Fundida en lágrimas, Juliet abrazó al chico quien no la soltó durante varios minutos. Ryan y Warren despertaron a Billy Conrad asegurándose de que siguiera con bien. No tenía ningún daño en su cuerpo o cabeza. Lo único que el detective sentía era un dolor en el cuello y unas ganas tremendas por abandonar aquel lugar, después de que Albert se presentara en una ráfaga de viento dentro del templo. Definitivamente, un nuevo mundo había quedado abierto frente al detective.

—Es increíble que estuvo frente a nuestras narices todo este tiempo y nunca nos dimos cuenta —Albert caminó entre algunos escombros ocasionados por la explosión de la cúpula.

—Nadie jamás lo hubiera imaginado Albert. Fue un plan muy bien armado. Sigo sin creerlo —Warren observó a Sandra en el suelo dormida y con el rostro golpeado cómo un luchador de boxeo.

Doyle ayudó a Sophie a levantarse poco a poco después de que la nueva bruja comenzara a despertar.

—¿Qué ha pasado?

—Todo está bien, aquí estoy contigo —Doyle la sostuvo por la espalda mientras con su otra mano le agarraba el brazo para que caminara.

—¡Oh por Dios! ¿Qué sucedió? —Sophie observó a Kali y a Eva tiradas en el suelo cómo dos cáscaras de plátano.

—Se acabó —Doyle besó sus labios— y tú estás viva.

Sophie abrazó a su novio muy fuerte sin soltarlo. Durante el abrazo, ella confesó que había algo sobre lo que quería hablarle.

—Kali me dijo que mi madre está viva.

—Pero tu madre falleció hace muchos años. ¿Cómo es posible?

—No estoy segura, pero no creo que haya mentido.

Doyle tocó la mejilla de Sophie asegurándole que le ayudaría a encontrar a su madre. De nuevo, la ayudó a sostenerse mientras se disponía a abandonar el templo junto a los demás. Conrad miró todo lo que había a su alrededor. Estaba muy confundido y tenía los ojos medio abiertos. El golpe había sido muy duro. Comprimió sus labios en cuanto vió su teléfono destrozado y entonces se disculpó con los hermanos.

—Tienes a tu asesina —Ryan le señaló a Sandra quien comenzaba a moverse de nuevo.

—¿Asesina? ¿De quién? —preguntó Conrad confudido.

—Sandra Mills asesinó a Phil Grimson, Miles Sullivan y Anya James. Tangela Greenberg sólo intentó matar a mis padres —aseguró Warren— podemos comprobarlo haciéndote llegar toda la evidencia que tenemos.

—Creo que no será necesario. Estuve en su boda —Conrad se acercó a Sandra cuando esta despertó de nuevo con unas esposas en sus manos.

—Sandra Mills. Queda arrestada por el asesinato de Phil Grimson, Miles Sullivan y Anya James. Todo lo que diga podrá ser usado en su contra —Conrad la ayudó a levantarse mientras sostenía con fuerza las manos de la novia.

Todo había acabado para Sandra. No tenía otra opción más que obedecer las órdenes del detective. Salió del lugar siendo escoltada mientras observaba a los Protectores llenos de júbilo. El cuerpo de Kali, que yacía sin vida dentro del templo de la Odisea comenzó a desintegrarse cuando los Protectores abandonaban el lugar, siendo testigos de que la otra bruja también estaba acabada.

Esa noche, las cosas transcurrieron con paz y tranquilidad. Se respiraban aires nuevos en Terrance Mullen después de que los Protectores finalmente acabaran con el plan de las malvadas brujas y salvaran a Sophie Barnes. Todavía tenían un enemigo, Gorsukey, pero por ahora existía una tregua entre ambos bandos. La paz reinaría por ahora en la ciudad y en el mundo mágico.

Preston subió las últimas maletas a la cajuela de su auto mientras Millie le ayudaba a sacar las últimas cajas que el

Viajero se llevaría a su nueva casa en Sacret Fire. Estaba devastada ante la partida de su ex novio, a quien todavía amaba con todo su corazón. Preston cerró la cajuela del coche y cogió las cajas que Millie puso en la banqueta. Ella le sonreía con una mirada agridulce. Preston introdujo las últimas cajas en los asientos traseros, cerro la puerta y fue hacia Millie.

—Bien, es todo. Muchas gracias por tu apoyo y por este magnífico año a tu lado —Preston le tomó las manos.

Millie sonrió de nuevo con sus ojos rojizos calmando las lágrimas que se formaban cómo charcos. Tenía el corazón destrozado pero sabía que era lo mejor para Preston.

—¿En verdad te tienes que ir?

—Millie —Preston hizo una pausa— lo hablamos. Si no quieres que me vaya...

—No —Millie frunció el ceño con lágrimas en sus ojos— te tienes que ir y yo no quiero detenerte.

—Te amo Millie Pleasant y nada de lo que pase de ahora en adelante podrá cambiarlo —Preston tocó con sus palmas las mejillas de la joven— pase lo que pase siempre estarás en mi corazón.

—Pero una nueva vida te espera —Millie le puso sus manos en los hombros.

Ella le seguía mirando afligida. Preston puso sus palmas en las caderas de la chica y le plantó un beso en los labios durante varios minutos. Ambos cayeron en un momento apasionado antes de volver a separarse y despedirse. Una vez que lo hicieron, Millie le regaló un último beso de despedida. Le soltó la mano poco a poco dejando que Preston subiera a su auto mientras recordaba el día que lo conoció. Millie caminó hasta su auto que se encontraba al otro lado de la calle estacionado. Preston observó a su ex novia alejarse poco a poco y con su mano le despidió con un último adiós y enseguida subió a su auto. Por última vez, Preston observó la que fue su casa durante el último año, encendió el motor del coche y emprendió marcha para partir a Sacret Fire. Millie, con sus manos al volante y con Alison por un lado, observó con lágrimas en sus ojos al amor de su vida alejarse. Bajó una mano y Alison se la tomó. Millie apretó la mano de su hermana y le contemplo desconsolada.

Esa noche, Sophie y Doyle visitaron la tumba de Julianne Barnes. Después de muchos años, Sophie había vuelto a aquel lugar que le provocaba una tristeza enorme. Durante minutos permanecieron parados frente a la lapida. Sophie sentía que toda su vida había sido una mentira y ahora más que nunca estaba decidida a investigar lo que Kali le había revelado. Doyle le aseguró que la ayudaría a encontrar la verdad y averiguar el paradero de su verdadera madre, si en realidad era cierto lo que había escuchado. Ellos fueron espiados por Charlotte Deveraux, quien llevaba un cabestrillo sosteniendo su brazo después del disparo que Tangela le había dado. Hacía apenas unos días que abandonó el hospital y comenzaba a recuperarse poco a poco. Ella les observó detrás de unos arbustos sin apartar su mirada de Sophie. Sentía una extraña fijación por la chica, cómo si realmente estuvieran conectadas. Después de todo lo ocurrido y la coincidencia de los apellidos con la vida pasada de Sophie, había algo que le provocaba seguirla de esa manera.

Las puertas de la mansión Sullivan se encontraban abiertas de par en par hasta el jardín dónde la recepción y la fiesta de la boda se hubieran llevado a cabo. Mark bebía de una botella de whisky regocijado en una pared con la mirada distraída pensando en los momentos que vivió junto a Sandra. Juliet caminó a través del jardín totalmente abrumada por lo sucedido hasta que notó a su hermano en un estado inconveniente. Mark le miró triste, con su corazón desgarrado y con las ganas de mandar todo al carajo.

—Hay algo que tengo que contarte y no estoy segura de cómo podrás tomarlo —Juliet se acomodó a un lado de él.

—¿Sobre qué es? —Mark dirigió su mirada hacia su hermana.

—Acerca de nuestra familia, incluyendo a Sandra.

Mark se mofó.

—No puedo creer todo lo que hizo y más que me haya

engañado todos estos meses.

—Nos engañó a todos —Juliet bajó la mirada— y hay una razón para todo ello.

—Entonces dímelo.

—Me viste haciendo algo que no hago todos los días y que sin lugar a dudas cambió mi vida por completo y me permitió hacer justicia por la muerte de mi padre.

Juliet le quitó la botella con la cual su hermano se embriagaba. Tomó su mano y comenzó a contarle toda la verdad.

Días después, Billy Conrad trabajaba en su oficina revisando algunos documentos digitales en su computadora portátil. Tenía una taza de café a su lado y un teléfono móvil completamente nuevo. Después de que los hermanos le salvaran, Conrad metió a Sandra Mills tras las rejas con toda la evidencia que había colectado en su contra. Aunque, esa mañana tuvo una visita inesperada. Era Warren Goth quien tocó a su puerta pidiendo permiso para entrar.

—Warren Goth —Billy se reclinó en su asiento— no pensé que nos fuéramos a ver tan pronto.

—Hola detective, ¿se encuentra bien?

Conrad observó a Warren asombrado. Algo vislumbraba en el chico que no le apartaba la mirada. No eran sus ojos azules ni tampoco su peinado. Era la imagen perceptiva que ahora tenía del joven. Conrad se puso de pie, le pidió a Warren que tomara asiento y cerró la puerta para volver a sentarse de nuevo.

—Siempre creí que lo sobrenatural existía, pero nunca en esta vida y jamás en este plano —Conrad parpadeó sus ojos— simplemente sigo sorprendido.

—A mi me llevó un tiempo entender y resolver todo esto —Warren se puso cómodo— quise pasar y asegurarme de que estuvieras bien y dejarte esto que he traído conmigo.

Warren colocó un sobre encima del escritorio.

—Bueno, todavía estoy sorprendido de que mi amiga Sophie estuviera implicada así que también tengo una plática pendiente con ella. Ahora dime, ¿qué es este sobre?

—Es una carta que Phil Grimson dejó a mi padre antes de morir y quería asegurarme de que tú la tuvieras.

—Después de que arresté a tu padre y las acusaciones que hice, ¿por qué me la das?

—Detective, es su trabajo descubrir la verdad. Estoy consciente de todo. Mi padre es inocente y esta carta es una prueba más. Además, Phil Grimson salvó muchas vidas con esta carta. Todavía estamos tratando de encontrar el cuerpo de Anya, pero debo decirte que la persona que la mató es la mujer que arrestaste, Sandra Mills. Así que hemos hecho justicia por su muerte.

—La investigación sobre el asesinato de Anya sigue abierta, hasta que encontremos su cuerpo. No la voy a cerrar, es un proceso que debemos seguir así que tendré que arreglármelas. Sólo quiero hacerte una pregunta y quiero que me respondas con toda honestidad...

—Escucho...

—¿Cómo haces para vivir con esto todos los días?

Warren hizo una pausa sonriendo.

—Una vez que comienzas el viaje, tu vida jamás volverá a ser la misma. Detective agradezca que está vivo. Mis hermanos, amigos y yo fuimos elegidos para combatir las fuerzas del Mal, acabamos con una amenaza pero vendrán muchas más —Warren se puso de pie— por eso estaremos en contacto y muy presentes.

Conrad extendió su mano hacia el joven Protector.

—Estoy seguro de eso. Gracias Warren.

—Cuídate Billy. Tenemos mucho trabajo por hacer para proteger esta ciudad.

Conrad asintió sonriendo mientras el chico abandonaba la oficina del detective.

En las profundidades del bosque Nightwood, un grupo de cinco personas caminaba con paso rápido. Llevaban unos pantalones de mezclilla, chaquetas de cuero cómo si se tratara de un grupo fanático del rock metal. Se aproximaron para llegar a una de las

311

colinas, desde la cual se podía ver Terrance Mullen en todo su esplendor. El líder de ellos, un hombre de unos cuarenta y tantos años que tenía barba de candado, la piel aperlada, el cabello corto y unas cejas enormes, no dejaba de sonreír a su grupo. Estaban contentos de que la ciudad por fin había quedado a su vista.

—Después de tanto tiempo, Terrance Mullen tiene que darnos la bienvenida —dijo convencido a su grupo.

Parados en dónde estaban, alguien se acercó a ellos saliendo de entre los arbustos. Era nada más y nada menos que Kirk Newman, quien con paso lento y una sonrisa saludó al líder.

—Y bien, ¿qué noticias me tienes? —preguntó el líder colocando sus brazos detrás de su espalda.

—Gabriel, estoy tan contento de verte. Todo salió cómo lo esperábamos, las brujas están acabadas y su plan falló. Tenías razón, Carol Goth es una de nosotros.

Los ojos de cada uno de los cinco integrantes destellaron un brillo dorado en sus pupilas mientras continuaban apreciando con alegría la hermosa ciudad a lo lejos. Todo este tiempo Kirk había sido un infiltrado trabajando al lado de Sophie. Era parte del grupo de Gabriel, el líder de los temibles Cazadores.

Aunque no todo fue gloria aquella noche en el bosque. Cerca de ahí, dentro del templo de la Odisea, el sello de Dantaliah había comenzado a brillar de nuevo. Durante varios minutos el brillo formó una espesa neblina negra en su superficie mientras la luz que le rodeaba seguía latente. La luz se introdujo dentro de la neblina formando la estructura de una mujer a través de una explosión de chispas eléctricas. Una vez que un proceso de generación de células se completó después de la explosión, la luz se disipó en el aire dando forma a una chica de cabello rubio que permaneció en cuclillas con el rostro cabizbajo. La neblina desapareció y la mujer levantó la mirada, observando todo a su alrededor. Vistiendo una túnica blanca, salió del templo de la Odisea caminando de forma lenta y pausada, con una sonrisa dibujada en su rostro.

RYAN GOTH Y SUS AMIGOS VOLVERÁN EN LA TERCERA ENTREGA DE "EL CÍRCULO PROTECTOR"

Los Protectores estarán de vuelta más pronto de lo que imaginas para enfrentar a una de las amenazas más grandes que ahora ha llegado a Terrance Mullen: Los Cazadores.

Y te tengo una sorpresa mas... Preston Wells estará de vuelta en "Las Crónicas del Tiempo", una nueva serie de libros de ciencia ficción.

Entonces...

Si te gustó el libro y tienes cinco minutos, realmente agradecería una opinión tuya en Amazon. Aprecio con mucha gratitud tu ayuda en difundir la palabra para que más personas puedan descubrirla y leerla.

También puedes suscribirte a la lista de correos VIP para enterarte de cuando saldrá mi próximo libro, así cómo ofertas especiales de pre-lanzamiento y regalos aquí:

http://www.checkobooks.com

¡MUCHAS GRACIAS LECTOR!

Si te ha gustado esta novela y tienes cinco minutos, el mejor favor que puedes hacerme es dejar una reseña o comentario positivo en la página del libro en Amazon. Al hacerlo, estarás contribuyendo a la difusión de la lectura y me ayudarás a seguir escribiendo nuevos libros :)

Con aprecio,

Checko E. Martinez

POR TIEMPO LIMITADO, obtén una copia gratis de **"Secretos de una Conspiración"** en la lista de correos VIP del autor:

Para comenzar, ingresa a www.checkobooks.com/lista

"Terrance Mullen es una ciudad con muchos secretos y para Ryan, Warren y Tyler haber descubierto que son parte del Círculo Protector, les llevó descifrar misterios que jamás imaginaron en sus vidas.

Una ola de eventos los ha conducido al descubrimiento de cosas excepcionales cómo el grupo de amigos mágicos de su padre. A medida que las hermanas Pleasant, Juliet Sullivan y el Clan se incorporan a su equipo, los chicos se ven envueltos en el descubrimiento de un plan maléfico que tuvo sus orígenes cientos de años atrás"

CHECKO E. MARTINEZ

Agradecimientos

Quiero agradecer a todas las personas que estuvieron involucradas en la publicación de esta obra. Gracias, lo digo en serio. La primera vez que publiqué esta novela fue hace exactamente dos años, cuando no tenía una remota idea de lo que estaba haciendo. Sin embargo lo hice. Y me siento feliz de que ahora hayas disfrutado de esta segunda versión.

Gracias a mis padres Aristeo y Taide, que siempre confiaron en mí y en la realización de este gran sueño. A todos mis hermanos, Rogelio, Elizabeth, Graciela, Sandra, Nélida, Carlos que a pesar de las circunstancias, me mostraron su apoyo incondicional de forma directa o indirecta.

Gracias a todos mis amigos de México y de los alrededores del mundo (en especial a Karla Bade, Andrey Radysyuk, Marcela Paz, Carol Medina, Sandra Smith, Enda Gormley, Waleska Cerpa, Gonzalo Barria, Marcos Walle, Andrea Rojas, Brenda Hinojosa, Edgar y Corina, Luis Garza, Pamela Mtz, Josué Ruiz, Diana Varela, Aldo Bernal, Lily Ocañas, Marisol Naceanceno y todos los que me faltan) por su tremendo e incondicional apoyo y a toda la gente que he conocido en Monterrey, Chicago, México y otras partes del mundo por todas sus buenas vibras. Me siento tan afortunado de contar con todos ustedes.

Gracias a mis Lectores Beta (Nai-Omi Carrasco, Monica Londono, Norma de Kreitz, Alex Avila, Arelis Harbar) ya que sin ellos no hubiese logrado entregar esta nueva versión de mi obra al mundo. Agradezco la paciencia que tuvieron al leer cada página, opinar y enviarme sus sugerencias.

A mi diseñadora Eunice, quién fue muy paciente en entender perfectamente lo que yo quería mostrar en la portada del libro.

A Alejandra Ortega por su increíble trabajo diseñando la mascara y el disfraz de Malice para esta entrega. A mi editor Manuel Arnedo, qué gracias a sus recomendaciones y retroalimentación pude finalizar esta segunda versión.

Y por último, gracias a mis grandes mentores Jeff Goins, Joanna Penn, Nick Stephenson, Chandler Bolt y Mark Dawson por sus increíbles consejos e incondicional apoyo para la publicación y lanzamiento de esta obra.

Agradezco cada correo, cada comentario en Facebook, cada tweet, cada libro, cada vídeo, cada respuesta, cada segundo y minuto que dedicaron a resolver mis inquietudes y sobre todo, su enorme paciencia.

Sobre el Autor

Checko E. Martinez nació y se crío en Ciudad Valles, San Luis Potosí, México. El ha escrito novelas de género sobrenatural, misterio, suspenso y ciencia ficción con la intención de mantenerte al filo del asiento página tras página.

Sus libros son una mezcla de drama sobrenatural con mucho misterio, y están sumamente recomendados para aquellos que les encanta la lectura con un montón de giros y vueltas inesperados.

Para mantenerte al día sobre promociones y fechas de lanzamientos sobre nuevos libros, regístrate aquí para las últimas noticias:

Página de Autor:
http://www.checkobooks.com

Made in the USA
Middletown, DE
06 September 2017